A LIBRARY OF
DOCTORAL
DISSERTATIONS
IN SOCIAL SCIENCES IN CHINA

中国
社会科学
博士论文
文库

20世纪前期中国
文学人类学实践研究

A Study of Chinese Literary Anthropology in the Early 20th Century

苏永前　著

导师　叶舒宪

中国社会科学出版社

图书在版编目（CIP）数据

20世纪前期中国文学人类学实践研究／苏永前著 . —北京：
中国社会科学出版社，2017.11
（中国社会科学博士论文文库）
ISBN 978 - 7 - 5203 - 1587 - 6

Ⅰ.①2… Ⅱ.①苏… Ⅲ.①中国文学—现代文学—文学研究
Ⅳ.①I206.6

中国版本图书馆 CIP 数据核字（2017）第 288086 号

出　版　人	赵剑英
责任编辑	张　潜
责任校对	赵雪姣
责任印制	王　超

出　　　版	中国社会科学出版社
社　　　址	北京鼓楼西大街甲 158 号
邮　　　编	100720
网　　　址	http://www.csspw.cn
发　行　部	010 - 84083685
门　市　部	010 - 84029450
经　　　销	新华书店及其他书店

印刷装订	北京明恒达印务有限公司
版　　次	2017 年 11 月第 1 版
印　　次	2017 年 11 月第 1 次印刷

开　　本	710 × 1000　1/16
印　　张	19
插　　页	2
字　　数	286 千字
定　　价	58.00 元

总　序

　　在胡绳同志倡导和主持下，中国社会科学院组成编委会，从全国每年毕业并通过答辩的社会科学博士论文中遴选优秀者纳入《中国社会科学博士论文文库》，由中国社会科学出版社正式出版，这项工作已持续了12年。这12年所出版的论文，代表了这一时期中国社会科学各学科博士学位论文水平，较好地实现了本文库编辑出版的初衷。

　　编辑出版博士文库，既是培养社会科学各学科学术带头人的有效举措，又是一种重要的文化积累，很有意义。在到中国社会科学院之前，我就曾饶有兴趣地看过文库中的部分论文，到社科院以后，也一直关注和支持文库的出版。新旧世纪之交，编委会原主任胡绳同志仙逝，社科院希望我主持文库编委会的工作，我同意了。社会科学博士都是青年社会科学研究人员，青年是国家的未来，青年社科学者是我们社会科学的未来，我们有责任支持他们更快地成长。

　　每一个时代总有属于它们自己的问题，"问题就是时代的声音"（马克思语）。坚持理论联系实际，注意研究带全局性的战略问题，是我们党的优良传统。我希望包括博士在内的青年社会科学工作者继承和发扬这一优良传统，密切关注、深入研究21世纪初中国面临的重大时代问题。离开了时代性，脱离了社会潮流，社会科学研究的价值就要受到影响。我是鼓励青年人成名成家的，这是党的需要，国家的需要，人民的需要。但问题在于，什么是名呢？名，就是他的价值得到了社会的承认。如果没有得到社会、人民的承认，他的价值又表现在哪里呢？所以说，价值就在于对社会重大问题的回答和解决。一旦回答了时代性的重大问题，就必然会对社会产生巨大而深刻的影响，你也因此而实现了你的价值。在这方面年轻的博士有很大的优势：精力旺盛，思维敏捷，勤于学习，勇于创新。但青年学者要多向老一辈学者学习，博士尤其要很好地向导师学习，在导师的指导下，发挥自己的优势，研究重大问题，就有可能出好的成果，实现自己的价值。过去12年入选文库的论文，也说明了这一点。

什么是当前时代的重大问题呢？纵观当今世界，无外乎两种社会制度，一种是资本主义制度，一种是社会主义制度。所有的世界观问题、政治问题、理论问题都离不开对这两大制度的基本看法。对于社会主义，马克思主义者和资本主义世界的学者都有很多的研究和论述；对于资本主义，马克思主义者和资本主义世界的学者也有过很多研究和论述。面对这些众说纷纭的思潮和学说，我们应该如何认识？从基本倾向看，资本主义国家的学者、政治家论证的是资本主义的合理性和长期存在的"必然性"；中国的马克思主义者，中国的社会科学工作者，当然要向世界、向社会讲清楚，中国坚持走自己的路一定能实现现代化，中华民族一定能通过社会主义来实现全面的振兴。中国的问题只能由中国人用自己的理论来解决，让外国人来解决中国的问题，是行不通的。也许有的同志会说，马克思主义也是外来的。但是，要知道，马克思主义只是在中国化了以后才解决中国的问题的。如果没有马克思主义的普遍原理与中国革命和建设的实际相结合而形成的毛泽东思想、邓小平理论，马克思主义同样不能解决中国的问题。教条主义是不行的，东教条不行，西教条也不行，什么教条都不行。把学问、理论当教条，本身就是反科学的。

在21世纪，人类所面对的最重大的问题仍然是两大制度问题：这两大制度的前途、命运如何？资本主义会如何变化？社会主义怎么发展？中国特色的社会主义怎么发展？中国学者无论是研究资本主义，还是研究社会主义，最终总是要落脚到解决中国的现实与未来问题。我看中国的未来就是如何保持长期的稳定和发展。只要能长期稳定，就能长期发展；只要能长期发展，中国的社会主义现代化就能实现。

　　什么是21世纪的重大理论问题？我看还是马克思主义的发展问题。我们的理论是为中国的发展服务的，决不是相反。解决中国问题的关键，取决于我们能否更好地坚持和发展马克思主义，特别是发展马克思主义。不能发展马克思主义也就不能坚持马克思主义。一切不发展的、僵化的东西都是坚持不住的，也不可能坚持住。坚持马克思主义，就是要随着实践，随着社会、经济各方面的发展，不断地发展马克思主义。马克思主义没有穷尽真理，也没有包揽一切答案。它所提供给我们的，更多的是认识世界、改造世界的世界观、方法论、价值观，是立场，是方法。我们必须学会运用科学的世界观来认识社会的发展，在实践中不断地丰富和发展马克思主义，只有发展马克思主义才能真正坚持马克思主义。我们年轻的社会科学博士们要以坚持和发展马克思主义为己任，在这方面多出精品力作。我们将优先出版这种成果。

2001年8月8日于北戴河

文学人类学走向新学科（代序）

叶舒宪

　　苏永前的博士论文入选中国社会科学博士论文文库，即将出版，请我写序。这是我在 2017 年暑期写的第二篇序。前一篇是给 12 卷本《金枝》在国内推出的英文版写的序。该序题为"弗雷泽：知识全球化的里程碑"。《金枝》全本问世一个世纪了，其缩写 1 卷本翻译成中文后，在中国学界已经普及流行许久，而原本的 12 卷本，几乎无人问津。早在 20 世纪的上半叶，《金枝》的英文版就在中国学界引起一批学人的注意，并伴随着掀起一个向早期人类学家著述学习的热潮。永前的博士论文，就是针对国内这一批经历文化人类学知识启蒙的先知先觉者所做的学术史梳理研究，侧重在和文学人类学新学科的历史渊源作对接。本书所选择的几个代表性人物是周作人、茅盾、郑振铎、闻一多、孙作云。作为文学研究阵营中的革新者，正是由于 20 世纪前期的这些先知先觉者的开辟和引领，我们在 20 世纪后期的改革开放语境下，才迎来被称作"文学人类学"的这样一种跨界新学科。

　　"文学"一词的古今意义尽管有很大差别，毕竟是大家熟知的对象。可是"人类学"作为新学科，是 19 世纪末期才在欧美孕育而生的。它最初传播到中国，给那个时候的学界带来很大的激荡效应。特别是进化论的社会发展模型说，功能学派的文化功能论，巫术—宗教—科学的人类精神演进模式，神话—仪式理论，万物有灵论，图腾理论，等等。当代学坛的文学人类学倡导者们，从萧兵、方克强，到徐新建、彭兆荣、庄孔韶、程金城等，无不受惠于20世纪前期的这批开创性研究者的成果。萧兵教授曾告诉我说：他没有读过大学，他走上学术研究之路是非常坎坷和曲折的，甚至要承受许多常人难以想象的屈辱。但是有一种渴求学习新知识的动力在驱使着他。他的案头在显赫位置经常放置的书只有两本：一部是《说文解字》，一部是闻一多的《神话与诗》。闻一多从文化人类学和精神分析学那里受到重要的启发，他热衷吸收这些新学科带来的新知识，他对《诗经》和《楚辞》的研究显然同传统国学的研究范式有很大的不同。其基本思路同后来的神话—原型批评有某种程度的类似，即文学研究需要从解读神话入手。人类学家关注神话讲唱的仪式语境和社会功能，精神分析学家关注神话所承载的无意识的想象内容。受此双重影响，难怪闻一多的研究取向在中国现代学术史上别具一格。无论是对高唐神女传说的分析，还是对龙凤图腾的源流辨析，在当时都足以给人耳目一新的感觉。这就是闻一多所尝试的文学人类学探索实践。

这也是在还没有文学人类学这面旗号时，本土学者的文学人类学研究实践。古往今来，大凡是创新者，都会遭遇超常的阻力和风险。杰出如闻一多者，也莫能例外。朱自清在给《闻一多全集》所作序言中说，闻一多的学术研究，"第一步还得走正统的道路，就是语史学的和历史学的道路，也就是还得从训诂和史料的考据下手"[①]。从唐诗到《诗经》《楚辞》，再到甲骨卜辞和铜器铭文，莫不如是。后来他不满足于文献上的探究，"很想到河南游游，尤其想看洛阳——杜甫三十岁前后所住的地方"[②]。朱自清对此判断说："这就不是一个寻常的考据家了！"[③] 不仅如此，"抗战以后他又从《诗经》《楚辞》跨到了《周易》和《庄子》；他要探求原始社会的生活，他研究神话，如《高唐神女传说》和《伏羲考》等等，也为了探求'这民族，这文化'的源头"[④]。可以看出，闻一多在文化人类学的影响下，跟随自己的研究对象，进入华夏文化的源头，越

---

①　《朱自清先生序》，载《闻一多全集》第1卷，生活·读书·新知三联书店1982年版，第17页。

②　同上。

③　同上。

④　同上。

走越远。他的观点新颖而大胆，自然会招来不少非议。"正统的学者觉得这些不免'非常异义，可怪之论'，就戏称他和一两个跟他同调的人为'闻一多派'。这却正见出他是在开辟着一条新的道路；而那披荆斩棘，也正是一个斗士的工作。"①如果说与历史人类学、艺术人类学、经济人类学等其他新兴学科相比，文学人类学在中国这边"风景独好"的话，那么一个根源性的原因，就在于 20 世纪前期由敢于挑战传统学术藩篱的"闻一多派"们给我们开辟出道路，奠定跨学科研究和中国文化溯源研究的坚实基础。

孙作云，是闻一多任教清华大学时国文课堂上的直传弟子。他选修的课程是闻一多用新方法讲述的《楚辞》。据弟子们追忆，在当年的闻先生的课堂上，师生们或可相对而坐，授课过程如同座谈，学习的氛围机智而轻松。孙作云在课后按照闻先生指教的新方法细读屈原的《天问》，由此奠定一生治学的基石。两年的《楚辞》课讲下来，再结合闻先生新发表的轰动性大文《高唐神女传说之分析》，孙作云自己有了研究的灵感，他提出《九歌》中的女主角山鬼，无非也是高唐神女的变身。"山"即巫山，"鬼"即神女。《九歌·山鬼篇》就是楚国宫廷祭祀先妣或高媒的乐舞歌词。闻一多对这个能够举一反三的弟子非常赏识，在 1936 年 4月 3 日致游国恩的信中说："清华学生孙君顷撰《九歌山鬼考》一篇，大意谓山鬼即巫山神女，列证甚多，大致可信。"②就这样，二十四岁的孙作云能在 1936 年《清华学报》第 11 卷第 4 期上公开发表自己的学术研究处女作。从此一发而不可收，连续发表《蚩尤考——中国古代蛇氏族之研究》（1941）、《夸父盘瓠犬戎考》（1942）、《飞廉考——中国古代鸟族之研究》（1943）、《鸟官考——由图腾崇拜到求子礼俗》（1943）、《黄帝与尧之传说和地望》（1944）、《饕餮考——中国铜器花纹中图腾遗痕之研究》（1944）、《后羿传说丛考——夏初蛇、鸟、猪、鳖四部族之斗争》（1944）、《中国古代图腾研究》（未刊稿）③……仅从这些考据性论文的

---

① 《朱自清先生序》，载《闻一多全集》第 1 卷，生活·读书·新知三联书店 1982 年版，第 16 页。

② 闻一多：《致游国恩》，《闻一多全集》第 12 卷，湖北人民出版社 1993 年版，第 280 页。

③ 以上均收入《孙作云文集》第 3 卷，河南大学出版社 2003 年版。

题目，就不难看出闻一多"神话与诗"的研究思路如何引导着孙作云的学术探索途径。在河南大学任教期间，孙作云目睹了新中国的重大考古发现，如何利用地下的出土资料，特别是汉画像的图像资料，重新解读上古神话，成为他晚年研究范式的新拓展。像《长沙马王堆一号墓出土画幡考释》（1973）、《马王堆一号汉墓漆棺画考释》（1973）、《洛阳西汉壁画墓中的傩仪图》（1977）、《洛阳西汉卜千秋墓壁画考释》（1977）、《河南密县打虎亭东汉画像石墓雕像考释》（1978）、《楚辞天问与楚国庙壁画》（1983）、《洛阳西汉墓壁画考释》（1987）等一批成果，从题目上已经明显看出神话研究视野有所转移，比老师闻一多那个时代大进一步。这些图像叙事的证据，就是我们在 21 世纪初建构"四重证据法"的基础。只不过涉猎范围更为宽广，从画像石、画像砖，上溯到史前的陶器、铜器和玉器形象，即上溯史前文化大传统深处。

文学人类学研究会的第一任会长萧兵先生，年龄比孙作云先生小 21 岁。他走在自学成才的路上时，《孙作云文集》还没有问世，所以他的案头上只有闻一多的《神话与诗》。他和闻先生、孙先生一样，好像也有那种刨根问底的"考据癖"。他也同样自觉地走向图像资料和考古资料，而且关注口传资料，并据此提倡"新考据学"①。从孙作云到萧兵的研究实践，就是文学人类学一派能够在 1994 年提出"三重证据法"，在 2005 年提出"四重证据法"的渊源和铺垫；也是文化大传统理论得以借助新的考古发现在 21 世纪诞生的前世基因。

2010 年秋，苏永前考入中国社会科学院研究生院跟随我读博士，他博士论文选题，着眼于梳理 20 世纪前期文学人类学研究先驱的探索成果，对接到改革开放大背景下的 20 世纪后期，文学人类学能够作为国家人文学术创新的有生力量而崛起。如果有这么一个学派，其基本脉络，已经大致清晰起来。永前的这部书，给出的是学术史视角的长焦距审视。当今时代，跨学科研究大潮方兴未艾，文学人类学也从一种跨学科的研究方法或范式，拓展到成为一门新兴交叉学科，越来越多的高校围绕着文学人类学的专业方向招生，或培养研究生。但许多人可能没有读过郑

---

① 参见萧兵《三十年自学生涯》，《文史哲》1984 年第 1 期。

振铎的《汤祷篇》和《黄鸟篇》，更不用说孙作云的图腾研究了。我一向认为，个人的学术创新离不开两个重要的基础方面：一个方面就是对学术史的深刻反思，明白自己所处的位置，所能提出和解决的问题是什么；另一个方面则是自觉培育理论思维的能力。这两方面缺一不可。永前通过学位论文的写作，已经出色地完成了前一个任务，尤其是梳理文学人类学研究的方法论方面，引导后学如何充分利用多重证据，相互为用，拓展人文研究的大格局。希望永前能再接再厉，为文学人类学的学科建设再做更多的体系建构方面的理论思考。

是为序。

2017 年 8 月 26 日
于北京太阳宫

摘　要

　　文学人类学在中国的正式提出是在 20 世纪 80 年代以后，不过，作为一种学术方法，其实践可以上溯至 20 世纪前期。本书的研究对象，正是作为"方法"的文学人类学及其在 20 世纪前期的实践。

　　绪论部分主要对"中国文学""文学人类学"等基本概念作了限定，结语部分对 20 世纪前期的文学人类学实践作了评价。除此之外，内容分上、下两编。上编为总论，共分四章：

　　第一章主要对中国文学人类学的思想渊源进行了追溯。对于 20 世纪前期的文学人类学研究来说，影响最为显著的是古典进化论人类学，这一学派的"文化遗留"说、巫术理论、仪式学说、图腾理论等，屡屡见诸早期研究者的笔端，成为当时知识分子解剖中国文化与文学现象的一种得心应手的工具。另外需要提及的是，植根于中国本土的"金石证史"传统与"礼失而求诸野"思想，成为文学人类学的另一重要思想资源。

　　第二章重点对"神话"概念在中国的输入以及人类学派神话学的兴起作了考察。20 世纪初，随着"神话"概念的输入，西方主要神话学理论也陆续传播到国内，其中最受推崇的，是以安德鲁·兰为代表的人类学派神话学。正是周作人、茅盾等对人类学派神话学的介绍与运用，成为 20 世纪前期文学人类学实践的先导。

　　第三章重点考察中国文学人类学的早期实践历程。作为一种打通文学与人类学疆界的跨学科学术实践，文学人类学研究在国内的发轫可以上溯至民国初年。周作人率先采用古典进化论人类学理论从事童话故事研究，开启了文学人类学早期实践的先河。约从 20 世纪 20 年代后期起，文学人类学研究趋向繁荣，此时不仅有茅盾等采用人类学理论从事中国古典神话研究，更有郑振铎、郭沫若等将人类学理论引入古史领域。从20世纪30年代中期开始，受国内文化人类学发展的推进，文学人类学研究出现文史学者与人类学者两个主要群体，他们共同开创了这一领域的新局面。

第四章着重考察20世纪前期学界对"三重证据法"的倡导。王国维对于"二重证据法"的成功实践，在当时学界引起强烈共鸣。不过，地下材料毕竟所得有限，能够将出土文献与传世文献相互印证更是不易。于是，许多学者试图在考古学之外寻找新的材料。在此风气之下，以人类学资料作为古史研究的参证，成为20世纪前期学界的又一趋势。梁启超、胡适、顾颉刚、傅斯年、钟敬文等在演讲或论文中，先后对作为"第三重证据"的人类学资料进行了阐发。至20世纪40年代，孙作云正式提出"三层证明法"，成为后来文学人类学"三重证据法"的先声。

下编为分论，共分五章，主要对20世纪前期中国文学人类学史上的几位代表人物进行个案分析：

第一章讨论对象为周作人。民国初年，周作人陆续写成《童话研究》《童话略论》等文章，率先采用人类学理论对载录于古籍中的童话故事进行系统阐释，从而开启了文学人类学研究的先河。此外，周作人从人类学视野出发对文学、艺术起源所作的研究，也成为20世纪前期中国文学人类学实践的重要组成部分。

第二章讨论对象为茅盾。出于对欧洲文学的兴趣，茅盾很早便走上了神话研究的道路。与周作人一样，对茅盾神话研究产生深刻影响的，也是西方人类学派神话学。借助于这一学派的理论与方法，茅盾实现了对中国上古神话的重建。其主要思路为：原始先民心智共通说—世界神话普同说—归纳其他民族的神话模式—复原中国上古神话。

第三章讨论对象为郑振铎。作为对"古史辨"派的反驳，郑振铎倡导"古史新辨"，其方法，主要是综合运用人类学、民俗学与文献资料进行多向度释古。《汤祷篇》一文便是郑振铎上述设想的体现。受弗雷泽《金枝》的启发，这篇文章对中国古籍中所载的"汤祷"传说进行了还原。在疑古之风如日中天的当时，郑振铎借人类学理论与方法探索"古史新辨"的道路，为中国现代学术树立了新的典范。

　　第四章讨论对象为闻一多。约从 20 世纪 30 年代初开始，闻一多逐渐退出诗坛而转向学术研究，其论著中间，尤其值得关注的是有关古代神话与风俗的研究，作者多借鉴新兴的文化人类学知识而创见迭出。闻一多遇害后，朱自清等整理闻一多遗著，上述研究以《神话与诗》为题收入《闻一多全集》甲集。今天看来，编入《神话与诗》中的一些篇章，无疑是早期中国文学人类学研究史上的重要个案，其影响在今天依然有迹可寻。

　　第五章讨论对象为孙作云。作为闻一多的直接传人，孙作云的研究也涉及《诗经》《楚辞》、中国古代神话传说与民俗文化等领域。在方法上，除传统的文字考订与音韵训诂外，他也从文化人类学、民俗学视角对上述对象进行解读。所不同者，孙作云将人类学中的图腾理论进一步普泛化，试图对中国上古图腾社会进行重构。此外，孙作云在王国维"二重证据法"的基础上，首次正式提出"三层证明法"。这一方法既是对前人已有研究的总结，也是孙作云本人自觉的学术追求，在中国文学人类学的发展史上意义深远。

　　关键词：文学人类学　三重证据法　神话学　文化人类学　跨学科研究

Abstract

It was after 1980s that Literary Anthropology was formally established in China. However, as a research methodology, Literary Anthropology may be tracked back to the early 20th Century in view of its practical implications. Hence, the main research object of this study is Literary Anthropology as a "methodology" and its development in early 20th Century China.

This dissertation consists of three sections, namely introduction, text and conclusion. The introduction defines some basic concepts involved, such as "Chinese Literature" and "Literary Anthropology". The text falls into two parts: Part I (theoretical part) and Part II (case study). Part I includes four chapters:

Chapter I casts back the theoretical origins of Literary Anthropology in China. During the early 20th Century, The Classical Evolutionism School had a significant influence on literary anthropological studies in China. Theories of the School, such as "cultural survival", shamanism, rituals and totemism, appeared in early researchers' writings with extremely high frequency. They serve as handy tools for Chinese intellectuals at that time to explore the cultural and literary phenomenon in China.

Moreover, it should be pointed out that "jin shi zheng shi" (the traditional uses of inscriptions on ancient bronzes and stone tablets as historical evidence) and "li shi er qiu zhu ye" (the philosophy that "*Li* has been lost at the place where it originated, but still remains in remote areas. In order to restore *Li*, we need to set out for those remote and desolate places), which were deeply rooted in China, became another important theoretical resource for Chinese Literary Anthropology.

Chapter II studies the introduction of the western concept "myth" into China as well as the rise of the anthropological approach of mythology. At the beginning of 20th Century, with the input of "myth", major mythological theories of the west also spread to China in quick succession, among which the most widely admired one in Chinese academia should be the anthropological approach of mythology represented by Andrew Lang. Scholars like Zhou Zuoren and Mao Dun introduced this approach into China and applied it into their own studies, hence becoming forerunners of Chinese Literary Anthropology in early 20th Century.

Chapter III focuses on the history of the early practice of Literary Anthropology in China. As an interdisciplinary academic practice that breaks the bounds of literature and anthropology, Chinese Literary Anthropology can be traced back to early years of the Republic of China (1912 – 1949). Zhou Zuoren took the lead in applying the anthropological theory of Classical Evolutionism to fairy tale studies, and put forward early practice of Chinese Literary Anthropology for the first time. Since the late 1920s, research of Literary Anthropology has prospered in China. At that time, we not only had scholars like Mao Dun engaged in the study of Chinese classical mythology, but also Zheng Zhenduo and Guo Moruo that introduced anthropological theories into the field of ancient historical study. Since mid 1930s, with the domestic development of Cultural Anthropology, two major groups have arisen within the field of Chinese Literary Anthropology, one group is litterateurs and historians, and the other group is anthropologists. With the joint efforts of those scholars, new prospects have been opened up in this field.

Chapter IV mainly discusses the advocacy of "Triple Evidence Methodology" in early 20th Century in Chinese academia. The successful practice of "Double Evidence Methodology" initiated by Wang Guowei has struck a responsive chord with the whole academia of that time. However, the unearthed evidence is always limited in number after all, and it is even harder to make the unearthed literature and inherited literature confirm each other. Therefore, many scholars have tried to find new evidence in addition to archaeology. Under this background, the practice of taking anthropological evidence as corroboration of ancient historical research has become another academic trend in early 20th Century in China. Scholars like Liang Qichao, Hu Shi, Gu Jiegang, Fu Sinian and Zhong Jingwen have successively made elaborations of anthropological evidence as "the Third - layer Evidence". During the 1940s, Sun Zuoyun formally put forward "Three - layered Proof Methodology", which laid the foundation for what is now called "Triple Evidence Methodology" of emerging Literary Anthropology in China.

Part II of the text mainly deals with case study ofseveral principal exponents in the history of Chinese Literary Anthropology in early 20th century. It is composed of five chapters:

Chapter V is a case study of Zhou Zuoren. In the early Republic of China, Zhou Zuoren was the first to adopt anthropological theories in his fairy tale interpretations, publishing such articles as *Studies of Fairy Tales* (*tong hua yan jiu*) and *A Brief study of Fairy Tales* (*tong hua lue lun*). He made a systematic and profound elaboration of fairy tales recorded in ancient Chinese books from perspective of anthropology, thereupon started the research of Literary Anthropology in China. In addition, he also studied on the origins of literature and art from an anthropological perspective, which has also become an important part of literary anthropological practice in early 20th century in China.

Chapter VI is a case study of Mao Dun. Being interested in European literature, Mao Dun began his research of mythology at a very early age. Like Zhou Zuoren, he was also deeply influenced by the western anthropological approach of mythology. On the basis of theories and methods of this school, Mao Dun finally accomplished the reconstruction of Chinese ancient myths. His main idea might be illustrated as follows: the commonality of primitive mind—the universality of world myths—the summary of mythical patterns from other nations—the reconstruction of Chinese myths.

Chapter VII is a case study of Zheng Zhenduo. As a subversion of the Gushi Bian School, Zheng Zhenduo strongly advocated "Gushi Xinbian", which means a multidimensional explanation of the history through integrative application of anthropological evidence, folk customs and written literature. His thesis of *Tang Dao Pian* serves as a perfect embodiment of the above idea. Inspired by Fraser's *Golden Bough*, this paper makes a restoration of the Chinese "Tang Dao" legend recorded in ancient books. While the Gushi Bian School was still in its full flush of influence, Zheng Zhenduo paved a new way of "Gushi Xinbian" by the aid of anthropological theories and methods. This has set a new example for Chinese modern academic studies.

Chapter VIII is a case study of Wen Yiduo. Since the beginning of 1930s, Wen Yiduo has gradually withdrawn from the poetic world and turned to academic research. What is particularly noteworthy is that there are a large number of writings about ancient myths and customs in his publications. With reference to knowledge of emerging, they have become creative with abundant original ideas. After Wen Yiduo was assassinated, Zhu Ziqing and other scholars set their hands to the job of collecting and publishing his literary remains. His treatises mentioned above finally passed into *The Complete Works of Wen Yiduo* (*Vol.* 1) entitled *Myth and Poetry*. Some of his treatises collected into *Myth and Poetry* are for today undoubtedly important cases of early literary anthropological explorations in China, and clues could be found even today to bear out their great power.

Chapter IX is a case study of Sun Zuoyun. As a direct descendant of Wen Yiduo, Sun Zuoyun also relates his research to fields of *The Book of Songs* (*Shi Jing*), *The Songs of Chu* (*Chu Ci*), ancient Chinese myths and legends, folk cultures, etc. So far as the research methods are concerned, he has elaborated the above-mentioned objects in the light of Cultural Anthropology and Folklore besides word annotation and phonological exegesis. The only difference between them is that Sun Zuoyun has further generalized the totemic theory in Anthropology, with an attempt to reconstruct the ancient Chinese totemic society. Moreover, it was Sun Zuoyun who for the first time officially put forward the "Three – layered Proof Methodology" on the basis of "Double Evidence Methodology" by Wang Guowei. This methodology is not only a summary of previous studies, but also a result of Sun Zuoyun's own voluntary academic pursuit, which is of profound significance to the development of Chinese Literary Anthropology.

The section of Conclusion evaluates the practical activities of Literary Anthropology initiated by Chinese scholars in the early 20th Century.

Key words: Literary Anthropology   Triple Evidence Methodology   Mythology   Cultural anthropology   Interdisciplinary research

目　　录

下编　分论

Contents

Part I   Pandect

绪　论

一　重审"中国文学"：人类学视野中的文学观

"五四"以后，随着西学的急剧输入，中国本土思想与学术传统出现了前所未有的危机，许多原本不证自明的概念、命题此时一再被追问，"文学"正是当时被反复追问的对象之一。翻开这一时期的中国文学史著作，起始章节几乎无一例外是对"文学"概念的追溯与讨论。由于对"文学"的理解言人人殊，致使许多学人深感文学定义之难。郑振铎在《文学的定义》一文中坦言："文学的定义，向来是极复杂而且歧异百出的。许多批评文学家与诗人与小说家都下了他们自己所臆想的定义。"正因为此，他在此文中回避了对"文学"的直接界定，而是从侧面入手，将文学与科学、艺术进行比较，以此阐明文学的性质。在他看来，"知道了文学的性质，文学的定义自然就可以很容易的归纳而出了"①。周作人在《文学与常识》一文中说："论到文学的定义，的确很难讲解；比不得自然科学，能从实验室里——显微镜下，或者试验管中，寻出一定的结论来，因为文学的背景，是基于情绪的，更因各人常识的不同，就有不同的定义生出来。"② 胡怀琛在《中国文学辨正》一书序言中也说："余尝研究中国文学史，窃以为此一极困难之事。其最大之原因，即数千年来，未尝划清文学界限，且未尝规定专门名词是也。界限未划清，则甲

---

① 西谛（郑振铎）：《文学的定义》，《文学旬刊》1921年第1号。

② 周作人：《文学与常识》，原载《燕京大学校刊》1929年第24期，引自钟叔河编订《周作人散文全集》第5卷，广西师范大学出版社2009年版，第548页。

指以为文者，乙斥为非文；乙斥为非文者，丙又以为是文。遂至各执一说，彼此争论不已。专门名词未规定，则或同名而异实，或同实而异名，或名存而实亡，或名非而实是。遂至参差糅杂，不可究悉。如是，治文学史者，不亦难乎！"① 直到 20 世纪 30 年代，钱锺书在《中国文学小史序论》一文中，依然对文学定义采取悬置的办法："兹不为文学立定义者，以文学如天童舍利，五色无定，随人见性，向来定义，既苦繁多，不必更参之鄙见，徒益争端。"②

早期中国文学史写作中的这种特殊现象，今天的研究者已有所阐发。台湾学者王文仁指出："在讲述中国文学史前先行讨论'文学'的定义，是早期文学史作的一大特色。这些论者之所以不厌其烦地讨论这些看来与文学史并不相干的文学原理，主要还在于，当时的学人对于'文学'这个要描绘的对象确实感到困惑与不解。"③ 大陆学者王峰观察到："早期中国文学史书写中有一个颇有意味的现象，就是开篇就谈什么是文学。从 1930 年左右开始，这种现象基本消失，文学史写作者基本上不再开篇探讨何谓文学，而是直接谈上古文学或先秦文学。与之相应，文学概论教材多起来，这反映了'文学'概念开始稳定下来。"④ 笔者在此想补充的是，这个时期的文学史著作虽然各有侧重，对于文学的定义也互有歧异，但其共同的思维定式，是以西方的概念、范式为准则，对中国文学进行考量与裁定。比如，在《中国文学演进之趋势》一文开篇，陈钟凡即断言："晚近言文学者莫不谓：世界文学之演进，率由讴谣进为诗歌，由诗歌而为散文。今征诸夏文学演进之趋势，其历程亦有可得而言者。"⑤ 其实，这里所谓"世界文学"仅指"西方文学"而言，并未将众多东方文学与原住民文学包括在内。陈钟凡在此文中的叙述策略，便是援引上述"世界文学"发展之"公例"，对中国文学进行削足适履的剪裁，以证

① 胡怀琛编：《中国文学辨正》，商务印书馆 1927 年初版，1933 年再版，第 1 页。

② 钱锺书：《中国文学小史序论》，《国风》1933 年第 3 卷第 8 期。

③ 王文仁：《启蒙与迷魅——近现代视野下的中国文学进化史观》，（台北）博扬文化事业有限公司 2011 年版，第 186 页。

④ 王峰：《"文学"的重构与文学史的重释——兼论 20 世纪早期"中国文学史"书写的意义》，《华东师范大学学报》2008 年第 2 期。

⑤ 陈钟凡：《中国文学演进之趋势》，《文哲学报》1922 年第 1 期。

明"诸夏文学，原于风谣，进为诗歌，更进而为散体"。在这一简化后的中国文学史叙述中，且不说《文心雕龙》《文选》等传统著作对中国文学的分类逸出作者的视野之外，即便是晚近影响极大的元代杂剧、明清传奇与小说也付诸阙如。另外，只要对中国文学史略有所知，大概都得承认，中国文学的发展并非如作者所描述的那样整齐划一、单线演进，而是呈多条线索齐头并进的繁复态势。

对于将西方文学观念不加反思地援引到中国而产生的种种悖谬现象，20 世纪前期的学者并非毫无察觉。胡怀琛在《中国小说研究》中特别强调："本书名为《中国小说研究》，当然，所讲的是中国的小说，所下的定义，是中国小说的定义。"① 在谈到如何定义"小说"时，胡怀琛认为"拿西洋的小说做标准"定义中国小说极为困难，原因是"他们所认为是小说的，不能恰和我们所认为是小说的一样。倘若拿西洋的小说定义做标准：有的地方，不能包括中国的一切小说，是他的范围太狭了；有的地方，又超出中国所有的小说以外，他的范围又似乎太宽了"②。王瑶在评林庚《中国文学史》时也说："以西洋的文学观念和文艺派别来处理中国文学史，因了彼此历史发展的内容不同，自会有参差不合的地方。"③不过，在当时及其后的一段时期中，上述反思不仅显得微弱，而且有些曲高和寡。

20 世纪晚期以来，随着文化人类学所引发的本土文化自觉意识的高涨，越来越多的学者开始意识到西方文学观念对中国文学的遮蔽。在《本土文化自觉与"文学""文学史"观反思——西方知识范式对中国本土的创新与误导》一文中，叶舒宪先生基于人类学的本土文化自觉立场，对"五四"以来中国的文学和文学史观，以及在此基础上所建构的"中国文学"学科，作出了批判性的反思。在他看来，伴随西学东渐大潮而引入的西方现代文学观念，尽管也有其引导知识创新的积极作用，比如对"诗文"正统地位的消解与对小说、戏剧地位的提升，又如与之伴生

---

① 　胡怀琛：《中国小说研究》，商务印书馆 1929 年版，第 1 页。
② 　同上书，第 2 页。
③ 　见《清华学报》1947 年第 14 卷第 1 期"书评"。

而来的现代理论批评体系对传统诗话、词话与诗文评点的取代，不过，这种跨文化移植同时也带来了巨大的负面效应：

> 植根于西方现代文学创作实践的现代的文学观是以典型的四分法来规定"文学"之领域的，那就是诗歌、散文、小说与戏剧。这样的四分法文学观传入我国以后，迅速取代了本土的、民族的传统文学观，成为推行西化教育后普遍接受的流行观念，即无须为其本身合法性提供任何证明，也无须为其在中国语境中的适应与否做任何调研或论证。一部又一部的文学概论，一部又一部的中国文学史，都是以同样的舶来的四分法模式来切割和归纳中国文学的实际。其结果就是我们文科师生多少代人沿袭不改的教学模式：带着四分色的有色眼镜来看待自己民族的传统文学发生发展的历史。①

基于上述反思，叶舒宪先生呼吁清理现行文学观念中"文本中心主义""汉族中心主义"与"中原中心主义"三大症结，提出重建文化人类学意义上的文学观，其宗旨是"按照文化相对主义原则，最大限度地体现中国文化内部的多样性，以及汉文化内部的多样性"②。

与叶舒宪有着相同取向的还有杨义先生。新世纪以来，杨义一直致力于"重绘中国文学地图"的倡导，其主要动机之一，便是有感于西方文学观念对中国本土文学的遮蔽。在《重绘中国文学地图与中国文学的民族学、地理学问题》一文中，杨义先生指出：

> 在跨世纪的时候我们发现了一个问题：西方在建构自己的文学观念的时候，并没有考虑中国还有文学，甚至比它的历史更长、更悠久，而且成果更有独特的辉煌。我们用的是一种错位了的、从西

---

① 叶舒宪：《本土文化自觉与"文学"、"文学史"观反思——西方知识范式对中国本土的创新与误导》，《文学评论》2008 年第 6 期。另外参见叶舒宪《"学而时习之"新释》，《文艺争鸣》2006 年第 5 期。

② 叶舒宪：《本土文化自觉与"文学"、"文学史"观反思——西方知识范式对中国本土的创新与误导》，《文学评论》2008 年第 6 期。

方的经验中产生出来的文学观，这种文学观其实是西方的"litera-ture"通过澳门的报刊，或者通过日本用汉字翻译成"文学"，我们也就这么使用了，但跟我们文学发展的实际过程是同中有异，存在着错位的。①

在杨义看来，西方知识界是以自身文学传统为基础来建构其文学观念的。因而，当这种文学观念不加反思地援引到中国时，一方面导致了中国文学的窄化，面对任何一部作品，国内研究者有如希腊神话中的普洛克路斯忒斯（Procrustes），总是以西方"literature"为标准来衡量，凡不符合这一标准的，便被排除于"文学"之外；另一方面，也导致对中国文学特质的遮蔽，因为每一民族的文学都是在其特定传统中形成的，有其独特的历史与文化内涵，很难用另一民族的文学标准来化约。针对上述弊端，杨义提出中国文学观的"三世说"，即古代的"杂文学观"、"五四"时期始形成的"纯文学观"与20世纪末期的"大文学观"——后者"吸收了纯文学观的学科知识的严密性和科学性，同时又兼顾了我们杂文学观所主张的那种博学深知和融会贯通"②，因而可以视作中国传统文学观在新的历史时空中的升华形态。

概括起来，上述学人有关中、西文学观念的思考，其中涉及两个主要问题：第一，人类文学是否有着普遍的"标准"与"范式"？第二，这种"标准"与"范式"由谁来制定？如果说，前一个问题仅是人类文化史上屡见不鲜的"普遍性"与"特殊性"之争的话，后一个问题则触及"话语霸权"这一敏感领域。在笔者看来，人类文化固然有着"共通"的一面，但不能因此而忽略不同文化的本土特殊性，更不能将某一文化的"范式"不加反思地移植到另一文化之内。③ 就文学而言，许多西方文学现象在中国确实很难找出相互对应的部分，反过来说，中国历史上曾经

————————

① 杨义：《重绘中国文学地图与中国文学的民族学、地理学问题》，《文学评论》2005年第3期。

② 同上。

③ 笔者在此强调不同文化的特殊性，并不意味着以此否定人类终极价值的存在。在笔者看来，各种文化的表现形态可能千差万别甚至不可化约，但其终极价值均指向人的存在本身。

出现的一些文类，西方也未必同样具备。对于中国文学的特殊性，前代学者其实早有论及。20世纪20年代，郭绍虞便谈道："中国文学界上有一种很特别的东西就是'赋'。赋自有它特殊的体裁，在中国文学上，既不能归入于文，又不能列之于诗。诗赋二体很不相同，所以《文心雕龙》上就把诗赋分作两篇——明诗，诠赋——去讲；这就是给我们一个很明划的区分。"① 遗憾的是，在奉西学为圭臬的"五四"及其后很长时间内，能如郭绍虞一样自觉反思中国文学特殊性的学者并不多见。

在今天，面对西方文学观念主导下的文学分类范式，我们自然可以从相反的方向提出问题：西方文学中为什么没有辞赋、没有骈文？《尚书》中的"典""谟""训""诰""誓""命"等"文体"，是否便等同于由西方翻译而来的"散文"？当然，这种提问并非笔者的用意所在，否则可能陷入另一种话语牢笼。笔者不过想借此强调，当以西方文学为普遍"标准"来裁断、衡量中国文学时，我们必须保持足够的警惕。事实上，直到20世纪初，林传甲、黄人、谢无量、胡怀琛、吴梅等学者所持的文学观，其内涵相比今天远为丰富。陈平原先生曾就此反问道："今天的读者可能感到诧异的是，吴梅将史著、语录、道学、制艺等放到文学史中来加以论述。但如果熟悉早年的文学史书写，比如林传甲、黄人、曾毅、谢无量、胡怀琛等人的著作，你就能坦然面对这种'体例的混乱'，甚至反过来思考：近百年来以西方'纯文学'观念为尺度，剪裁而成的'中国文学史'，或许是一种削足适履？"②

基于以上反思，本书力图从人类学本土文化自觉立场出发，与近代以来从西方移植而来的"纯文学"观适当拉开距离，在一定程度上回归中国传统文学观念。因而，作为本书研究对象的"中国文学"，其中一部分在近代以来的学科划分中可能属于史学的范畴；而作为本书考察对象的几位学者，其外在的职业身份可能介乎文学家、史学家、人类学家或

① 郭绍虞：《赋在中国文学史上的位置》，见郑振铎编《中国文学研究》，商务印书馆1927年版，第1页。

② 陈平原：《不该被遗忘的"文学史"——关于法兰西学院汉学研究所藏吴梅〈中国文学史〉》，《北京大学学报》2005年第1期；收入陈平原《触摸历史与进入五四》，北京大学出版社2010年版。

民俗学家之间。

二　文学人类学:作为方法与作为学科

关于中国文学人类学的历史起点问题,叶舒宪、萧兵、方克强、徐新建、傅道彬等学者均曾有所论及。① 虽然他们对于具体时间上限的看法存在差异,但一致认为这种研究范式早在 20 世纪前期即已出现。比如,傅道彬说:"应该说人类学方法论的自觉最早源于闻一多先生……他的《伏羲考》、《说鱼》、《姜嫄履大人迹考》等已成为文学人类学的经典文献。"② 萧兵说:"'文学人类学'在中国大陆的崛起是近几年的事,但是它的'运用'却有七十年左右的历史。郑振铎、闻一多、陈梦家以诗人研究中国的民俗、神话,取得骄人的成绩,实际上就是'文学人类学'。"③ 徐新建也说:"文学人类学在中国的兴起经历了几起几落过程。如果简约划分的话,可以大致分为 1905 年至 1949 年和 1949 年至今的两个时期。第一个时期的成果是奠基性的,需要下力气挖掘梳理。其中的重要人物有闻一多、郑振铎、茅盾等。"④ 尽管如此,由于文学人类学在中国的正式提出是在 20 世纪 80 年代后期,因而本书所采用"20 世纪前期中国文学人类学"⑤ 的提法可能仍会面临质疑。在笔者看来,这里实际上牵涉学术史研究中的"名"与"实"问题。与之类似的问题实际上在其他学科中也曾出现。在谈到中国民族学史的写作时,罗致平先生指出:

> 我国是民族学的故乡,我们说中国民族学史的研究,不一定要从西方传进民族学(Ethnology)这个单字才开始的。过去西方中心

---

① 关于这一问题的详细讨论,参见代云红《中国文学人类学基本问题研究》,博士学位论文,华东师范大学,2010 年,第 51—55 页。

② 傅道彬:《文学人类学:一门学科,还是一种方法?》,《文艺研究》1997 年第 1 期。

③ 萧兵:《世界村的新来客——"走向人类、回归文学"的文学人类学》,《江苏社会科学》2000 年第 2 期。

④ 徐新建:《文学人类学的中国历程》,《西南民族大学学报》2012 年第 12 期。

⑤ 为了叙述的方便,本书同时也采用"早期中国文学人类学"这一提法。

主义盛行的时候，以为什么东西、什么学术都是起源于西方，哲学、
伦理学、经济学、法律学等学术专名无疑都是舶来品，难道我们写
哲学史、伦理学史、经济学史、法学史都是从有了这些术语后才写
起吗？不是的。胡适的《中国哲学史大纲》，蔡元培的《中国伦理学
史》都不是从哲学、伦理学这一术语传进中国才着手写的。经济学
史、民族学史也一样。①

　　这段话中虽然不经意间流露出几分"吾国古已有之"的心态，不过
平心而论，其说也不无道理，因为一种学术方法、范式的出现与对这种
方法、范式的命名，在时间上往往并非同步，我们不能因为命名（不论
是译自国外或是出于新创）的晚出便否定这种范式的先期存在。即以引
文中所提到的"中国哲学"为例，自明清之际西学东渐以来，这一命题
便处于不断地"质疑"与"反质疑"的思想拉锯之中。最早有耶稣会传
教士利玛窦使用"中国哲学家"一词并认定孔子是"大哲学家"，嗣后维
柯、马勒伯朗士、卫方济等西方大哲都有过类似表述。至 19 世纪，另一
位西方思想家黑格尔却断言"东方的思想必须排除在哲学史以外"②。中
国方面，晚清的张之洞也曾拒绝使用"中国哲学"一词。同黑格尔一
样，他把"哲学"只看成是"西方之学"，因此试图以"名学"或
"理学"代替"哲学"。王国维则从普遍主义的立场出发，坚称哲学是
中国固有之学，只是用名不同罢了。"五四"前夕，随着胡适《中国哲
学史大纲》的横空出世，"中国哲学"的提法逐渐深入人心。此后又有
冯友兰《中国哲学史》和张岱年《中国哲学史大纲》相继问世。尽管
二人的具体论述有所差别，但都肯定"中国哲学"这一提法的合法性。
直到 21 世纪初，法国学者德里达的一句"中国没有哲学，只有思想"，

---

① 罗致平：《岑家梧民族研究文集·序》，民族出版社 1992 年版，第 2 页。值得注意的是，
王铭铭先生也有类似的看法："若说人类学的基础研究为民族志，则中国历史上广泛存在的方志
及游记，亦可被列为汉文人类学撰述史上之典籍。"参见王铭铭《人类学讲义稿》，世界图书出
版公司 2011 年版，第 12 页。

② ［德］黑格尔：《哲学史讲演录》第 1 卷，贺麟、王太庆译，商务印书馆 1983 年版，第
98 页。

再度引起学界对于中国有无哲学或"中国哲学"合法性问题的讨论。①不过，今天的讨论基本上立足于下述共识：哲学不唯西方文明所有；在西方哲学之外，还应当存在另外一种形态的"东方哲学"。中国哲学史如此，我们对"中国伦理学史""中国美学史"等学术史的建构，何尝不也是一种后来者的追认。

笔者在此梳理中外学界关于"中国哲学"问题的论争，是想借此说明，一种学术方法、范式的出现与后人对于这一方法、范式的命名，其间可能存在一定的时间距离。而所谓"命名"，就其本质而言，不过是后人出于把握的方便而对已然存在的对象的一种概括和简化。基于上述思考，笔者将文学人类学区分为"方法"与"学科"两个方面。作为一门学科，中国文学人类学的学科自觉与创建自然始于20世纪80年代以后。不过，作为一种学术方法，中国文学人类学其实早在20世纪上半叶即已发轫。②此时不仅有周作人、茅盾、郑振铎、闻一多、孙作云等学者的先行实践，作为中国文学人类学"三重证据法"前身的"三层证明法"也已提出。

1912年，从日本归国不久的周作人写成《童话研究》一文，次年发表于《教育部编纂处月刊》第1卷第7册；1913年，周作人又写成《童话略论》一文，同年发表于《教育部编纂处月刊》第1卷第8册。③就笔者目力所及，两篇文章首次采用文化人类学理论对古籍中所载的几则童

① 中外学界关于"中国哲学"问题的论争，参见苗润田《中国有哲学吗？——西方学者的"中国哲学"观研究》，载《中国思想史研究通讯》第1辑；王中江《中国哲学前沿丛书总序》，载〔美〕本杰明·史华慈《思想的跨度与张力——中国思想史论集》，中州古籍出版社2009年版，第1—3页。

② 《文艺研究》曾于1997年第1期发表一组题为"探讨文学人类学，拓展研究新领域"的笔谈文章，对笔者颇有启发。该组文章的"编者按"中说："在中国，'文学人类学'作为一种学科命名，虽然是近些年的事，但作为一种研究方法，却有着近百年的历史，并构成了'文学人类学'研究不可忽视的传统。"

③ 周作人《童话略论》一文，学界多以为最初发表于《绍兴县教育会月刊》第2号，比如张菊香、张铁荣编著《周作人年谱》，钟叔河编订《周作人散文全集》。另外，钱理群在《周作人传》一书脚注中说："《童话略论》载《绍兴县教育会月刊》1号（1913年10月15日），并转载《教育部编纂处月刊》1卷8册（1914年9月）。"（见钱理群《周作人传》，北京十月文艺出版社1990年版，第170页）此说有误。实际情形是，这篇文章最初发表于《教育部编纂处月刊》1913年第1卷第8册，后由《绍兴县教育会月刊》第2号转载。

话故事进行系统阐释，标志着中国文学人类学研究的正式出现。继周作人之后，随着人类学理论和神话学知识的广泛传播，这种研究范式的影响进一步扩大。从"职业身份"来看，20世纪前期的文学人类学研究主要由两种学术群体构成：

第一种群体由文史学者构成，主要包括周作人、茅盾、郭沫若、郑振铎、闻一多、孙作云、卫聚贤、李玄伯等。除此之外，一些民俗学者如江绍原、钟敬文等，也可归入其中。① 这些学者多从文化人类学视角出发，对中国传统典籍进行重新审视。尽管其研究间或出现不够谨严之处，但由于能一扫前代学者的陈腐说教而提出新见，因而无论在当时还是在后来都有极大的影响。

第二种群体由人类学者构成，主要有林惠祥、马长寿、芮逸夫、岑家梧等。② 这些学者曾在国内外著名院校受过正规的人类学训练，不仅熟悉欧美的各种人类学理论，而且有过实地调查的田野经历。他们的研究拓展了早期文学人类学的研究视野，对于闻一多、孙作云等文史学者也产生过一定的影响。

20世纪80年代后期，"文学人类学"在中国大陆正式提出，此后进入学科建设阶段。对于"作为学科"的文学人类学，学界也曾提出异议。在《文学人类学：一门学科，还是一种方法?》一文中，傅道彬认为："所谓文学人类学准确地说应是'人类学的文学'，也就是说对于文学而言，人类学是文学研究的新的批评方法新的文化目光。"不过，作者持此论的动机，很大程度上并非出于学理方面的考虑，而是基于下述担忧："假如我们把文学人类学看成是文学和人类学派生出来的新学科的话，那么这样的划分尽可以不断地延伸下去，比如哲学人类学、历史人类学、

---

① 在欧美国家，民俗学一般从属于文化人类学。中国则有所不同，一些学者（如杨成志）固然和人类学关系密切，另外一些学者，如江绍原、钟敬文等，却和文学、史学更有关联。这种情形也可以从他们的学术交往中略窥一斑，比如江绍原与周作人的交往、钟敬文与顾颉刚的交往。

② 林耀华先生完成于20世纪40年代的小说体人类学著作《金翼》，可以视作"人类学诗学"的早期典范。该书最初用英文写成，1944年在纽约印行，1947年在伦敦正式出版，中文版分别于1977和1989年在中国台湾及内地首次面世。由于该书对中国学界的影响主要在20世纪80年代以后，因而本文未将其纳入讨论的范围。

民俗人类学、艺术人类学等等，一门学科真到了无所不包的程度，那么它的存在价值也就值得怀疑了。"① 在笔者看来，这种担忧大可不必。作者所罗列的由人类学派生出的几种学科中，由于民俗学一般被包含在文化人类学之内，两者之间并非平行关系，因而"民俗人类学"的提法难以成立。其他几门学科，已有相应的学科建置或学术专著问世。在《开放社会科学》一书中，华勒斯坦等已用许多事实表明：学科是一个历史的、社会建构的产物。② 就学科和学术研究的关系而言，从来不是预设好了某种学科，然后派生出相应的学术研究；恰恰相反，正是因为已经具备了相当程度的研究基础，才有建立这一学科的必要。即以上述所举诸学科而言，在今天，恐怕谁也难以否认"历史人类学""艺术人类学"作为一门学科存在的合法性与必要性。

　　同样提出异议的还有章立明。在《中国文学人类学研究概述》一文中，章立明认为："就目前来看，如果文学人类学放弃学科冠名，而称为文学的人类学研究或人类学的文学研究或许是较好的也是有价值的选择。"③ 不过，作者立论的依据却有些难以捉摸："因为文学和人类学在合作之时，'由不同框架培育出来的人们之间难以讨论问题，但是，再没有什么能比这种讨论，这种业已推动了某些最伟大的智力革命的文化冲突更富有成果的了'。"引文中的后一句话，其实转引自马太·多冈、罗伯特·帕尔合著《社会科学中的杂交领域》一文，其原始出处为卡尔·波普尔（Karl Popper）的论文《常规科学及其危险》（*Normal Science and Its Dangers*）。令人疑惑的是，《社会科学中的杂交领域》一文主旨，正在于阐明跨学科研究的必要性："各个杂交领域很可能会继续成为推动社会科学所有学科革新的重要力量。过去几十年的记录已经足以给人们以深刻印象，随着专业的向前发展，现代社会科学各学科分支领域的繁殖将有

---

① 傅道彬：《文学人类学：一门学科，还是一种方法？》，《文艺研究》1997 年第 1 期。

② 参见华勒斯坦等《开放社会科学：重建社会科学报告书》，刘锋译，生活·读书·新知三联书店 1997 年版。

③ 章立明：《中国文学人类学研究概述》，《民族文学研究》2010 年第 3 期。

可能导致甚至更多的令人难忘的组合。"① 作者转引此文来说明 "文学人类学" 这一提法之不可取，显然有欠妥当。

关于一门学科形成的标志，景海峰、蔡玫姿等两岸学者均曾引述华勒斯坦《所知世界的终结——二十一世纪的社会科学》一书的观点，从大学系科的建制化和学科的体制化、组织性团体结构和学术圈的建立、为新知识定位的书籍分类系统的形成三个方面加以阐述。② 本书也借鉴此方法，对 "作为学科" 的中国文学人类学作一考察。

先来说大学系科的建制化和学科的体制化。文学人类学自 20 世纪 80 年代中后期在国内正式提出之后，经过十多年的不懈努力，至 21 世纪初，终于在大学的学科建制中获得一席之地。2000 年 5 月，四川大学组建 "文学与人类学研究所"，成为国内第一所将 "文学" 与 "人类学" 联系在一起的跨学科研究机构。当然，从这一机构的名称不难看出，由于当时尚处在草创阶段，因而仍有几分 "犹抱琵琶半遮面" 的色彩。近几年来，文学人类学的发展异常迅速。继四川大学之后，上海交通大学、重庆文理学院、西安外国语大学、广西民族大学、陕西师范大学等相继成立 "文学人类学研究中心"，兰州大学也建有 "文艺人类学研究所"。此外，中国社会科学院研究生院、四川大学、复旦大学、兰州大学等研究机构和高校，还在 "中国语言文学" 专业下设置 "文学人类学" 二级或三级学科，开始研究生的培养工作。

再来说组织性团体结构和学术圈的建立。中国文学人类学在这一方面的成绩尤为显著。1996 年 8 月，在吉林省长春市召开的中国比较文学第五届年会上，中国文学人类学研究会正式成立。1997 年 11 月，首届中国文学人类学学术研讨会在厦门召开，此后又相继在湘潭、兰州、贵阳、南宁、重庆、上海等地召开历届年会。由该学会主办的电子刊物《中国

---

① ［法］马太・多冈、［美］罗伯特・帕尔：《社会科学中的杂交领域》，王爵鸾译。见中国社会科学杂志社编《社会科学与公共政策》，社会科学文献出版社 2000 年版，第 156 页。

② 参见景海峰《现代中国哲学的身份意识与形态特征》，《成大宗教与文化学报》2006 年第 6 期；另见景海峰《中国哲学的现代诠释》，人民出版社 2004 年版，第 232—234 页。蔡玫姿：《域外文化的想象与诠释——苏雪林学术研究方法探源》，《成大中文学报》2007 年第 18 期。

文学人类学研究会通讯》也于 2009 年 4 月创刊，迄今已出版至第 9 期。目前围绕该学会已形成了一个较大的学术团体，其成员遍及国内众多高校和研究机构。

　　文学人类学在国内图书馆虽然未建立独立的书籍分类系统，不过，与之相关的学术著作已经引起学界的普遍关注。早在 20 世纪 90 年代，叶舒宪、萧兵共同主持的"中国文化的人类学破译"丛书，在国内产生很大反响。此后，叶舒宪又相继主编"文学人类学论丛""神话历史丛书"。上述著作之外，方克强《文学人类学批评》、叶舒宪《文学与人类学——知识全球化时代的文学研究》、彭兆荣《文学与仪式：文学人类学的一个文化视野》、徐新建《民歌与国学——民国早期"歌谣运动"的回顾与思考》、程金城《原型批判与重释》等，均可视为这一领域的重要成果。另外值得一提的是，由叶舒宪独立完成的《文学人类学教程》已于 2010 年出版。该书被中国社会科学院研究生院列为重点教材，显示出文学人类学在学科建设方面的迈进。

　　其实，包括中国现代文学、中国当代文学、比较文学等目前已被学界普遍接受的学科在内，其在创建之初均曾遭遇质疑与争议。因此，如果我们赞同华勒斯坦的观点，承认任何一种学科并非与生俱来，而是一种社会、历史建构的产物，便可能会以更为宽容的目光看待"作为学科"的文学人类学。

三　研究现状与写作思路

　　自 20 世纪 90 年代以来，随着文学人类学研究的蓬勃开展，不断有学者对之作出及时回顾与总结，这方面的代表性论文主要有：方克强《新时期文学人类学批评述评》（《上海文论》1992 年第 1 期），叶舒宪《文学人类学研究的方法与实践》（《中文自学指导》1996 年第 3、4、5 期），张婷婷《文学人类学的理论与批评——"二十年"的回顾与反思》（《中国社会科学院研究生院学报》1998 年第 6 期），李凤亮《相遇·对话·创生——文学人类学在 20 世纪中国的兴起与发展》（《南京社会科学》2004 年第 6 期），李菲《新时期文学人类学研究的范式转换与理论推进》（《文艺理论研究》2009 年第 3 期），章立明《中国文学人类学研究概述》（《民族文学研究》2010 年第 3 期），叶舒宪《文学人类学的中国化过程与四重证据法——学术史的回顾及展望》（《社会科学战线》2010 年第 6 期），徐新建《文学人类学的中国历程》（《西南民族大学学报》2012 年第 12 期）。单篇论文之外，一些学位论文也以中国文学人类学学术史作为研究对象，比如李晓禹《中国文学人类学发展轨迹研究》（兰州大学硕士学位论文，2007 年），林科吉《神话——原型批评在中国的接受、应用与发展——从神话—原型批评迈向文学人类学理论》（四川大学博士学位论文，2010 年），代云红《中国文学人类学基本问题研究》（华东师范大学博士学位论文，2010 年）。上述论文在具体观点上尽管存在差异，不过，其共同特点是将考察重心设定在 20 世纪 80 年代以后，即学科名称正式提出之后的中国文学人类学。对于 20 世纪前期学人的先行实践，通常仅在引论部分略作陈述。另外值得注意的是，在列举早期研究者的具体名单时，闻一多、郑振铎作为"典型个案"每每被提及；相形之下，周作人、孙作云诸人的研究却经常被忽略。其实，若就文学人类学的早期实践而言，后两人的学术史地位同样值得重视。在笔者看来，正是周作人 1913 年发表的《童话研究》一文，开启了中国文学人类学早期实践的先河。孙作云系闻一多嫡传弟子，他不仅较早运用图腾理论对神话图像进行了专门研究，而且继王国维"二重证据法"之后率先提出"三层证明法"，这一命题成为后来文学人类学"三重证据法"的先声。

　　目前对 20 世纪前期文学人类学研究用力最多的，是王大桥博士学位论文《中国语境中文学研究的人类学视野及其限度》（华东师范大学，2008 年）。论文由上、下两篇构成，上篇集中讨论 20 世纪前期文学人类学研究。第一章"20 世纪前期神话研究的人类学视野"，依次以鲁迅、周作人、茅盾、闻一多"为例"，探讨当时人类学视野下中国神话研究的四种向度；第二章"歌谣研究的人类学视野——以北大早期'歌谣运动'为中心"，如标题所示，主要围绕中国现代民俗学的标志性事件——北大"歌谣运动"展开论述，重点在于阐明

"五四"前后现代知识分子的歌谣研究与中国文学人类学之间的有机联系。作为国内首篇对 20 世纪前期文学人类学进行集中梳理与研究的论文，其价值自不待言。不过笔者以为，该论文所涉及的一些具体问题仍有讨论的必要。

第一，对于部分学者的忽略。由于论文第一章分别以周氏兄弟、茅盾、闻一多"为例"展开讨论，因而对早期从事文学人类学研究的一些重要学者有所忽略。比如前文提到的孙作云，他在继承闻一多研究方法的同时又能自出机杼，自 20 世纪 30 年代中期以后，相继发表过以《诗经》《楚辞》及中国古代图腾制度为中心的一系列神话学、民俗学论文。这些文章不仅采用人类学视角，而且将研究领域扩展到铜器花纹、建筑装饰等图像领域，对文学人类学的发展意义深远。王大桥先生在论文第一章虽然对孙作云有所论及，但仅将其附于闻一多末尾，以作为闻一多文学人类学研究影响的证据，全文不过数百字，这种处理略显仓促。此外，诸如卫聚贤、李玄伯、马长寿、芮逸夫等学者，其学术活动与实践在 20 世纪前期的中国文学人类学学术史上也应当占有一席之地，论文因体例所限未能加以呈现。

第二，歌谣研究的人类学视野问题。关于中国现代歌谣研究与文学人类学之间的关系，叶舒宪先生曾作过一段概括："文学人类学研究不仅是要像《歌谣周刊》派那样，倡导文学研究者走入民间搜集整理诗歌谣谚，更需要借助于人类学对广大无文字社会文化传承方式的洞察，反思汉语书面文学发生的文化语境和口传渊源，达到超越文本中心主义的深层认识。"[1] 不难看出，歌谣研究固然与文学人类学有着密切关系，但二者并非同一层面。从王大桥先生论文第二章具体内容看，似乎有将文学人类学泛化的倾向。论文重点讨论的几个主题——"歌谣研究的比较研究法""母题的发生及主题学意蕴""历史演进法和孟姜女故事研究"，均属民俗学领域的经典问题，将之归于文学人类学之下，笔者以为值得商榷。

在文学人类学研究群体之外，值得一提的还有刘锡诚先生力作

---

[1]　叶舒宪：《文学人类学教程》，中国社会科学出版社 2010 年版，第 99 页。

《20 世纪中国民间文学学术史》（河南大学出版社 2006 年版）。这部著作皇皇 80 余万言，资料翔实，体系严密，论述甚为精当，本书在写作中多受其惠。该书虽未致力于中国文学人类学的专门研究，但许多章节也涉及这一领域，尤其是第三章第三节"人类学派及其成就"，对早期文学人类学研究多有涉及。但由于作者的研究对象是"20 世纪中国民间文学"，早期文学人类学的许多问题在书中自然有所忽略。

本书拟在上述研究的基础之上，从中国学术的现代转型这一宏观背景出发，对 20 世纪前期文学人类学的研究实践作一系统考察。这样做主要基于以下考虑：一方面目前学界对于这一时段的研究普遍有所忽略，许多问题仍有探讨的余地；另一方面，受意识形态因素的制约，早期学者的文学人类学实践在中断 30 多年后才得以再次延续。由于前后两个阶段之间的时间跨度，今天的研究者可能以一种"他者"的眼光对这段学术史进行"远距离"观照。未将当下正在蓬勃开展的文学人类学研究纳入视野之内，则是为了避免由于距离太近而导致的盲视。

本书分上、下两编。上编为"总论"，第一章将从域外、本土两个维度对中国文学人类学的思想渊源进行追溯。由于文学人类学研究伴随神话学的输入而出现。第二章将对"神话"概念进入中国的历程，以及人类学派神话学的兴起作一回顾。第三章拟分发轫、发展与多元开拓三个阶段，对 20 世纪前期文学人类学的实践历程作一梳理。第四章重点讨论早期学者对于民俗学、民族学等"第三重证据"的倡导以及孙作云"三层证明法"的提出。下编为"分论"，分别以周作人、茅盾、郑振铎、闻一多、孙作云为个案，对早期学者文学人类学研究的动机与心态、成就与缺失进行分析。

需要略作说明的是，任何研究归根结底可能是一种简化。20 世纪前期，采用人类学视角、方法从事神话传说、民间故事以及《诗经》《楚辞》等古典文学研究的学者不在少数。依照学术史的一般惯例，研究者需要从丰富多彩、千头万绪的学术"丛林"中清理出一条清晰可辨的"路径"。因此，笔者在书中出于结构的需要，不得不对材料作出主观选择，在采用一些材料的同时也舍弃一些材料，尽管后一种材料可能在其他研究者看来，其价值同样弥足珍贵。

上 编

总 论

第 一 章

中国文学人类学的思想渊源

文学人类学研究在现代中国的发生，系多种因素综合作用的结果，其中最重要的，自然是西方文化人类学思想的输入。在论及 20 世纪前期的文化人类学时，王铭铭先生指出，中国的人类学曾经与欧美现代人类学并肩。[①] 考虑到中国人类学早期发展的实际情形，这一论断并不算夸大。在当时，由于中西交流的频繁，几乎每一种人类学思潮都能及时介绍到国内。不过，对于 20 世纪前期的中国文学人类学来说，影响最为显著的当是古典进化论人类学，这一学派的"文化遗留"说、巫术理论、仪式学说、图腾理论等，屡屡见诸早期研究者的笔端，成为当时知识分子解剖中国文化与文学现象的一种得心应手的工具。另外需要提及的是，植根于中国本土的"金石证史"传统与"礼失而求诸野"思想，成为文学人类学的另一重要思想资源。本章首先概述人类学在中国的早期传播，接着就古典进化论人类学在 20 世纪前期中国的影响作一考察，最后分析中国文学人类学得以发生的本土思想资源。

一　西方人类学的"东渐"

（一）人类学的引入

汉语"人类学"一词译自英文 anthropology，该词最初源于希腊文，

---

① 见王铭铭为《现代人类学经典译丛》所写的序言。另外参见王铭铭《人类学与"中国启蒙"》，收入王铭铭《西学"中国化"的历史困境》，广西师范大学出版社 2005 年版。

拉丁文后来转写作 anthroposlogos，字面意思是"研究人的学问"。从学科发展的历史考察，早期人类学是专门研究人的生物特性的学科，后来才逐渐扩展到对人的社会特性的研究。① 在今天，由于学术传统的不同，西方国家人类学的具体内涵也有差异。在欧洲大陆，如德国、法国和苏联，人类学专指体质人类学而言，研究人类社会文化的则称民族学。在美国，人类学包括文化人类学、考古人类学、体质人类学、语言人类学四大分支。在英国，人类学中研究社会文化的一支称为社会人类学。对于人类学概念的这种歧异，20 世纪前期的中国学者已深有感触。在一篇介绍西方人类学流派的文章中，作者开篇便说："在科学的范围内，像文化人类学那样有着纷纭的异称，恐还少见"②。本书所谓"人类学"，如未作特别说明，一般专指文化人类学而言。另外，部分引文中所谓"民族学"，其所指也与文化人类学略同。

关于人类学传入中国的具体时间，学界有不同看法。早期一些学者大致把严复译斯宾塞《群学肄言》一书③，视作西方社会学、人类学知识传入中国的起点。黄文山在 20 世纪 30 年代发表的《民族学与中国民族研究》一文中，首先阐明："社会学在西方与民族学有密切之关系，或谓前者以后者为根据，或竟认二者为互相契合之学问，要之社会学的成年，多半受民族学之滋养，则早已为学术界公认的事实。"接下来又断言："社会学思想之输入我国，以严复译斯宾塞《群学肄言》（*Study of Sociology*）为最早，译者于书中之说，与中国古代社会可相比较者，往往附注其中，是为以西洋民族学说解释古书之开端。"④ 根据其思路，人类学思想在中国的输入，也应当追溯至《群学肄言》一书的汉译。多数学者则将 1903 年出版的林纾、魏易译《民种学》一书，视作中国人类学（民族学）的起点。徐益棠在《中国民族学发达史略》一文中指出："国人之介绍民族学者，亦始于 1900 年顷。就余所知，出版最早者为 1902 年（光绪

---

① 参见胡鸿保《中国人类学史》，中国人民大学出版社 2006 年版，第 1 页。

② 《文化人类学的派别》，作者署名"荔"，《读书与出版》1946 年第 8 期。

③ 严复于 1897 年开始翻译此书，1898 年在《国闻汇编》上发表其中部分章节，1903 年上海文明编译局出版足本。

④ 黄文山：《民族学与中国民族研究》，《民族学研究集刊》1936 年第 1 期。

二十九年）林纾魏易合译之《民种学》；翌年，《新民丛报》复发刊蒋智由氏之《中国人种考》，为探究中国人种起源问题最早之作品。"① 当代学者王建民也说："讲到中国民族学发展的确切的最早事项，可以追溯到《民种学》。"② 上述学者提到的这本著作原名 Volkerkunde，作者系德奥帝国民族学家迈克尔·哈伯兰（Michael Haberland），后由英国人鲁威（J. H. Loewe）译成英文，书名译为 Ethnology（即"民种学"，现通译为"民族学"）。1903 年，林纾与魏易将此书合译为汉语，由京师大学堂官书局印刷发行。

就笔者所接触到的资料来看，最晚至 19 世纪末期，汉语"人类学"一词已在日本率先出现。1898 年，《东亚报》艺学卷四发表《歇兹开路氏人种说》一文，由日本学者桥本海关译自《东京人类学会杂志》，文中有"于是人类学者相踵辈出"之语。中国学者中，较早使用"人类学"一词的是梁启超。在发表于 1902 年的《新史学》一文中，梁启超写道："夫地理学也，地质学也，人种学也，人类学也，言语学也，群学也，政治学也，宗教学也，法律学也，平准学也（即日本所谓经济学），皆与史学有直接之关系。"③

1903 年，清政府颁布《奏定学堂章程》，其中大学堂章程第三节文学科大学的中外地理学门科目的主课中有"人种及人类学"，万国史学门科目中有"人类学"选修课，英国文学门科目中有"人种及人类学"选修课。④ 同一年，罗大维将日本浮田和民《史学通论》一书译成中文，该书曾多次引述人类学的研究成果："抑野蛮人自由之状态，于前世纪虽为思想之倾向，今日社会学发达，已决明野蛮人之状态之非自由。英国人类学者兰博克氏之《文明起源论》曰：'野蛮人无往而能自由，其于世界中到处、日日复杂之生活，为最不便。何也？以其习惯往往不能为法律所

---

① 徐益棠：《中国民族学发达史略》，《斯文半月刊》1941 年第 2 卷第 3 期。按：光绪二十九年为公元 1903 年，此处或为徐氏记述失误，或为原刊印刷错误。

② 王建民：《中国民族学史》上卷，云南教育出版社 1997 年版，第 73—74 页。

③ 梁启超：《新史学》，见《饮冰室合集》第 1 卷，中华书局 1989 年版，第 10—11 页。

④ 转引自黄淑娉《中国人类学源流探溯》，见《黄淑娉人类学民族学文集》，民族出版社 2003 年版，第 215 页。

特许。'"　"人类学者威尔确乌、加罗利诸氏，谓头骨广与头骨长者属于高等，而现在人种中之最下等者，为亚乌斯特利亚人。"①

1904 年秋，王国维执教于江苏师范学堂，其授课讲义第二篇为"教育人类学"："教育者不可不就所教之儿童而精密究之，此种研究即教育的人类学也。人有身体及心意二部，故教育的人类学自分而为二。其研究其有形的身体者，谓之教育的人体学；其研究无形的心意者，谓之教育的心理学。"② 王国维对人类学的理解应当源自日本。同一年，《江苏》杂志发表坪井正五郎的《人类学讲话》，其中说道："古昔言人类学者，虽亦有之，然皆不过就人生人性二者言之，而未尝及于吾人之人类全体。今言人类学，当分二种：一言身，一言心。究其一而不究其二，不得谓之人类学。譬之有精神，有肉体。研究人类学者，不可遗肉体而单言精神，亦不可遗精神而单言肉体。"③ 1906 年，王国维在《奏定经学科大学文学科大学章程书后》④ 一文结束部分，建言"合经学科大学于文学科大学中，而定文学科大学之各科为五"，其中第三科"史学科科目"下，第十项为"人类学"。

国内较早对人类学作介绍的，是 1904 年《大陆》杂志第 2 卷第 12 期发表的《人类学之目的及研究人类学之材料》。这篇文章中，作者首先指出："人类亦自然产物之一，若研求其性质，亦须用理学的方法，始能知悉人性之正鹄。"这里所谓"理学的方法"，亦即自然科学的观察、实验方法。在人类学诞生之前，已有动物学涉及人的研究，不过作者认为这种研究存在很大的弊端："又动物学者以人类为动物，动物学书中时论及人类，然关乎人类可研究之事甚多，往往有于他动物不必视为重要，而于人类则必须详细讲求者。使人类与他动物一概相提并论，未免失其权衡。故动物学书中之论人类，吾人嫌其过略。"⑤ 动物学之外，其他涉

---

① ［日］浮田和民：《史学通论》，武陵罗大维译，上海进化译社 1903 年版，第 39—40、第 74 页。

② 王国维：《教育学》，见《王国维全集》第 1 卷，浙江教育出版社 2009 年版，第 166 页。

③ ［日］坪井正五郎：《人类学讲话》，《江苏》1904 年第 11、12 合期。

④ 此文自 1906 年 2 月起连载于《教育世界》第 118 至 119 号。引文见《王国维全集》第 14 卷，浙江教育出版社 2009 年版，第 39—40 页。

⑤ 《人类学之目的及研究人类学之材料》，作者未署名，《大陆》1904 年第 2 卷第 12 期。

及人的学科也各有局限："夫人体则详之于解剖学，人心则详之于心理学，人语则详之于言语学，众人相集而成之社会则详之于社会学，人事之经历则详之于历史学。又有考古学以探明人类之遗物。然则人类性情行为之各部，皆各有其科学以研求之矣。虽然，是等为人类一局部之学，而非真能解释人类者也。例如解剖学，以明人体构造为目的，然人类之研究不第身体，故斯学之目的不可谓之知人类。观于心理学乃至考古学亦同。"与上述学科的"局部研究"不同，人类学则是对人的"整体研究"："非体非心，离脱局部之研究以论人类，是即人类学也。"① 在作者看来，人类学的目的，在于"明人之所以为人，即明人类之本质、现状及由来"。为达此目的，"则体也，心也，言语也，古物也，皆可用以为研究人类学之材料"②。这里，我们依稀可见美国人类学四分支的影子。

此后致力于介绍西方人类学的还有孙学悟。1916 年，孙学悟在《科学》杂志发表《人类学之概略》一文。与前文相比，此文由于晚出，不仅资料更为翔实，还对人类学的几个主要分支作了详细说明。文章首先追溯了人类学的来源："人类学者，专为研究人之为类之科学也，其起源与它科学相仿，首以好奇之性久深于人己所不达之问题，每立种种假设以解释之。其学说初或列于信仰之范围而无证明之事实，或传述前人之记录而流于杳渺无真理之境。以是之故，人类学至十九世纪后始含有科学性质。自后欧美学士探险旅行者渐多，大城巨市博物馆陈设日富，同时动植学逐渐进步，事实标本，广集博征。人类学研究之方法与其立论之基础逐渐趋于科学之地位。然人类学之成立与其范围之划定，实始于 1859 年达尔文《物种由来》（*The Origin of Species*）之刊行、法兰西中央石器之发现，故 1859 年，不啻近世人类学之新纪元也。"③ 在对人类学与历史学、心理学、宗教学、考古学、地质学等学科的关系略作讨论后，作者重点介绍了人类学的主要分支：（一）人体学或体质人类学（Somatology or Physical Anthropology），主要从生物学角度研究"人为何物之问

---

① 《人类学之目的及研究人类学之材料》，作者未署名，《大陆》1904 年第 2 卷第 12 期。

② 同上。

③ 孙学悟：《人类学之概略》，《科学》1916 年第 2 卷第 4 期。

题"；（二）人性学（Ethnography），重点研究"地势、气候及周围状态对于人种上文化之影响"；（三）人种学（Ethnology），主要是对人类文化的比较研究；（四）古物学（Archaeology），旨在研究"历史以前之人种及人性"。上述各个分支中，尤以"人种学"的论述最为详细。作者首先分辨了"人种学"与"人性学"的差异：前者"以文化为标准而区别种族"，后者则"仅为一比较文化之研究"；然后介绍了人种学的目的及研究资料："人种学家首先采集'原人'（Primitive man）之标本以为研究之资"，其根本目的在于"考察人类进步之阶级，贯通文野人之历史，以观察进化史之梗概"；接着又对人种学的主要学说（"天演进化理论"）及研究方法（"历史的方法"与"比较的方法"）作了扼要说明。值得注意的是，在进化论学说风靡全国的当时，作者却对该学说有所警惕："人种学上学说，多基于天演进化之理论。然以解说一切，则未免失之于陋。浅学者徒随声附和，以致失科学之价值。"最后，作者还对人种学的主要研究内容（美术、群学、宗教、言语）逐一作了说明。另外值得一提的是，在对"古物学"的介绍中，相对于博物馆而言，作者更加强调墓葬发掘现场的重要性："其实埋葬所可谓古物学家之试验场也，因荒墓中所得之古物，莫不足以供给吾人最宝贵之知识。为葬事与一人民之宗教与迷信大有关系。即尸体下葬时，其位置方向，各有深意存焉。且不但此也，亦有一墓中葬多人者。由此等坟墓足以窥见其社会内容之一斑。更进之，测量尸身骨骼之高下、头颅之修短，可决其人民为土著，或由外方来者。且吾人察其随葬之物，即足以断彼族人民之事业，或为耕耘、或在渔猎时代。由其葬基上之铭刻及塑造，吾人可间接推究其人民美术上发达之阶级，解释彼时文化上之变转。"① 由这段话，我们不难窥见中国传统金石学向现代考古学的嬗变。当然，以今天的眼光来看，孙学悟这篇文章也存在一些问题。比如在分类方面，人类学的几个分支中，"人性学"与"人种学"可以合并为一类（即归人今天所谓"文化人类学"名下）。此外，"人种"这一名词自晚清起已被频繁使用，其含义主要指某个人类群体的体质、遗传特征。朱铭三在《民族学的意义与价值》一

---

① 孙学悟：《人类学之概略》，《科学》1916 年第 2 卷第 4 期。

文谈道："在称呼体质人类学为人种学的国中，所谓体质人类学，却是指的生体人类学而说。……我们研究人类，若是从人类的精神生活以至于文化方面加以研究，那么这种科学叫做民族学。"[1] 而在孙学悟笔下，"人种学"（Ethnology）却仅强调文化的比较研究（相当于今天的文化人类学），因而在术语的翻译上也欠斟酌。不过，在西方人类学初步"东渐"的当时，这篇文章的"启蒙"意义仍然不可低估。

1918 年，陈映璜《人类学》一书作为"北京大学丛书之四"，由商务印书馆出版，其主旨在于"本进化之原理，论人类之变迁"。在当时，这本书"著作界所绝无仅有"[2]，因而是中国最早的一部人类学专著。该书面世数年之后，《清华周刊》"书报介绍副刊"曾有评介："陈君以科学之方法，叙论人类学，诚杰作也。"[3] 在"绪言"中，作者首先对人类学的发展态势作了介绍：最近六十年间，其发达之状况"尤足令人惊愕者，则人类学（Anthropology）是也。或携罗针历海上以探险，或执锹锄入地下以凿幽。凡古来之隔于瘴烟疬雨，蔽于土壤沙砾，史乘弗载、口碑弗传之杂物碎片、人畜化石，纷纷以发现见告矣。即书契以前之人类，世所谓原人者，亦能扩充范围，广罗证据。吾人一观察书契以前之遗物，获知人类之知识，如何由单一简易，蕲进于巧致复杂。其生存竞争之结果，实不难积渐演进递嬗递新"[4]。与前述孙学悟等人不同的是，陈映璜在书中不仅突出了人类学的学科特性，而且强调这门新兴学科的反思性品格。18 世纪以来，随着世界各地原住民的陆续发现，"种族优越论"在欧洲甚嚣尘上："世有骄傲人种，见有与己貌不同之人种，肆意轻蔑。辄谓有色人种，未吸文明之空气，未浴开化之雨露，彼构成野蛮五体之元素。较吾人之组织物质，遥为劣等。其心思材力不能善逮吾人之敏锐精明，更勿论矣。加以奴隶贩卖，残忍无智之恶习，又足以助长其口实，遂判定世界人种，有优劣贵贱之别。甚至虚造学说，谓先天的主治者，特造此等奴隶，以供优等人种驱使，故非洲黑人，不应享有人种。此种

---

[1]　朱铭三：《民族学的意义与价值》，《学术界》1943 年第 1 卷第 5 期。
[2]　见陈映璜《人类学》书后广告，商务印书馆 1919 年版。
[3]　见《清华周刊》1924 年第 14 期"书报介绍副刊"。
[4]　陈映璜：《人类学》，商务印书馆 1919 年版，第 1 页。

妄自尊大之见，几固结不可解矣"①。在作者看来，人类学的价值，正在于研究者所具有的"世界的眼光"与"世界的观念"。有此"眼光"与"观念"，才会对"他者"产生某种宽容与理解："要之各国人民，社交上之风俗习惯，皆因其社会组织异同之结果，原不足异。如以某民信偶像，某民无夫妇之别，或噉生肉，或焚杀魔巫，或牺牲子女，似此蒙昧之习惯，恒不恤诽谤而骂詈之，徒以自尊自大之偏见，侮蔑他人种，适自形其浅陋，且与研究人类学之本旨，相刺谬也实甚"②。"绪言"之外，该书分"总论"与"本论"两部分。"总论"部分主要对人类学的范围、定义、分类进行了界说；"本论"部分又分十一项专题逐一展开论述，内容涉及人类的分布与起源、人类体质、人类心理、人类社会等领域。此书出版后，人类学"始引起学人之注意"③。当然，此书也有不足之处：作者"仅从生物的体质的观点，种族的或优生的方面加以说明而已"，因而"大都可供自然科学者之参考，社会科学者尚未加以注意也"④。

　　与以上论著多侧重于体质人类学不同，梅思平 1927 年在《教育杂志》发表的长文《文化人类学之三大派》，重点对文化人类学中进化论派、批评派和传播学派分别作了介绍。这是笔者所见国内第一篇有关文化人类学的专论，其在西方人类学"东渐"过程中的意义自然非同小可。作者在文章开篇即指出："现代科学中，与中国人关系最切而最不为中国人所注意的恐怕就是人类学（anthropology）。"⑤ 考虑到此文发表时，中国人类学尚停留在零星介绍阶段，相关的学术组织尚未建立，因而这里的判断并非危言耸听。在作者看来，造成上述情形的原因主要由于国内学界的两种"误解"："第一种误解是把人类学的范围看得过小，以为人类学不过是研究各人种之肤色、骨骼、毛发等的差别及分类，所以都看作一种干燥无味的科学，引不起研究的兴趣。第二种误解是把人类学的范围看得过大，以为人类学除研究肤色、骨骼、毛发等之外，还要研究人

---

①　陈映璜：《人类学》，商务印书馆 1919 年版，第 2 页。
②　同上书，第 3 页。
③　徐益棠：《中国民族学发达史略》，《斯文半月刊》1941 年第 2 卷第 3 期。
④　同上。
⑤　梅思平：《文化人类学之三大派》，《教育杂志》1927 年第 19 卷第 3 期。

类的心理、言语、宗教以及一切物质生活和社会生活。那么，则人类学的范围除包括解剖学、生理学、病理学等，还要包括心理学、社会学（并一切社会科学）、历史学、古物学、言语学、比较宗教学等一切重大的科学。这等科学一科的研究已经可以耗费一人一生的精力，如果再用人类学的名义，作一番综合的研究，乃真是'当年不能究其学，累世不能穷其义'，所以大家都望而却走。"① 作者则将人类学划分为两大类别：专门研究人类肤色、骨骼、毛发等体质现象的为体质人类学（Physical Anthropology），专门研究人类言语、宗教、艺术、物质生活、社会组织等各种文化现象的为文化人类学（Cultural Anthropology）。后者进一步可分为物质文化（material culture）、社会组织（social organization）、艺术及宗教（art and religion）三个部分。这样的划分，似乎仍然无所不包，不过作者实际上将人类学的研究对象限定在"原始民族"的范围之内："依'人类学'三个字论理的范围而言，当然要包括世界上一切现存的及业经灭亡的各种民族之研究。但是事实上也并不如此。所谓'文化人类学'实际上不过是'原始民族学'，其研究的范围并不涉及高等文化的民族。"② 文化人类学在后来的发展虽然呈现出由异域文化回归本土、由部落组织回归文明社会的趋势，不过，在写作此文的当时，人类学依然以欧洲之外的"原始民族"为主要对象，因而这里的判断今天看起来似乎有些陈旧，在当时却是切中了人类学发展的主脉。在作者看来，文化人类学对于中国而言，具有深浅两个层面的意义：较浅的一面，是引起人们对于各个民族风俗习惯的兴趣；更深的一层，则是"这种科学在现时中国学术界上也是有很急切的需要"。对于后一层意义，作者列举了两个例子来说明：一是当时论战正酣的"东西文化问题"——既然论争对象为文化，自然需要借助于文化人类学；二是"古史问题"："二千余年来在中国思想界上操有最高威权的经籍到这几年已经渐渐地为人所不信了，但是这种怀疑经籍的态度还是消极的入手的办法。要积极地说明中国古

---

① 梅思平：《文化人类学之三大派》，《教育杂志》1927 年第 19 卷第 3 期。
② 同上。

代文化究竟怎样，非将全世界的文化来仔细比较一番是不可的。"① 这里所针对的自然是顾颉刚等的"疑古辨伪"运动。顾氏在推倒"伪古史"方面固然功不可没，但由于破坏有余而建设不足，因而不断受到学界的非议。在《古史辨》第 1 册出版之后，学界即出现"古史重建"的趋势，郭沫若《中国古代社会研究》、郑振铎《汤祷篇》和李玄伯《中国古代社会新研》即是这种趋势的代表，他们的主要依据之一，便是文化人类学关于"原始社会"的研究。梅思平早在郭沫若等人之前，已经预见到文化人类学对于古史研究的重要性，其目光之超前应当肯定。基于上述两个层面的意义，梅思平在文章中"用极通俗的材料和极浅显的学说，叙述文化人类学沿革的史略及最近各派的趋势，一面是想引起一般人研究此学的兴趣，一面是想作治文化史者或治经学者一种最简单的途径"②。不出作者所料，此后文化人类学在中国果然沿着上述两种趋势发展：一方面是人类学学科的建立与田野调查的开展，另一方面是文史学者以之作为阐释上古文化的理论资源——后者正是早期中国文学人类学的主要实践领域之一。

　　在孙学悟、陈映璜、梅思平等学人向国内介绍人类学知识的同时，许多刊物也开始发表与人类学相关的文章，它们对人类学知识的普及起到了积极作用。1915 年，《进步》杂志第 7 卷第 6 期发表《最近人类学遗传性之研究》。1916 年，《新青年》第 2 卷第 2 期发表马君武《赫克尔之一元哲学》，第一章标题即为"人类学"。1918 年，《教育杂志》第 10 卷第 8、9 期连载天民《儿童游戏与人类学之意义》。1922 年，《学生》杂志发表程小青《人类学上的新发现》一文，介绍在罗特西亚（Rhodesia）一座山洞中发现的几具人类头骨，从而验证了人类学界关于从猿到直立人中间过渡阶段的预言，文中还附有几幅人类头骨演化的图片。同一年，《民国日报》"觉悟"副刊还发表《元始民族底妆饰》一文，作者署名"鸿"，文章根据格罗绥（Grosse，今译作"格罗塞"）"人类学的美学名著"《美术底起源》（今译作《艺术的起源》）一书写成。就笔者目力所

---

① 梅思平：《文化人类学之三大派》，《教育杂志》1927 年第 19 卷第 3 期。

② 同上。

及，这篇文章是对西方艺术人类学的最早译介。此外，国内学界对国际领域的人类学动向也极为关注。1906 年，第六届世界刑事人类学会在意大利召开，日本派代表参加。创办于日本的《法政杂志》对此作了报道。锺赓言将日本学者安达峰一郎的《第六次万国刑事人类学会报告》译为汉语，在《新译界》杂志 1906 年第 1 至第 3 期连载。1928 年，日本东京帝国大学理学部设立人类学科，《教育杂志》对此作了报道："东京帝国大学理学部向设十学科，现已决定从 1928 年 4 月起，将人类学独立成科，招收专攻的学生。主任教授尚未定人，惟该学部助教授理学博士松村瞭氏已内定为该学科助教授；此外当再物色讲师二名。"①

　　需要说明的是，在当下中国人类学史的研究中，周作人、茅盾等学者往往被忽略。其实，早在民国初年，周作人已受英国人类学兼神话学家安德鲁·兰（Andrew Lang）的影响，采用古典进化论人类学理论对中国古籍中所载的民间故事（童话）进行阐释。在其之后，又有茅盾较早对英国人类学派神话学作了介绍。诚然，他们的研究与人类学的学科建设关系不大，但从人类学思想在中国的早期传播来看，其意义不可忽视。关于此，笔者将在下编部分作详细讨论。

（二）人类学学科的建立

　　随着人类学知识在国内的传播，20 世纪 20 年代后期，以国立中央研究院为开端，人类学学科建设得以启动。

　　1928 年 3 月，中央研究院社会科学研究所成立。该研究所下设 4 组，其中第 1 组为民族学组，由蔡元培兼任组长。早期研究人员除蔡元培外，还有凌纯声、颜复礼（F. Jaeger）、商承祖、林惠祥四人，后来又聘史图特为特约研究员。民族学组最初在南京办公，1929 年三四月间迁往上海。1934 年，中央研究院增设体质人类学，成立人类学组。后社会科学研究所与北平社会调查所合并，人类学、民族学方面的研究工作划归该院历史语言研究所第四组，成为"研究生物统计学、人类学与民族学惟一之

---

① 　见《教育杂志》1928 年第 20 卷第 2 期"世界教育杂讯"。

国立机关"①。此年秋，因凌纯声、陶云逵等应云南省政府邀请赴滇从事田野考察，又聘请从欧洲归国不久的吴定良主持组内事务。吴氏上任后，便着手建成生物统计学与人类学两个实验室。② 抗战中期，中央研究院历史语言研究所还主编《人类学集刊》，年出 1 卷，每卷两期，由商务印书馆发行。

继国立中央研究院之后，较早建立人类学研究机构或院系的还有中山大学、清华大学等。1927 年 7、8 月间，中山大学开始筹备设立语言历史研究所，以傅斯年为筹备主任，聘傅斯年、顾颉刚及刚从厦门大学到中山大学任教的俄国人类学家史禄国等为教授。研究所次年 1 月正式成立。该所以研究学术、发展文化为宗旨，内设考古、语言、历史、民俗四学会。研究工作集中在古物、档案、民俗三个方面，尤以西南边疆少数民族的研究为重心。1927 年暑期，研究所开始招收研究生，设有人类学、民族文化、民俗学等十余组。③

清华大学社会人类学系成立于 1928 年秋，最初课程不够完备，自1930 年起开始增聘教授，并将基本课程逐渐开班。当时的三名教授中，傅尚霖讲授"社会学原理""家庭问题""城市与乡村社会学"，史禄国讲授"普通人类学""初民社会"和"史前记"，陈达兼任系主任，讲授"社会机关参观"（兼社会调查方法）、"人口问题"和"劳工问题"。吴文藻当时任讲师，仅担任"社会思想史"一门课程。上述课程之外，还向已修过"普通人类学"的学生增设"民族分类学"选修课，主要内容为世界若干民族的分类、分类的原理与方法、各民族的文化变迁与变迁原理等。④ 课程设置上，该系将现有课程分为人类学、理论社会学与应用社会学三组，"学生可就性之所近，择一组的功课选习，以资造就"。其中人类学组基本课程有："普通人类学""社会学原理""社会机关参观"

① 参见《时事月报》1935 年第 12 卷第 4 期"科学丛谈"栏"研究机关消息"。另参见胡鸿保主编《中国人类学史》，中国人民大学出版社 2006 年版，第 50—51 页。

② 参见《时事月报》1935 年第 12 卷第 4 期"科学丛谈"栏"研究机关消息"。

③ 王建民：《中国民族学史》上卷，云南教育出版社 1997 年版，第 109 页。

④ 见《清华大学各系概况：社会人类学系概况》，《清华周刊》1931 年第 35 卷第 11、12期。

"初民社会""社会研究方法""社会调查实习""人类学""体质人类学"等。① 1930 年，清华大学还成立社会人类学会，吴文藻、傅尚霖、史禄国等教授出席，史禄国作了关于世界人类学发展及现状的演讲。该会规定每两星期开会一次，由各会员轮流作研究报告。会上还就出版刊物及邀请专家演讲等事宜作了具体规定。②

中国人类学界在积极推动学科建设的同时，还注意加强与国际学界的交流。1930 年 9 月，中国科学社选派刘咸为代表，出席在葡萄牙举行的第十五次国际人类学及史前考古学会议。刘咸于牛津大学人类学系研究生毕业，为巴黎国际人类学会会员和英国皇家人类学会会员。此次会议有 19 个国家派出代表，与会者 200 余人。刘咸虽然因委派太迟而未能提交论文，不过在会议期间受邀用英语发表演说，将人类学在中国的发展情况向国际学界作了介绍。由其演说，我们对人类学在当时国内大学的设置情况也可略窥一斑："采用近代科学方法之人类学教学，在中国可谓甚新颖。现在中国各著名大学课程中，多有人类学一科，即包括体质人类学（Physical Anthropology）、文化人类学（Cultural Anthropology）及考古学（Archaeology）三大纲，复分细目，与欧美各国大学相同。而民族学（Ethnology）一科，尤为中国学者所喜研，除各大学先后设立人类学系外，广东中山大学并成立民俗学会，发行专刊，作始虽简，将终必巨，学生之习斯学者实繁有徒，将来定有不少学人，可以蔚成专家。此外政府并资送程度优秀之学生，分赴欧美各国分门作高深研究，俾学成之后，共同作大规模之探研，预料在最近将来，人类学一科，在中国必有长足之进步。"③ 第二年 9 月，国际人类学及史前考古学会与巴黎国际人类学院按照 1930 年葡萄牙会议议决案，在法国巴黎继续举行第十五届会议暨国际人类学院第五次大会，讨论去年会议未决事宜。会议有 12 个国家的 300 多名代表参加。刘咸受教育部委派再次代表中国出席，在会议第五组（民族学组）宣读了《罗罗经典文稿之研究》和《苗族芦笙之研

---

① 陈通夫：《社会学及人类学系》，《清华暑期周刊》1932 年第 2、3 期。
② 见《清华周刊》1930 年第 34 卷第 9 期"新闻"。
③ 刘咸：《第十五次国际人类学及史前考古学会议记》，《科学》1931 年第 15 卷第 7 期。

究》两篇论文。此外，国内一些学术机构，如北平中央地质调查所、中央研究院历史语言研究所和社会科学研究所等，将有关人类学、考古学的多种学术著作邮寄到伦敦驻英使馆，由使馆转交大会以供展览。这些著作"颇得世界学者之重视"。尤其是北平地质调查所杨锺健、裴文中二人关于"北京人"的著作，更是受到国外学者的赞许。①

由于文化人类学（民族学）与社会学关系十分密切，二者在研究对象上又多有叠合之处，因而当时许多大学新设的社会学系，在很大程度上也整合了文化人类学（民族学）的研究力量。比如，吴文藻、林耀华曾在燕京大学社会学系任教，徐益棠、马长寿曾在金陵大学社会学系任教，吴泽霖、岑家梧、陈国钧曾在大夏大学社会学系任教。此外，从课程设置来看，当时国内大学的社会学系大都开设有文化人类学（民族学）方面的课程。如厦门大学历史社会学系（社会组）课程纲要中，就列有社会基础、社会变迁、社会起源、社会进化、人类起源、民俗学等与民族学（人类学）有关的课程；燕京大学社会学系在拉德克利夫·布朗访华前后，由吴文藻讲授社会人类学。②

抗战胜利后，教育部又在上海国立暨南大学创设人类学系，由理学院院长刘咸兼任系主任一职。刘咸在国外受过严格的人类学训练，回国后曾领队到海南岛作过黎族调查。教职人员中，吴士华任体质人类学教授，薛仲董任人类遗传学教授，卢于道任心理学教授，应成一任社会学教授。创办之初学生人数并不多，至第二年，两个年级的学生总数仅为19人。教学资料中，比较重要的是700多件民俗学标本，其中包括台湾高山族的日用器具和艺术品400余件，海南岛黎族器具和用品300余件，都是很珍稀的文化资料，连前来参观的外国学者都表示惊奇和赞赏。除一般教学活动外，学生中还成立了人类学会，每月至少举办一次学术演讲，聘请著名学者讲述有关的题目。外国学者受邀前来作过演讲的，先后有英国文化委员会驻华副代表、民族学家费子智（C. P. Fitzgerald）、海关民船研究专家伍士德（G. R. Worcester）和同济大学史图博（A. Stubel）

---

① 刘咸：《第十五次国际人类学及史前考古学会议记》，《科学》1931 年第 15 卷第 7 期。
② 王建民：《中国民族学史》上卷，云南教育出版社 1997 年版，第 196 页。

教授。由于暨南大学在当时担负华侨教育的使命，而南洋又是人类学民族学研究的圣地，南洋侨胞来自各地，对于当地原住民族多有接触，因而在该校创办人类学系有着重要的现实意义。①

除上述人类学研究机构与院系外，厦门大学还由本校教授林惠祥和新加坡督学陈育崧发起创办人类学陈列所，主要供文学院历史社会学系使用。截至 1936 年，标本总数有 214 种，合 300 余件。其中有关南洋土人的标本，多数由陈育崧购买及募捐，台湾原住民标本则由林惠祥自费赴台湾考察时采购。②

在人类学学科蓬勃发展的同时，西方许多人类学重要著作也不断被译介到国内。早在 20 世纪 20 年代初，卫斯脱马（现译作威斯特马克）的《人类婚姻史》，"竟在《晨报副镌》译登至一年之久，而不为阅者所厌恶"③。该书译者为何作霖、欧宗佑，从 1921 年 12 月开始刊登，直到 1923 年才连载结束。1928 年夏，李安宅完成了马林诺夫斯基（李氏译作"马林糯斯基"）《两性社会学：母系社会与父系社会底比较》一书的翻译初稿，经修改后于 1934 年由商务印书馆出版。与原著相比，译作在与中国问题有关的地方加了按语和译注，以使国内读者发生比较的兴趣。比如，原著第四章"母权社会的父职"中说："通常说，父亲是个混杂化身；他是一个完美的人，为着他底利益，甚么都得办；同时，他是孩子必须惧怕的'媚眼食人鬼'（ogre）。"④ 译者附注：

> 在中国，对付小孩子的人，不管是母亲或奶妈，都常用"你爸爸来了"这类的话来恐吓小孩，以使他们不闹。小孩就这么在脑子里印上可怕的爸爸的印象。其实，这个爸爸，也许是很温婉的；不过社会给他的地位是末后的权威，所以常被抬来吓慌子女。使孩子不闹的另种方法，就是说"妖精来了"，所以爸爸和妖精，常受同等的看待。而且中国的父亲，多数是"无术"的，所以是"媚眼食人

---

① 许迪：《人类学在暨南大学》，《读书通讯》1948 年第 159 期。
② 见《本校特约：厦门人类学陈列所概况》，《厦大周刊》1936 年第 15 卷第 22 期。
③ 郑师许：《我国民族学发达史》，《申报月刊》1935 年第 4 卷第 2 号。
④ ［英］马林糯斯基：《两性社会学》，李安宅译，上海文化出版社 1989 年版，第 30 页。

鬼"底后部角色，没有前部角色的魔力，没有使人恋慕的魔力。①

显然，李安宅翻译此书有着强烈的"中国意识"，即以西方的人类学理论作为参照，为中国社会现实问题的解决提供比较的视野。至抗战前夕，译介到国内的西方社会学、人类学著作，除上述两种外，还有摩尔根《古代社会》、梅因《古代法》、陆维《初民社会》、马烈特《人类学》、穆拉利耶《社会进化史》、魏士拉《社会人类学序论》、素罗金《当代社会学学说》、英国皇家人类学会主编《人类学方法指南》、般尼《民俗学问题格》等。②

（三）田野调查的开展

中国现代田野调查的源头，可以追溯至民国早期丁文江的贵州土人调查。1911年夏，在英国学习动物学和地质学的丁文江学成归国，途经贵州的时候，当地土著民族的奇装异服引起了他的注意。1914年，丁文江作西南地质矿产调查的时候，对云南和四川会理的少数民族进行了风俗调查和体质人类学测量，先后在《独立》杂志上发表了《云南的土著人种》和《四川会理的土著人种》等文章，主要记录了他测量粟苏、青苗、罗婺、罗倮四族人的结果。③不过，由于这次调查是顺道而为，准备不够充分，兼之调查主要集中于人体测量方面，因而在后来的人类学（民族学）学术史著作中往往被忽略。④

在人类学田野调查正式启动之前，值得一提的还有北大"歌谣运动"中对于各地风俗的采录。新文化运动兴起后，文学革命的倡导者为了替新诗找到一条鲜活的民间资源，遂于1918年在北京大学设立歌谣征集处，征集到的歌谣在《北京大学日刊》发表。1922年，北京大学成立"歌谣

---

① ［英］马林诺夫斯基：《两性社会学》，李安宅译，上海文化出版社1989年版，第34页。

② 参见黄文山《民族学与中国民族研究》，《民族学研究集刊》1936年第1期。

③ 施爱东：《倡立一门新学科：中国现代民俗学的鼓吹、经营与中落》，中国社会科学出版社2011年版，第140页。

④ 比如，在迄今对中国现代民族学史研究最为充分的王建民《中国民族学史》上卷中，这次调查便没有提到。

研究会"并发行《歌谣周刊》。在《歌谣周刊》第 57 号，刊有广西柳州刘策奇《瑶人的婚姻》一文，不过，"严格说来，这还不能算作田野作业的成果，只不过是把自己家乡瑶人的风俗作些介绍"①。1923 年，北京大学研究所国学门又成立"风俗调查会"，由张竞生牵头制定"风俗调查表"。1925 年，调查表在《京报副刊》刊载，表末附有一段按语："北大研究所国学门拟大规模的征求全国风俗，特由风俗调查会张竞生教授制定风俗调查表式，希望各地人士向该校领取填注，为将来编辑全国风俗志之准备。并有若干份存本刊编辑部托为分送，各地人士请投函索取可也。"②"风俗调查表"第一部分为"旨趣"，实际上是对调查工作的纲领性要求：

（1）风俗调查，为研究历史学、社会学、心理学及行为论，以至法律、政治、经济等科学上不可少的材料。调查人如肯尽心做去，不独于自己的见识及学问的贡献上尔有利益，并且为假期中最好的消遣品。

（2）本调查表分为三表如下。请调查人依各表每项下，记载所得的事情。如表中所载有未尽处，请各人酌量加入。

（3）希望调查人于"习惯"一表上，在"特载栏"中推论与环境及思想相关系的缘故（如说：此地寒，所以人喜饮酒；《封神传》流行其广，所以义和团的势力甚大，之类）。

（4）对于满、蒙、藏、回、朝鲜、日本及南洋诸民族的风俗，如有确知真相愿意供给材料者，尤为特别欢迎。

（5）政治的措施，法律的制裁，军人的行为，及华洋的杂处，影响于一地方的风俗至巨且大，望调查人于"特载栏"上附记，以备参考，不另列表。

（6）下表所调查的，以一地方上的多数人为标准。如有一阶级的特别情状者（绅界官场等现形记），希望从中声明。

---

① 施爱东：《倡立一门新学科：中国现代民俗学的鼓吹、经营与中落》，中国社会科学出版社 2011 年版，第 140 页。

② 《北大研究所国学门纪事：研究所国学门风俗调查表》，《京报副刊》1925 年第 81 号。

（7）搜罗材料，常用科学的方法：即是实地调查，实事求是，不可捕风捉影。如有怀疑又不可能的情形，均望将理由详细注明。

（8）调查人对于本地的风俗，应该就事直书，不可心存忌惮与掩饰。

（9）调查时如能附带收集各地特别器物更佳。并且将惠赠人的芳名记下，以备将来"风俗博物馆"成立时，永久留为纪念。

（10）不能用文字表示者，可用图画或照片。

（11）将来如装成风俗书时，除将调查人的姓名登载外，并给予相当的酬劳品。①

"旨趣"之后，又分"环境""思想""习惯"三组，分别列出应当注意的细则。这份调查表的细致程度，即使在今天看来，也不能不为之叹服。当然，其中也夹杂着不协调的音调。比如"旨趣"第一条，在强调风俗调查重要性的同时，又将其作为"假期中最好的消遣品"。总体来看，北大"歌谣运动"之于中国人类学（民族学）的意义，正如郑师许所说："虽然草创之际，未免幼稚，然而这一个初步，正是后日一种专门学术——民族学——的先驱。"② 如果进一步细说，这种"先驱"性质可能主要并不在于学理的层面，而在于其所开启的现代知识分子"眼光向下"的范例——尽管这种范例与马林诺夫斯基所倡导的田野作业还有很大的距离。

1926年，随着大批知识分子南下，北大"歌谣运动"也暂告中落。1928年春，广州国立中山大学语言历史研究所延续了北大的风气，组织民俗学会并开办民俗学研究班，聘请庄泽宣、汪敬熙、顾颉刚、容肇祖讲授民俗学，同时还刊行《民俗周刊》及民俗学丛书，计划实地调查并登报征求材料。不过这些"只能算是民俗学，尚未正式进入民族学的"③。

由于中国境内生活着众多少数民族，各民族在文化上自成体系，因而在中国人类学学科建立之初，一些学者已经认识到少数民族调查的人

①　《北大研究所国学门纪事：研究所国学门风俗调查表》，《京报副刊》1925年第81号。
②　郑师许：《我国民族学发达史》，《申报月刊》1935年第4卷第2号。
③　同上。

类学意义。钟敬文在 1927 年发表的《惠阳羍仔山苗民的调查》中说道："我们广东境内，多化外的民种，惠阳县羍仔山的苗民，便是其一了。这种文化未启的民族，他们一切的生活、习尚、思想等，都足以供人类学者、社会学者、历史学者，及其他各种专门家的考察探究。"不过，钟敬文写作此文时，显然还缺乏人类学田野工作的自觉，其大部分材料系一位黄姓朋友所提供，连这位朋友都"谦说这些材料，恐或有靠不住的地方，并且太过于简略了"①。尽管如此，这些调查毕竟意味着现代知识分子人类学意识的凸显。另外，在中山大学语言历史学研究所 1927 年的招生计划中，专门提到要"集合校内教授导师及校外参加人"进行"广东及邻省之民俗及人类学材料征集（创设人类学馆）"；1928 年的招生计划中进一步明确为"珠江流域各省之民族，及人类学研究，并创设民族民俗学馆"，而且计划与中央研究院历史语言研究所合作进行"民族学旅行"。由于经费不能落实，创设人类学馆的计划最终未能实现，但后一计划却因史禄国的到来而得以开展。②

　　中国现代人类学意义上的田野调查开始于 1928 年。这一年，辛树帜、杨成志分别赴广西和云南从事田野调查，"它们可以看作是中国民族学者、民俗学者规范的田野考察的开端"③。辛树帜虽然在英、德等国专攻生物学，回国后担任中山大学生物系主任，但对民俗学、人类学也有着浓厚兴趣。1928 年 5 月，辛树帜带领中山大学生物考察团赴瑶山采集动植物标本，受傅斯年嘱托，附带在瑶人中间作民族学调查，至 7 月初返回。④ 与此前各种道听途说、捕风捉影式的"采风录"不同，辛树帜等人这次真正深入到了异文化中间作近距离观察，因而对瑶人的看法也与以往形形色色的负面描述判然有别："入猺山并无甚困难，猺人亦殊诚笃可亲。唯猺村附近各处之汉人，类多奸狡绝伦。若询以猺人情状，则必张

---

① 钟敬文：《惠阳羍仔山苗民的调查》，《国立第一中山大学语言历史学研究所周刊》1927年第 1 集第 6 期。

② 施爱东：《倡立一门新学科：中国现代民俗学的鼓吹、经营与中落》，中国社会科学出版社 2011 年版，第 141 页。

③ 同上书，第 144 页。

④ 辛树帜在致傅斯年的信中说："前嘱调查猺人风俗习惯，今特与石君作简略之报告附上。"见《国立中山大学语言历史学研究所周刊》1928 年第 3 集 35、36 期合刊"通讯"。

大其词，多方阻难，使不得入。或谓猺山烟瘴可畏，或谓猺人犷悍不驯，务阻前行，窥其用意，殆以若辈专恃欺骗猺人为能事，深恐外人一入猺山，则彼奸诈，尽情暴露，故不得不出此。"辛树帜还将猺人的实际情形与《北大风俗周刊》中的记载进行比较，认为后者"光怪陆离不近人情之至；虽不能全谓其不合事实，但据此间猺人称，彼此风俗习惯，一与此间无异，则至少必为张大其词，以为文章生色。"① 此前对于瑶民的记载往往夸大其词，极尽想象之能事，辛树帜则如实道来："至历来关于猺苗之记载，皆将猺中酋长，写成山外大王，威严可怖；又将山中路途，写成险不可阶；外则写若辈男女杂交混乱之状，令人哂笑不已。以弟所历言之，实未尝得见，故不能有此种神话化之材料作报告，以刺激吾兄，尤深惭赧。"② 石声汉更是对历代记载中种种"妖魔化"他者的生成原因作了分析：

> 大概吾国境内，各种原始民族，历来因受汉人政治上、武力上、文化上、经济上种种方面之侵略压迫，对于汉人，多怀一种恐惧心理；而由古代以迄现在，地方官吏，对于此种民族，亦一律以化外视之；偏袒汉人，钳制彼辈之事，亦已相习成风，尤增彼等憎恶仇视之念。偶有若辈中作所谓观风望俗之举者，一方面先挟自己固有之文化之骄矜临之，已使若辈望而生畏，不敢质言。一方面纵有所获，报告中亦必张大其词，必将此种民族，写成如何野蛮，如何可怖；甚或全凭错觉或幻想，而将若辈神话化为极凶残极简陋之人种。他人得此成见先入，一见之下，先即以为吃人魔王在眼前，不愿与之款洽，如此调查，未有不失败者！③

---

① 见 1928 年 5 月 30 日辛树帜致傅斯年信，载《国立中山大学语言历史学研究所周刊》1928 年第 3 集第 35、36 期合刊"通讯"。按：北大当时并未创办《风俗周刊》，信中所言可能系《歌谣周刊》之误。

② 见 1928 年 6 月 14 日辛树帜致傅斯年信，载《国立中山大学语言历史学研究所周刊》1928 年第 4 集第 37 期"学术通讯"。

③ 辛树帜、石声汉：《猺山调查》，《国立中山大学语言历史学研究所周刊》1928 年第 4 集第 42 期。

这次调查，可以称得上有史以来对于文化"他者"最真切的一次感知。其主要收获，除辛树帜、石声汉以书信形式发回的报告以及任国荣、黄季庄拍摄的瑶民照片外，还有石声汉采录的瑶人歌谣和以日记形式出版的《猺山采集记》一书，此外还收集到一批瑶人服饰。基于这次调查，《国立中山大学语言历史学研究所周刊》推出"猺山调查专号"，其中最值得注意的是任国荣撰写的《猺山两月观察记》。文中虽然充斥着对瑶人的歧视，如在解释瑶民不种植玉桂的原因时说："以那目光如豆，急利如火，懒惰如树懒，迟钝如乌龟的猺人，他只想下雨变为酒，大解变为饭，盛着就饮，拿着就吃，最好连手也不须伸，足也不须动的，哪有这样的长心来种植它呢？"① 不过，这篇文章毕竟标志着国人自己所撰写的现代民族志的开端。当然，由于辛树帜等人此行的主要目的在于采集生物标本，瑶民调查只是附带为之，因而很难谈得上深入。在给傅斯年的信中，辛树帜、石声汉屡次言及这次调查的匆忙粗疏：

　　入猺山已经七日。连日采集及制作标本，极为忙碌，彼辈风俗习惯等之调查较少。

　　制作标本，尤为忙碌，故调查方面，颇为粗疏。幸以任君欲明了猺中地势，多方询问，始得将猺山中猺人分布情形，略为调查就绪。

　　深觉此间实为贵系急待研究之一大宝藏，惜弟此行太忙碌，同行各助教，事务亦极纷繁，未能多作调查，至觉歉然！

　　唯以此次到猺山时，承辛师指定作哺乳类及苔藓植物之采集，兼理队中一切函牍杂件。镇日纷忙，暇晷无几；每日所能抽出为研究所之时间不多，故所获亦甚少，尚希原谅。

　　惟此次调查报告，纯于工作极忙中，抽出些许时间为之，虽云已得真相，究竟尚不能全部明了。②

----

① 任国荣：《猺山两月观察记》，《国立中山大学语言历史学研究所周刊》1928 年第 4 集第 46、47 期合刊，第 4 页。

② 以上引文见辛树帜、石声汉致傅斯年信，载《国立中山大学语言历史学研究所周刊》1928 年第 3 集第 35、36 期合刊、1928 年第 4 集第 42 期。

与人类学田野工作中的通常情形一样，辛树帜等人这次瑶山调查也是困难重重，路上的迅风疾雨自不必说，到达瑶山后更是备受辛苦："猺中生活最苦者，为无人理发，吾人现已俨然'长毛'矣。次之则食物不足，不特一月不知肉味，即求青蔬亦不可得。再次则山岭崎岖，溪涧深阔，跋之涉尤为苦。读书人决不能做，非带几分野蛮气质者，必苦不堪言。"尽管如此，辛树帜依然认为："此间实为学术界一大宝藏……倘能擢选专门人才两三人，他日偕弟等再来作一度详细精到之研究，则猺山必将为世界学术界持一异彩矣。"① 在致清华大学校长罗家伦的信中，辛树帜更是言及瑶山调查的人类学意义："猺山，广西省政府视为化外；其中猺人，共分五种，俱住打猎处之山中，从未与外界接洽，保存奇异之风俗颇多，故此地不仅为生物学家之乐园，亦研究人类学者所应注意之地也。"②

辛树帜等的瑶山调查甫一结束，中山大学语言历史学研究所与中央研究院历史语言研究所又派杨成志、容肇祖及史禄国夫妇赴云南彝族地区调查。③ 与前次不同的是，杨成志此行有着较为明确的人类学目的："调查彼处人类学工作大略情形，以便后来派训练成就之助员前往就地长期工作，并于就便中在省城做大量工作，兼至滇东之熟罗罗区域一行"④。

1928 年 7 月，杨成志等四人从广州出发，经香港、安南到达昆明。停留 1 个月后，容肇祖因校事返回广州，史禄国夫妇也因前途危险而放弃前行，杨成志只好独身前往。9 月 1 日，杨成志从昆明"单骑"出发，经过 10 多天的跋涉到达巧家，打算把"川滇交界沿金沙江西岸长约二千里宽约三四百里汉人称为'蛮巢'，外国人称为'独立卢鹿'的巴部凉山

---

① 见 1928 年 5 月 30 日辛树帜致傅斯年信，载《国立中山大学语言历史学研究所周刊》1928 年第 3 集第 35、36 期合刊。

② 《中山大学教授辛树帜赠本校鸟百只》，见《国立清华大学校刊》1929 年 1 月 9 日"校闻"。

③ 对于杨成志的这次云南之行，施爱东先生作过十分深入的考察。参见施爱东《倡立一门新学科：中国现代民俗学的鼓吹、经营与中落》，中国社会科学出版社 2011 年版，第 153—169 页。

④ 转引自王建民《中国民族学史》上卷，云南教育出版社 1997 年版，第 115 页。

下一个详细的讨论"①。当时凉山彝族地区尚处在与外界隔绝的蛮荒状态，加上民族关系的紧张，陌生人途经此地随时可能发生意外。杨成志自称奉云南省政府主席兼国民革命军第十二路总指挥龙云（彝族）之命来拜谒亲戚，才得以安全进入彝人的生活区域，获得大量调查资料，"不特其起居行动，农手工业，人情，风俗，得窥其全豹，至其语言和文字，也得到略涉其涯"②。在罗格调查时，杨成志还和当地彝人一起生活：

> 我同他一样过部落时代的野蛮生活凡七天，觉得耳目一新，有如入大小人国那般景象的遭遇，我住过了"六畜同堂"污秽而局促不堪的茅屋里，我吃过号称上品的"肝生"（生猪肝，肺和血加以生辣子）和他们日常食料的荞巴巴、苞谷饭（玉蜀黍）、洋芋（马铃薯）；我使用过他们的"木勺""木萨"来代替碗和筷；他们所吹拇指般大的生鸦片烟味加上一辈子的衣服味，曾令我无法避开，拼命地钻入我的嗅神经去，久而晕倒；一班裸体不怕冷的小孩争挖生牛皮的牛肉，曾令我见而吞舌；我曾测量他们的房子而被斥骂；我更曾被使与死尸对面而睡，得观察其火葬的情况。③

由于得到当地酋长的保护和介绍，杨成志离开罗格后得以翻山越岭、跋山涉水四处游历，足迹所及达两百余里，经过的村庄达两百多个。为深入了解彝族文化，杨成志还向当地"白毛"（识彝文的巫师）学习彝文。有了这番调查，杨成志自信对彝族社会文化有了全面了解："猡猡的地理分布、社会组织、人情风俗及其言语文字……虽不敢自云能深入堂奥，若我执起笔来，我的将来拙著《猡猡社会组织》一书（大纲已经草就）

---

① 杨成志：《单骑调查西南民族述略》，《国立中山大学语言历史学研究所周刊》1930 年第 10 集第 118 期。

② 见 1928 年 11 月 15 日杨成志致钟敬文、余永梁信，载《国立中山大学语言历史学研究所周刊》1928 年第 6 集第 66 期。

③ 杨成志：《单骑调查西南民族述略》，《国立中山大学语言历史学研究所周刊》1930 年第 10 集第 118 期。

至少可过六七万言的。"① "独立卢鹿"的研究工作结束后，杨成志又花了两个多月的工夫学习夷人（较近汉化的彝民）、花苗和青苗 3 种民族语言，准备离开巧家后经昭通、贵州、四川，沿长江调查返回。后因滇黔内战开始，旅途不通，只好原路折回昆明，在附近进行调查，直到 1930 年 3 月返回广州。杨成志此次西南之行前后历时近两年，其间曾"在高山峻岭之区，或穷乡僻壤之处，与罗罗同享衣、食、住、行的野蛮的或半野蛮的或汉化的生活。摄影其人物，搜罗其民俗品，探讨其惯俗和学习其语言文字——虽自知以个人的精神和时间不能尽所欲愿，然而此次收集的资料或许可供人类学、民俗学、语言学、文字学、社会学……作一种新纪录的参考"②。尽管杨成志真正深入凉山的时间并不长（仅有 25 天），但正如施爱东先生所言，他这次富有冒险精神的西南之行是中国现代田野研究的先行之旅。③

今天看来，辛树帜、杨成志等人的西南之行，主要意义不仅仅在于带回大量关于"他者"的调查资料。在此之前，中国境内各类田野调查大都由外国学者主持。以动物学为例，"中国境内哺乳类之分布，英人安德孙氏曾代表某中国北部西部探险队来华调查，东起山东历燕晋豫而西迄秦陇。由此折南，蜀滇两省境内亦曾作有详尽之调查。沿海诸省由闽粤以迄徐淮，外人研究之文献尤数见未已。此外英人调查藏中，俄人调查回疆蒙古，日人调查满洲，亦已深入周至；独南部广西一隅为缺口。此不特世界学术界之缺憾，抑亦吾人之大耻"④。辛树帜、杨成志则用自己的实际行动表明，中国学者自己也可以成功开展调查，这对以后的田野工作无疑起到了积极的示范作用。有了他们的先行经验，"学者们对于民族地区的恐惧心理也日渐消退，1936 年以后，南方高校的民族调查逐

---

① 见 1928 年 11 月 6 日杨成志致傅斯年、顾颉刚信，载《国立中山大学语言历史学研究所周刊》1928 年第 6 集第 65 期。

② 杨成志：《罗罗说略》，《岭南学报》1930 年第 1 卷第 3 期。

③ 施爱东：《倡立一门新学科：中国现代民俗学的鼓吹、经营与中落》，中国社会科学出版社 2011 年版，第 167 页。

④ 国立中山大学广西猺山采集队：《请辟猺山为学术研究所意见书》，《国立中山大学语言历史学研究所周刊》1930 年第 10 集第 117 期。

渐成为常规科研项目"①。另一方面，正是有了对文化"他者"的近距离感知，研究者才逐渐改变历史上形成的种种偏见，以更为平等的态度对待"他者"的文化与生活。杨成志从凉山调查归来后的自我反省便是一个典型的例子：

> 我以为我们老大帝国的人，个个脑海中都印着"尊夏攘夷"的成见，表现的方式虽有许多，然括言之不外言词上和动作上两方面。一由于太过自尊，故视他族尽如兽类一般，如称他们为："猡猡"，"猓猓"，"猓猡"，"猺人"，"狼人"，"土獠"，"狆家"，"阿犾"，"阿猖"，"犵狫"，"犵"，"犴"，"猪獠"，"羊"，"狄人"，"尤猔"等名号，简直叫他们做狗类吧。一由于太过霸道，历史相沿，所谓"征蛮"、"平苗"、"平猺"、"讨回"、"平黎"……毋不以战功为烈，非使他们慑服不止。换言之，前者系尊己抑人的表示，后者系帝国主义的侵略。以今日民族独立运动的观点上看来，我们最少的限度，以后对他们的称呼，最好采用其本族自称的名号；若沿用汉称时，也应该弃其"犭"字旁，如"猡猡"写"罗罗"便妥。②

就笔者所知，提议去掉少数民族汉语称谓中有强烈歧视意味的"犭"旁，杨成志是第一人。第二次世界大战以后，随着全球范围内本土文化自觉运动的倡导，以民族"自称"取代"他称"成为一种世界性潮流。杨成志早在20世纪二三十年代之交提出的上述"最少限度"，体现出一定的历史前瞻性。这种态度的转换，自然和他在云南的田野体验有着极大的关系。

需要说明的是，辛树帜、杨成志等人的西南民族调查并非仅仅出于人类学学科建设的需要，它还有着一定的为史学、语言学提供研究资料

---

① 施爱东：《倡立一门新学科：中国现代民俗学的鼓吹、经营与中落》，中国社会科学出版社2011年版，第169页。

② 杨成志：《云南民族调查报告》，《国立中山大学语言历史学研究所周刊》1930年第11集第129—132期合刊。

的目的。辛树帜在 1928 年 6 月 22 日致傅斯年的信中曾说:"至湘黔之猓苗,滇之野人,海南之黎,弟意并不若传闻中之可怖,将来亦可渐渐以相当方法,调查其风俗习性语言等,则较高坐唐皇作马端临通考上之四夷志考者,高万万矣!"① 杨成志在《罗罗说略》一文中也强调:"当此罗罗的研究正值萌芽的时候,为发扬西南民族的学术及扶助中国境内各弱小民族起见,切不可仍在故字纸堆去寻解释,我们还是要揭起'到民间去'的标帜,负锄,持箕,挖泥和撒肥,使其开花结果,辟为中国新学术的园地吧!"② 二人显然不满以往学者固守书斋、皓首穷经的治学方式,希望知识分子能走近周围的活态文化,进而开辟出一片新的学术园地。其实,无论是中央研究院历史语言研究所,还是中山大学语言历史学研究所,其中之所以设立与民族学、人类学相关的研究机构,主要目的正是要突破书面文献的局限,尽可能地扩充一切可资利用的资料。傅斯年在《历史语言研究所工作之旨趣》中对此说得极其明白:"我们很想借几个不陈的工具,处治些新获见的材料,所以才有这历史语言研究所之设置。"③ 在他所列举的几种新材料中,人类学材料占据很重要的位置。顾颉刚在《中山大学语言历史学研究所周刊》"发刊词"中反复申述的,也是史学的方法与资料问题:"我们要打破以前学术界上的一切偶像,屏除以前学术界上的一切成见!我们要实地搜罗材料,到民众中寻方言,到古文化的遗址去发掘,到各种的人间社会去采风问俗,建设许多的新学问!我们要使中国的语言学者和历史学者的造诣达到现代学术界的水平线上,和全世界的学者通力合作!"④ 而将采录自田野的民俗志、民族志资料与书面文献相互参证阐发,也正是中国文学人类学的主要研究取向之一。辛树帜、杨成志等学者早年所开启的田野调查传统,无疑为中

---

① 辛树帜、石声汉:《猺山调查》,《国立第一中山大学语言历史学研究所周刊》1928 年第 4 集第 42 期。

② 杨成志:《罗罗说略》,《岭南学报》1930 年第 1 卷第 3 期。

③ 傅斯年:《历史语言研究所工作之旨趣》,《国立中央研究院历史语言研究所集刊》1928 年第 1 本第 1 分。

④ 《发刊词》,《国立第一中山大学语言历史学研究所周刊》1927 年第 1 集第 1 期。原文未署名,据施爱东先生考证,作者为顾颉刚。参见施爱东《倡立一门新学科:中国现代民俗学的鼓吹、经营与中落》,中国社会科学出版社 2011 年版,第 7 页。

国文学人类学的发展灌注了动力。

在杨成志等动身前往云南开展调查工作的同时，中央研究院社会科学研究所也派颜复礼与商承祖随广西科学调查团对瑶族展开调查。这次调查历时半年，归来后二人共同发表《广西凌云瑶人调查报告》，"虽不免疏漏简略，然此书实为中国民族学实地调查最早之作品"①。1929年，社会科学研究所又派林惠祥赴台湾调查。根据这次调查，林惠祥写成《台湾番族之原始文化》一书，出版后引起学界的注意。至抗战爆发前，随着人类学、民族学、社会学等学科的逐步建立，田野调查也在国内广泛开展。②基于这些调查而发表的田野报告中，尤以凌纯声、商承祖二人所著《松花江下游之赫哲族》为学界所重视。徐益棠在发表于20世纪40年代的《中国民族学之发展》一文中，给予此书很高评价："至1934年，凌纯声、商承祖之《松花江下游之赫哲族》出版后，中国民族学乃有其世界学术界之地位。"③

抗战爆发后，随着大批高校和研究机构的西迁，原本分散在广州、北京等地的民族学者集中于昆明、成都等地。由于地理位置的便利，西南地区再度成为人类学研究的重镇。一批业已崭露头角的学者，如凌纯声、芮逸夫、马长寿、陶云逵、岑家梧、徐益棠、林耀华、吴泽霖、陈国钧等，曾多次到民族聚居区开展田野调查。与上一阶段有所不同的是，这个时期"以地近边疆，调查之机会较多，对于某种文化现象之比较研究亦较丰富，但材料整理成帙者尚少。专刊以及关于民族科学之学术性刊物，亦大都系数年前调查所得，而于近年整理完成之作"④。这种现象的出现，自然与战时知识分子严酷的生存条件及物质资料的匮乏有很大关联。即便如此，诸如许烺光《祖荫下》、林耀华《凉山彝家》等，也都是中国人类学史上掷地有声的经典之作。

从文学人类学的立场来说，上述田野调查在一定程度上消解了书面

---

① 徐益棠：《中国民族学之发展》，《民族学研究集刊》1946年第5期。
② 关于这一时期的田野调查，王建民先生曾作过仔细考察。参见王建民《中国民族学史》上卷，云南教育出版社1997年版。
③ 徐益棠：《中国民族学之发展》，《民族学研究集刊》1946年第5期。
④ 同上。

典籍的权威地位。借助于亲身观察到的异文化与历代史书中"四夷志"之间的比较，现代知识分子认识到了传统典籍的局限乃至谬误。另一方面，从田野中调查得来的大量异文化资料，也成为现代学者解决传统文化难题的重要参照。郑师许于 20 世纪 30 年代初发表的《饕餮考》一文，便以林惠祥《台湾番族之原始文化》作为解释的依据。[①] 陈槃所写《春秋公矢鱼于棠说》一文，也引凌纯声、商承祖《松花江下游之赫哲族》作为参证。至于早期中国文学人类学研究史上的一批重要论文，如芮逸夫《苗族的洪水故事与伏羲女娲的传说》、马长寿《苗猺之起源神话》、岑家梧《槃瓠传说与瑶畲的图腾制度》、闻一多《伏羲考》等，无不以田野资料作为立论的重要依据。

二　古典进化论人类学的影响

在西方各种现代学科中，文化人类学的理论更新尤为迅捷。从 19 世纪后期至 20 世纪中叶，人类学领域相继涌现出众多理论流派。这些流派中，最早传入中国的是古典进化论学派。早在 1902 年，国内已有人将日本学者有贺长雄《社会学》一书第三部分《家庭进化论》译成中文，更名《族制进化论》，由上海广智书局出版，其主要内容实际采自英国社会学家斯宾塞的《社会学原理》和美国人类学家摩尔根的《古代社会》。1926 年，蔡元培在《一般杂志》1 卷 1 期发表《说民族学》。这篇在中国人类学史上具有里程碑意义的文章，其主要观点也属于古典进化论学派。嗣后，随着人类学学科的建立，许多留学欧美的知识分子将西方人类学理论及时介绍到国内。在当时，受德奥传播学派影响的有陶云逵等，受美国历史学派影响的有孙本文、黄文山、戴裔煊、吴泽霖等，受法国民族学派影响的有杨堃、杨成志、徐益棠等，受英国功能学派影响的有吴

①　郑师许自述："余二十年投登《东方杂志》之《饕餮考》一文，即本林氏之说以为解释的。"见郑师许《我国民族学发达史》，《申报月刊》1935 年第 4 卷第 2 期。

文藻、费孝通、林耀华、李安宅等。①

对于 20 世纪前期的中国文学人类学而言，上述学派均曾有过不同程度的影响，不过，其中最显著的当推古典进化论人类学。从周作人、茅盾直到闻一多、孙作云，古典进化论人类学的方法和理论，一直是他们阐释中国古代文学与文化的重要工具。应当说，这种情形的形成，与中国悠久的"典籍传统"不无关系。对于习惯于书斋生活的知识分子而言，他们可以像弗雷泽一样，不必亲自走进田野，只需采用其他学者所提供的有关异文化的资料和知识，便可对中国古代典籍中的一些问题提出新解。当然，古典进化论学说也极为庞杂，不同学者的理论建树也各有侧重，下面即对国内学界借鉴最多的几个方面作一论述。

（一）"以今证古"思想

作为西方人类学史上第一种产生重大影响的学说，古典进化论人类学发端于巴斯蒂安、斯宾塞、巴霍芬、麦克伦南等人的社会进化理论，其集大成者，则是英国人类学家爱德华·泰勒、詹姆斯·弗雷泽和美国人类学家亨利·摩尔根。

泰勒是英国首位享有世界声誉的人类学家，由于其卓越的学术贡献，后人尊他为"英国人类学之父"。1855 年，泰勒因患病需要到温暖的地方去休养，于是离开英格兰而远赴中美洲。正是在这次游历中，他结识了考古学家兼民族学家亨利·克利斯提（Henry Christy），受其影响，泰勒最终选择人类学作为自己终生从事的志业。基于这次墨西哥之行，泰勒完成了其第一部著作《古今墨西哥与墨西哥人》（*Anahuac：or，Mexico and the Mexicans，Ancient and Modern*，London，1861）。不过从此之后，泰勒再未外出考察，他后来的著作大多依据殖民地官员、传教士、探险家提供的资料写成。1871 年，泰勒的经典之作《原始文化》问世，这部书奠定了他在人类学史上的地位。作者在书中征引大量民族学资料，对

---

① 关于西方人类学在 20 世纪前期中国的影响，参见陈永龄、王晓义《二十世纪前期的中国民族学》，收入中国民族学研究会编《民族学研究》第 1 辑，民族出版社 1981 年版，第 270—292 页。

原始人类的精神和文化现象，尤其是宗教信仰问题，进行了深入研究，同时还阐明了人类文化所必经的发展阶段。书中关于"文化"的定义，至今为许多学者所沿用。此外，泰勒在书中还提出"文化遗留"说、"万物有灵论"等一系列新锐见解，对后世学者产生了深刻的影响，其中就有《金枝》的作者詹姆斯·弗雷泽（James Frazer）和著名神话学家安德鲁·兰（Andrew Lang）。

泰勒之外，摩尔根也是早期人类学家中为数不多的有过田野体验的学者之一，他一生大部分时间在北美易洛魁人中间度过。早在青年时代，摩尔根参加了由少数思想激进的青年组成的文学社。不久以后，这个社团转变成一个以印第安人为研究对象的学会，名曰"大易洛魁社"，旨在促进美国白人对印第安人的感情，并协助印第安人解决自身的问题。摩尔根成为该学会中的积极分子，他屡次访问印第安人居住地，观察他们的生活方式，探询他们的风俗习惯，研究他们的社会组织。1847年，摩尔根还被塞内卡部族中的鹰氏族（Hawk Clan）接纳为成员，这段经历成为文化人类学史上的一段佳话。[①] 摩尔根的著作主要有《伊洛魁联盟》（1851）、《人类家族的血缘与亲缘制度》（1877），其中最负盛名的是《古代社会》（1877，全称《古代社会或人类从野蛮经过开化至文明之发展路径的研究》）。早在1935年，这部著作已由杨东莼、张栗原译为中文，此后又多次再版。书中采用了大量的民族学资料和有关希腊、罗马的文献资料，对人类早期婚姻形态进行了研究，同时还构拟了人类社会从"蒙昧""野蛮"直到"文明"的单线进化历程。

泰勒、摩尔根等早期人类学者虽然有着各自的研究重心，但作为深受进化论思潮影响的一代人，他们共同遵循着一些基本原则。林惠祥在出版于20世纪30年代的《文化人类学》一书中，曾将这些原则概括为三个方面：

（1）第一条是心理一致说（Theory of Psychic Unity），这是说人

① 关于摩尔根的生平，参见《古代社会》一书中译本所附《摩尔根传略》。该书由杨东莼、马雍、马巨译，商务印书馆2009年出版。

类无论何族在心理方面都是一致的。(2) 物质环境也处处大同小异。心力既然相同，而物质环境的刺激也无甚差异，于是无论何族便都会自己发生文化，这叫做"独立发明说"（Theory of Independent Invention）。刺激与反应相同，则其社会演进必循可以比较的甚或完全相同的路径，这叫做"并行说"（Parallelism），路径既相同自然可算做一条，故又称为"一线发展说"（Unilinear Development）。这三条其实是一样意思。(3) 各族文化都循同一路线，而其现在程度却很不等，那便是代表一条路线上的各阶段（stage），各阶段在次序上是固定的，在时间上却不一律，有些民族进得快，有些民族进得慢，但他们总都会一段一段进前去，而其前进必是逐渐的，不会越级突进，这便叫做"逐渐进步说"（Gradual Progressivism）。[①]

进一步分析可以发现，上述原则中，第一、二条之间呈因果关系：由于人类心灵一致，兼之周围自然环境大体相同，因而各个文明体不仅可以独立发生，而且遵循着相同的发展路径。不过，这样一来也会引发疑问：为什么现代工业文明与原始刀耕火种同时并存？人类文化又何以呈现出如此巨大的反差？第三条原则正是对这些问题的解答：尽管人类社会沿着同一条路线"进化"，但因为"进化"程度不同，所处的阶段必然会有差异。有了上述原则，世界范围内呈共时性分布的各种文化形态，便可依"文明程度"作历时性排序。泰勒曾自信地说："按照其文化水平以下列顺序来安排社会，对其正确性的争论可能是不多的。那个顺序是：澳大利亚人、塔希提人、阿兹特克人、中国人、意大利人。"而居于最前端的，则是泰勒本人所属的英格兰文化："要知道英国人，即使他不能像蒙昧的澳大利亚人一样爬树，或者像巴西森林的蒙昧人一样追赶猎物，或者跟古代的伊特刺斯坎人和当代的中国人比赛金和象牙手工艺品的精美度，或者达到古希腊在雄辩术和雕刻中所登上的高度——但他仍然能够

---

① 林惠祥：《文化人类学》，商务印书馆 1934 年版，第 33—34 页。

自居于那种比上述任何一种社会的文化水平为高的文化水平上。"① 这里显然有着深刻的西方文化中心主义印记，它也是古典进化论人类学遭受后人诟病的主要原因之一。不过，笔者在此想强调的是问题的另外一面：经由泰勒的这一宏大构想，澳大利亚等地的土著部族与欧美现代文明被排列在了同一"时间轴"的不同"时间点"上；而原本属于空间范畴的"我"（西方）与"他"（非西方），随之也被转化为"今"与"昔"、"现代"与"原始"等时间关系。

与泰勒一样，摩尔根也认为："由于人类起源只有一个，所以经历基本相同，他们在各个大陆上的发展，情况虽有所不同，但途径是一样的，凡是达到同等进步状态的部落和民族，其发展均极为相似。因此，美洲印第安人诸部落的历史和经验，多少可以代表我们的远祖处于相等状况下的历史和经验。"② 对于上述学者来说，要想知道人类文化的起源及早期形态，自然不能从《圣经》中的"创世纪"神话去寻找答案，也无法像科幻电影一样让时光倒流，他们所能做的，除地下考古发掘外（这种发掘毕竟有限），便是通过现今世界的各种"原始文化"作为参证。摩尔根本人对人类早期婚姻与家庭形态的研究，就是采取了这种"以今证古"的方法。在《古代社会》中，他便以澳大利亚及北美易洛魁人的部族作为参证："今天正盛行于澳大利亚土著间的那种按男女性别组成的婚级，在古代亦必盛行于人类各个部落，其流行之广也像原始的氏族组织一样。"③

泰勒、摩尔根之后，"以今证古"思想随着古典进化论人类学的传播而被后来的学者所继承。受泰勒直接影响而走上文化人类学研究的弗雷泽，在其享誉世界的名著《金枝》中，试图对内米湖畔阿里奇亚丛林中一种神秘而令人费解的古老习俗作出解释。根据这种习俗，森林女神狄

---

① ［英］爱德华·泰勒：《原始文化》，连树声译，广西师范大学出版社 2005 年版，第18—19 页。

② ［美］摩尔根：《古代社会·序言》，杨东莼、马雍、马巨译，商务印书馆 2009 年版，第 5 页。

③ ［美］摩尔根：《古代社会》，杨东莼、马雍、马巨译，商务印书馆 2009 年版，第 55页。

安娜神庙的祭司由一位逃亡的奴隶来担任。不过在担任祭司之前，他必须手持利刃杀死前一位祭司，直到有一天他也倒在新的继任者刀下。这种奇异的祭司职位继承制度，由于在古罗马时代很少类似记载，因而要对它作出解释必须另寻途径。弗雷泽的思路是："如果我们能够指出像内米承袭祭司职位那样野蛮的习俗在别处也已存在；如果我们能够发现导致这种习俗的动机；如果我们能够证实这些动机在人类社会中已经广泛地甚至普遍地起作用，且在各种不同环境中形成了种种具体相异总体相同的习俗；最后，如果我们还能够说明这些动机连同它们所派生的习俗在古希腊罗马时代确实还在活动着，那么，我们就完全可以断定在更远古时代，正是这些同样的动机诞生了内米的祭司职位承袭的习俗。"[①] 为了证明上述假说，弗雷泽列举了世界各地的大量民族志资料，尤其是近代以来欧洲民间和非洲土著的习俗，来对这一神秘的制度进行寻根溯源。从时间来说，这些资料与内米湖畔的神秘风俗有着漫长的间距，但以进化论人类学的眼光来看，它们都是人类同一文化发展阶段的产物，有着相同的文化心理根源，因而可以作为后者的参证。

　　另一位深受泰勒影响的是英国神话学家安德鲁·兰。与弗雷泽一样，兰也是在读到泰勒的《原始文化》之后，才将自己后半生的主要精力用于人类学和神话学研究。在《习俗与神话》（1884）、《神话、仪式与宗教》（1887）等著作中，他继续发扬人类学派"以今证古"的方法，采用大量民族志资料对希腊神话进行解释。安德鲁·兰的这种方法，已被20世纪前期的许多中国学者所论及。在《我的杂学》中，周作人将安德鲁·兰的神话学方法概括为："如在一国见有显是荒唐怪异的故事，要去找到别一国，在那里也有类似的事。但在那里是现行的习俗，不特并不荒唐怪异，却正与那人民的礼仪思想相合。对于古希腊神话也是用同样的方法，取别民族类似的故事来做比较，以现在尚有存留的信仰推测古时已经遗忘的意思，大旨可以明了，盖古希腊人与今时某种土人其心理

---

① ［英］ J. G. 弗雷泽：《金枝》，徐育新、汪培基、张泽石译，新世界出版社 2006 年版，第 3 页。

状态有类似之处，即由此可得到类似的神话传说之意义也。"① 茅盾曾将安德鲁·兰的神话观概括为三个方面，第一方面便是"以今证古"："原始人去我们且逾万年，他们的生活状况和思想已非我们所能目睹，又无可靠的文字记载。然则我们在万年之后，论述万年以前的事，必如何而可不陷于悬揣臆说的弊病呢？换言之，即如何而可使我们的论断合于科学方法。对于此点，兰的方法是'取今以证古'。这就是研究现代野蛮民族的思想和生活，看他们和古代神话里所传述的，是否有几分相吻合。果然研究的结果，证明凡古代神话中一切怪异的记述为吾人所怀疑惊诧者，在现代野蛮民族中方且以为理之固然，日行之而不疑。"② 茅盾本人对于中国上古神话传说的研究，便援引了许多当代世界的民族志资料作为参证，尽管这些资料并非他亲自调查所得。

从具体学术实践来看，20 世纪 20 年代后期，国内也有人采用"以今证古"方法来解决古代文学中的一些问题。在《国风不能确切代表各国风俗辨》一文中，胡怀琛就以"五四"时期的"歌谣运动"来参证《诗经》时代的"采诗"之风："夫昔之国，犹今之省也。今人有辑录各省之歌谣者矣，余所见辑订成书者，有《各省童谣集》，有《平民文学丛书》中之《歌谣》，辑之者皆向各地征集而来，而一一标其地焉，盖亦古者采风之意也。然吾细读其书，歌之相同者不知凡几，而或标甲地，或标乙地，果为何地之诗，已莫可究悉，又何能藉此以代表一地之人情风俗哉。吾观于后世之歌谣如是，吾知当日之《国风》，亦必如是。"③ 不过，这里的比较与参证尚停留在简单比附的层面，未能对二者的"可比性"从学理上作进一步论证，因而其解释的有效性也会大打折扣。

20 世纪 30 年代以后，随着古典进化论人类学在国内的广泛传播，"以今证古"思想被越来越多的中国学者所接受，成为他们解决中国上古文化问题的一把钥匙。黄文山对此深有感触："我国史家往昔治学之原则，曰先通古后通今，史书之价值尚矣！然邃古文化起源，渺不可考，

---

① 周作人：《我的杂学·神话学与安特路朗》，见《知堂回想录》，（香港）三育图书有限公司 1980 年版，第 684—685 页。

② 玄珠（茅盾）：《人类学派神话起源的解释》，《文学周报》1928 年第 301—325 期。

③ 胡怀琛编：《中国文学辨正》，商务印书馆 1927 年版，第 17 页。

即凭文献，而文献足征之程度，亦属疑问。是以最近若干年来，人类学者或民族学者提出一新原则，曰先通今后通古。中国学人现已开始根据此种新原则，用近代人类科学之眼光与方法，重读古史，发掘古物，探究一切现存的原始文化，数十年间之发现，迥非旧日史家之所能悬想，而吾族演进之迹，亦于是庶几可辨。"① 需要指出的是，这里虽然主要针对史学而言，但从黄文山所举的两个例子（江绍原《中国古代旅行之研究》与李则纲《始祖诞生与图腾》）来看，上述论断同样适用于中国文学人类学。此外，梁钊韬在《中国古代巫术——宗教的起源和发展》一书中，在论及泰勒的"文化遗留"这一概念时，也对上述方法作过概括：

> 近代的文化，并非全是近代的产物，尤其是一切有文字记载的风俗习惯、社会制度，大部分还是前代的遗留。英国科克斯（M. R. Cox）女士曾说："研究民俗的学者之目的，即在将现存的迷信与古代民俗的故事加以搜集，进行比较，且将'过去的无谓的故事，及衰落的传说'贮积起来；因为所有民俗学上的零片断语皆有能够给人类文明史以回光的价值。"科克斯这里所谓的"回光的价值"，就如泰勒所提出的民俗遗留的痕迹一样，同样是以今证古的方法。②

作者在此书中，便运用上述方法，时时将民族志资料与"十三经"及其"注疏"作比较。

值得一提的是，对于古典进化论人类学的"以今证古"思想，也有学者持保留态度。费孝通先生就曾说过："用现行的风俗习惯去推测过去的社会制度，在一定条件下是一种符合实际的科学方法，但不能用过头，过了头也就成为荒谬。我本人是不喜欢这种用'历史痕迹'来以今测古

---

① 黄文山：《民族学与中国民族研究》，《民族学研究集刊》1936年第1期。着重号为原作者所加。

② 梁钊韬：《中国古代巫术——宗教的起源和发展》，中山大学出版社1999年版，第4页。此书原为作者硕士学位论文，于1939年至1940年间写成，至20世纪80年代首次出版。

的研究方法的。"① 可问题是，如何才算"用过了头"？这可能是令许多学者感到纠结的一个难题，费孝通本人也未能给出明确的答案。笔者以为，时至今日，越来越多的考古学与人类学证据已经表明，人类早期文化相同的一面远远大于相异的一面，因而对于渺茫难稽的上古文化问题，建立在"人类心灵共通说"基础上的"以今证古"原则，未尝不是一种可行的思路，尽管在纯粹实证的层面，由这种思路得出的结论很难证实或证伪。除非我们打算回避诸如神话起源等人类文明早期的问题，否则，"以今证古"依然有其无可替代的价值。

（二）图腾理论

"图腾"（totem）一词源自奥吉布瓦语（Ojibwa）"ototeman"，词根 – ote 表示兄弟姐妹同胞之间的血缘关系。1791 年，一位英国商人兼译员将这一词引入英语。今天学术界一般认为，图腾制度是一种信仰体系，根据这种信仰，人与某种精神性存在（比如某种动物或植物）有一种亲属或神秘关系；作为其实体的图腾，与某个特定亲属群或个体相互作用，并被用作他们的标记或象征符号。

西方学界第一种图腾理论由苏格兰民族学家弗格森·麦克伦南提出。遵循 19 世纪的研究时尚，麦克伦南想从一种宽广的视野来理解图腾。在《动植物崇拜》（The Worship of Animals and Plants，1869—1870）一书中，麦克伦南并未对图腾现象的具体起源作出解释，而是试图表明人类所有种族在古代都经过图腾阶段。

1899 年，麦克伦南的理论受到爱德华·泰勒的批评，后者拒绝将图腾制度与纯粹的动植物崇拜相混淆。泰勒声称要在图腾制度中发现人类划分世界及其万物的精神趋向，他因此把图腾看作某些种类的动物与氏族之间的一种关系，反对视图腾为宗教基础的思想。

另一位苏格兰学者安德鲁·兰，在 20 世纪初从"唯名论"立场对图腾制度作出解释。在兰看来，当地团体或氏族从自然界选择图腾名称，

---

① 费孝通：《谈谈民俗学》，见《费孝通全集》第 10 卷，内蒙古人民出版社 2009 年版，第 176 页。

是出于区分的需要。一旦这些名称的起源被遗忘，便会在这些名称曾经得以产生的事物和以这些名称来命名的团体之间出现一种神秘的关联。兰想通过自然神话来解释这种关联。按照这些神话，动物和自然物被认为是各个社会单位的亲属、保护者或祖先。兰认为部落对于这些事物的思考最终导致了禁忌，团体外婚制最初起源于图腾联盟的形成。

1910 年，英国人类学家詹姆斯·弗雷泽的四卷本《图腾崇拜与外婚制》（*Totemism and Exogamy*）出版，成为世界学术史上首部有关图腾制度的综合性著作。基于对澳大利亚和美拉尼西亚等地土著部落的研究，弗雷泽将图腾的起源视为对于受孕和婴儿诞生的解释，他称这种信仰为"图腾受孕论"。

此后，俄裔美籍民族学家亚历山大·戈登韦泽（Alexander Goldenweiser）对图腾现象进行了尖锐的批评。在美国，他的批评曾引发对于图腾制度的怀疑。戈登韦泽在图腾制度中看到了能够分别存在的三种现象（实际上，只有在极个别的情况下它们才同时出现）。这三种现象是：（1）氏族组织；（2）氏族以动植物命名或从自然界中获得的标记；（3）相信在团体和图腾之间存在某种关系。戈登韦泽并不认为这些现象具有统一性，因为其中任何一种现象都能够单独存在。

法国社会学派的创始人涂尔干从社会学和神学的观点对图腾现象进行了审视。他希望从一些十分古老的形式中发现某种纯粹的宗教，声称在图腾崇拜中看到了宗教的起源。在涂尔干看来，神圣领域是作为社会活动基础的情感的一种反映。根据这种观点，图腾建立在某种非人格力量的基础之上，它是团体（或氏族）意识的一种反映。

1916 年，美国人类学家博厄斯提出，图腾制度从未表现出单一的心理或历史起源。由于图腾特征可以与众多个体以及所有可能的社会组织联系在一起，它们在不同的文化语境中出现，因而很难将图腾现象归入某个单一范畴。博厄斯反对将图腾系统化，认为追问图腾的起源是没有意义的。

与博厄斯一样，英国社会人类学的主要代表拉德克利夫·布朗也怀疑图腾可以用任何统一的方法进行描述。在这一点上，他与英国另一位社会人类学先驱马林诺夫斯基意见相反，后者想用某些方式证明图腾的统一性。就拉德克利夫·布朗而言，图腾制度由来自不同地区和制度中的多种要素构成，这些要素的共同之处是一种普遍趋势，即通过与自然界中某一部分的联系，来表现共同体中一些部分的特征。起初，布朗与马林诺夫斯基一样，认为当动物"好吃"时才能成为图腾。后来他又对这种观点持反对意见，因为很多图腾是危险而令人不快的。

对图腾现象最激烈的批评来自法国人类学家列维-斯特劳斯。作为结构主义的首要代表，斯特劳斯的观点受到布朗的激发，他试图对布朗的观点作进一步发展。为研究图腾制度的结构，斯特劳斯用了几组二元对立，来阐明他在作为人类文化现象的图腾制度中所看到的抽象两极。基本的对立介于自然与文化之间：一方面，自然界中存在着种种实际事物，比如动物或植物物种以及具体的动物或植物；另一方面，文化中有各种不同的团体和个人，他们与某些特殊的物种或具体的动植物产生认同。列维-斯特劳斯进一步区分出图腾制度内部动物和文化之间的四种关系。对他来说，图腾制度是一种"幻觉"和"分类逻辑"——一种事后的解释。经由这种解释，社会关系的结构被投射到了自然现象上面，而不是相反。

20世纪后期，诸如后殖民世界中意义与身份的建构等问题日益成为人类学家和社会学家思考的重心。考虑到图腾信仰体系已被证明在人类历史进程中比较持久，许多学者开始追问，像列维-斯特劳斯所倡导的那样，将图腾制度作为一种纯粹的社会结构来处理是否有用。其结果是，对于图腾信仰的研究逐渐衰落；所从事的研究，也不再着眼于图腾现象的普遍性，而是在更为具体的语境中思考图腾制度。①

在中国，"图腾"一词最早出现于20世纪初。1903年，严复在翻译英国学者甄克思《社会通诠》一书时，将"totem"译为"图腾"，译文中还加有按语："图腾者，蛮夷之征帜，用以自别其众于余众者也。北美之赤狄，澳洲之土人，常画刻鸟兽虫鱼或草木之形，揭之为桓表，而台

---

① 以上关于西方图腾理论的梳理，参见《大英百科全书》（网络版，Britannica Online Encyclopedia）"图腾"（totemism）词条：http://www.britannica.com/EBchecked/topic/600496/totemism。

湾生番，亦有牡丹、槟榔诸社名，皆图腾也。由此推之，古书称闽为蛇种，盘瓠犬种，诸此类说，皆以宗法之意，推言图腾，而蛮夷之俗，实亦有笃信图腾为其先者，十口相传，不自知其怪诞也。"① 在此之前，西方学者有关"图腾"的论述多以美洲、澳洲等地的原住民为主要对象，而严复上述"按语"中，已将"图腾"概念移用于中国的古代神话与传说，这对后来的学者无疑是一种重要启示。汪精卫在 1905 年发表的《民族的国民》一文中，便采用了严复对于"totem"的翻译："夫民族之表现于外者，为特有之徽识，图腾社会（此从严译《社会通诠》，日本译为'徽章社会'）视此最重，至于今世亦莫能废。民族之徽识，常与民族之精神相维系，望之而民族观念油然而生。"②

中国学界对于图腾理论的系统介绍始于 20 世纪 20 年代后期。在 1927 年出版的《神话研究》中，黄石用"精灵崇拜"（Animism，现译作"泛灵论"或"万物有灵论"）与"图腾主义"（Totemism）来概括早期先民的思想观念：

干脆地说，野蛮人的观念，可以用"精灵崇拜"（Animism）和"图腾主义"（Totemism）来做统括。什么是"精灵崇拜"呢？"精灵崇拜"就是相信宇宙万物都有生命，有人性的思想；"图腾主义"，就是相信动物或植物有血统的关系，每个部落各奉一种动物或植物做他们公共的祖先，因而把这种动物视为神圣，不敢杀戮侵犯，凡同佩一种图腾的标志的人，便是兄弟宗亲，彼此都有互助的责任，并且不能与该图腾群的女子通婚，他们还相信他的同伴之中，有很多具有一种特别的权能，能够变成禽兽的形状，人死之后，他的灵魂，也会还原为禽兽。有许多民族的神灵，还是人形，却是兽形的；就是人形的神，也有许多时变成禽兽的样子，或把人变做动物植物，就是这种制度演成的。"人兽通婚"的迷信，也可以拿"图腾"来

---

① ［英］甄克思：《社会通诠》，严复译，商务印书馆 1981 年版，第 3—4 页。
② 汪精卫：《民族的国民》，《民报》第 1 号。括号内注释为原作者所加。

解释。①

谢六逸在 1928 年出版的《神话学 ABC》一书中也论及图腾：

> 图腾（Totemism），这是神话中常常表现出来的宗教相。图腾是在传说上，与某社会群结合的动物、植物或无生物。这种社会群从图腾所得他们的群名，以一种图腾作为徽章。属于那一群的人，都以为自家是图腾动物或图腾植物的后裔，或亲属。因为他们与图腾之间有拜物的宗教的结合，于是图腾群的人，除了祭仪与一定时间之外，不食他们所崇拜的图腾动物。②

1928 年，由国立中山大学语言历史学研究所主办的《民俗周刊》，在第 19、20 期合刊上发表了崔载阳《图腾宗教》一文。这篇文章系作者所著《初民心理与各种社会制度之起源》一书第十三章（下编第二章），文中对图腾的起源、图腾的性质、图腾的产生、从图腾到至上神（上帝）的衍化等问题作了论述。尤其值得一提的是，1932 年，胡愈之将法国倍松（M. Besson）的《图腾主义》一书翻译成汉语，由上海开明书店出版。从内容看，"此书简明扼要，不啻 J. G. Frazer, *Totemism and Exogamy* 的缩本"③。书中对图腾的内涵、世界各土著部族的图腾崇拜，埃及、希腊、罗马等古代世界的图腾崇拜，以及西方学界有关图腾的主要理论进行了较为全面的论述。这是国内第一部系统介绍西方图腾理论的译著，在当时产生了较大的影响，李则纲《始祖的诞生与图腾》，闻一多《伏羲考》，杨宽《中国上古史导论》，孙作云《中国的第一位战神——蚩尤》、《说羽人》等，均对此书作过引述。

在此之后，涉及图腾的论著还有严三译戈登韦泽（A. A. Goldenweiser）《图腾主义》（载《史地丛刊》第 1 期）、黄华节《初民社会的性别图腾》

---

① 黄石：《神话研究》，开明书店 1927 年版，第 59 页。

② 谢六逸：《神话学 ABC》，世界书局 1928 年版，第 51—52 页。

③ 岑家梧：《中国民族的图腾制度及其研究略史》，见其《图腾艺术史》一书"附录二"，学林出版社 1986 年版，第 131 页。

（载《东方杂志》第 30 卷第 7 号）、林惠祥《神话论》（商务印书馆 1933 年版）、王冶心编《中国宗教思想史大纲》（中华书局 1933 年版）、凌纯声《民族学实地调查方法》（《民族学研究集刊》第 1 期）、岑家梧《图腾艺术史》（长沙商务印书馆 1937 年版）、陈志良《图腾主义概论》（《说文月刊》1940 年第 2 卷）等。尽管这些学者对图腾的具体看法有所不同，比如，王冶心认为图腾并不是一种"有组织的宗教"，而是"野蛮人中自然的迷信"，不过，他们大都认可图腾现象的几个主要特点，即部族以图腾动植物来命名，部族成员相信自己与图腾动植物之间存在血缘关系，禁食图腾动植物，同一图腾部族内禁止通婚。就上述几点来看，西方图腾理论中，在当时国内影响最大的也是以弗雷泽为代表的古典进化论学说。1936 年 9 月，由中山大学语言历史学研究所主办的《民俗》杂志复刊号上，便刊有弗雷泽《图腾与外婚制》的节译片断。相对而言，涂尔干、弗洛伊德、博厄斯等的图腾学说虽然也有介绍，但影响明显不如前者。

有学者指出："世界各民族神话中，无不充斥着神异动物和半人半兽形象、人兽婚和人兽变形之类的母题等令科学理性尴尬的内容，由于图腾学说提供了一个沟通人和动物之间的理论桥梁，因此，从其产生之日，就成为神话学家手中的利器，可以说，19 世纪末 20 世纪初的整个西方神话学都笼罩在图腾学说的阴影之下。"[1] 就中国而言，无论古典神话还是现代口承神话，同样存在大量上述母题，因而图腾理论成为国内学者得心应手的一种解释工具。在此理论的烛照之下，一些神话难题均可获得答案。拿茅盾来说，他在《神话的意义与类别》一文中，将世界神话区分为"合理的"与"不合理的"两类。对于中国神话，他认为"比较的要算合理的原素最多了，但是不合理的原素仍旧存在着"。接着他以女娲为例来说明："说女娲是炼五色石来补天的，是创造人类的，是发明笙的，都很合理；可是又说女娲乃女首蛇身，便很不类不伦，是不合理的。因为女娲既能补天、造人、发明笙簧，可知是一位具有极大权力的神，

---

① 刘宗迪：《图腾、族群和神话——涂尔干图腾理论述评》，《民族文学研究》2006 年第 4 期。

若说她是三头六臂，倒还近情，但是说她'女首蛇身'，岂非极不合理?"① 在笔者看来，这种"不合理"现象，若用人类学中的"图腾"理论去解释，或可得到某种程度的理解。其实，茅盾此前所写的《人类学派神话起源的解释》一文，已对图腾理论有所涉及："例如古代神话中一切人兽易形的故事，皆起于万物皆有精灵一观念，而现代野蛮民族正有以为凡物皆有精灵故奉为'图腾'而崇拜之者。"② 这里我们可能会问：既然古代神话中"人兽易形"的故事可以用现代野蛮民族中的"图腾"观念来解释，为什么女娲"人首蛇身"不能用同一观念来解释？所谓神话中的"不合理因素"，不过是我们今天的一种后设判断，其实，在神话创造者的眼中，没有什么是不合理的。

　　当然，在茅盾写作上述文章的当时，图腾理论在国内的影响还比较有限。20 世纪 30 年代以后，随着其影响的不断深入，越来越多的研究者意识到图腾理论对于解释早期中国文化现象的意义。在《禹生石纽考》一文中，陈志良认为："'禹生石纽'这条传说，用中国的古老的解释，是得不到圆满的结果的。惟有用新兴的民俗学，才可得到比较近情的解答。"③ 这里所谓"新兴的民俗学"，主要指的便是图腾理论："民俗学中有所谓'Totem'、'Totemism'者，译作'图腾'、'图腾主义'或'族徽'。这意思是：一个种族内所包含的社会组织，和特殊的精神生活，都带着某一种植物、动物或其它自然物的象征，因此发生信仰或崇拜某种物事，我们就称这种物事为'Totem'。图腾主义中又有一种叫做 Taboo 的，译作'太步'、'答布'或'禁忌'，乃是禁止接触某人某地某物，或禁止某种行为的意思。'禹生石纽'的传说，也可以用'图腾主义'或'太步'的意义去解释。"④ 在抗战时期发表的《图腾主义概论》一文中，陈志良对图腾理论的作用再次作了申述："我们每逢读到新的社会科学、民族学、古代社会、蛮族社会等著作，以及南洋群岛、阿拉斯加、印第安人的种种游记，时常发现'图腾主义'这个名词。这个名词，非但可

---

① 玄珠（茅盾）：《神话的意义与类别》，《文学周报》1928 年第 301—325 期。
② 茅盾：《人类学派神话起源的解释》，《文学周报》1928 年第 301—325 期。
③ 陈志良：《禹生石纽考》，《禹贡》1936 年第 6 卷第 6 期。
④ 同上。

以解释了原始社会的组织及其法律，而且亦阐明了艺术、装饰及宗教的起源。'图腾主义'，实在是研究古史、原始社会者不可不知、不可不用以来解释种种现象的名词。"① 对于陈志良在前一篇文章中所得出的"禹是羌民的图腾"这一具体结论，我们或可提出异议。不过，就图腾理论对解释中国神话、古史的意义而言，陈志良的观点应当值得肯定，毕竟当时还难以找出一种更具说服力的理论。

受图腾理论的影响，20 世纪前期的许多学者，如顾颉刚、郭沫若、闻一多、李则纲、岑家梧、凌纯声、黄文山、卫惠林、卫聚贤、陈志良、陶云逵、何联奎、李玄伯、刘节、陈宗祥、马学良等，都或多或少地考察、研究过我国各民族的图腾崇拜现象。尤其是岑家梧，不仅在留学日本期间写成《图腾艺术史》一书，后来又相继发表《东夷南蛮的图腾习俗》（1936）、《图腾研究之现阶段》（1936）、《转形期的图腾文化》（1937）、《盘瓠传说与瑶畲的图腾崇拜》（1940）、《中国的图腾制及其研究史略》（1944）等一系列论文，对图腾问题给予持续的关注。上述诸人的研究思路之一，便是采用图腾理论对中国历代典籍中所载的种种疑难进行解释，它们成为 20 世纪前期中国文学人类学的主要实践领域之一。比如，丁迪豪《玄鸟传说与氏族图腾》《所谓玄鸟生商的究明》等文章，就是采用弗雷泽"受孕图腾主义"理论，对《诗经·商颂》中的这段谜案进行了解释。尽管今天看来，上述解释或许带有某种"过度阐释"的成分，不过，如果以之与传统的态度相比较，其间的高下不难判别。在此，我们引李则纲《始祖的诞生与图腾》"结论"部分的一段话作为参照：

　　　　本文所引各传说，昔人因为昧于图腾关系，对于此种传说的态度，或附会其词，以为真是事实，无可置疑；或根本否认，谓为荒唐邪说，不足研究。如玄鸟生商，姜嫄履大人迹等事，信之者，则认为上古特出的人物，其诞生的情形，确与常人不同，拿什么"气

---

① 陈志良：《图腾主义概论——〈中国图腾主义〉之第一章》，《说文月刊》1940 年第 2 卷第 1 期。

化而生""天诞圣人"一类的话来附会其事。疑之者,则又以为这是谶纬家的虚构,历史家的诬妄,经学家的附会。如欧阳修苏明允等骂司马迁不应有此记载,郑康成不应以此解经。其实附会传说即为事实,固属错误;因疑传说非事实,而即痛恶传说之流传,亦属未察。由前面的论述,吾人知道图腾制度,为各民族必经的阶段;始祖诞生的传说,势必与图腾发生关系,既与图腾发生关系,势必有玄鸟生商一类的故事产生。①

如果借用冯友兰的话,上面所述古今学者对待"玄鸟生商"之类神话的态度,可分为"信古""疑古"与"释古"三种——李则纲所持的,当然是最后一种。诚然,李氏关于"图腾制度为各民族必经阶段"的断语不无商榷之处,不过,这种援引世界各地民族学资料以作参证的方法,无论视野的广度还是解释的深度,比起历史上谶纬家的简单附会以及欧阳修等人的轻率驳难明显高出一筹。退一步说,其实任何理论都是一种"片面的深刻",因而我们更应当以一种同情的眼光看待图腾理论及其引发的种种争论。

(三)"文化遗留"说及其他

20 世纪前期中国文学人类学的主要理论资源中,值得一提的还有英国人类学家爱德华·泰勒的"文化遗留"说与詹姆斯·弗雷泽的巫术理论。

在《原始文化》一书中,泰勒对世界各地的"文化遗留"现象作了详细论述,他对这些现象所下的定义是:"在那些帮助我们按迹探求世界文明的实际进程的证据中,有一广泛的事实阶梯。我认为可用'遗留'(survival)这个术语来表示这些事实。仪式、习俗、观点等从一个初级文化阶段转移到另一个较晚的阶段,它们是初级文化阶段的生动的见证或

---

① 李则纲:《始祖的诞生与图腾》,商务印书馆 1935 年版,第 76 页。

活的文献。"① 泰勒认为，许多今天看似非理性、无意义的习俗与信仰，比如民间迷信、儿童游戏等，其实是人类历史早期某种理性行为的残存形态。这些行为在最初都有其实际意义，随着人类文化的发展与生存条件的变化，最终衍化为一种毫无实际作用的"文化遗留物"。尽管如此，"文化遗留物"的研究对于人类学依然有着十分重要的意义，因为按照进化论的观点，当下民间随处可见的"文化遗留物"，在进化序列上属于人类文化的早期阶段，因而对这些"遗留物"的研究有助于发现人类历史发展的进程。泰勒的这一假说尽管遭到了马林诺夫斯基等的反对，但作为一种分析人类文化现象的有效手段，仍然被许多学者所采用。

　　"五四"前后，随着西方人类学派神话学的输入，泰勒的"文化遗留"说也传播到了中国。最早引入这一概念的大概是周作人。留学日本期间，周作人对安德鲁·兰的神话学理论产生了兴趣，而安德鲁·兰本人便是泰勒的一位追随者，其神话理论在很大程度上是对泰勒学说的延伸。此外，周作人对于泰勒的人类学理论也有了解，他自己曾收藏有泰勒的著作。1928 年 6 月 20 日，周作人在致江绍原的信中说："'希罗债'丛书中三十五我有之，另封寄去，借给你一看。"② 《希罗债》丛书的作者即是泰勒。受其影响，周作人不仅在中国社会中处处发现"蛮性的遗留"，而且也将故事、歌谣、童话等视为原始时代文学的"遗留物"。在《〈朝鲜童话集〉序》中，周作人说道："对于故事歌谣我本来也有点儿喜欢，不过最初的兴趣是在民俗学的一方面，因为那时我所读的三字经是两本安特路阑所著的《神话仪式与宗教》，不免受了他的许多影响。近来在文学史的一方面感到一点兴趣，觉得这是文学的前史时期的残存物，多少可以供我们作想像的依据。"③ 另一位与周作人交谊颇深的民俗学家江绍原，则将"文化遗留说"运用于中国古代礼俗的研究。在《礼部文件之六：〈周官〉媒氏》一文中，江绍原指出："仲春大会男女，的确是

---

　　① [英]爱德华·泰勒：《原始文化》，连树声译，广西师范大学出版社 2005 年版，第 11 页。

　　② 江小蕙编：《江绍原藏近代名人手札》，中华书局 2006 年版，第 279 页。

　　③ 周作人：《〈朝鲜童话集〉序》，引自钟叔河编订《周作人散文全集》第 5 卷，广西师范大学出版社 2009 年版，第 782 页。

古代自由配合式的 Mating season 之遗留，因为 Mating season 是野蛮社会里面常有的现象，古中国也许有——至少是一部分古中国有。"①

　　与周作人一样，钟敬文对中国社会中"蛮性的遗留"也深有感触："用不着我来'剥削'的说，谁都会知道，我们中国现在大部分的社会，是尚处在半开化的状态中的，一切原始时期的传说，尚在多数的人们的心里居留着而未收它的幻影。不信吗？见了月蚀，都说是天狗在吃月呢；见了地震，都说是地牛在翻身呢。"② 这里虽未直接言及泰勒及其"文化遗留"说，不过考虑到作者早年所受古典进化论派人类学的影响，我们不难判定上述引文的思想根源。在 1933 年发表的《为了民谣的旅行》一文中，钟敬文对"文化遗留"说作了简要介绍："前世纪英吉利少数光辉的人类学者，颇留意于民俗、传说中之'文化遗留物'的探究（把文明国的现存的一些已变形了的民俗、传说，从欧洲偏僻的村落间或遥远的落后的民族间去找寻出它的原形物）。"③ 至于这种学说对于中国学术研究的意义，钟敬文更是有着切身体会："中国现在的新学术研究者们，似乎尚没有在文化科学的或部门的研究上，较显豁地使用着这种方法。我这次为了教学的关系，稍把这种眼光去窥视那些民谣的资料的时候，便意外地得到非常可欣喜的成绩。"④ 同一时期所写的《〈江苏歌谣集〉序》中，钟敬文谈道："前代的甚至荒古的关于生活情况的'记述'，可以在现在农夫、渔妇或街头巷尾的儿童的风谣中找到。在欧洲现代的童谣中，可以追寻出远古的人牲和水被等初民的仪礼。"⑤ 这里显然可以看出"文化遗留"说的影子。最能说明"文化遗留"说对于当时学界影响的，是钟敬文晚年的一段回忆：

　　　　"五四"新文化运动以后，我抛开旧文学，热心于新文学的学习

---

　　① 江绍原：《礼部文件之六：〈周官〉媒氏》，《语丝》1925 年第 43 期。
　　② 钟敬文：《歌王——读了台静农君〈山歌原始的传说〉所引起的几句话》，《语丝》1925 年第 23 期。
　　③ 钟敬文：《为了民谣的旅行》，《艺风》1933 年第 1 卷第 9 期。
　　④ 同上。
　　⑤ 钟敬文：《〈江苏歌谣集〉序》，原载《民众教育》1933 年第 2 卷第 1 号。引自钟敬文《民间文艺谈薮》，湖南人民出版社 1981 年版，第 137 页。

和写作。……正在这些时候，我又热爱民间文艺，主要是歌谣。……差不多跟这同时，我又阅读了一些介绍英国人类学派的民间故事理论，特别是那"文化遗留物"的说法。它也影响了我对民间文学的观点，而且延长到30年代前期。它明显地反映在我那些时期所写的文章上，例如《中国神话之文化史的价值》、《天鹅处女型故事》等一系列的文章。这派理论，在我国当时兴起的民俗学（特别是民间文艺学）界是占着主导地位的（虽然后来我们知道，它在欧洲学界这时已经退潮了），像周作人、茅盾、黄石等学者，都是它的信奉者及宣传者。①

需要略作补充的是，当时受"文化遗留"说影响的远不止上述几位学者，郑振铎《汤祷篇》、马长寿《中国古代花甲生藏之起源与再现》、江应梁《昆明民俗志导论》、孙作云《后羿传说丛考》等均曾言及这一学说。尤其值得注意的是，陈志良在《僈俗札记》中，还采用"文化遗留说"，将后稷诞生传说与"野蛮民族"中"杀儿弃婴"现象联系了起来："周人的始祖后稷名弃，是放弃于隘巷山林冰上而得名的。这是'弃儿杀婴'的现象。按低级文化的民族，因为地理环境所限制，生产有限，粮食不够分配，于是有限止人口的形态发现，弃儿杀婴，是其中的主要办法，有的时候，还要限止老人的生存（如轻视老人，花甲生藏，爱斯基摩遇难时的弃老，南洋加雅人的杀老等）。这种现象，野蛮民族中遗留的很多，广西象县花蓝徭，就有此现象。"② 作者接着又列举了几则从瑶族调查得来的关于"杀儿弃婴"的民族志资料，以与后稷传说相互印证。自汉代以降，历代学者对于《诗经》中的这段传说争论不休。陈志良在此文中依据"文化遗留"说以今释古，在当时确实给人以耳目一新的感觉。在笔者看来，"文化遗留"说之于早期中国文学人类学的意义，正在于它所带来的跨时空比较视野，因为当下的许多民俗文化现象既然是上

---

① 钟敬文：《我在民俗学研究上的指导思想及方法论——〈民俗学说苑·自序〉》，见《雪泥鸿爪——钟敬文自述》，山西人民出版社1997年版，第261—262页。这段话又见《钟敬文文集》民俗学卷"自序"，安徽教育出版社1999年版，第15页。

② 陈志良：《僈俗札记》，《说文月刊》1940年第2卷第9期。

古文化的某种"遗留"形态，那么，借助于这些民俗志和民族志资料，可以实现对中国早期文化的阐释或重构。

自泰勒以来，巫术一直是文化人类学所持续关注的话题，涂尔干、莫斯、拉德克利夫·布朗、马林诺夫斯基、埃文斯·普里查德、列维－斯特劳斯等众多人类学家均曾涉足这一领域，其中影响最大的，当推詹姆斯·弗雷泽及其《金枝》。这位毕业于剑桥大学三一学院的著名学者，最初研究领域为古典学，后来因读到泰勒的《原始文化》，兼之受罗伯逊·史密斯的影响，最终转向了文化人类学研究。1890 年，《金枝》两卷本首次问世，副标题为"比较宗教研究"。10 年后，经过增补的三卷本《金枝》再次出版。此后，弗雷泽将这部著作不断扩充，并于 1911 年至 1915 年间相继推出 12 卷本的《金枝》，副标题也改为"巫术与宗教研究"。1922 年，弗雷泽又将这部著作删节为一卷本出版，后又于 1936 年再次作了增补。除《金枝》外，弗雷泽的主要著作还有《图腾与外婚制》（1910）、《〈旧约〉中的民间传说》（1918）等。这些著作中，给他带来巨大声誉的无疑是《金枝》，后人称之为"一项对原始习俗和信仰的里程碑式的研究"，"几乎在现代思想的每一个领域中都留下了深刻的印象，从人类学到历史学，再到文学、哲学、社会学，甚至自然科学"①。

在《原始文化》中，泰勒从"文化遗留"的立场出发，将巫术视作"建立在联想之上而以人类的智慧为基础的一种能力，但是在相当大的程度上，同样也是以人类的愚鲁为基础的一种能力"②。在泰勒看来，早期人类凭借自身的智慧，掌握了将不同事物联系起来的方法。但问题在于，这种联系具有"纯粹幻想"的性质，他们"把想像的联系跟现实的联系错误地混同了起来"，其结果最终导向谬误，因而，所谓"巫术"只能是一种"伪科学"。弗雷泽在泰勒的基础上，进一步构拟出从巫术、宗教直到科学的人类思维进化历程。尤其重要的是，弗雷泽还归纳出巫术的两种基本原理：第一种为"相似律"，即同样的"因"可以产生同样的

---

① ［美］包尔丹：《宗教的七种理论》，陶飞亚、刘义、钮圣妮译，上海古籍出版社 2005 年版，第 21 页。

② ［英］爱德华·泰勒：《原始文化》，连树声译，广西师范大学出版社 2005 年版，第 93 页。

"果"，或者说彼此相似的事物可以产生同样的效果；第二种为"接触律"，指几个曾经相互接触过的物体，在实际接触已经中断后，仍会远距离地彼此发生作用。巫师根据第一种原理，相信自己仅凭模仿便可实现任何他想做的事；从第二种原理出发，则相信能够通过一个物体来对一个人施加影响，只要该物体曾被那个人接触过，而不论该物体是否其身体的一部分。① 尽管后来的一些学者如马雷特、范－根纳普等，不同意弗雷泽将巫术与宗教二分的做法，但弗雷泽对于巫术基本原理的概括，仍然为后人分析人类的巫术行为提供了可资借鉴的理论工具。

　　对于 20 世纪前期的中国学界来说，"弗雷泽"这个名字并不陌生。即以笔者所见的材料而言，起码在"五四"之前，弗雷泽的著作已在国内为人所知。1924 年 12 月，周作人在致乾华的信中，提到弗雷泽《普徐该的工作》（Psyche's Task）一书，并说自己于"八年前"日记中已有关于此书的摘要。② 据此推断，周作人最晚至 1916 年已读到弗雷泽的著作。1924 年 12 月发表的《狗抓地毯》一文，在论述"野蛮人"的生殖崇拜思想时，周作人便援引《金枝》中的观点和资料作为参证，并说"我所有的只是一卷的节本"③。此外提到或引用弗雷泽著作的，还有《谈"目连戏"》（1925）、《萨满教的礼教思想》（1925）、《酒后主语·乡村与道教思想》（1926）、《王与术士》（1927）等。在《求雨》一文中，周作人写道："宗教的情绪或者是永远的，但宗教的形式是社会时代的产物，是有变化的。上古时代只有家长是全权的人，那时的宗教也只是法术，他自己便是术士，控制自然以保障生存都是他的事，其中重要的一件也就是'致雨'。帝制成立，致雨的职务归于酋长（因为他原是术士变的），再转而属于祭司，宗教代法术而兴起，致雨不复全凭'感应术'的原则去播鼓洒水以象征雷雨。"④ 这段文字中关于巫术向宗教演变的思想，显然也是受《金枝》的影响。1927 年 9 月 27 日，周作人在致江绍原的信中

---

　　① ［英］J. G. 弗雷泽：《金枝》，徐育新、汪培基、张泽石译，新世界出版社 2006 年版，第 15 页。

　　② 见周作人 1924 年 12 月 11 日致乾华的信，载《语丝》1924 年第 5 期。

　　③ 开明（周作人）：《狗抓地毯》，《语丝》1924 年第 3 期第 1 版。

　　④ 岂明（周作人）：《闲话拾遗：四一、求雨》，《语丝》1927 年第 135 期。

说："书一本寄杭，想不久可以转寄到。"① 信中提到的书便是弗雷泽的《童谣》。考虑到周作人在留日期间已读到安德鲁·兰、简·哈利森等的著作，因此有理由判断，他在留日期间已经接触到弗雷泽的著作。在《我的杂学》中，周作人回顾自己当初所受文化人类学的影响时，在列举了泰勒（Tylor）、拉薄克（Lubbock）等人之后，又说："但是于我最有影响的还是那《金枝》的有名的著者萧来则博士（J. G. Frazer）"②。

除周作人早年的介绍之外，弗雷泽著作中的一些章节后来还被翻译成汉语。1931 年，李安宅《交感巫术的心理学》一书由商务印书馆出版，成为《金枝》的第一部中文节译本。1936 年 9 月 15 日的《民俗》复刊号上，"补白"部分分别刊有弗雷泽《图腾与外婚制》《旧约中的民间传说》二书的节译，后者标题为"惯俗与信仰为什么会相同？"。复刊后的《民俗》第 1 卷第 4 期（1942 年 3 月），"补白"部分又节译了弗雷泽《金枝》中关于禁忌的一段话，标题为"研究禁忌规例为洞悉原始人哲学之锁匙"。此外，20 世纪 40 年代，苏秉琦受徐旭生嘱托，将弗雷泽《旧约中的民间传说》一书第四章译成中文，附于徐氏所著《中国古史的传说时代》书后。据译者附记："英人富勒策（Sir James George Frazer）所著《旧约中的民间传说》（Folklore in Old Testament）一书的第四章为富氏在英国皇家人类学会赫氏周忌纪念会中关于洪水传说的一篇演说稿，旁征博引，议论精深；其措辞之含蓄，与态度之谨严，尤足称道。徐先生以其与所作关于中国古史问题的一篇论文《洪水解》，互相参证发明之处甚多，特嘱先节译其首末两节，至于其中叙述各地各种洪水故事各节容后备成之。"③ 不过在嗣后很长一段时期内，未见该书中译本面世。

在弗雷泽的所有著作中，最为中国学界所耳熟能详的无疑是《金枝》。《图书季刊》杂志 1934 年第 1 卷第 3 期"新书介绍"栏，推出的是弗雷泽 1932 年在剑桥大学三一学院的演讲稿《原始宗教中对于死者的恐

---

① 江小蕙编：《江绍原藏近代名人手札》，中华书局 2006 年版，第 267 页。
② 周作人：《我的杂学·文化人类学》，见《知堂回想录》，（香港）三育图书有限公司 1980 年版，第 686 页。
③ 见徐炳昶《中国古史的传说时代》附录一《洪水故事的起源》，中国文化服务社 1946 年版，第 305 页。

惧》（*The fear of dead in primitive religion*）。这篇介绍性短文起首便说：
"一提到 Frazer 这个人，我们大概多会联想到他的大著《金枝》（*Golden
Bough*）吧？"[1] 这里虽然采用了疑问句式，答案却不言自明。在此之前，
郑振铎于 1927 年出版的《文学大纲》一书中，第一章题为"世界的古
籍"，其中所列的参考文献中便有弗雷泽的《金枝》："三十一、《金枝：
魔术与宗教的研究》（*The Golden Bough：A Study in Magic and Religion*），
共十二册。法拉塞尔（Sir J. Frazer）著，麦美伦公司（Messrs. Macmillan）
出版，此书为不朽的名著。近来麦美伦公司又把此书缩短，印为一册。"[2]
前文已说到，《金枝》从第三版开始，副标题改为"巫术与宗教研究"，
不过书中绝大部分篇幅讨论的其实是巫术问题。对于中国学者来说，弗
雷泽对于世界各个文化中巫术现象的精辟分析，无疑为他们解读历代典
籍中所载与民间当下流传的巫术习俗提供了新的视角。在《金枝》一书
"巫师王"理论的直接启发下，郑振铎于 20 世纪 30 年代初著有《汤祷
篇》一文。这篇文章成为早期中国文学人类学研究史上的经典文献，后
来的研究者在相关的学术史中每每称道。继郑振铎之后，借助"巫师王"
视角分析商汤祈雨传说的还有董每戡："《淮南子》：'桑林生臂手，殒后
变为兴云作雨之神，汤以大旱，祷之求雨，为舞以象其形。'即西洋人也
认古代的巫近于酋长或即是酋长，弗来察（Frazer）在其著《金枝》中就
有'巫觋犹王'的论述。"[3] 在尚无证据可以表明这段引文曾受《汤祷
篇》影响的情况下，我们只能作出后者也是受《金枝》直接启发的判断。
除此之外，当时受弗雷泽巫术理论影响的，还可以举出以下论著作为例
证：江绍原《发须爪》（1928）、《中国古代旅行之研究》（1934），凌纯
声、芮逸夫《湘西苗族调查报告》（1933），陈梦家《商代的神话与巫
术》（1936），钟敬文《我国古代民众的医药学知识——〈山海经之文化
史的研究〉中的一章》（1931）、《中国古代民俗中的鼠》（1937），梁钊
韬《中国古代巫术——宗教的起源和发展》（1940）、《粤北乳源傜民的

---

① 《新书介绍：原始宗教中对于死者的恐惧》，《图书季刊》1934 年第 1 卷第 3 期。
② 郑振铎编著：《文学大纲》上册，商务印书馆 1927 年版，第 28 页。
③ 董每戡：《中国戏剧简史》，商务印书馆 1949 年版，第 32 页。

宗教信仰》（1943），林耀华《凉山夷家》（1947）。需要说明的是，这些作品中，很大一部分属于文学人类学研究的范畴。

三　中国本土学统的赓续

以上章节主要回顾了西方文化人类学对于中国文学人类学的发生所具有的重要意义。不过，任何一种域外思想在融入本土的过程中，首先需要本土文化中相应的思想元素得以接纳，否则，只能会衍变为剧烈的思想碰撞。因此，我们在强调文学人类学所受外来影响的同时，有必要从中国自身出发，探寻文学人类学得以发生的本土学术资源。徐新建先生即指出："从中国自身的文化传统和当代现实来看，'文学人类学'的兴起可以说既有西文引进的促成，也同中国长久的文论思想有关。"①

在笔者看来，早在汉代已经形成的"金石证史"传统，显然和王国维的"二重证据法"有着一定的历史渊源，而王氏的这一方法后来成为中国文学人类学"三重证据法"和"四重证据法"的基石。至于《汉书·艺文志》所载孔子"礼失而求诸野"的思想，更是超越了"文""野"与大、小传统之间的疆界，因而可视作中国文学人类学思想的萌芽形态。

（一）"金石证史"传统

在回溯中国古典学术中"金石证史"传统之前，有必要先对"金石"与"金石学"略作说明。朱剑心先生在《金石学》一书中，对"金""石"与"金石学"分别作出如下界定：

> "金"者何？以钟鼎彝器为大宗，旁及兵器、度量衡器、符玺、钱币、镜鉴等物，凡古铜器之有铭识或无铭识者皆属之。"石"者何？以碑碣墓志为大宗，旁及摩厓、造像、经幢、柱础、石阙等物，凡古石刻之有文字图像者，皆属之。"金石学"者何？研究中国历代

---

① 徐新建：《文学人类学：中西交流中的兼容与发展》，《思想战线》2001 年第 4 期。

金石之名义、形式、制度、沿革，及其所刻文字图像之体例、作风；上自经史考订、文章义例，下至艺术鉴赏之学也。[1]

需要指出的是，"金""石"之称早在商周时代已经出现，不过在当时多指乐器而言，与后世所谓"金石"并非同一对象。将"金""石"并称，而所指又与今天大略相同者，大概始自秦代。《史记·秦始皇本纪》所载群臣奏议以及秦二世的诏书中，常常出现"金石刻"或"金石刻辞"，后世称这些刻辞为"金石文字"，或者简称"金石"。[2]

现有资料表明，最晚至西汉时期，已经有人对铜器与刻石上的文字进行考释与存录。据《汉书·郊祀志》载，宣帝时，美阳得鼎献之，下有司议。张敞好古文字，辨认出鼎上所刻铭文，进而推断此鼎"殆周之所以褒扬大臣，大臣子孙刻铭其先功，藏之于宫庙也"。此外，司马迁著《史记》，在《秦始皇本纪》中载有泰山、琅琊台、之罘、碣石、会稽等秦之刻石。自魏晋至隋唐，学者对于碑文石刻的征引与著录进一步扩大，许多人还借助碑铭文字校正典籍载记的错误。阎若璩《潜邱劄记》云："魏太和中，鲁郡于地中得齐大夫子尾送女器，有牺尊，纯为牛形，王肃以证其羽婆娑然之说非是。……汉章帝时，零陵文学奚景于泠道舜祠下得白玉琯，古以玉作，琯传至魏，孟康以证《律历志》竹曰管之说不尽然。"又如西晋时，晋灼注《汉书·地理志》"魏郡黎阳"条，根据山上碑文"县取山之名，取水在其阳以为名"，以证地名为"黎阳"而非"黎阴"；唐代司马贞《史记索隐》根据班固《泗上亭长碑》，得知《高祖本纪》中"母媪"当写作"母温"。这种将金石器物文字与典籍文献相互参校的方法，实际已开后世"金石证史"之先河。

中国金石学的正式形成是在宋代。在此之前，"学者对于金石，固已有近于研究之事；然偶得一器，偶见一石，偶然而得之，亦偶然而述之，一鳞半爪，未足为专门之学。一至北宋，金石之出土愈多，于是士大夫如刘敞、欧阳修之辈，筚路蓝缕，倡为斯学，阮元所谓'阅三四千年而

①　朱剑心：《金石学》，文物出版社1981年版，第3页。
②　参见马衡《凡将斋金石丛稿》，中华书局1977年版，第1—2页。

道大显矣'！"① 此时致力于金石学领域者人数大增，而且出现了一批堪称奠基性的成果，在古器石刻的汇集、传拓与著录、考订与应用等方面，均创下了前无古人、后无来者的伟绩，以至王国维认为："虽谓金石学，为有宋一代之学无不可也。"② 当代曾有学者将宋代金石学划分为四派：一是以欧阳修、赵明诚为代表的著录派，侧重古器的存目与考订，主要著作有欧阳修《集古录》、赵明诚《金石录》；二是以吕大临、王黼为代表的图绘器形、摹录款识派，侧重存录古器物的形体和文字，主要著作有吕大临《考古图》、王黼《宣和博古图》、无名氏《续考古图》、赵九成《考古图释文》等；三是以薛尚功、王俅为代表的录文派，只侧重录写和考释器物铭文，不涉及器物的图形，主要著作有薛尚功《历代钟鼎彝器款识》、王俅《啸堂集古录》；四是以张抡、黄伯思为代表的考评派，侧重对器物功用或铭文的解说，主要著作为张抡《绍兴内府古器评》二卷、黄伯思《东观余论》。上述著述之外，还有洪适的《隶释》和《隶续》，二书皆熔资料、研究于一炉，既保存了研究资料，又记录了作者的研究成果。③ 这种划分是否确当或可提出商榷，不过从以上罗列中，我们不难看出当时金石学的繁盛景况。

经历了宋代的极盛之后，金石学在元、明两代转而衰落，无论参与人数或金石著作均无法与宋代比肩。至清代，金石学又出现复兴局面，不仅有顾炎武、黄宗羲、阎若璩、朱彝尊、钱大昕、孙星衍、翁方纲、梁玉绳、阮元、毕沅等文史名家涉足其中，搜集、著录的范围也扩大到石刻、吉金、钱币、玺印、兵符、镜鉴、玉器、瓦甄等许多方面。著录体例上，在前代"存目""跋尾""录文""摹图""纂字""义例""分地"之外，又新增"分代""通纂""概论""述史""书目"等类别。④ 尤其重要的是，1899 年甲骨卜辞的发现，为中国传统金石学又增添了一种新的门类。民国后，随着瑞典学者安特生对仰韶文化遗址、中央研究

---

① 朱剑心：《金石学》，文物出版社 1981 年版，第 20 页。
② 王国维：《宋代之金石学》，《国学论丛》1928 年第 1 卷第 3 期。此文为王国维在北京历史学会讲演稿。
③ 崔文印：《宋代的金石学》，《史学史研究》1993 年第 2 期。
④ 参见朱剑心《金石学》，文物出版社 1981 年版，第 34—53 页。

院历史语言研究所对安阳殷墟遗址的科学发掘，中国传统金石学终于被现代考古学所取代。

金石学在中国古典学术中之所以具有显赫地位，一个重要原因在于历代学者将其作为"证经补史"的参照。朱剑心曾将金石学"裨于他学"的价值概括为三方面，第一方面便是"考订"价值："综其功用，可以证经典之同异，正诸史之谬误，补载籍之缺佚，考文字之变迁。"① 前文已述及，将金石文字与典籍文献互校，在魏晋时期已有学者发其端。至宋代，随着金石学的兴盛，"金石证史"传统得以进一步发扬，此时"欧、赵、黄、洪各据古代遗文以证经考史，咸有创获"②。欧阳修著《集古录》，目的之一便是"与史传正其阙谬"③。在《集古录》"跋尾"中，欧阳修便多以金石证史阙。继欧阳修之后，赵明诚也说："盖窃尝以谓《诗》、《书》以后，君臣行事之迹悉载于史，虽是非褒贬出于秉笔者私意，或失其实，然至其善恶大节有不可诬，而又传之既久，理当依据。若夫岁月、地理、官爵、世次、以金石考之，其牴牾十常三四。盖史牒出于后人之手，不能无失，而刻词当时所立，可信不疑。"④ 在《金石录》"跋尾"中，赵明诚也充分运用"金石证史"的方法，依据传世古器和碑铭墓志，对《汉书》《三国志》《晋书》《魏书》《周书》《北齐书》《北史》以及新、旧《唐书》等典籍中的讹误作了考订。实际上，金石学在清代的复兴，便与其"证史"价值有很大关系。众所周知，入清以后，学风由"虚"转"实"，考据学成为显学。出于校勘辑佚等的需要，当时学者自然将金石纳入视野。包括顾炎武、钱大昕、朱彝尊等在内的许多学者，曾将金石学运用于校勘考据。

对于自宋代以来发扬光大的这种"金石证史"传统，"五四"以后的学者曾给予很高评价。傅斯年对顾炎武、阎若璩等明清之际学者的学术

---

① 朱剑心：《金石学》，文物出版社1981年版，第4页。

② 王国维：《齐鲁封泥集存》"序"，见《王国维全集》第3卷，浙江教育出版社2009年版，第163页。

③ 欧阳修：《集古录目》"序"，见《欧阳修全集》，中国书店1986年版，第1087页。

④ 赵明诚：《金石录》"序"，见赵明诚撰、金文明校正《金石录校正》，上海书店出版社1985年版，第1页。

研究十分推崇，就因为在他看来，这些学者所采用的"金石证史"、实地考察等方法，是一种"最近代的手段"："我们宗旨第一条是保持亭林百诗的遗训。这不是因为我们震慑于大权威，也不是因为我们发什么'怀古之幽情'，正因为我们觉得亭林百诗在很早的时代已经使用最近代的手段，他们的历史学和语言学都是照着材料的分量出货物的。他们搜寻金石刻文以考证史事，亲看地势以察古地名。"[①] 胡适则将这一传统命名为"批判的治学方法"："我个人认为近三百年来（学术方法上所通行）的批判研究，实是自北宋——第十至第十二世纪之间——开始，其后历经八百余年逐渐发展出来的批判方法，累积的结果。这都可远溯至中国考古学兴起的初期。由于考古知识的逐渐累积，古代的残简、旧稿，乃至古墓里出土的金石、砖瓦等文物，和这些文物上所印刻的文字和花纹的拓片或摹拟等，均逐渐被发展成历史工具来校勘旧典籍。这便是批判的治学方法的起源。"[②] 这里所谓"考古学"，其实指的就是金石学。

　　当然，中国传统金石学并不完全等同于现代考古学，在前者向后者过渡的过程中，值得大书特书的是 1899 年殷墟甲骨卜辞的发现。这次发现无疑是中国近代学术史上一件石破天惊的大事，它"不仅直接促生了甲骨学和殷商考古学这两个新学科，而且开启了中国当代学术的新纪元"[③]。1925 年 7 月，王国维应清华学生会的邀请，作了题为"最近二三十年中国新发现之学问"的演讲，其中列举了当时学术界的"五大"发现，第一项便是"殷墟甲骨文字"。李学勤先生则从另一向度对这段历史作了评价："甲骨文的发现是在上世纪末，当时以今文学派为中心的疑古之风正在兴起，所向披靡，传统的古史观受到动摇。甲骨文的研究确定了商朝的存在，证明文献记载的可信性，重新填补了中国古史上很长的一段空白。甲骨文的发现还确定了殷墟的位置，导致对殷墟的系统考察

　　① 傅斯年：《历史语言研究所工作之旨趣》，《国立中央研究院历史语言研究所集刊》1928年第 1 本第 1 分。

　　② 《胡适口述自传》，见《胡适全集》第 18 卷，安徽教育出版社 2003 年版，第 275 页。

　　③ 王宇信、魏建震：《甲骨学导论》，中国社会科学出版社 2010 年版，第 4 页。

和发掘，成为现代考古学在中国发轫时期最重要的工作之一。"①

　　自清末金石学家王懿荣无意间发现甲骨文字以来，经刘鹗、孙诒让、罗振玉、王国维、叶玉森及之后几代学者的不懈努力，甲骨学最终成为20世纪的一门显学。回顾百年甲骨学史，其研究重点大致集中于两端：一是甲骨文字的破译，二是据甲骨文献对中国上古史进行考释。就后一方面来说，王国维在1917年相继写成的《殷卜辞中所见先公先王考》及其《续考》，无疑是该领域最早的经典之作。两篇文章中，王国维联系《史记》《世本》《山海经》《楚辞·天问》等传世典籍，对甲骨卜辞中所见商王世系进行了考释，从而证明这些典籍所载"亦有一部分之确实性"。同为甲骨学名家的郭沫若曾对王国维的上述研究作出如下评价："卜辞的研究要感谢王国维，是他首先由卜辞中把殷代的先公先王剔发了出来，使《史记·殷本纪》和《帝王世纪》等书所传的殷代王统得到了物证，并且改正了它们的讹传。……我们要说殷墟的发现是新史学的开端，王国维的业绩是新史学的开山，那样评价是不算过分的。"② 当然，王国维的意义不只于此。就其对后世的影响而言，更值得重视的，是他基于上述研究而提出"二重证据法"这一新的治学理念。从渊源来看，王国维"二重证据法"显然是对中国古典学术中"金石证史"传统的延续，二者均强调出土文献与传世典籍的互校互释。实际上，王国维本人便是一位金石学家，撰有《宋代之金石学》《金文释例》等著作。此外，如果我们不为"金石学"的名称所限，则晚清以后兴起的甲骨学也应当包括在传统金石学的范围之内。朱剑心便说过："近世地层发掘，逾见进步，古物出土之种类亦愈多：殷墟之甲骨，燕齐之陶器，齐鲁之封泥，西域之简牍，河洛之明器，皆有专载；虽不尽属金石之范围，而皆得以金石之名赅之也。"③ 当代学者王宇信也认为："古代占卜用龟甲和兽骨上的文字——甲骨文，是甲骨学研究的重要对象之一。因此，甲骨学属于

---

　　① 见李学勤为李圃《甲骨文选注》一书所作"序言"，上海古籍出版社1989年版，第1页。

　　② 郭沫若：《十批判书·古代研究的自我批判》，见《郭沫若全集》历史编第2卷，人民出版社1982年版，第6页。

　　③ 朱剑心：《金石学》，文物出版社1981年版，第3—4页。

传统的金石学范畴。"①

　　需要一提的是，近年来，国内有学者从文学人类学立场出发，提出以出土、传世实物与图像为主要对象的"第四重证据"。单从思想渊源来看，这一命题与"金石证史"传统显然有一定关联，只不过后者侧重于彝器碑石上面的文字，前者则更强调器物的图像纹饰乃至器物本身的造型、质料特征。据此，我们从中国古典学术中的"金石证史"传统，到王国维综合地上、地下材料而提出"二重证据法"，再到当代学者基于"物的叙事"理念而提出"第四重证据"，大致可以看出中国文学人类学发展的本土脉络。

（二）"礼失而求诸野"思想

　　刘毓庆先生在论及中国文学人类学时曾指出："文学人类学作为文化人类学的一个分支被正式提出，自是当代学人的事情。而其作为一种文学研究手段实非自今日始。"在举出数则前人以民俗证《诗经》的案例后，他总结道：

　　　　以民俗资料及别种文化形态现象证诗解诗，汉以来即已有之。而此正是今之文学人类学所倡导和采取的方法之一。尽管古人对这种取证方法没有作理论上的总结思考，但他们确已朦胧地感受到了一种"文化化石"对于远古文化研究的意义。

　　刘毓庆先生进而将这种方法与孔子"礼失而求诸野"的思想联系了起来：

　　　　孔子说："礼失而求诸野"。所谓"野"就是指边鄙之野。当一种原始礼俗文化随着文明的发展，在"都市"地区消失之后，在远离中心的边鄙之野却仍在存活着。这种存活于"野"的礼俗文化对于研究文明中心区域的过去是有实际意义的。文化人类学正是要以

---

① 王宇信：《甲骨学通论》，中国社会科学出版社 1993 年版，第 2 页。

存活于"野"的"礼"——文化形态，来研究人类文化的发展。①

从其言下之意判断，自汉代开始的这种以民俗解《诗》证《诗》的传统，已然开中国文学人类学研究的先河。笔者尽管对将中国文学人类学追溯到汉代的做法持保留意见，但与刘毓庆先生一样，也同意将孔子"礼失而求诸野"② 思想看作中国文学人类学的主要本土思想资源之一。

今本《论语》中，未见有"礼失而求诸野"这句话的记载，其最早出处当为《汉书·艺文志》：

> 《易》曰："天下同归而殊涂，一致而百虑。"今异家者各推所长，穷知究虑，以明其指，虽有蔽短，合其要归，亦《六经》之支与流裔。使其人遭明王圣主，得其所折中，皆股肱之材已。仲尼有言："礼失而求诸野。"方今去圣久远，道术缺废，无所更索，彼九家者，不犹愈于野乎？若能修六艺之术，而观此九家之言，舍短取长，则可以通万方之略矣。

上述引文中，班固只是援用孔子的话对诸子九家的价值进行估量，并未说明这句话的具体出处或含义。唐代颜师古对此作注曰："言都邑失礼，则于外野求之，亦将有获。"这一解释显然过于简略，因而为以后学者的进一步阐释与发挥留下了广阔空间。正如卢国龙先生所言："野可以与文相对，指区别于经典传统的民间俗文化；也可以与朝相对，指处士横议的各流派学术以及中华文化之外的四夷学术。"③ 实际上，后来的学者正是基于自己的理解，在不同的言说语境中对这句话反复征引，从而赋予"礼""野"以不同含义。从这些征引中，我们起码可以归纳出以下几组相互对立的范畴：

---

① 刘毓庆：《朴学·人类学·文学》，《文艺研究》1997 年第 1 期。
② 在不同典籍中，这句话还有"礼失求诸野""礼失求之野""礼失求野"等种种变体。
③ 卢国龙：《"礼失求诸野"义疏》，《世界宗教研究》2008 年第 2 期。

（1）雅—俗

（明）朱载堉《乐律全书》："然则牍乃版之别名，版乃牍之遗制。今俗乐有版而雅乐缺焉，礼失求野则得之矣。"

（2）都邑—乡野

（宋）司马光《书仪》卷二"冠仪"："男子年十二至二十皆可冠。"注曰："冠礼之废久矣，吾少时闻村野之人尚有行之者，谓之'上头'，城郭则莫之行矣。此谓'礼失求诸野'者也。"

（3）官方—民间

（清）陈启源《毛诗稽古编》："吴于古为蛮方，而土语或合雅音。至'王'与'黄'、'弓'与'公'，士大夫常语多溷称，而村夫里妇反得其正，礼失而求诸野，洵不诬也。"

（4）儒家—诸子

（明）吕柟《四书因问》："（象先）问：微子修其礼物，作宾王家，岂无存者乎？曰：但谓之修，则必多有废者矣。况至孔子时，岂复有尽存者邪？然则孔子曷从而能言之？曰'礼失而求诸野'，如老聃、苌弘之徒，亦庶几有能传者，故孔子能言之。"

（5）中国—四裔

（明）崔铣《洹词·许衡论》："崔子曰：圣人胡为而贵中国也，礼义存焉尔；胡为而贱四裔也，弃礼义焉耳。中国而弃是，斯退之；四裔而知慕是，斯进之。是故楚乃《春秋》之深诛绝也。然桓文、任伯皆缓佚弑君之贼，而楚旅能讨征舒，《春秋》略其假而予之。故曰'礼失而求诸野'，不愈于大放乎。"

（清）陈鼎《滇黔土司婚礼记》："古语云：礼失而求诸野。今野不可求，乃在苗蛮之中，亦可慨矣。家慈一切动用，内子总之，八媵各有分掌。一事不备，一事不工，职者耻之。嗟乎！苗蛮之有礼，不如诸夏之亡也。"

在孔子论思想、学术的话语中，另有"天子失官，学在四夷"之说，可以作为第四组范畴的补充。这句话最早见于《左传·昭公十七年》：

秋，郯子来朝，公与之宴。昭子问焉：曰："少皞氏鸟名官，何故也?"郯子曰:"吾祖也,我知之。昔者黄帝氏以云纪,故为云师而云名。炎帝氏以火纪,故为火师而火名。共工氏以水纪,故为水师而水名。大皞氏以龙纪,故为龙师而龙名。我高祖少皞挚之立也,凤鸟适至,故纪于鸟,为鸟师而鸟名。凤鸟氏,历正也。玄鸟氏,司分者也。伯赵氏,司至者也。青鸟氏,司启者也。丹鸟氏,司闭者也。祝鸠氏,司徒也。鴡鸠氏,司马也。鸤鸠氏,司空也。爽鸠氏,司寇也。鹘鸠氏,司事也。五鸠,鸠民者也。五雉,为五工正,利器用、正度量,夷民者也。九扈为九农正,扈民无淫者也。自颛顼以来,不能纪远,乃纪于近,为民师而命以民事,则不能故也。"仲尼闻之,见于郯子而学之。既而告人曰:"吾闻之:天子失官,学在四夷,犹信。"

由上述可知,"天子失官,学在四夷"并非孔子首创,而是引自他处。不过,这并未影响这句话在后世的"经典"地位。与"礼失而求诸野"一样,它强调的也是下层文化("四夷")的价值与功能。因二者意义相近,后世的学者往往将上述两句话并举。《禹贡锥指》作者徐渭在考证黑水位置时说:"自周衰以讫汉初,声教阻隔,故《尚书》家莫能言梁州黑水之所在,千载而下,尚赖有此祠,可以推测而得之,语云'天子失官,学在四夷',又云'礼失而求之野',此亦其一端也。"《春秋正传》作者湛若水在引述孔子"天子失官,学在四夷"这句话后引申道:"愚谓观此则郯子能博通古今,知历代建官之义,仲尼以为贤君也,故书于册,表其贤也。不但志邦交之礼,以小事大之事而已也。礼失求诸野,岂不信夫!"

从以上对相关文献的梳理中,我们大致可以确定"野"及其对立范畴之所指。所谓"野",主要指"俗""乡野""民间""诸子""四夷"而言;与之相对的,则是"雅""都邑""官方""儒家""中国"。实际上,如果进一步概括,以上两组对立范畴可以简化为"中心"与"边缘"两个更具包容性的范畴。如此一来,所谓"礼失而求诸野",则是指当"礼"在文化中心已经失落时,可以借助"边缘"文化来重新构建。不过,这里仍有疑问尚待解决:"礼"何以能"求诸野"?对于这一问题,古代学者亦曾有论及。《禹贡论·弱水》说："古语曰：礼失求诸野，非野之足信，为其所从传者之古也。"《禹贡锥指》也说："传曰：礼失而求之野，土俗所称传自古老，未必不确于儒者之言也。"这里所传达出的意思是：民间流行之"俗"，系由上古之"礼"衍化而来，因而可以作为还原"礼"的依据。

今天看来，不论是"礼失而求诸野"，还是"天子失官，学在四夷"，两种命题均与文化人类学中的传播学说有着某种契合之处。19 世纪后期，继英国古典进化论人类学之后，在德、奥等国兴起传播学派，主要代表人物有 W. 福伊、B. 安克曼、W. 施密特等。这个学派的基本观点是：人类文化之所以呈现出许多共通之处，是由于某些文化要素从中心区域向周围传播的结果。实际上，20 世纪前期国内许多致力于"古史重建"的人类学者，正是延续了中国学术传统中"礼失而求诸野""天子失官、学在四夷"的思路。杨堃在评价郭沫若《中国古代社会研究》一书时说："我国古代本有'中国失礼，求之四夷'的说法。无奈后之史家对此不知留意。故 2000 余年，此类研究，殊少进步。仅至最近数年，因为某种特殊的关系，恩格斯（Engels）的《家庭私产国家之起源》（1884）与莫尔干（Morgan）的《古代社会》（1877），相继译为中文。而郭沫若氏自称为'《家庭私产国家的起源》的续篇'的《中国古代社会研究》，要算是此种思潮中最重要的一部著作。"① 在杨堃看来，摩尔根、恩格斯、郭沫若等人的上述著作，与中国古代"天子失官，学在四夷"的思想一脉相承。陈之亮在《东陇傜之礼俗与传说》中写道："广西的特种部族：苗傜侗僮伶，多数是我国的真正土著，古代的分布地望，当在黄河长江两流域，嗣后因为政治的、军事的、文化的、生活的关系，他们逐渐向南退移，至今则鄙处在深山穷谷之中了！因为交通的不便，与外界的接触自少，所以他们的文化与礼俗，还保持着数千年前原始的古朴色彩，我国古代的礼俗文化等等，在特族之间，还可以找出其相同的，类似的，以及有关联的证据。所以特种部族的生活、文化、礼制、习俗、传说……

---

① 杨堃：《民族学与史学》，《中法大学月刊》1936 年第 9 卷第 4 期。

大可作为我们研究古史、民族、民俗、古代社会等等之参证。"① 这里虽未明言，但无疑是对"礼失而求诸野"的另一种表述。

　　需要指出的是，"礼"由文化中心传播到文化边缘且最终衍化为"俗"，通常需要经过漫长的时间跨度。因而，以"俗"证"礼"不仅是不同文化（"雅"与"俗"、"文"与"野"、"夷"与"夏"）之间的相互参证，而且也是另一种形态的"以今证古"——两者正是早期文学人类学的主要方法论诉求。由此，我们不难看出中国古典学术中"礼失而求诸野"思想与文学人类学之间的历史关联。

---

① 陈之亮：《东陇傜之礼俗与传说——广西特种部族研究资料之一》，《说文月刊》1941 年第 3 卷第 2、3 期合刊。

第 二 章

从神话学到文学人类学

　　作为一种以研究对象来命名的学科，神话学自然无法完全等同于文学人类学——后者兼具方法论的性质。在《文学与人类学——知识全球化时代的文学研究》一书中，叶舒宪先生总结出西方现代神话学的几个主要流派，即语言学的解释、仪式学派的解释、自然学派的解释、历史的解释、心理学的解释、哲学的解释、结构主义的解释、女性主义神话学等。① 这些学派中，与文学人类学有关联的主要有仪式学派、自然学派和结构主义三种。就 20 世纪前期的中国神话学来看，人类学派与"古史辨"派可谓各领风骚。除此之外，诸如历史学派、传播学派、语言学派等，也在国内有过介绍，只不过其影响远逊于前两者而已。

　　神话学与文学人类学虽然分属不同领域，但二者之间的叠合之处依然明显。在上述《文学与人类学》一书中，叶舒宪先生写道："如果说文学与人类学在范围上有一定的重叠之处，那么这首先就是神话了。……神话作为文学、宗教和初民思维的表现形式，具有非常重要的文化意蕴和哲理蕴涵。神话学可以看做是文学研究与人类学、民俗学研究的共同兴趣所在。因而也是我们梳理文学与人类学关系的有效切入点。"② 诚如所言，在文化人类学领域，神话问题一直是历代学者研究的重中之重，从 19 世纪古典进化论学派的代表人物爱德华·泰勒、詹姆斯·弗雷泽，到 20 世纪功能学派的开创者马林诺夫斯基、结构主义的倡导者列维－斯

---

　　① 参见叶舒宪《文学与人类学——知识全球化时代的文学研究》，社会科学文献出版社 2003 年版，第 211—223 页。

　　② 同上书，第 193 页。

特劳斯，均曾留下一系列有关神话的经典论著。另一方面，在中国现代学术史上，最早从事神话研究的正是周作人、茅盾等以文学为职业的知识分子。正是这些学者对于人类学派神话学的介绍与实践，拉开了文学人类学研究的序幕，只是他们当时尚未使用这一交叉学科名称。

一　"神话"概念的输入

英语中的"myth"（"神话"）一词，来源于希腊语 mythos，其词根为 $\mu\nu$（mu），意思是用嘴发出声音，因而"myth"（神话）对人类的存在至关重要。[1] 需要说明的是，"神话"在当下通常被视作一种以神灵为中心的虚构型文类，它与理性（logos）相对，任何一种违背常理的叙事都可能被贴上"神话"的标签。不过，今天的研究者已经指出，在荷马时代，人们对秘索斯（mythos）与逻各斯（logos）的判断截然相反。在《荷马史诗》中，逻各斯并不表示理性的辩论，而是指一些可疑的言语行为，如智者学派的诱骗、诡辩等。借此手段，地位低者或弱者以智谋胜过强者。与之相对，秘索斯则是杰出人物，尤其是诗人和国王的言语。这种话语类型拥有极高的权威，它能提出有力的基于事实的声明，且有身体力量的支持。秘索斯所拥有的权威比我们通常认为的远为长久，一直持续到公元前 5 世纪甚至公元前 4 世纪。秘索斯之所以失去原来的权威，并非人们思想逐渐进步的结果，而是由于当时兴起激烈的辩论术。这些辩论术针对的是政治、语言、认识论等问题，它们巩固了雅典的民主制，并促进了读写能力的传播，同时导致散文取代诗。由于神话被贬低，罗马人不屑于从希腊语中借用这一词，而是用自己的"寓言"一词指称希腊人称为"神话"的叙事类型。只有到文艺复兴开始以后，"神话"一词再次被使用。此后的一系列事件为神话的恢复奠定了基础。到 18 世纪晚期和 19 世纪时，神话的发展达到了顶峰。神话的这种转变与许多社会文化、历史、政治过程息息相关，其中最主要的是民族主义的出现，尤其

---

① Leeming, David Adams. *Mythology: the Voyage of the Hero.* New York: Harper & Row, 1981. p. 1.

是与浪漫主义有极大关系。为建立民族国家，人们用本地方言（vernaculars）取代了教堂和宫廷中使用的国际语言，而神话（在某种程度上包括民歌）则被认为是民族真实的、原初的声音。① 这也是每当民族主义兴起的时候，便有知识分子追溯或重塑本民族神话的原因。神话学在中国的引进，也与这种语境不无关系。黄石在区分神话与普通文学作品时便曾说过："我们现代人只把古代的神话，当作一种文学，但是神话与普通之所谓文学作品却有一个分别，就是后者是个人——一个小说家或诗人的创作，是用个人的笔调写下来的。神话却不是个人的作品，而是民众心理的结晶。"②

关于"神话"一词在汉语中出现的确切时间，过去一度认为是在1903 年。马昌仪先生在《中国神话学发展的一个轮廓》中说：

> "神话"和"比较神话学"这两个词，最早于 1903 年出现在几部从日文翻译过来的文明史著作（如高山林次郎的《西洋文明史》，上海文明书局版；白河次郎、国府种德的《支那文明史》，竞化书局版；高山林次郎的《世界文明史》，作新社版）中。同年，留日学生蒋观云在《新民丛报》（梁启超于 1902 年在日本创办的杂志）上，发表了《神话历史养成之人物》一文。此后，一批留日学生，如王国维、梁启超、夏曾佑、周作人、周树人、章太炎等，相继把"神话"的概念作为启迪民智的新工具，引入文学、历史领域，用以探讨民族之起源、文学之开端、历史之原貌。③

刘锡诚先生的研究则将这一时间提前了一年，指出梁启超在 1902 年发表于《新民丛报》的《历史与人种之关系》一文，首次采用了"神话"这一新名词，其所著《20 世纪中国民间文学学术史》第一章第二节

---

① Lincoln, Bruce. Preface from *Theorizing Myth*：*Narrative*，*Ideology*，*and Scholarship*. Chicago：The University of Chicago Press，1999. p. x.

② 黄石：《神话研究》，开明书店 1927 年版，第 4—5 页。

③ 马昌仪：《中国神话学发展的一个轮廓》，见马昌仪编《中国神话学文论选粹》上编，中国广播电视出版社 1994 年版，第 9 页。

标题即为"梁启超：第一个使用'神话'一词的学人"。最近又有研究者提出："中国古代社会是有'神话'这个概念的，而且其体现的内容就是民族古老的历史这一特定含义，与今天的意义相同。神话的名称在明代社会之前曾经以'神异'、'神怪'等词汇被表现。'神话'的概念最早明确出现在明代汤显祖《虞初志》卷八《任氏传》中。在1890年之前，也已经有中国人在海外使用了这个概念，如陈季同的著述中就多次出现神话的概念，并且专门论述神话传说的'史前（史传）时代'。"① 不过，严格说来，《任氏传》中的"神话"一词和后来由西方翻译而来的"神话"概念，二者之间仍有一定距离；中国古代所谓"神异""神怪"，亦很难与作为神圣叙事、释源叙事的神话相提并论。此外，作者所举出的陈季同著述，最初用法文写成，直到晚近才译为汉语，因而难以作为"神话"概念在中国出现的佐证。

就笔者所见，近代中国学者中，较早采用"神话"这一概念的是王国维。光绪二十六年（1900）十二月，王国维在为同学徐有成等翻译的《欧罗巴通史》所作的序言中曾论及"神话"：

> 凡学问之事，其可称科学以上者，必不可无系统。系统者何？立一系以分类是已。分类之法，以系统而异，有人种学上之分类，有地理学上之分类，有历史上之分类，三者画然不相谋已。比较言语，钩稽神话，考其同异之故，迹其迁徙之实，或山河悠隔而初乃兄弟，或疆土相望而元为异族，是以合匈牙利于蒙古，入印度、波斯于额利亚，是为人种学上之分类。②

当然，很难说王国维这段话便是"神话"一词输入中国的时间上限。笔者以为，将这一时间大致划定在19世纪后期，可能是较为审慎的推论。

---

① 高有鹏：《中国近代神话传说研究与民族文化问题》，《中国人民大学学报》2012年第1期。

② 王国维：《欧罗巴通史序》，见《王国维全集》第14卷，浙江教育出版社2009年版，第3—4页。据编者注，此文写于1901年1月，不过王国维在篇末所记时间为"光绪二十六年十二月"，此处从王国维所记。

　　稍晚的文献中，值得注意的还有汪精卫《民族的国家》一文。这篇文章刊载于《民报》第 1 号（1905 年 11 月），在讲述完一则满族族源传说后，作者接着称："天女之说，其神话耳。"① 笔者在此感兴趣的，倒不是这则神话的具体内容，也不是由此折射出的作者前后人生的巨大反差，而是文章言及这则神话时所采用的特定语气。对于今天的读者而言，汪文中所讲述的故事为族源神话已是不证自明的常识，而在当时，作者仍须用判断句式强调其"神话"性质，据此可以推断，在这篇文章发表时，学界对于"神话"概念的内涵与外延仍感生疏。当然，这种生疏一方面是由于"神话"概念刚进入中国不久，人们普遍比较陌生；更重要的原因，则可能是知识界对"神话"的排拒。在旧派知识分子眼中，这些被称为"神话"的文本，其所言无不为"怪力乱神"，自然应该拒之于学术的殿堂之外。不过，在新式知识分子看来，"神话"不仅具备"艺术美"的性质，更是激发民族主义热情、开启民智的有效工具。新、旧知识界对待神话的态度，甚至在"五四"新文化运动之后依然紧张。直到 1924 年，周作人仍不得不为神话进行"辩护"："神话在中国不曾经过好好的介绍与研究，却已落得许多人的诽谤，以为一切迷信都是他造成的。其实决不如此。神话是原始人的文学，原始人的哲学——原始人的科学，原始人的宗教传说，但这是人民信仰的表现，并不是造成信仰的原因。说神话会养成迷信，那是倒果为因的话，一点都没有理由。我们研究神话，可以从好几方面着眼，但在大多数觉得最有趣味的当然是文学的方面，这不但因为文艺美术多以神话为材料，实在还因为它自身正是极好的文学。"② 在民国十三年（1924）的一次演讲中，周作人又说："神话 Mythos 是什么？有些人以为是荒唐无稽之言，不但莫有研究他的价值，而且有排斥他的必要，这种思想我认为实是错误。神话不仅于民俗学上有研究的价值，就是在文艺方面也极有关系。"③ 这里所说的"有些人"，

---

　　① 汪精卫：《民族的国家》，《民报》第 1 号。

　　② 周作人：《续神话的辩护》，原载 1924 年 4 月 10 日《晨报副镌》，署名陶然。引自钟叔河编订《周作人散文全集》第 3 卷，广西师范大学出版社 2009 年版，第 398 页。

　　③ 周作人：《神话的趣味》，《文学旬刊》1924 年第 55 号。此文系周作人在中国大学的演讲，由姜华、伍剑禅二人记录。

应当不仅指以正统自居的那一部分学者，还可能包括与周作人同时代的一些知识分子。

近代以来，最早对"神话"进行系统论述的，是1903年蒋观云在《新民丛报》上发表的《神话历史养成之人物》。这篇文章从社会改良的目的出发，对向来被视为"荒诞怪异"的神话进行了价值重估："一国之神话与一国之历史，皆于人心上有莫大之影响。印度之神话深玄，故印度多深玄之思；希腊之神话优美，故希腊尚优美之风。……神话、历史者，能造成一国之人才。然神话、历史之所由成，即其一国人天才所发显之处。其神话、历史不足以增长人之兴味，鼓动人之志气，则其国人天才之短可知也。"①1903年发表于《浙江潮》的《希腊古代哲学史概论》，也是一篇重要的中国早期神话学文献。这篇文章署名"公猛"，虽然谈的是古希腊哲学，但对神话问题也有较为详细的探讨：

> 考动物之鼻祖，则知为亚摆；溯学术之起源，则又有其滥觞之地。滥觞何在？则神话是也。夫神话者，带有诸学之性质。其属辞比事焉，似历史；其假物垂训焉，似宗教；其即物穷理焉，似科学；其牛鬼蛇神怪诞不惊焉，又似小说。神话者，固兼具历史、宗教、科学、小说之四原素者也。彼哲学之起源，要亦胚胎于是。况乎神话之传说虽有种种，如神与物交眹，男与女相构，物与物同化，而要以天地开辟为其间一大问题。夫此问题之目的，在讲明物界之权舆以何因缘而产出。而希腊始期之哲学，亦以讲明物界之现象，孰主张是孰凭借是，为其学之目的，则虽为哲学，由继续天地开辟之问题而起，亦无不可也。
>
> 然则哲学之起源，不可由是而明晰乎。然而古代人民，见象而拜，以雷为神，种种荒唐不可思议，而欲使之脱神话思想之范围，一跃而入于哲学之域，其原因又别有在。一由于竞争，一由于交通。当西历纪元前六世纪之顷，希腊废君主贵族而立共和政体，其时党派纷纭达于极点，敏腕之擅政家，各拔其市府之秀者，使立己麾下以互相角，

---

① 蒋观云：《神话历史养成之人物》，《新民丛报》第36期。

遂而智识于以进步。又时适覆伊尼安人海上之势力顿杀，希腊伊阿尼安族起而代之，极地中海之霸权，通航四国，旷观八表，满载他国之智识而归。以此二因，其结果焉，遂以旧日之感想之信仰为不足凭不可信，而必来一可凭可信者以当之而，于是据经验与观察以判断事理之倾向生而，于是神话之科学遂一变而为哲学之统系也。①

上述所引，已论及神话中包含历史、宗教、科学、小说乃至哲学之"原素"，显然受西方人类学派神话学的影响。

1906 年，王国维在《奏定经学科大学文学科大学章程书后》一文末尾，建言"定文学科大学之各科为五"；在"各科所当授之科目"之"三、史学科科目"中，第八项即为"比较神话学"②。可以看出，王国维此时已有建立神话学学科的设想。不过总体而言，这一时期国内的神话研究颇为寂寞。尽管在王国维、蒋观云之外，梁启超、刘师培、鲁迅等人的文章中也涉及中国神话，但专门致力于这一新兴领域者较为鲜见。直到 20 年代后期，这种局面仍未彻底改变。此时虽然已有周作人、茅盾等学者涉足神话研究，但与其他学术领域的热闹状况相比，神话学界仍略感萧疏。黄诏年在写于 1928 年的一篇文章中称："中国的神话，也如其他的事情一样，国内很少人注意，倒被国外的人工作起来。……据我所知，国内想做神话的工作的，只有三个人。即是：沈雁冰，黄石，钟敬文。"③ 其实，即便是沈雁冰，在写完《北欧神话研究 ABC》之后不久④，也很快淡出神话学界，而专门致力于文学创作与批评。不过，上述诸人毕竟为神话学在中国的兴起开了端绪。随着以顾颉刚为代表的"古史辨"派神话学的崛起，兼之人类学田野调查所带来的少数民族神话的发现，中国现代神话学在 20 世纪 30 年代以后终于呈蔚为大观之势。

---

① 公猛：《希腊古代哲学史概论》，《浙江潮》1903 年第 5 期。

② 王国维：《奏定经学科大学文学科大学章程书后》，《教育世界》1906 年第 119 期；另见《东方杂志》1906 年第 3 卷第 6 期。

③ 黄诏年：《民间神话》，《民俗周刊》1928 年第 11、12 期合刊，第 47 页。

④ 此书 1930 年由世界书局出版，署名方璧。

二　人类学派神话学的兴起

自 20 世纪初，随着神话概念的输入，西方主要神话学理论也陆续传播到国内。早在 1903 年，章太炎在《正名杂义》一文中，已论及德国学者麦克思·缪勒（Max Müller）的"语言疾病说"：

> 姊崎正治曰：表象主义，亦一病质也。凡有生者，其所以生之机能，即病态所从起。故人世之有精神见象、社会见象也，必与病质偕存。马科斯牟拉以神话为言语之瘿疣，是则然矣。抑言语者本不能与外物泯合，则表象固不得已。若言雨降，风吹，皆略以人事表象。繇是进而为抽象思想之言，则其特征愈著。①

章太炎之后，周作人、茅盾、黄石、谢六逸、林惠祥等的论著中，对"语言疾病说"亦曾有过引述。均正在《童话的起源》一文中，还对麦克斯·缪勒的另一学说——"神话衍化说"，作了简略介绍。这篇文章将西方学界有关童话起源的理论归纳为四种，即"神话渣滓说""自然现象记述说""兴味欲求说"和"印度起源说"。在阐述第一种学说时，作者援引麦克思·缪勒的观点作为例证："主张这一说的，以为童话是从神话退化而来的渣滓，马克斯缪勒（Max Muller）说：'古代神话中的神，在古诗中变成半神和英雄，而这些半神在后来又变成了我们童话中的主要角色。'反对这一个学说的，以为通俗的故事有与希腊英雄神话有相似的事实的，那些故事并不是神话的渣滓，而都有一个更早的故事，为它们的来源。"② 至三四十年代，杨宽《中国上古史导论》、孙作云《飞廉考——中国古代鸟氏族之研究》，还将"语言疾病说"运用于中国神话的研究。

---

① 章太炎：《正名杂义》，见《章太炎全集》第 3 卷，上海人民出版社 1984 年版。第213—214 页。关于此文的写作时间，此处依据朱维铮先生的考证。
② 均正：《童话的起源》，《文学周报》1928 年 11 月第 4 卷。

麦克思·缪勒之外，当时西方刚刚兴起的一些神话学派，比如以马林诺夫斯基为代表的英国功能学派、以博厄斯为代表的美国历史学派，在国内亦有译介。1936 年，李安宅将马林诺夫斯基的《巫术、科学与宗教》和《原始心理与神话》两篇论文合译为一书，以《巫术科学宗教与神话》为题在商务印书馆出版。1942 年，王启澍将博厄斯《普通人类学》（*General Anthropology*，1938）一书第十三章译成中文，以《神话与民俗》为题发表在《民俗》复刊后的第 4 期。《民俗》同一期连载的罗致平长文《民俗学史略》，也述及西方的主要神话学流派。

不过，对于当时致力于神话研究的中国学者而言，上述神话学派中，最令他们服膺的无疑是以安德鲁·兰为代表的人类学派。民国初年，周作人刚从日本归国不久，便相继发表《童话研究》和《童话略论》两篇文章，采用人类学派神话理论对中国古籍中所载的几则童话故事作了阐释。在出版于 1922 年的《欧洲文学史》一书中，周作人将人类学派神话学与其他神话学说作了比较，对前者的偏爱溢于言表：

> 希腊神话，于古代文学，至有影响。其内容美富，除印度外，为各民族所不及。唯神怪荒诞之处，与各国神话，同一不可甚解。古来学者，各立解说，有譬喻历史神学言语学诸派，皆穿凿不可据。十九世纪后半，英人 Andrew Lang 氏创人类学解释法，神话之本意，始大明了。古代传说，今人以为荒唐不可究诘；然在当时，必自有其理由，为人民所共喻。今虽不能起古人而问之，唯依人类进化之理，今世蛮荒民族，其文化程度略与上古诸代相当。种族虽殊，而思想感情，初无大异，正可借鉴，推知古代先民情状。今取二者之神话比勘之，多相符合。古代神话，以今昔礼俗之殊，已莫明其本旨。蛮荒民族，传说同一怪诞，而与其现时之信仰制度相和合，不特不以为异，且奉为典章。由是可知古代神话，正亦古代信仰制度之片影，于文化研究至有价值，非如世人所谓无稽之谈，出于造作者也。①

---

① 周作人：《欧洲文学史》，商务印书馆 1922 年版，第 2 页。

1924 年 12 月，周作人在中国大学作了一场关于神话的演讲，经整理后，以《神话的趣味》为题发表于《晨报·文学旬刊》。这也是笔者所见国内最早全面介绍西方神话学诸流派的文章。这篇文章中，周作人将神话"新旧学说"概括为五家，在此基础上又进一步区分为"退化说"与"进化说"两大派别。"退化说"包括"历史学派""譬喻派""神学派"和"言语学派"四家，周作人对其主要观点逐一作了概括性介绍。"进化说"则仅有人类学派：

> 此派以人类学 Anthropology 为根据，说明一切神话的起源由于习俗。本来人类的思想是可以相通的，虽是语言隔阂也不至于十分相背谬，故我们欲考证神话的起源，必先征引古代或蛮族及乡民的习惯，信仰，借以观察他们的心理状态，然后庶有所根据。现在我们分为五项说：（1）野蛮人以为物性和人性是相同的，人说的话狗也全知道。（2）又以为人死后是有灵魂的，这个灵魂可以无论附在人与物的身上皆能作祸降福。（3）野蛮人相信魔术是真实的，如《封神演义》上说姜子牙展开了杏黄旗，幕去了日月星辰，一会儿便迅雷风雨这类的话。（4）野蛮人好奇心特甚，如见日月之蚀以为奇，但又无法解释。（5）因为好奇的缘故，便轻易相信，谓其中有神的作用。如谓日月水火皆有管理之神。由上五项可以说明神话的起源。①

上述几种学派中，最受周作人青睐的是人类学派："神话之中有许多怪诞分子，虽历经古人加以种种解说，然都不很确切，直至十九世纪末英人安德鲁·兰（Andrew Lang，1887）著《神话与宗教》（*Ritual Myth of Religion*），以人类学法解释才能豁然贯通，为现代民俗学家所采用。"②

继周作人之后，黄石、谢六逸、茅盾、林惠祥等在 20 世纪 20 年代

---

① 周作人讲，姜华、伍剑禅笔记：《神话的趣味》，《文学旬刊》1924 年第 55 号。
② 同上。

末 30 年代初相继出版专著或发表论文，大力介绍西方人类学派神话理论。在他们的努力之下，人类学派与嗣后崛起的"古史辨"派，成为 20 世纪前期中国神话学领域最受瞩目的两种理论范式。不过，如果考虑到"古史辨"派的神话研究立足于古史研究这一根本目的，我们可以断言，整个 20 世纪前期，真正在中国独领风骚的神话理论为人类学派。也正是这一学派的学术实践，成为由神话学通往文学人类学研究的桥梁。

1927 年 11 月，黄石《神话研究》由上海开明书店出版。该书分上、下两编，上编专门介绍西方神话学理论，下编分述埃及、巴比伦、希腊、北欧等地的神话。上编第一章围绕"什么是神话"这一问题展开。与茅盾一样，作者将神话分为"解释的神话"与"唯美的神话"两种，前者的定义为：

> 神话是想像的产物，是智力尚未发达的原人，对于宇宙的森罗万象，如日月的进行，星辰的出没，山川河海，风云雷雨，以及生活的技术，人群的礼制，乃至于日常生活中看似神奇的事物的解释。这一类的神话，可统称之为"解释的神话"（Explanatory myths），也可以说是原人的科学和哲学。原人的智力比起现代的文明人虽然有天渊之别，但其好奇心与求知欲却是一般无异，他们看见自然与人生的种种事物，惊奇不已，必欲求出一个答案而后快，于是便运用其想像的心力去猜想，结果便造出许多美丽或朴素的神话来。①

这一定义，明显是从人类学立场出发。第二章是对神话的分类。值得注意的是，作者也体察到人类不同民族与文化之间神话的类同，并试图对这种现象作出解释："这里还有一个重要问题亟待解决的。集各民族的神话比较研究之，显出有很多相似之处，很像同出一源似的，这是什么原故呢？"② 在对"偶然说""转借说""传袭说"逐一进行辩驳之后，黄石举出人类学派的"人类心灵一致说"：

---

① 黄石：《神话研究》，开明书店 1927 年版，第 2 页。
② 同上书，第 25 页。

比较上最确当最稳健的学说，还是心理学家所主张的心理说（Psychologiea theory）。神话学者安特鲁郎（Andrew Lang）、童话作家格林姆（Grimm）、人类学者泰勒（E. B. Tylor）都主张此说。安特鲁郎说道："我们不能否认神话的故事会从一个中心点散布出来，及从几个种族，如印度欧罗巴族（Indo-European）和西米族（Semites），传之于远离他们的种族，如咀鲁人（Zulus），澳洲人，爱斯基莫人（Eskimo），以及南洋岛的土人。但我们虽承认神话有由转借与传袭而传布的可能，然而神话发源于野蛮人的智力状态的假设，却也是神话传布广远的一个现成的解释。"又说："这样说来，有很多神话，可以说是'人类公有的'。它们是初民心理的粗率的产物，尚未染种族分化与文明分化的特色。这种神话，在未受教化的原人中，随在都可以发生，并且在在皆可以遗留于开化以后的文学中。"郎氏的话，诚不失为一种持平之论。①

尽管作者后面又说："我们绝不能执一以概其余，也不能固执一说，因为各种学说都有它的优点，也有它的缺点。我们有时要取这个理论，有时要取那个说法，不能单抱持一条原理去解释一切。因为现在确乎还没有能够解释一切的原理，我想将来怕也不会有吧。"② 但从上述对不同民族神话普同性的解释来看，作者更为青睐的显然是安德鲁·兰等的人类学派神话学理论。

第三章"神话的解释"，系对西方主要神话学说的集中介绍。作者将这些学说归纳为五种："隐喻派的解释"（The Allegorical Interpretation）、"神学的解释"（The Theological Interpretation）、"历史派的解释"（The Historical Interpretation）、"言语学派的解释"（The Philological Interpretation）和"人类学派的解释"（Anthropological Interpretation）——这里的归纳和周作人《神话的趣味》一文中的划分明显如出一辙。考虑到此书

---

① 黄石：《神话研究》，开明书店 1927 年版，第 27—28 页。
② 同上书，第 29 页。

曾有几处引用周作人的论述，因而黄石对西方神话学流派的归纳，很有可能系受周作人的影响。上述五种学说中，黄石所推崇的也是人类学派的解释："这种解释，虽然容或有未尽妥善之处，然而比较上确比其他各派圆满得多，所以在现代的神话学上最有势力。此说一出之后，其他各说，都被推倒，这个学说不特能够说明神话的起源和它们的意义，连'神话分布'的问题，也可以连带解决。"①

1928 年，谢六逸《神话学 ABC》由世界书局出版，此书与茅盾《中国神话研究 ABC》同属世界书局"ABC 丛书"。全书分"绪论""本论""方法论""神话之比较的研究"四部分，每部分各成一章。第一章是对神话学一般概念的介绍，重点对自古希腊以降的西方神话学诸流派作了介绍；第二章说明神话的起源及特质；第三章介绍神话研究的方法；第四章分别举"自然神话""人文神话""洪水神话""英雄神话"作比较研究。据作者交代，该书的主要材料，前半部分来自日本著名民俗学家西村真次《神话学概论》，后半部分则根据高木敏雄《比较神话学》，此外还参考了克赖格（Clarke，现通译作"克拉克"）的《神话学入门》（*ABC Guide to Mythology*）。与黄石《神话研究》相比，该书虽未对安德鲁·兰等的神话学理论表示特别的推崇，但全书受人类学派神话学的影响依然十分明显。在序言中，作者起首便说："对于原始民族的神话、传说与习俗的了解，是后代人的一种义务。现代有许多哲学家与科学家，他们不断的发现宇宙的秘密，获了很大的成功，是不必说的；可是能有今日的成功，实间接地有赖于先民对于自然现象与人间生活的惊异与怀疑。那些说明自然现象与社会现象的先民的传说或神话，是宇宙之谜的一管钥匙，也是各种知识的泉源。在这种意义上，我们应该负担研究各民族的神话或传说之义务。"② 对神话的这种定位，显然有着很深的人类学派烙印。在古典进化论派人类学者看来，神话便起源于早期人类对于大自然的解释。又如，在"神话的成长"一节末尾，作者引泰勒的话作结：

① 黄石：《神话研究》，开明书店 1927 年版，第 60 页。
② 谢六逸：《神话学 ABC·序》，世界书局 1928 年版，第 1 页。

　　神话的时代，已经是过去了，到了现在已成了化石，正如由人体化石以调查人类过去的体质一样，由神话（即人类过去的文化的化石）以研究人类过去的文化的日子已来临了。信仰的化石与知识的化石的神话，在很远以前已衰灭了，将它的残余留在民间故事与童话里。诚如泰娄氏之言，"神话的成长，已被科学所抑止，它的重量与例证正趋消灭，不单仅是正趋消灭，已经是消灭了一半，它的研究者正在解剖它。"换言之，反映信仰的神话，与宗教或运命相同；反映知识的神话，已让它的生命于科学而闭锁它的历史了。①

　　此外，书中对人类学派神话学观点也多有介绍。第一章中，作者将神话学的进步划分为五个阶段，最后一个阶段即为人类学派："人类学派的神话学者在神话之中，寻见了粗野无感觉的要素，这要素，乃是野蛮的原始的社会里遇见的，如果在有教养的文明民众里寻见了这种要素，那么必定是从野蛮时代所受的遗产——即是，可以看作原始信仰的残存，这是他们的主张。"②作者在此将人类学派的"纲领"概括为三条：第一，"存于文明神话与野蛮神话里的野蛮要素与不合理的要素，乃是前进的文明时代里的原始的残余物"；第二，"文明神话与野蛮神话的比较——即后代与古代神话的比较，往往使后者的性质明了"；第三，"如比较广布着的各民族间的类似神话，则原始的性质及意义自然了解"。③在"最近的神话学说"一节中，作者还对爱德华·泰勒、安德鲁·兰、詹姆斯·弗雷泽、哈特兰德以及"剑桥仪式学派"的简·哈里森等分别作了专门介绍。

　　林惠祥《神话论》系王云五主编"百科小丛书"之一，1933 年由商务印书馆出版。从书末所附"参考书目"来看，该书除主要借鉴安德鲁·兰、爱德华·泰勒、麦克思·缪勒等的西方神话学理论外，对日本

---

① 谢六逸：《神话学 ABC·序》，世界书局 1928 年版，第 53—54 页。

② 同上书，第 14—15 页。

③ 同上书，第 15 页。

学者西村真次的《神话学概论》，以及国内谢六逸、黄石、茅盾等的神话学著作也有参考。不过，与谢六逸诸人不同的是，林惠祥本人为人类学专业科班出身，曾在菲律宾大学研究院人类学系师从美国教授拜耶学习，毕业后先后在中央研究院、厦门大学从事专业人类学研究，因而其《神话论》所受古典进化论人类学的影响更为深刻。此书开篇即援引安德鲁·兰等的观点对"神话"进行界说："神话的意义或说是'关于宇宙起源、神灵英雄等的故事'（A. Lang），或再详释为'关于自然界的历程或宇宙起源宗教风俗等的史谈'（H. Hopkins，R. H. Lowie）。"① 紧接着，作者又从内、外两个向度对各民族神话的"通性"进行论述：

　　（甲）表面的通性：（1）神话是传承的（Traditional），它们发生于很古的时代，即所谓"神话时代"（Mythopoeic Age），其后在民众中一代一代的传下来，至于遗失了它们的起源。(2)是叙述的（Narrative），神话像历史或故事一样叙述一件事情的始末。(3)是实在的（Substantially true），在民众中神话是被信为确实的纪事，不像寓言或小说的属于假托。

　　（乙）内部的通性：（1）说明性（Aetiological），神话的发生是要说明宇宙间各种事物的起因与性质。(2)人格化（Personification），神话中的主人翁不论是神灵或植物、无生物，都是当做有人性的，其心理与行为都像人一样，这是由于"生气主义"（Animism）的信仰，因信万物皆有精灵故拟想其性格如人类。(3)野蛮的要素（Savage Elements），神话是原始心理的产物，其所含性质在文明人观之常觉不合理；其实它们都是原始社会生活的反映，不是没有理由的。②

就上述所引来看，作者显然受爱德华·泰勒"文化遗留"说和"万物有灵论"等观点的影响。另外，与人类学派神话学家一样，林惠祥认为神话系早期人类对周围世界的一种朴素的解释，尽管今天的人对其无法理

---

① 林惠祥：《神话论》，商务印书馆1933年版，第1页。
② 同上书，第2—3页。

解，不过在神话形成的当时，却是民族全体共同信奉的。

在《神话论》的第一章第六节，林惠祥对安德鲁·兰的观点作了集中介绍。作者首先提出一个问题：今天看起来神话中有许多怪诞的成分，但在人类历史上是否有过一个时期，将这些"荒诞"和"不合理"当作老生常谈？回答是肯定的，因为现代"文明人"神话中的"不合理"之处，在同时代"蛮族"中常被视为合理；另一方面，根据古典进化论人类学的观点，现代"蛮族"和古时的"野蛮人"处于相同的文化发展水平，由此可以推知，古时的"野蛮人"自然也会视这些"不合理"为司空见惯。推论至此，林惠祥得出结论："故文明人神话中的野蛮怪诞的要素可以说是古时野蛮祖先的遗物，而这种祖先的知识程度是和现代的澳洲人、布须曼人、印第安人、安达曼岛人等相近的。"① 林惠祥进一步援引爱德华·泰勒的"原始遗留"说，对神话中传承至今的"不合理"成分的形成进行了解释："神话中的无理的原素实为'遗存物'（Survival），其发生时人类的思想和后来文明人不同，而是在野蛮状态中。"② 不过，这里又带出另一个问题：对于希腊、印度、埃及等"文明民族"而言，"神话时代"已成遥远的过去，今天的人何以得知当时人们创造神话时的心理状态？与古典进化论派人类学家一样，林惠祥认为早期人类的这种思想状态可以从对现今各"蛮族"的观察而知晓："蛮族也和文明人一样富于好奇心而喜欢知晓事物的原因，可惜他们的注意力却不足，他们急于要知晓现象的原因，只要有一条说明便满意了。他们的知识基础既薄弱，所发生的意见自然常是错误的；申言之，好奇心与轻信心便是野蛮的心理状态，由于这二种心理便对于事物的现象生出解释，那便成为神话，故神话固是古代的宗教思想，却也是古代的胡猜的科学。神话的基础，便是野蛮人的自己的经历。"③ 自然，这里既是对作为"他者"的"现今蛮族"思想状态的概括，也是对作为"往昔"的"野蛮祖先"思想状态的概括。

---

① 林惠祥：《神话论》，商务印书馆1933年版，第14页。
② 同上。
③ 同上书，第15页。

《神话论》第三章"神话的比较研究（以自然神话为例）"，实际是对爱德华·泰勒神话学方法的专门介绍和具体实践。林惠祥先将泰勒的比较神话学观点概括为两条：

> （1）神话的研究，当比较各民族的类似的神话以发现其根本思想；单只一条孤立的神话是不易发现甚么的。（2）神话的根本思想在蛮族神话中比较高等的神话易于寻出，因为蛮族的神话比较简单，技术未进，离开原始状态不远。以此高等的神话的意义可以由比较蛮族的相类的神话而知晓。①

然后分别以天地、日月、星辰、风雷、虹霓、地震等自然神话为例，应用比较研究法推求其意义。由于作者有着丰富的民族志知识，因而能够援引世界各地的原住民神话作比较阐发——这也是本书与前述另外几部神话学著作的明显不同之处。

除爱德华·泰勒和安德鲁·兰外，在当时国内为人所熟知的人类学派神话学家还有爱德兰·西德尼·哈特兰德（Edwin Sidney Hartland）。1927 年 6 月哈特兰德逝世后，英国《民俗学杂志》曾发表过一篇纪念文章。1928 年，赵景深读到这篇文章后将其译成中文，发表于《文学周报》第 5 卷。译文前的引言部分，赵景深写道："民间故事近来渐渐有人注意了，他的价值是在从故事里探讨古代的风俗礼仪和宗教，这是大家早已知道的，无须赘述。如今要报告一个可悲的消息，便是研究民间故事的专家哈特兰德逝世了！他是民俗学会的会长。我曾将他的《神话与民间故事》译出，收入《童话论》集（开明书店出版）。周作人、江绍原诸先生都对于他很有研究。他的死耗我是从《民俗学杂志》上知道的，这是民俗学会的机关报。最近的会长是莱特（A. R. Wright），如著《金枝》集的弗赖萨尔，著《道德观念的原始和发展》的威士特玛（Wester-

---

① 林惠祥：《神话论》，商务印书馆 1933 年版，第 33 页。

marck）都是这个会里的副会长。"①

在 20 世纪二三十年代之交的中国神话学界，最值得关注的当推茅盾。早在 1923 年，茅盾在上海大学中国文学系任教时，所开设课程中已有"希腊神话"。此后，茅盾除在商务印书馆《儿童世界》杂志以连载形式译介希腊、北欧神话外，还发表过一系列神话学论文和著作。与前面提到的几位神话学者有所不同的是，茅盾不仅致力于西方人类学派神话学的介绍，还试图运用这一学派的理论和方法对中国上古神话进行重建。他在这一领域的学术实践，自然也成为 20 世纪前期中国文学人类学研究的重要组成部分。关于这一问题，笔者将在本书下编部分作更为详细的讨论。

---

① 赵景深：《民间故事专家哈特兰德逝世——呈江绍原先生》，《文学周报》1928 年第 5 卷。

第三章

早期中国文学人类学的实践历程

一 文学人类学研究的发轫

20 世纪前期的中国文学人类学研究，约略可分为发轫、发展与多元开拓三个阶段。作为一种打通文学与人类学疆界的跨学科学术实践，中国文学人类学的发轫可以上溯至民国初年。随着以安德鲁·兰（Andrew Lang）为代表的人类学派神话学的输入，周作人率先采用古典进化论人类学理论从事童话故事的研究，从而开启了文学人类学实践的先河。约从 20 年代后期起，文学人类学研究趋向繁荣，此时不仅有茅盾等学者采用人类学理论从事中国古典神话研究，更有郑振铎、郭沫若等将人类学理论引入古史研究领域。从 30 年代中期开始，受国内文化人类学发展的推进，文学人类学研究出现文史学者与人类学者两个主要群体，他们共同开创了这一研究领域的新局面。

清末民初之际，刘师培《原戏》（1904）、《舞法起于祀神考》（1907）、王国维《戏曲考原》（1909）、《宋元戏曲史》（1913）等论著，已从巫术仪式的角度对舞蹈、戏曲的起源进行了探究，从中我们可以窥见文学人类学的影子。此外，夏曾佑在《最新中学教科书中国历史》中解释神话产生原因时说：

> 大凡人类初生，由野番以成部落，养生之事，次第而备，而其造文字，必在生事略备之后。其初，族之古事，但凭口舌之传，其后乃绘以为画，再后则画变为字。字者，画之精者也。故一群之中，

既有文字，其第一种书，必为记载其族之古事，必言天地如何开辟，古人如何创制，往往年代杳邈，神人杂糅，不可以理求也。然既为其族至古之书，则其族之性情、风俗、法律、政治，莫不出乎其间。而此等书，常为其俗之所尊信。胥文明野蛮之种族，莫不然也。①

这段引文，显然也是受人类学的影响。不过总体而言，上述论著对人类学知识的运用十分有限，作者往往根据叙述的需要顺便论及。与之不同的是，作为中国现代启蒙思想家的周作人，在日本留学期间已通过安德鲁·兰的著作接触到爱德华·泰勒、詹姆斯·弗雷泽、简·哈里森等的古典人类学理论。回国之后不久，周作人陆续写成《童话研究》《童话略论》等文章，运用文化人类学知识对中国古籍中所载的民间故事进行阐释。今天看来，正是这些文章真正揭开了文学人类学研究的帷幕。另外值得一提的是，鲁迅在《中国小说史略》（1923）一书中②，将神话传说作为小说之源头。关于神话的起源，鲁迅认为：

> 昔者初民，见天地万物，变异不常，其诸现象，又出于人力所能以上，则自造众说以解释之：凡所解释，今谓之神话。神话大抵以一"神格"为中枢，又推演为叙说，而于所叙说之神、之事，又从而信仰敬畏之，于是歌颂其威灵，致美于坛庙，久而愈进，文物遂繁。故神话不特为宗教之萌芽，美术所由起，且实为文章之渊源。③

对神话的这种理解，正是人类学派的观点。在《原始文化》中，泰

---

① 夏曾佑：《最新中学教科书中国历史》，引自杨琥编《夏曾佑集》下，上海古籍出版社2011年版，第795页。《最新中学教科书中国历史》原计划5册，完成3册，撰写于1903年至1905年，商务印书馆于1904年至1906年陆续出版。1933年，商务印书馆出版"大学丛书"，将该书更名为《中国古代史》收入重版。参见杨琥《夏曾佑集·前言》。

② 《中国小说史略》原为鲁迅在北京大学授课时的讲义，后经修订增补，先后于1923年12月、1924年6月由北京大学新潮社分上、下册出版，1925年9月由北新书局合印为一册出版。鲁迅从1920年秋季起兼任北京大学讲师，他对于中国神话的思考当在这一时期。

③ 鲁迅：《中国小说史略》，《鲁迅全集》第9卷，人民文学出版社2005年版，第19页。

勒便援引许多民族学资料，来说明神话产生于早期先民对于自然界的拟人化解释。

　　周作人之后，较早采用文化人类学知识从事古代文化与民俗传说研究的还有江绍原。江氏早年就读于美国芝加哥大学比较宗教学系，毕业后又前往依林诺大学研究院专攻哲学，获哲学博士学位。1923 年回国后，除在北京大学、广州中山大学等高校执教外，还积极参与到民俗学的研究中来，与周作人交往甚为密切。由于泰勒《原始文化》和弗雷泽《金枝》历来也被视为宗教学领域的必读书目，因而江绍原在美国求学时，当已接触到上述古典人类学经典著作。江绍原曾说："要研究什么'先王'、'先民'的生活思想习惯，最好多多参考愚夫愚妇、生番熟番们的言行。"① 在《"盟"与"诅"》《〈周官〉媒氏》《发须爪》等文章中，他便经常运用人类学理论对古今各种文化现象进行解读。比如，中国古代会盟时往往举行歃血仪式，江绍原举人类学资料对之作出解释：

　　　　野蛮人相信血能够统一人的情感，实例极多，Clay Trumball 说血盟之俗，亚、非、欧、美、海洋诸洲都有（*The Blood con Venant*，1887）。亚拉伯人之结为生死朋友，（据 Robertson Smith），也盛血于盘，众人先把手放在里面，然后饮而誓。Tacitus 记阿美尼亚之王侯缔约时，用绳将各人右手拇指，紧系在一处，待血奔聚指端，乃用刀划伤，众人陆续吮之。澳洲有些土人，凡远出报仇之前，或合众，防诈，必聚众饮血；有生人在，且强饮之。这些风俗，都可以帮助我们了解中国古今盟礼里面的歃血。②

　　又如，据《周礼·地官》载，大司徒掌十二"荒政"，其中的"多昏"一条，江绍原以为"野蛮时代"的中国，本来有以男女交媾的方式

---

① 江绍原：《血与天癸：关于它们的迷信言行》，原载《贡献》第 2 卷 1928 年第 7 期，引自王文宝、江小蕙编《江绍原民俗学论集》，上海文艺出版社 1998 年版，第 161 页。
② 江绍原：《"盟"与"诅"》，《晨报副刊》1926 年 4 月 12、14、19、21 日连载，引文见 4 月 21 日。

来促发生物繁殖的风俗，而《周礼·地官》中所载，便是这种风俗的残影。[1] 从理论来源来看，江绍原的这一解释当是出自弗雷泽的《金枝》。在"两性关系对于植物的影响"一章中，弗雷泽列举了世界各地大量以两性行为促进植物增产的巫术仪式。弗雷泽对此的解释是：

> 我们未开化的祖先把植物的能力拟人化为男性、女性，并且按照顺势的或模拟的巫术原则，企图通过以五朔之王和王后以及降灵节新郎新娘等等人身表现的树木精灵的婚嫁来促使树木花草的生长。因此，这样的表现就不仅是象征性的或比喻性的戏剧或用以娱乐和教育乡村观众的农村的游戏。它们都是魔法，旨在使树木葱郁，青草发芽，谷苗苗长，鲜花盛开。我们会很自然地认为，用树叶或鲜花打扮起来模拟树木精灵的婚嫁愈是逼真，则这种魔力的效果就愈大。相应地我们还很可以假定那些习俗的放荡表现并不是偶然的过分行为，而是那种仪式的基本组成部分，根据奉行这种仪式的人的意见，如果没有人的两性的真正结合，树木花草的婚姻是不可能生长繁殖的。[2]

此外，江绍原在解释民间有关头发、指甲的禁忌与传说时说："我们看了，可以明白发之与爪在被认为人身精华之外，又和人身体里旁的东西如血液和口津，或曾与人身接触过的东西如衣片弃鞋等等一样，即使已经同本主分离，所受的待遇，所处的境况，仍被认为能影响到本主的寿命、健康、心情。"[3] 这段论述，令人想起弗雷泽笔下的"接触巫术"，其基本原理是："事物一旦互相接触过，它们之间将一直保留着某种联系，即使它们已相互远离。在这样一种交感关系中，无论针对其中一方

---

① 江绍原：《礼部文件之六：〈周官〉媒氏》，《语丝》1925 年第 43 期。

② ［英］J. G. 弗雷泽：《金枝》，徐育新、汪培基、张泽石译，新世界出版社 2006 年版，第 137 页。

③ 江绍原：《发须爪——关于它们的迷信》，中华书局 2007 年版，第 76 页。

做什么事，都必然会对另一方产生同样的后果。"① 江绍原的以上论著，尤其是关于《周礼》的研究，为下一阶段国学研究与文化人类学的联结开了先例。

二　文学人类学研究的发展

1926 年 6 月，《古史辨》第一册由北京朴社出版，成为现代学术史上的一件大事。《清华学报》"介绍与批评"栏刊发的书评中称："此书实为近年吾国史学界极有关系之著作；因其影响于青年心理者甚大，且足以使吾国史学发生革命之举动也。"② 此书甫一面世，旋即在学界引起截然相反的两种反应。赞同者步顾颉刚等人后踵，继续走"疑古辨伪"的道路。反对者则另辟蹊径，在"信古""疑古"之外探寻"释古"的新途。在当时，许多学者意识到文化人类学知识对于"释古"的意义，其结果，便是国学研究与人类学的联结——正是这种联结，促成了文学人类学的阔步发展。郭沫若、郑振铎于此后不久写成的《甲骨文字研究》(1929)、《中国古代社会研究》(1930)、《汤祷篇》(1932) 等，便是以人类学知识"重释"古史的体现。另外值得注意的是，闻宥在《上代象形文字中目文之研究》(1932) 一文中③，以墨西哥、北美等地的土著文化以及中国境内苗、瑶等少数民族文化作为参照，对甲骨卜辞和彝器铭文中的原始文字进行了解读。从臧克和、叶舒宪等当代学者对于汉字及图像的文学人类学研究中，我们可以看到这种传统的延续。

继周作人对人类学派神话学的初步介绍之后，这一时期又有茅盾、黄石、谢六逸、林惠祥等人的神话学著作相继问世。这些著作的主体部分，均是关于人类学派神话学的论述。在此风气之下，茅盾还采用人类学派神话学方法重构中国"原始神话"，从而开辟出文学人类学研究的又一领域。

---

① ［英］J. G. 弗雷泽：《金枝》，徐育新、汪培基、张泽石译，新世界出版社 2006 年版，第 41 页。
② 见《清华学报》1926 年第 3 卷第 2 期"介绍与批评"。
③ 载《燕京学报》1932 年第 11 期。

约从 20 世纪 30 年代起，采用人类学理论、资料与方法对中国传统典籍进行阐释成为一种潮流。不过，标志着这种潮流出现的，是此前一篇鲜有提及的文章。考虑到这篇文章对于中国文学人类学研究的重要意义，因而有必要对之作一详述。

1927 年 3 月 2 日，《晨报副镌》在头版位置发表《从人类学说到研究国故》，作者署名"天庐"。就内容来看，这篇文章可分为两部分，前一部分是对人类学（实际上是文化人类学）的总体介绍："近世所发生的社会科学中，其范围最为广泛的，内容最为繁复而又多方面的，不能不算是人类学 Anthropology 了。"在作者看来，人类学的主要研究对象，首先是"历史以前的初民文化"，其次才是"现存的各未开化民族"："人类学为要研究 Prehistoric 文化，又不得不注意到现存的各未开化民族的状况，因为未走入文化程内的野蛮民族之材料，有许多可以佐证有史以前初民文化的，于是人类学者研究的领域便又得由历史以前的扩拓到现时代的各未开化民族。"这里显然延续的是古典进化论人类学"以今证古"的思想，其主要落脚点，则是永远逝去的人类史前文化；对"未开化民族"的研究，不过是"佐证"前者的工具。作者对人类学研究对象的这种定位，今天的学者可能会提出异议。不过，如果联想到 19 世纪后期泰勒、摩尔根等借助"野蛮民族"文化构拟西方文明"往昔"的尝试，可能会对本文作者多一分理解与宽容。实际上，诸如人类史前文明之类的课题，当"文献不足征"、考古学知识又无法施展时，采用田野资料作为参证不失为一种可行的方法。时至今日，这种方法在中外"文明探源"等研究领域并未过时，我们在玛丽加·金芭塔斯、张光直等国际知名学者的研究中，时时可以发现这种方法的踪迹。

古典进化论人类学"历史取向"的研究范式对作者的影响，也体现在他对人类学学科属性的认识上："从历史的观点上说，人类学不妨直谓为人类的历史的研究，虽然侧重在有史之前先民的文化上。"这是因为在作者看来，一切文化现象均须经历"演变进化"的过程，而人类学的主要任务，就是"想把这一步一步演进的文化原始状态，掘发给我们看，要我们知道某一种现象的原始是怎样的，后来演变的历程是怎样的"。作者还举戏剧为例来说明："譬如戏剧在今日是一种艺术的娱乐，有表演的人，有台下的观众，二者截然有别；但是最初最初，戏剧的表演只是一种仪式，参与戏剧的人都是表演者——都是来奉行仪式的。今日当做艺术娱乐的戏剧，是由仪式的原流演变出来的。"对于戏剧起源的这种认识，正是典型的文学人类学视角。西方古典学史上，以简·哈里森为代表的剑桥仪式学派，便深受弗雷泽《金枝》一书的影响，他们认为古希腊悲剧起源于酒神祭仪。①

值得注意的是，此文作者还认为，人类学不仅是对"人类的历史的研究"，而且是"各专门学术的一种总汇"，可以为其他学科的研究提供各种所需的资料："英国一个人类学家曾设喻说过，人类学者就好比是杂货店的掌柜，要把所有的东西排成次序以应专门学者的需要，把所有要拿出的货物便渐渐放在各各的货架上，人类学的内容，的确不过如此。它包括许多细目：民俗道德；性的生活；物质发明；社会组织及制度；艺术；宗教法术；经济状况。倘若任择一种研究，人类学者把汇集来的材料供给你面前，就足使你手忙脚乱，心迷眼花了。"对人类学的这种理解，令人想起马林诺夫斯基关于人类学是人文社会科学基础的观点。正因为此，人类学理当是跨学科研究的主要参照。对于国学研究来说，这种判断自然也不例外。在文章后一部分，作者重点探讨的便是人类学之于"国故"的意义。

在作者看来，只要研究者具备人类学的视野，便有可能从"国故"中发现丰富的民族志资料，从而充实人类学的研究："咱们中国既是世界历史较古的民族之一，倘若不是自己挖苦自己的话，咱们的'国粹'及'国渣'里，当然有无限文化未开展前的材料，足供人类学者之研究的。别人家民族曾经有过拜祖狂 Ancestor-Worship 的信仰，咱们也不必客气说没有；别人家民族曾经有过抢婚制的习俗，咱们民族也不必忌讳。世界各民族的文化既都是由野蛮状况渐进而为文明，我们独何能相反。"这里所遵循的明显是古典进化论人类学"单线进化"的思路。对于中国古代

---

① 参见［英］简·哈里森《古代艺术与仪式》，刘宗迪译，生活·读书·新知三联书店 2008 年版。

是否存在过"抢婚制"①，我们或可展开讨论。不过，说"国粹"或"国渣"中有供人类学研究的"无限文化未开展前的材料"，就当时语境而言，确实体现出作者的洞见。

另一方面，作者又对刘师培、胡适等人的国学研究表示不满："中国不亡，国故的研究总不会衰微的，这倒不必我们杞忧。我们所虑的是国故弄来弄去，还是在一条轨道上。远如刘光汉之办《国粹学报》，固可不论；即以胡适之的倡议整理国故说，其结果是什么呢？一部《中国哲学史大纲》卷上，引出无数'庄子哲学'、'老子哲学'，甚而至于'戴震的心理学'来。我们并不是说作《哲学史大纲》的方法不好，我们是说这只能算整理国故方法之一端，倘若据此一端便以为尽了整理国故之能事，那便把国故的生命葬送了。"不难看出，作者既不赞成刘师培等盲目崇古的治学态度，又对胡适等用西方概念套用中国文化的做法有所保留。针对这两种倾向，作者提出国学研究中"靠得住"的方法和用意："所谓靠得住的研究方法就是指拿国故当作科学说，应用科学的方法来从事国故的研究。换句话说就是当做中国民族历史上的研究，更不妨套着说，当做中国人类学的研究。……所谓正当的用意是指研究的目的说，研究的目的应该为学术而研究学术，为求真理而求真理，不必附带其他作用，既不必宣扬什么'国粹'，也不必传播种种古代的荒谬思想。"

在作者看来，自己的上述提法并非曲高和寡，当时学界中，起码顾颉刚便可引为同道："这样的研究国故论，自不乏解人；顾颉刚君在北大《国学门周刊》的始刊词里已经说明到这一点意思。他知道研究国故是不受制于时代的古今，阶级的尊卑，价格的贵贱的；他知道钟鼎彝卣和骨牌小脚弓鞋同样有学术的价值；他知道国学就是中国的历史，是历史科学的中国一部。"不过相比之下，作者比顾颉刚走得更远，因而出语也更为大胆："但他却忘了干干脆脆说，国学是世界人类学的一部，研究国学该跟人类学沟通一片来研究。"问题是，如何才能使二者"沟通一片"？在作者看来，"国故"和人类学其实可以互惠互益。一方面，"世界人类

---

① 在此之前，梁启超也提出中国古代的"抢婚制"之说。见梁启超《中国文化史》，收入《饮冰室合集》第 10 卷，中华书局 1989 年版，第 4 页。

学者所汇集的事实，有许多可以对证研究国故的材料，人类学者所得来的各民族文化演进的通例，有许多可以说明我国文化上的事实"；另一方面，"我国的先民的遗物、遗籍又有许多材料可以供给人类学者之研究的"。为了支持以上观点，作者还举出几组实例来具体说明：

> （ㄅ）假设知道未开化民族中往往有一种飨宴仪式 Festival，我们就很容易明白《礼记·礼运》所载"仲尼与于蜡宾"，《郊特牲》所载"天子大蜡八"的"蜡"，同此类飨宴仪式是类似的东西。假设知道野蛮民族多半以人类生殖器有神圣的功能，那就易于明了《说文》"地"字从"土"从"也"的意思，也有同样崇拜生殖器的表现。因为"也"是女子生殖器，大地能生万物，而以从"也"表之，当然是拿人类生殖器当做有大地一样的神圣。假设知道野蛮民族有拜火的习俗，那就易于明晓我国"光"字从火从儿，而火在人头上，也保留先民拜火的残迹。（此条采沈兼士先生说。）
>
> （ㄆ）在野蛮人中有的怕女子被魔怪冲犯了，于是女子以面幕蔽起面貌，这种习俗可以帮助我们明白《礼记·内则》所说"女子出门必拥蔽其面"的用意。（京俗结婚时，新娘以红手帕遮面，拜堂后乃取下，仍沿袭着古代同样意思的残迹。）再如知道野蛮人的性欲显示都是有一定季节的，在一年中最易生活的季候里，那就不难明晓《周礼》"仲春令会男女，奔者不禁"，以及《诗经》"有女怀春"为什么都要在春天的原故。
>
> （一）知道初民艺术与仪式是相关的，可以了解我先民"舞"与"巫"有关连。再如医之从巫，足知我国古代医生和巫祝也同别的未开化民族一样是兼任的。

上述例子中，作者采用人类学"以今证古"方法，借"野蛮民族"中的当下习俗来参证典籍中所载的上古礼俗，这在复古阴霾依然挥之不去的20世纪20年代学界，的确给人一种耳目一新、茅塞顿开之感。即以"地"字来说，许慎在《说文解字》中解释为："元气初分，轻清阳为天，重浊阴为地。万物所陈也。从土也声。"对于"也声"之说，段玉裁援引《周易》作注："坤道成女，玄牝之门，为天地根，故其字从也。"此文作者则援引"野蛮民族"的"生殖器崇拜"来作说明，更加显出眼光的独到。

当然，作者之所以敢断言"拿国故当作中国人类学的研究""国学是世界人类学的一部分"，更在于由他看来，人类学在整个"国故"研究中不仅大有可为，甚而必不可少："至如我国古器物、古文字、书籍可供人类学者研究的也不知凡几。例如甲骨钟鼎文字之可供古文字学家的研究；十三经中'三礼'所记载的先民野蛮典祀及法术信念，可供人类学者之宗教的研究；《春秋三传》所记载古代部落酋长争斗盟会的事迹，可供人类学者之初民社会组织的研究。下而至于汉人的论记，也都有可供给人类学者研究不少的材料。"上述所罗列，已涉及考古、语言、宗教、社会组织等文化人类学主要分支。尽管有些判断今天看来有纠正的必要，比如将"三礼"所记载的时代视为野蛮时代、将"春秋三传"所反映的社会视为部落社会等，不过总体而言，在中国人类学尚处于草创阶段的1927年，作者已经倡议打通人类学与国学界限，这种眼光无疑体现出一种历史的超前性。在稍后郭沫若《甲骨文字研究》《中国古代社会研究》、郑振铎《汤祷篇》、丁迪豪《玄鸟传说与氏族图腾》等论著中，我们明显可以看出这种思路的延续。

附：

从人类学说到研究国故

天　庐

近世所发生的社会科学中，其范围最为广泛的，内容最为繁复而又多方面的，不能不算是人类学 Anthropology 了。要用一句话来说明人类学的领域，那本来可以说是研究历史以前初民文化的科学。无奈文化两个字说起来简单，而它的内容便森罗万象了。古代的遗文遗物是属于文化之内的，古言语的研究是属于文化之内的，先民的性生活的习俗是属于文化之内的，先民的社会组织、道德民俗是属于文化内的，先民所奉行的法术、宗教也是属于文化内的。总起来说，凡是人类精神方面和物质方面所表现的现象都是文化，人类学研究的对象恰就是如此繁复的初民文化。

普通说人类学为研究有史以前人类文化的科学，已经如此广泛；何况人类学的领域还不仅如是。人类学为要研究 Prehistoric 文化，又不得不注意到现存的各未开化民族的状况，因为未走入文化程内的野蛮民族之材料，有许多可以佐证有史以前初民文化的，于是人类学者研究的领域便又得由历史以前的扩拓到现时代的各未开化民族。而且历史以前和有史以后的文化并不能明明白白的截隔两段，有许许多多的初民习俗制度，仍保存在有史以后民众的生活里，这就是说，有了文化以后的人们的生活仍然沿袭着许多初民民俗的残迹，于是人类学者为考察一个文化现象的演变，便不能一眼盯在历史以前，忘却历史上的进展，这样一来，人类学便由初民文化的领域开拓到历史的文化了。实际上还不仅如此，即在今日文化较高的人类生活里，仍旧少不了先民种种习俗变形的遗风遗迹，这也是人类学者研究的活材料。人类学研究的领域的广泛，实在可以称为各种科学中最浩博的一种了。

从历史的观点上说，人类学不妨直谓为人类的历史的研究，虽然侧重在有史之前先民的文化上。凡是一切文化现象，都有它的原始状态，都有它的演变进化，绝不是一成不改，古今如出一辙的。人类的文化都是由石器时代的野蛮状况，渐进而成铁器时代的未开化状态，渐而几进于文明时代的。（按此 Tylor 教授文化时期分法。）人类学者的职志，就是想把这一步一步演进的文化原始状态，掘发给我们看，要我们知道某一种现象的原始是怎样的，后来演变的历程是怎样的。譬如戏剧在今日是一种艺术的娱乐，有表演的人，有台下的观众，二者截然有别；但是最初最初，戏剧的表演只是一种仪式，参与戏剧的人都是表演者——都是来奉行仪式的。今日当做艺术娱乐的戏剧，是由仪式的原流演变出来的。再如今日男女两性的生活是自由恋爱，然最初最初是经过杂交的时代的。总之一切文化现象在历史以前是一个样，渐渐演变成另一样，人类学者研究的在历史上说就是这个原始和演变。

从地理的观点上说，人类散在地球上各部分，感受着所在地的山川、气候之影响，于是在精神方面物质方面所显示的文化状态，当然也是不同的。所以人类文化在历史上是一步一步地演变，在地理的分布上也因受着空间环境的影响而生差异，由此类差异乃形成各民族的特殊文化状态。人类学者沿着这种地理的关系而研究某一民族的特殊文化，是为民族学 Ethnology。但人类学和民族学并不是两家，彼此是要互通声气的，研究一个民族的文化仍旧不能忘却了它的历史的演变，而研究历史的原始及演变，也不能忽视地理环境的差异。所以可说人类学与民族学是名二而实一的学科。

人类学者知道人类文化有原始，有演变，这是承自达尔文进化论的衣钵。倘若我们根本就不承认达尔文的学说，那人类学者的话便都成为荒唐无稽之谈。由达尔文才昭示给我们人类文化以及人类本身都是演进而来的，前者总比后者粗陋，后者总比前者精明。（这是粗略地说，细心的读者别挑剔。）文化是由粗陋、简单的，渐而进为精细的，复杂的。人类学者便承袭了这个理论来证明文化的原始及演变，来说明由野蛮时代到文明时代的历程。我们相信人类学的研究，当然同时信任进化学说。实在说，也只有如此，才能认识人类文化的真相。倘若照一般人的信念，三皇五帝是圣明之世，是文物繁华灿烂的黄金时代，后世去古愈远，文化愈渐衰微，秦汉不如三代，唐宋又不如秦汉，这样的观念，恰恰倒行逆施，人类学者的根据便扫地无余了。

人类学的范围虽然广泛，毕竟它是科学，它能用科学的方法统驭这繁复的材料。对于历史上层叠地造成的文化材料，人类学者可以纳之于进化律之下以说明一切；各民族的特殊文化不论事实上怎样的差异，终有共同点，人类学者也终能求得其通例。我们要明晓的是人类学乃建筑在进化律及科学基础上的。

人类学研究的对象，既如是繁富，所以每个细目专专研究又都可成为专门的科学。这样说，人类学又不异是各专门学术的一个总汇。英国一个人类学家曾设譬说过，人类学者就好比是杂货店的掌柜，要把所有的东西排成次序以应专门学者的需求，把所有要拿出的货物便渐渐放在各各的货架上。人类学的内容，的确不过如此。它包括许多细目：民俗道德；性的生活；物质发明；社会组织及制度；艺术；宗教法术；经济状况。倘若任择一种研究，人类学者把汇集来的材料供给你面前，就足使你手忙脚乱，心迷眼花了。H. Ellis 的六大卷《性心理学》，内中所研究的人类性心理的现象，不知借取了若干人类学者汇来的事实。弗来则博士 Dr. J. G. Frazer 的十二大卷 Golden bough，其中研究野蛮人的法术宗教，也不知多少材料是取于人类学者汇集的事实的；R. Wallaschek 光研究初民的音乐，也都能厚厚的一卷 Primitive Music。从种种方面看，都可以见出人类学是近世界最浩博的一门科学，而且又是一切专门学术历史的总汇。Tylor 教授在其《人类学》的序里说到，人类学可以使学者明了一切专门学术的最早的历史和发源，这种意思可以表明人类学和其他专门科学的关系了。

从十九世纪世界人类学者的努力，写成各未开化民族调查的报告，以及讲解初民文化的专书，假设要专立一个图书馆，恐怕都是要多不胜收的。澳大利亚、海洋洲、非洲，都是人类学者调查的领域。至如世界最早民族，如埃及、巴比伦、印度的文化，已经经过了若干年代，研究的方法只有从遗物遗迹、遗文着手，而人类学者研究的成绩也是很惊人的。

咱们中国既是世界历史较古的民族之一，倘若不是自己挖苦自己的话，咱们的"国粹"及"国渣"里，当然有无限文化未开展前的材料，足供人类学者之研究的。别人家民族曾经有过拜祖狂 Ancestor-Worship 的信仰，咱们也不必客气说没有；别人家民族曾经有过抢婚制的习俗，咱们民族也不必忌讳。世界各民族的文化既都是由野蛮状况渐进而为文明，我们独何能相反。可惜我们的国故学者从来不承认这一个文化演进的观念，所以发掘支那民族的远古文化，只有由 Royal Asiatic Society 诸君子庖代了。

中国不亡，国故的研究总不会衰微的，这倒不必我们杞忧。我们所虑的是国故弄来弄去，还是在一条轨道上。远如刘光汉之办《国粹学报》，固可不论；即以胡适之的倡议整理国故说，其结果是什么呢？一部《中国哲学史大纲》卷上，引出无数"庄子哲学"、"老子哲学"，甚至于"戴震的心理学"来。我们并不是说作《哲学史大纲》的方法不好，我们是说这只能算整理国故方法之一端，倘若据此一端便以为尽了整理国故之能事，那便把国故的生命葬送了。

因此有人捶击研究国故了，理由当然是光明正大的。不过捶击尽管捶击，倘若研究国故的方法和用意是靠得住的，国故未始不可以有人研究。所谓靠得住的研究方法就是指拿国故当作科学说，应用科学的方法来从事国故的研究。换句话说就是当做中国民族历史上的研究，更不妨套着说，当做中国人类学的研究。用了此种方法才能发现国故包括的都是些什么货物，那一种货物是如何生长的，如何演进的，一扫昔日"惟古是尊"的谬见。所谓正当的用意是指研究的目的说，研究的目的应该为学术而研究学术，为求真理而求真理，不必附带其他作用，既不必宣扬什么"国粹"，也不必传播种种古代的荒谬意思。研究的人果能了解这种目的，有这种学术的趣味，他埋头在死文化的研究里是他情愿甘心的；倘若没有这种学术兴味的人，你尽管度你现在人的生活，这样一来，研究国故再就不负"陷害青年"的责任了。

这样的研究国故论，自不乏解人；顾颉刚君在北大《国学门周刊》的始刊词里已经说明到这一点意思。他知道研究国故是不受制于时代的古今，阶级的尊卑，价格的贵贱的；他知道钟鼎彝卣和骨牌小脚弓鞋同样有学术的价值；他知道国学就是中国的历史，是历史科学的中国一部；但他却忘了干干脆脆说，国学是世界人类学的一部，研究国学该跟人类学沟通一片来研究。世界人类学者所汇集的事实，有许多可以对证研究国故的材料，人类学者所得来的各民族文化演进的通例，有许多可以说明我国文化上的事实。反而来说，我国的先民的遗物、遗籍又有许多材料可以供给人类学者之研究的。

经过人类学的门限，我们再走进国学的堂奥，我们一眼可以分别出来哪是先民野蛮时代的残迹，哪是文化形成以后的文物制度。从先许多臆说妄解，可借人类学的例证而获解决，由此我们更可窥探古代文化之真髓。这是就国故研究得自人类学的帮助方面说。而且中国既是世界最古民族之一，既也有许多人类学的资料，世界人类学者正焦待着发现，我们生而为中国人，有天赋之操使中国语言和文字的便利，便不得不负这种责任，由国故中掘发出一切材料贡献给世界的人类学者了。

人类学可以帮助了解古代先民文化究在什么地方呢？我们现在却随便举几个简单的例说：

（夊）假设知道未开化民族中往往有一种飨宴仪式 Festival，我们就很容易明白《礼记·礼运》所载"仲尼与于蜡宾"，《郊特牲》所载"天子大蜡八"的"蜡"，同此类飨宴仪式是类似的东西。假设知道野蛮民族多半以人类生殖器有神圣的功能，那就易于明了《说文》"地"字从"土"从"也"的意思，也有同样崇拜生殖器的表现。因为"也"是女子生殖器，大地能生万物，而以从"也"表之，当然是拿人类生殖器当做有大地一样的神圣。假设知道野蛮民族有拜火的习俗，那就易于明晓我国"光"字从火从儿，而火在人头上，也保留先民拜火的残迹。（此条采沈兼士先生说。）

（夊）在野蛮人中有的怕女子被魔怪冲犯了，于是女子以面幕蔽起面貌，这种习俗可以帮助我们明白《礼记·内则》所说"女子出门必拥蔽其面"的用意。（京俗结婚时，新娘以红手帕遮面，拜堂后乃取下，仍沿袭着古代同样意思的残迹。）再如知道野蛮人的性欲显示都是有一定季节的，在一年中最易生活的季候里，那就不难明晓《周礼》"仲春令会男女，奔者不禁"，以及《诗经》"有女怀春"为什么都要在春天的原故。

（宀）知道初民艺术与仪式是相关的，可以了解我先民"舞"与"巫"有关连。再如医之从巫，足知我国古代医生和巫祝也同别的未开化民族一样是兼任的。

凡此类只是一鳞一爪的说，人类学帮助国故研究的地方实不止此。

至如我国古器物、古文字、书籍可供人类学者研究的也不知凡几。例如甲骨钟鼎文字之可供古文字学家的研究；十三经中"三礼"所记载的先民野蛮典祀及法术信念，可供人类学者之宗教的研究；《春秋三传》所记载古代部落酋长争斗盟会的事迹，可供人类学者之初民社会组织的研究。下而至于汉人的论记，也都有可供给人类学者研究不少的材料。

世界的人类学者几十年间已经有了很丰富的收获了，我国国故学者在这一方面还很少有所建树的。梁任公先生的《中国文化史》（我只见到社会组织篇及总目）似乎是沿着这一条走的，无奈他注意的是全部历史的进程，古代初民文化只占全部一端。在研究的机关、大学校国学系的教授依然不过给学生念念《道德经》，教学生写几个篆字，国故的研究终于如是罢了。

原载《晨报副镌》第一五二八号（1927 年 3 月 2 日）

三　文学人类学研究的多元开拓

约从抗战前夕直到 20 世纪 40 年代末，为文学人类学早期实践的第三个阶段。与前两个时期相比，这一阶段值得注意者主要有三：第一，在文史学者之外，一些人类学者借助采录到的田野资料从事各民族神话、传说及图腾制度的研究，从而使文学人类学研究呈现出多元开拓的局面。第二，如果说，前两个时期文学人类学研究总体给人众声喧哗的印象，这一时期则围绕《民族学研究集刊》《说文月刊》等刊物，出现了几个相对集中的研究群体；作为这一时期代表人物的闻一多与孙作云，他们之间也是师承关系。第三，文学人类学"三层证明法"的提出。继王国维"传世文献"与"出土文献"相互参证的"二重证据法"之后，许多学者倡导将民俗志、民族志资料纳入文史研究的证据范畴。不过，以之作为"第三层证据"正式提出，则始自孙作云。20 世纪 40 年代，孙作云在多篇文章中对"三层证明法"作了阐发，这种方法成为半个世纪后文学人类学"三重证据法"的先声。

（一）人类学者与文学人类学研究

1936 年 5 月，由中山文化教育馆研究部民族问题研究室编辑、黄文山任主编的《民族学研究集刊》在上海面世。该刊不定期出版，至 1948 年 8 月停刊，前后共出版 6 期。除最后一期改由上海中华书局印行外，其余 5 期均由上海商务印书馆发行。《民族学研究集刊》的宗旨在于"发扬中山先生之民族主义"①，不过从方法看，其中一部分文章亦属文学人类学研究的范畴，比如熊海平《三千年来的虹蜺故事》、卫惠林《中国古代

---

① 古公佐：《介绍一种研究边民文化的刊物——〈民族学研究集刊〉第一期》，《边疆半月刊》1936 年第 1 卷第 6 期。

图腾制度论证》、马长寿《中国古代花甲生藏之起源与再现》、《苗瑶之起源神话》等。值得一提的是，在此之前，文学人类学的研究者大多来自文史领域。从该刊开始，一些有田野经验的人类学者的文学人类学论文开始问世，从而使中国文学人类学研究呈现出新的格局。以对"图腾"的研究为例，"近年来中外学者之研究我国古代图腾文化的，要皆从古籍以至甲骨文字去推考，其对于民族学上的贡献，自匪浅鲜。然此文化之实物的发现，尚属鲜有"①。与之不同的是，在《畲民的图腾崇拜》一文中，何联奎尽管也从神话传说去推究畲民的图腾观念。不过，他将畲民的神话又分为口传、画传与笔传三种。除最后一种为典籍中所载的资料外，前两种为作者实地调查所获的活态传说与图像资料。这种针对"口传""画传""笔传"三方面神话资料的综合研究，自然比单纯依据书面典籍的研究更具说服力。上述学者中，马长寿的文学人类学取向更为明显，因而也更加值得关注。

马长寿（1907—1971），著名民族学家、历史学家，1933 年从南京中央大学社会学系毕业后留校任教，1936 年转入中央博物院任职。抗战前夕，曾在四川藏族、彝族、羌族等地区开展实地调查。从 1942 年起，先后在东北大学（时在四川三台县）、金陵大学（时在四川成都）、中央大学任教。1949 年后，又在浙江大学、复旦大学、西北大学担任教职。

《中国古代花甲生藏之起源与再现》发表于《民族学研究集刊》第 1期。根据马长寿的调查，在中国北方河北、山西、山东、河南等地，均流传有以下传说：远古某个时代，每当老人活到六十花甲之年时，便须关入修筑好的洞穴（"生藏"）中逐渐死去。这种习俗便是所谓"花甲生藏"。后来因为某个偶然的机缘，人们认识到了老人对于社会的重要性，于是这一习俗最终得以废除。对于这种类型的传说，今天的人大都可能视作无稽之谈，顶多视之为一种关于"孝道"的传统说教。不过，马长寿认为，这种传说并非荒诞不经，相反，"由这个普遍于北方各省，即古代所谓'中原'的传说，可以提醒我们去回忆我们的祖先还有一个活埋

---

① 何联奎：《畲民的图腾崇拜》，《民族学研究集刊》1936 年第 1 期。

老人的时代"①。《中国古代花甲生藏之起源与再现》一文的主要意图，便是对这段隐藏于传说背后的真实"历史"进行还原。不过，这种还原至少需要回答三个方面的问题：第一，为什么要"生藏"？第二，为什么要"花甲生藏"？第三，如何证明中国远古曾经盛行"花甲生藏"这一习俗？

针对第一个问题，马长寿从社会经济基础的角度作了回答："在当时的老人们看来，生藏是一种义务。社会强制他们一定如此的去作，犹如一种法律。这种制度与当时的社会构造和经济组织有关。我们想来，它似乎是调节人口与食物的方法。设非如此，原始社会中壮年少年精华分子，或须饿死，或相互残杀。有了这种制度转而可以延长整个民族的生命。"② 对于第二个问题，马长寿引述《世本》《吕氏春秋》《后汉书》等文献资料，证明中国上古时代确曾有过以甲子纪年纪日的制度和"六十甲子"的说法，因而把"六十"作为人生的一个"单位数目"是有根据的。由于"六十"意味着人生周期的结束，所以才会产生将已届"花甲"之年的老人"生藏"的习俗。相对来说，最后一个问题最为棘手："花甲生藏"既然起源于人类文明的早期，在"文献不足征"的情况下，如何来还原这段历史？对于这一难题，马长寿诉诸古典进化论人类学派的"文化遗留"说。在论文开篇，马长寿便引述爱德华·泰勒的话，对"文化遗留"说作了概略介绍：

> 有些文化质素在古代的文物制度丛位里有凝固的结构和活跃的功能。一旦古代的文物制度灭亡了，它的结构便会瓦解，它的功能便会停息。它在现代的密集的文化丛位里成为一种游离的残物。这种游离的残物，人类学家谓之为"文化遗物"（cultural survivals）。遗物的概念初为人类学家泰洛（E. B. Tylor）所引用。他把它当作一种人类学研究的方法。他说，文化遗物虽系一种游离的残物，然由此残物之分析与叙述可以使原始文化之状态还原，或证明古代某一

---

① 马长寿：《中国古代花甲生藏之起源与再现》，《民族学研究集刊》1936 年第 1 期。
② 同上。

文化阶段曾经存在。①

　　在马长寿看来，"花甲生藏"虽然在现代中国仅是一种口头传说，但它的本质仍是一种"文化遗物"，因而可以通过一定的分析，对其"原始状态"进行还原。

　　马长寿首先从人类社会经济背景出发，指出初民社会中对待老人有两种相反的态度和行为：一种是"尊老型"，由于老人有经验、有知识，因而受到人们的敬重；一种是"贱老型"，因为老人非但不能服务于社会，反而要消耗产品，因而被视为负累。从社会发展来说，尊老型民族文化一般要比贱老型民族文化高出一级，前者相当于农业社会，后者相当于游牧社会。接着，马长寿列举了大量民族学资料，证明世界各地的游牧民族曾普遍实行"残杀老人"的制度。比如，哈德逊湾的爱斯基摩老人在不能自食其力时会被勒死，巴西许多部族中的老人因不能参与战争、行猎和舞蹈而被杀死，巴拉圭的陶巴族将老人生生活埋，等等。另一方面，马长寿又援引安德鲁·兰的"并行演化"说（Parallel Evolution），认为"任何民族有同一的社会经济基础，和同一的物质的与心理的背景，结果这些民族会采取同一的社会制度"②。照此学说，则中国境内的民族在原始时代也必定经过游牧阶段，因而也同其他游牧民族一样曾经实行过"杀老"制度。此外，马长寿还举有史以来的墓葬与墓碑铭文作为参证。发现于山西境内的多座古墓，其形制或碑文均与"生藏"制度有关。尽管这些墓葬建造的时间较为晚近，但在马长寿看来，体现于其中的习俗也是上古同一制度的"文化遗物"："中国远古的游牧时代，在今人意识中虽然淹逝了，却留了一段六十生藏的传说。传说在传诵中也快黯淡了，在山西的深山里却留了些生藏再现的遗迹。"③

　　应当说，马长寿从人类早期的社会经济状况出发，同时参证世界许多地方的民族志资料与中国境内的墓葬遗存，对"花甲生藏"传说背后

① 马长寿：《中国古代花甲生藏之起源与再现》，《民族学研究集刊》1936年第1期。
② 同上。
③ 同上。

的"历史"进行还原，这种思路确实能给人以一定启发。当然，作者的论证也并非无可指摘。在笔者看来，本文的主要失误，便是有些结论过于"坐实"。比如，作者从人类早期生存竞争的角度回答"生藏"习俗的起因，自然有一定道理。但断定"生藏"起源于游牧经济，并由此宣称"中国古代的虞舜时期还是一种游牧民族；自舜入主中华之后，和游牧生活相伴而生的老年生藏亦通行于中国内部"①，则又失之于武断。

《苗瑶之起源神话》发表于《民族学研究集刊》第 2 期。作为民族史家，马长寿试图对中国西南地区苗、瑶等民族的起源地及其迁徙路线作一追溯。不过，因为这些民族未有自己的文字，因而上述研究很难采用传统的历史考据方法。在文章首段，马长寿便区分了两种不同类型的起源研究："今世文化学者以文书之有无为民族文明野蛮之分野。文明民族有文书记录，其起源自可由历史资料研求得之。而原始民族尚无文书与记载，则其起源之研究惟有求之于考古学与神话学。"② 在此文中，马长寿采用的正是后一种方法，即凭借前人从苗、瑶两族采录到的口传神话，来对这两个民族的起源及历史作出推断。

此文实际由各自独立的两部分组成。第一部分是对苗族的神话传说及其起源地的研究。作者首先引述了黑苗、花苗、鸦雀苗等几个苗族支系的起源神话，接着提炼出其中洪水神话的主要情节单元。不过，作者又说："惟吾人今日所研究者，不在神话传说之本身构造，而在引证汉族文献中关于苗族神话之记载，与夫由此记载而论断古代苗族之原始住札区域。"③ 因而下文又转入对上述神话中苗族祖神的考释。经由语音学、地理学上的比较分析并参照人类学中的图腾理论，作者得出三种结论：第一，黑苗开辟神话中的防卫（Vang-Vai）即《国语·鲁语》中的防风氏；根据《鲁语》所载防风氏"守封嵎之山"及《说文》所载"封隅之山在吴楚之间"，可推知苗族最初起源于洞庭彭蠡二湖之间，后西迁至贵州境内。第二，黑苗开辟神话中的阿几（A-Zie）即晋代常璩《华阳国

---

① 马长寿：《中国古代花甲生藏之起源与再现》，《民族学研究集刊》1936 年第 1 期。

② 马长寿：《苗瑶之起源神话》，《民族学研究集刊》1940 年第 2 期。

③ 同上。

志·南中志》中所载的"竹王";由《黔书》《黔游记》等汉语典籍所载"竹王祠",可推知苗族在古代的迁徙路线。第三,鸦雀苗洪水神话中的兄妹"Bu-i"与"Ku-eh"即伏羲与女娲,他们最初为楚地苗人的创世祖神,后来随着中原与楚地的交通,苗族的祖神也被汉族"假借"而来。

论文第二部分主要是对瑶族盘古与槃瓠神话的讨论。作者并不赞成夏曾佑"盘古与槃瓠音近,当同所指而为一物"的主张,而是对二者分别进行考察。马长寿首先列举颜复礼、商承祖《广西凌云瑶人调查报告》和庞新民《两广瑶山调查》中的盘古神话资料,接着又将这些神话与任昉《述异记》、徐整《三五历纪》以及澳洲土著的"盘格"神话进行比较分析,由此得出"汉族之盘古肇源于粤瑶,粤瑶之盘古复肇源于澳洲"的结论。对于盘瓠神话,作者除举当时学人所采录的口头资料与汉语所载文献资料进行比较外,主要以人类学中的图腾理论加以解释。综合有关盘古与盘瓠神话的分析,作者的结论是:"盘古为瑶族之始祖,槃瓠为瑶族之图腾。盘古与槃瓠音近,二者或即一物,而前者言其氏族之主神,后者则言其主神之标记也。"①

与《中国古代花甲生藏之起源与再现》一文类似,这篇文章也试图在看似荒诞的神话传说背后追寻历史的踪迹,用作者的话说:"神话传说其形式虽单纯,其含意则醇朴,犹之小儿无谎话,所道白者皆记忆中之事实也。故神话传说可视为初民之无文书历史。"② 就内容而言,作者的推论大多理据充分。当然,此文也有可质疑之处。比如,作者在绪论部分提出研究神话的两大困难(其实也是两大原则),其中第二点为:"强有力之外族文化侵入弱小民族之文化中时,外族之传说往往成为本族最流行之传说。此时本族之原始传说反成为一种游离之文化遗物,而易为研究者所遗弃。"③ 在讨论花苗洪水传说时,作者正是据此原则,认为此神话的前一部分并非苗族所固有,而是从强势的倮㑩族传播而来。不过,这一原则却很难对本文另一结论作出解释,即汉族伏羲、女娲神话系由

---

① 马长寿:《苗瑶之起源神话》,《民族学研究集刊》1940 年第 2 期。
② 同上。
③ 同上。

苗族传播而来。也许，对于渺茫难稽的神话传说，我们很难苛求研究者的推论全部"恰中肯綮"。事实上，在文章开头，马长寿已经承认："兹所推论亦可谓为一种'大胆的尝试'而已。"①

《民族学研究集刊》之外，由国立中央研究院历史语言研究所人类学组主编的《人类学集刊》也于1938年12月问世，编辑委员会由吴定良、凌纯声、梁思永三人组成，吴定良任主席。该刊由商务印书馆印行，年出一卷，每卷两期，所收论文范围包括体质人类学与文化人类学两个方面。遗憾的是，该刊出到第二卷便停刊。《人类学集刊》第1卷第1期刊有芮逸夫《苗族的洪水故事与伏羲女娲的传说》一文。这篇论文在20世纪前期中国神话学与文学人类学研究史上反响甚大，闻一多《伏羲考》的写作便直接受其影响。

芮逸夫（1899—1991）早年毕业于东南大学，后赴美国伯克莱加州大学及耶鲁大学人类学系学习、研究。回国后，曾在中央研究院、中央大学等机构任职。1949年赴台，先后在台湾大学、台湾师范大学等校任教，曾任《云五社会科学大辞典》人类学卷主编。

1933年春夏时分，芮逸夫随凌纯声等赴湘黔边境考察苗族，5月1日由京出发，8月1日返回，历时3月整，其间曾在凤凰、乾城、永绥三县与苗人相处50余日。这次调查中，因有当地苗人吴良佐、吴文祥、石启贵等作翻译兼向导，芮逸夫得以"与苗人日夕聚首，纵谈他们的上下古今"②。所采录到的故事中，令他印象最为深刻的是洪水神话。以这次调查为基础，芮逸夫写成《苗族的洪水故事与傩神崇拜》一文并呈送友人指导，梁思永认为文中"傩神崇拜"部分有待补充，凌纯声则建议将文章析为两题，于是芮逸夫将洪水部分先行录出，题目也相应地改为《苗族的洪水故事与伏羲女娲的传说》，发表于《人类学集刊》第1卷第1册。这篇论文由苗族洪水神话入手，重点解决的是伏羲女娲传说的来源问题。文章资料丰富，论证颇为仔细。作者的思路如下：

---

① 马长寿：《苗瑶之起源神话》，《民族学研究集刊》1940年第2期。
② 芮逸夫：《苗族的洪水故事与伏羲女娲的传说·前言》，《人类学集刊》1938年第1卷第1册。

第一，从数则形态各异的苗族洪水神话中抽绎出中心"母题"（motif）。"母题"（motif）一语最初来自民俗学领域，意指"民间叙事中的一个可记忆的和可辨识的成分"①。20 世纪 20 年代，胡适在《歌谣的比较的研究法的一个例》中，率先将这一术语译介到国内：

> 研究歌谣，有一个很有趣的法子，就是"比较的研究法"。有许多歌谣是大同小异的。大同的地方是他们的本旨，在文学的术语上叫做"母题（motif）"。小异的地方是随时随地添上的枝叶细节。往往有一个"母题"，从北方直传到南方，从江苏直传到四川，随地加上许多"本地风光"；变到末了，几乎句句变了，字字变了，然而我们试把这些歌谣比较着看，剥去枝叶，仍旧可以看出他们原来同出于一个"母题"。这种研究法，叫做"比较研究法"。②

芮逸夫对苗族洪水故事的母题分析当是受胡适的影响。在湘西考察期间，他采录到凤凰东乡苗人吴文祥与北乡苗人吴良佐分别讲述的两则洪水故事。返京后，又收到吴良佐与另一位苗人石启贵抄寄来的两则有关洪水故事的歌谣——《傩公傩母歌》与《傩神起源歌》。以上四则故事，前两则系在湘西一带苗人中经常可以听到的传说，后两则是湘西苗人举行"还傩愿"仪式时所唱的歌。尽管这些故事的具体情节和演述语境存在差异，不过，芮逸夫经过仔细比较后发现，其中的主要人物与重要情节总括起来只有以下几条：

（一）人类的始祖设计擒住雷公，旋被逃脱。
（二）雷公为要报仇，就发洪水来淹人类的始祖。
（三）世人尽被淹死，只留兄妹二人。
（四）兄妹结为夫妇，生下怪胎，剖割抛弃，变化为人。③

---

① 户晓辉：《母题》，《民间文化论坛》2005 年第 1 期。
② 胡适：《歌谣的比较的研究法的一个例》，《努力周报》1922 年第 31 期。
③ 芮逸夫：《苗族的洪水故事与伏羲女娲的传说》，《人类学集刊》1938 年第 1 卷第 1 册。

通过进一步的分析，芮逸夫认为以上四则洪水故事的中心"母题"，不过是对下述观念的解释："现代人类是由洪水遗民兄妹二人配偶遗传下来的子孙"。

第二，将苗族洪水故事与汉语典籍中所载伏羲、女娲传说进行比较。在芮逸夫所采集到的四则苗族洪水故事中，《傩公傩母歌》兄名为伏羲。芮逸夫起初以为这是苗人在传唱的过程中因"记忆失真"而附会汉族传说的结果。不过，在翻检相关的文献记载后，芮逸夫发现苗人所奉祀的神本非傩公傩母，而是伏羲和女娲。众所周知，伏羲、女娲一直被历代"信古派"学者认为是中国上古时代的帝皇，现在却又见诸苗族的神话歌谣，苗人还举行一种宗教仪式对之奉祀。这难免令人生疑：苗族洪水故事中的兄妹二人，与汉语典籍中所载的伏羲女娲，二者之间到底是何种关系？针对这一疑问，芮逸夫从两个向度着手考察：一是兄妹名字的比较。由于以上四则洪水故事中，除《傩公傩母歌》外，其余三则均未提及兄妹二人的名字，于是芮逸夫扩大自己的考察范围。在英人克拉克（Samuel R. Clarke）所著《中国西南夷地旅居记》（*Among the Tribes in Southwest China*）一书中，收有黑苗《洪水歌》与鸦雀苗洪水故事各一则。前者兄名"Zie"或"A-Zie"；后者兄名"Bu-i"，妹名"Ku-eh"。通过语音学的分析，芮逸夫认为苗语中 A-Zie（或 Zie）、Bu-i 即"伏羲"，Ku-eh 即"女娲"。当然，芮逸夫也意识到，单凭语音学的分析，未免有牵合的危险。于是，他又从"母题"着手，对苗族的洪水故事与汉语典籍中伏羲、女娲传说进行比较。通过文献的梳理，芮逸夫发现汉语典籍中关于伏羲、女娲为兄妹、为夫妻，以及女娲创造人类、遭遇洪水等传说，均有零星记载。尽管苗族的洪水故事与汉族的伏羲、女娲传说二者外在形态甚为悬殊（比如前者有系统的情节，后者则为神话"碎片"），不过，其核心"母题"却是相同的，因而可以视作同一故事母题的不同"变体"。

第三，对于伏羲、女娲"族属"的推测。既然苗族的洪水故事与汉语典籍中所载的伏羲、女娲传说系同一故事母题的不同"变体"，接下来的问题是，这一故事最初产生于苗族抑或汉族？芮逸夫首先对苗族的族源神话进行了清理。在《风俗通义》《后汉书》《搜神记》等典籍中，均载有槃瓠传说。根据这些资料，苗族作为"蛮夷"之一种，其先祖似为槃瓠。不过，芮逸夫通过调查发现，湘西地区的苗族，很少有人知道槃瓠的故事。在国外学者鸟居龙藏、克拉克（Samuel R. Clarke）、萨费那（F. M. Savina）等关于苗族的调查报告中，也未提及槃瓠的传说。此外，苗人中也没有发现有关犬的图腾崇拜或禁忌。相反，在浙闽一带的畲族和粤桂一带的瑶人中间，关于槃瓠的传说与礼俗极为盛行。芮逸夫据此认为，上述典籍中所载的"蛮夷"并非苗族，而是指瑶畲二族。由于现今的苗族普遍流传有兄妹配偶遗传人类的洪水传说，且有奉祀兄妹二人或伏羲、女娲的礼俗，因而可以肯定，这一传说才是苗族的族源神话。另一方面，芮逸夫借鉴夏曾佑考证盘古与槃瓠关系的方法，对汉语典籍中载有伏羲、女娲的材料逐一进行辨正，证明伏羲、女娲之名见诸古籍的时间，最早不出战国末年，并且不多见。根据以上两点，芮逸夫作出下述推测：

> 今按伏羲女娲之名，古籍少见，疑非汉族旧有之说。或伏羲与 Bu-i，女娲与 Ku-eh 音近，传说尤多相似。Bu-i 与 Ku-eh 为苗族之祖，此为苗族自说其洪水之后遗传人类之故事，吾人误用以为己有也。[①]

这种推测可能还会面临另一层质疑：兄妹配偶遗传人类的洪水故事并非苗族所独有，在东南亚各民族中也有着广泛的分布。对于这一现象，芮逸夫援引人类学中的文化区理论来作解释。经过一番考察，芮逸夫发现，在北自中国本部、南至南洋群岛、西起印度中部、东迄台湾岛的广大区域内，不仅流传有"兄妹配偶型"的洪水故事，且传承有芦笙、铜鼓等民俗器物。证之于语言，这一区域内的民族大抵多说单音节语，因而可以称这一区域为"东南亚洲文化区"，其"文化中心"（Culture center）当在中国西南地区。"兄妹配偶型"洪水故事作为这一文化区域的"文化特质"（Culture trait）之一，其起源地很可能在中国西南，后来才

---

① 芮逸夫：《苗族的洪水故事与伏羲女娲的传说》，《人类学集刊》1938 年第 1 卷第 1 册。

由此地传播到四方，因而中国的汉族、海南岛的黎族、台湾岛的阿眉族、婆罗洲的配甘族、印度支那半岛的巴那族，以及印度中部的比尔族与卡马尔族也都流传有类似的洪水故事。

经由上述比较分析，芮逸夫对伏羲、女娲传说起源地的推断终于有了答案。对于上述研究，当时的学者曾作出积极评价。徐中舒在为此文所写的跋语中说："芮先生从现存民族中寻出伏羲女娲之故事。从民族与地理的分布，以为伏羲女娲为苗和猺猺的传说，盘古为瑶和畲民的传说，为古史指出一个新方向。芮先生这两个假定，皆有坚实论证。将来因材料增多，容有若干补充，但大体已不可易。"① 前文已述及，自西方神话学知识东渐以来，许多学者深感中国古典神话之零散。早在 20 世纪 20 年代后期，茅盾便以域外神话为参照，试图对中国神话体系进行重建。芮逸夫在此文中通过汉、苗神话的比较，使得"以前七零八落的传说或传说的痕迹，现在可以连贯成一个完整的有机体了"②，因而可以视作对茅盾等学者所开创的研究取向的继续。所不同者，芮逸夫作为职业人类学家，他所据以比较的材料，已不仅仅是前人的书面记载，而是来自本人的实地考察。此外，芮逸夫根据洪水传说的分布而构拟出的"东南亚洲文化区"，虽然"一时难以找到依据"③，但不可否认，这种思路仍然给当时及后来的学者以一定启发。凌纯声于 20 世纪 50 年代后提出的"环太平洋文化"，在研究思路上便和芮逸夫一脉相承。④

（二）　文史学者与文学人类学研究

继上一时期茅盾、郭沫若、郑振铎等之后，这一时期的许多文史学者，也在其研究中采用人类学理论与方法，如陈梦家《商代的神话与巫术》（载《燕京学报》第 20 期）、刘铭恕《辽代帝后之再生仪》（载《中

---

① 徐中舒：《苗族的洪水故事与伏羲女娲的传说》"跋"，《人类学集刊》1938 年第 1 卷第 1 册。

② 闻一多：《伏羲考》，见《闻一多全集》甲集，开明书店 1948 年版，第 12 页。

③ 田兆元：《〈伏羲考〉导读——中国神话意象的系统联想与论证》，见闻一多《伏羲考》，上海古籍出版社 2006 年版，第 6 页。

④ 参见凌纯声《中国边疆民族与环太平洋文化》，（台北）联经出版事业公司 1979 年版。

国文化研究汇刊》第6卷）。此外，一些民俗学者从人类学视角出发对于神话传说所作的研究，如钟敬文《槃瓠神话的考察》（载日本《同仁》杂志第10卷第2、3、4号）、叶德均《猴娃娘型故事略论》（载《民俗》第2期），也可以纳入"文史学者与文学人类学研究"的范围之内。总体来看，这一时期文学人类学研究最具代表性的，除闻一多与孙作云外，要数卫聚贤与李玄伯。对于前两位学者的研究实践，本书下编部分将有专门讨论，这里先对后两位的学术建树作一评述。

（1）卫聚贤与《说文月刊》

也许是由于特殊时期的政治原因而导致的"被遗忘"，在今天中国大陆的学术著作中，"卫聚贤"这个名字极少被人提起。据笔者在《中国期刊全文数据库》的检索结果，自20世纪80年代至今，有关卫聚贤的介绍、研究文章仅有4篇①，这和他在20世纪前期国内学界的知名度极不相称。

卫聚贤早年的生活颇为曲折。1899年1月，卫聚贤生于甘肃庆阳，不久生父去世，母亲改嫁。5岁时，卫聚贤随继父迁居山西，7岁入私塾，15岁离开山西又返回庆阳，一面学习经商，一面入小学读书。18岁时，卫聚贤再次回到山西读书，几经波折后，考入山西省立商业专门学校，其间转而对国学发生兴趣。毕业后，卫聚贤想入北平师大研究所深造，因学校不接收外校学生而未能如愿，于是一面在师大旁听，一面入私立新闻大学读书。第二年（1926），卫聚贤考入清华研究院，受到王国维、梁启超等的指导。此时恰逢李济从山西夏县西阴村考古发掘归来，受其影响，卫聚贤嗣后也走上考古学的道路。离开清华后，卫聚贤先后在南京政府大学院、南京古物保存所、上海暨南大学、中央银行等多所机构任职，曾与蔡元培、于右任、吴稚晖、叶恭绰等发起成立"吴越史地研究会"，此外还参与南京六朝古墓、重庆江北汉墓等遗址的考古发掘工作。抗战时期，卫聚贤主编的《说文月刊》影响一时。1950年，卫聚

---

① 这四篇文章分别是：散木：《一位传奇的史学家卫聚贤》，《文史月刊》2004年第2期；散木：《话说考古学家和历史学家卫聚贤》，《文史月刊》2004年第3期；刘斌：《卫聚贤与中国考古学》，《南方文物》2009年第1期；范春义：《卫聚贤与20世纪戏台史研究的兴起》，《文学遗产》2013年第1期。

贤离开大陆后，由台湾转赴香港，其后长期在香港大学东方文化研究院、香港联大、珠海书院等机构任职。1975 年，卫聚贤退休后任辅仁大学教授，1989 年在新竹去世。[①]

作为一位历史兼考古学者，卫聚贤极力倡导综合传世文献、甲金文字和人类学（民族学）资料的立体研究。在《古史研究》第一集"自序"中，卫聚贤指出：

> 我们中国的上古史，有两点难读处：（一）后人伪造及改窜，失去了本来的面目，使人读了莫名其妙，求不出所以进化的程序；（二）处于伪造及改窜后二千年情形之下，不信认所以进化的程序。是以第一步先从古籍整理上着手，保存本来的面目；第二步因书本上的材料是不够用的，又要从考古学上着手，使有实物可资证明；第三步古物遗迹不能尽数遗留下来，再要从考察现存的野蛮民族上着手，得知活动的情状。[②]

在《古史研究》第三集中，卫聚贤重申：

> 中国的上古史，神话与史料混在一起，是最难研究的。一方面将书本子上的材料，广为搜集，排列起来，看它何者为可靠的史料，何者为神话，而这神话产生的背景及来源如何？推测出个大概来。一方面应用地下埋藏古人遗留下来的实物，而与书本上所记载的互相参照。再用社会学的原理，参考现存落后民族活动的状况。分为若干小题目，详为研究，庶有一线的道路可寻！[③]

在自传中，卫聚贤再次说道：

---

① 关于卫聚贤的生平，参见卫聚贤《卫聚贤的生活》，《新中国》1934 年第 1 卷第 6 期；韦大发痴（卫聚贤）：《鲁智深传》，《说文月刊》1940 年第 1 卷；散木：《一位传奇的史学家卫聚贤》，《文史月刊》2004 年第 2 期。

② 卫聚贤：《古史研究》第一集"自序"，新月书店 1928 年版，第 1—2 页。

③ 卫聚贤：《古史研究》第三集"序"，上海商务印书馆 1936 年版，第 1 页。

民俗中保存了不少的古代材料，不过在你如何解释和如何利用。鲁智深以江浙人吃鱼有许多讲究，对黑鱼有很多神话，则以古代的吴是以鱼为图腾。以山西人家中福蛇，黄河中大王，则以夏人用龙作图腾。但是要将一书本上记载，二古物或文字的象形，三现存的民俗，三者对比相合而采用，不是只民俗一项而推断的。并且落后的民族一举一动，也映着古代社会的影子，是以鲁智深则采取莫尔根的《古代社会》，及南荒民族与西康青海各民族的记载照像及实物，以至从电影中看到非洲土人南洋土人，哀斯基摩人印第安人的生活，均作参考。甚至听到一句《焦尾巴》，推知南京栖霞山焦尾巴洞附近有石器遗址。①

这里的具体结论是否确当暂且不论，不过，这种借人类学、民俗学资料解决古史问题的方法，在当时无疑有着积极意义。也许是出于对自己"三重释古"方法的自信，卫聚贤以揶揄的口吻对顾颉刚的"疑古辨伪"进行了批评："顾颉刚不懂得考古学社会学，只在书本子上作些辨伪工作就算了，若以其方法应用于一切，则误。"② 言下之意，要弄清古史，非得具备考古学与社会学（人类学）的知识不可。在解释古史时，卫聚贤常采用人类学方法。比如，《史记·吴世家》讲述太伯奔吴后"文身断发，示不可用"，卫聚贤为之作注，除引用《左传》《战国策》《史记》《孝经》等文献资料外，还采用南方少数民族和南洋土著民族的习俗作比较阐发："文身是原始社会人类仿图腾物于身上抹画花纹，现在黎民与南洋土人则为刺纹"，"黑齿由于吃槟榔，槟榔在古代吴地尚生……现在云南人敬贵客于茶外，尚有槟榔二粒。安南女子多食槟榔，南洋土人亦多吃槟榔，其齿变为黑色"，"吴越除文身断发黑齿雕题外，尚有凿齿之俗……现在南洋土人尚存凿齿之风。"③

---

① 韦大发痴（卫聚贤）：《鲁智深传》，《说文月刊》1940 年第 1 卷，第 829 页。按："鲁智深"系卫氏别号。

② 卫聚贤：《天地开辟与盘古传说的探源》，《学艺》1934 年第 13 卷第 1 号。

③ 卫聚贤：《史记吴世家注》，《说文月刊》1941 年第 3 卷第 1 期。

　　20 世纪 30 年代末至 40 年代，卫聚贤主持"说文社"，同时主编《说文月刊》。该杂志最初在上海出版，至第 3 卷第 6 期（1941 年 12 月），因上海沦陷而停刊，约半年后在重庆复刊。《说文月刊》最初由卫聚贤自费出版，编至第 9 期时，中央银行调卫聚贤到重庆工作，兼之上海纸张及排印费用大涨，《说文月刊》有难以为继之势，于是卫聚贤呈请中央银行总裁，将刊物作为中央银行经济研究处特种刊物之一，才得以继续维持下去。[①] 复刊后的费用主要通过捐募、广告等途径筹集而来。值得一提的是，在整个抗战时期，许多国学刊物停办，《说文月刊》却历经坎坷而得以延续。

　　关于《说文月刊》的起名缘由，据卫聚贤自述："近数年来，编杂志的人有个时髦病，每种杂志好用古书的名字，我这个刊物不能免俗也就取名《说文》。"[②] 不过，了解详情的人可能会发现这份刊物有些"名不副实"——其主旨并不限于文字、音韵，而是"经济、语文、历史、考古专攻刊物"。值得注意的是，《说文月刊》上发表的文章，除上述四大领域外，尚有许多民族学、人类学方面的论文。此外，这份刊物还呈现出明显的方法论意味。在孔令毂为之所作的《序》中，起首即引用陈寅恪《王静安先生遗书》"序"中的话："先生治学方法，可举三目以概括之：即一、取地下之实物与纸上之遗文互相释证；二、取异族之故书与吾国之旧籍互相补证；三、取外来之观念与固有之材料互相参证。"孔令毂对王国维的评价是："王国维先生伟大的成功，一方面由于他老先生的不断的努力，把全副精神，归向于学术，一方面却是治学方法较先儒们进步，这也是成功的一大原因。"[③] 实际上，孔令毂本人的治学态度与卫聚贤相近，在继承王国维"二重证据法"的同时又有新拓：

　　　　我们对于古文史，不想囿于向来先儒们的藩篱内，我们要尊重外来的新发现新结论，以与我国古文相引证，而求其真正的可信的

---

　①　参见卫聚贤《说文月刊》"序"，载《说文月刊》1940 年第 1 卷（合订本）。

　②　卫聚贤：《说文月刊》"序"，《说文月刊》1940 年第 1 卷（合订本）。

　③　孔令毂：《说文月刊》"序"，《说文月刊》1940 年第 1 卷（合订本）。

面貌。我们要用书籍外的土中遗物，社会遗俗，口中遗声，域外遗迹来解决我们所要讨论的问题，这些问题先儒们或者是不曾解答了，或者解答了而中有讹误，或者似解答了而实未解答。①

由上述几段材料，我们不难看出，《说文月刊》明显延续了卫聚贤文献、考古、民族学（人类学）三者并重的取向。自 1939 年 1 月创刊至 1947 年 1 月停刊，其中刊载过一系列与民族学（人类学）相关的文章：

孔令毂：《原始民族咒术》（第 1 卷合订本）

卫聚贤：《婚礼存古》（第 1 卷合订本）

唫生：《我国掠夺婚姻的遗迹》（第 1 卷合订本）

卫聚贤：《红苗见闻录》（第 1 卷合订本）

卫聚贤：《古史在西康》（第 2 卷合订本）

缪凤林：《中国民族之文化》（第 2 卷合订本）

孔令毂：《从伏羲等陵说到文化始于东南》（第 2 卷合订本）

殷麐：《远留在奄美群岛的中国文化》（第 2 卷合订本）

卫聚贤：《石纽探访记》（第 2 卷合订本）

陈志良：《图腾主义概论》（第 2 卷合订本）

陈志良：《始祖诞生与图腾主义》（第 2 卷合订本）

陈志良：《文身与图腾的关系》（第 2 卷合订本）

陈志良：《广西的社》（第 2 卷合订本）

陈志良：《广西特种部族的新年》（第 2 卷合订本）

陈志良：《广西特种部族的舞蹈与音乐》（第 2 卷合订本）

陈志良：《僈俗札记》（第 2 卷合订本）

朱锦江：《古代艺术中所见之羽翼图腾考》（第 3 卷第 1 期）

陈之亮：《西南采风录》（第 3 卷第 1 期）

孙诞光：《西南民族与汉族同源的证据》（第 3 卷第 12 期）

陈志良：《广西东陇傜的礼俗与传说》（第 5 卷第 3、4 期合刊）

陈志良：《广西苗傜的生活与礼俗》（第 5 卷第 5、6 期合刊）

---

① 孔令毂：《说文月刊》"序"，《说文月刊》1940 年第 1 卷（合订本）。

作为一份"纯粹国学刊物"①，《说文月刊》之所以大量发表民族学、人类学领域的田野调查与专题论文，其目的可能并不在于民族学、人类学本身。在笔者看来，编者的主要动机，当是拓展研究资料，为文史研究提供文献、考古之外的"第三重证据"。在该刊发表民族学论文居数量之首的陈志良，曾明确表示：

> 我是喜欢民俗学的，更喜欢采风问俗，想在民间的习俗中找出古代的遗迹，先民的遗风，作为研究古代历史和原始社会的帮助。在广西省立特种教育师资训练所中教书时，认识了三百个苗傜僮侗伶夷等特族青年，而得到不少的名贵的资料。再在汉民中学又搜集了一些关于西南方面的风俗。暇时又喜翻阅有关地方文化的书籍，遇有本人所关心的记载，即行随手摘录。虽是满纸荒唐，不为道学家所称道，然而这是民俗民族学中的材料，未可一概抹煞。②

在具体研究中，陈志良时常采用人类学理论来解释中国古史中的一些难题。比如，在《始祖诞生与图腾主义》一文中，陈志良即采用图腾理论对中国古史中所载的始祖诞生故事进行解读："我国历史上的远古帝王（或即是一族的酋长），他们的产生，都含神话性的，而他们的容貌，却又半人半物的怪物。这些现象，从前的学者以为是神奇荒谬而不值一顾，现在虽有人把这些问题零碎地研究，然认为人性的神话化，都没有得到问题的核心。这些问题（就是以下所举的几点），除了以图腾主义的立场，民俗学的眼光来解释之外，竟然无路可通。"③又如，据《大雅·生民》所载，周人始祖后稷出生后曾被弃于隘巷、山林和冰上。对于这一记载，陈志良联系人类学知识，提出"弃儿杀婴"的新解。在他看来，居于文化"低级阶段"的民族，由于受地理环境的限制，生产有限，粮食不够分配，于是有限制人口的措施，弃儿杀婴便是其中的主要办法；

---

①　卫大法师（卫聚贤）：《编后语》，《说文月刊》1947 年第 5 卷第 5、6 期合刊。

②　陈之亮（陈志良）：《西南采风录》，《说文月刊》1941 年第 3 卷第 1 期。

③　陈志良：《始祖诞生与图腾主义》，《说文月刊》1940 年第 2 卷第 2 期。

有的时候，甚至要限制老人的生存。不仅国外的土著民族，就连中国境内少数民族如广西象县花蓝徭，在文章写作的当时仍然存在这一现象。①尽管古史已成为永远的过去，后人对古史的解释因时空、资料所限，注定只能是一种"大胆的假设"，不过，陈志良借助国内外人类学资料而作出的这种解释，即便在今天看来，依然有其积极的一面。

（2）李宗侗《中国古代社会新研》

李宗侗（1895—1974），字玄伯，早年随叔父留学法国，先后在里昂大学、巴黎大学学习。1924 年回国，曾执教于北京大学和中法大学。1948 年抵达台湾，长期任台湾大学历史系教授。

《中国古代社会新研》最初于 1941 年 6 月由北平（今北京）、上海两地来薰阁书店发行，书名中原有"初探"二字，1948 年开明书店出版时改为现名。该书实际由《希腊罗马古代社会研究》"序"与《中国古代图腾制度及政权的逐渐集中》两篇论文组成，外加一篇附录《中国古代婚姻制度的几种现象》。据作者自述，前一篇论文写于 1935 年，本是为自己所译法国史学家古朗士《希腊罗马古代社会》一书所作的序言，不过，由于这篇文章相当于"专篇的研究而非纯粹简单的序"②，于是又补写《中国古代图腾制度及政权的逐渐集中》一文，而将两篇文章合为一书。后一篇文章分上下两篇，上篇及下篇中的一部分写成于 1936 年。由于遭逢国难，作者深感"古史研究之远于救亡工作也"，因而中途停顿，转而着手翻译欧战联军福熙（Foch）上将《军事回忆录》一书，以作为国内抗战的借镜。③ 由于这一原因，全文延至 1938 年方得以脱稿。

作为一位"兼跨古代史与文化人类学的学者"④，李玄伯有着十分自

①　陈志良：《僿俗札记》（"限制人口与杀儿之风"条），《说文月刊》1940 年第 2 卷第 9 期。

②　李玄伯：《中国古代社会新研初稿》"序"，见《中国古代社会新研》，上海开明书店 1949 年版，第 vii 页。

③　同上书，第 viii 页。

④　许倬云先生在为《中国古代社会新研》所作的序言中，称李玄伯为"我国第一位兼跨古代史与文化人类学的学者"（见《中国古代社会新研》，中华书局 2010 年版，第 1 页）。此说恐不确。至少在李玄伯之前，郭沫若《中国古代社会研究》一书已于 1930 年先行出版且"启发于前"。参见《燕京学报》第 31 期关于《中国古代社会新研初稿》的书评。

觉的人类学方法论意识。在《希腊罗马古代社会研究》"序"中，李玄伯说道：

> 我从民国十三年间，就相信研究中国古代历史，须多用古器物为证明，可以说是考古学方法。……但近几年来，我觉着另外有两种方法，亦应同时并用，或者对古史的贡献更能增加。这两种方法，一种是社会学的方法，一种是比较古史学的方法。社会学虽是一种比较新创的科学，但对现代原始社会的观察，已经颇有可观。人类种族虽有不同，进化的途径似乎并不殊异。现代原始社会不过人类在进化大路上步行稍落后者。他们现在所达到进化大路的地段，就是我们步行稍前的民族的祖先，在若干千万年前，亦曾经过的地段。我们研究他们的现在史，颇可说明我们的古代史。现在欧美学者，对澳洲、美洲土著人的研究，已能使我们利用他，对我国古史有所说明。我国广东、广西、云南、贵州、四川、湖南各省皆有苗傜侗僮倮罗各种人。若有人能亲身到以上各省，做一种切实的研究，于古史有裨益，自然更应当有成绩，一面更能多解决古史上若干问题，一面对原始社会研究全体可以有贡献，对此亦极盼国内学者的努力。[1]

作为对李玄伯《中国古代社会新研》一书的回应，中国现代民族学的奠基人蔡元培在为此书所作的"序言"中，也提出了类似的观点：

> 历史的材料，以有文字而后为限断；过此则有资于史前学及考古学。但史前学之所得，又往往零星断烂，不能为独立的说明；乃有资于旁证的民族学。自民族学发展而现在未开化人物质方面与文化方面的种种事实，乃正与开化人有史以前的事实以证明；所以史学的范围比前扩大了。[2]

---

① 见李玄伯《中国古代社会新研》，上海开明书店 1949 年版，第 2 页。
② 见《中国古代社会新研·蔡序》，上海开明书店 1949 年版，第 iii 页。

以上两段文字中所说的社会学方法和民族学方法，实际上就是古典进化论人类学以今证古、以他文化证我文化的方法。之所以未采用"文化人类学"这一术语，可能与二人所受法国社会学与德国民族学的不同影响有关。由上引李玄伯的话来看，作为参证中国古史的"文化他者"，至少包括世界各地的土著民族和中国境内的非汉族群，亦即王铭铭先生曾经提到的20世纪前期中国人类学研究中的"外圈"与"中间圈"①。后两种文化与汉文化虽然共时性地呈圆周状分布，但以文化进化的眼光来看，它们实际上代表同一线性"进化"过程中的不同阶段，因而又构成一种历时性的"古—今"关系，可以作为重建中国上古史的有效参证。

收入《中国古代社会新研》一书的两篇文章，前一篇重在以希腊罗马古国与中国东周列国相比较，以证明这两种社会处于人类进化史的同一阶段；后一篇则援引"现代初民"的图腾制度作为比较，以证明中国史前时代也曾有过图腾制度。以上两种取向，均立足于跨文化比较的宏观视野，可以视为广义的文学人类学研究。由于作者能够突破传统文献考据的局限，因而书中屡有创见。比如关于寒食节俗的起源，古人多以为与介子推有关。不过考诸先秦典籍，《左传·僖公二十四年》只说"晋侯求之不获，以绵上为之田"。及至《楚辞·九章》篇，始有"介子忠而立枯兮，文君寐而追求"的记载。《庄子·盗跖》篇始说："介子推至忠也，自割其股以食文公。文公后背之，子推怒而去，抱木而燔死。"由此可见，介子推被焚之说起始较晚。如果借用胡适的表述，介子推便相当于一个"箭垛式人物"，寒食之说不过是后人附会到其身上的众多事迹之一。既然如此，这一在中国古代有着崇高地位的节俗，其起源到底如何？李玄伯以希腊、罗马、印度等地的文化作为参证，认为这一节俗与古人对火的崇祀有关。在远古时代，希腊、意大利及印度等地曾普遍流行对"火"的崇祀。每户人家都要在院内或屋门旁一年四季燃火，家人每日早晚必对之祭祀，在饭前亦必祭告。不仅各家如此，就连每族、每区、每

---

① 参见王铭铭《"三圈说"——中国人类学汉人、少数民族、海外研究的学术遗产》，《中国人类学评论》第13辑。

邦也都有火的祭祀。根据西方学者的研究，这些民族所祭祀之火，实为祖先的代表。李玄伯将这种制度与中国古代社会相比较，发现其中有许多可以吻合之处。中国古代用来代表祖先而接受祭享者，习惯上皆用木质的牌位，名曰"主"。不过，《说文》对"主"的解释为："主，灯中火炷也。""主"的本意既然如此，为何又用它来作为木头牌位的名称？证之于希腊等地的"祀火"制度，李玄伯认为，中国上古时代亦曾有过这种习俗，即用火代表祖先。后来不知何时，人们开始制作木质牌位来替代火。不过这一名称由于历时已久，因而仍然沿用不改，于是木质牌位亦名为主。不仅如此，李玄伯还发现，希腊、意大利等地祀火的细节以及祀火的位置，与中国古制也多有相合之处。希腊、罗马每家所祀之火，每年须止熄一次，然后重燃新火。这种习俗，即中国古代所谓"改火"之俗。《论语·阳货》篇宰我曰："旧谷既没，新谷既升，钻燧改火，期可已矣。"表明钻燧改火亦是每年举行。因为改火，新者不与旧者相见，所以中间须停若干时候。这种停火与改火时间，各家各邦不一定相同，其中之一即寒食节俗的起因。[1] 由上古祀火制度出发，李玄伯还对"明水""祭肉"、宫室等上古制度以及"将"字的本义提出新的见解，"可谓发千载之覆"[2]。又如尧舜禹禅让传说，历来被儒家视为上古德政的典范，李玄伯却引弗雷泽《图腾崇拜与外婚制》一书所载非洲"杀耄君"礼俗作出新的解释。在这些非洲土著民族看来，部落首领并非凡俗之辈，而是整个宇宙的中心动力。由于这种原因，他的身体便与宇宙息息相关。他必须永远健全，如果稍有衰弱，其影响便会波及整个世界。但无可奈何的是，任何人也无法阻止首领的衰老。人们最初想出的办法是不等他年老体弱，当其到达一定年龄时，便将他杀死而另立身体健壮的年轻首领，以此来确保宇宙的健康与安全。李玄伯据此提出大胆推测："我疑心尧之举舜，舜之举禹，禹之举益，皆与此有关。尧舜禹何以皆生前举舜禹益呢？这似即为的避免杀耄君之举。最初或曾有过这典礼，后减为在首领既达某年龄时，须改举年轻人以自代，若此则不再杀耄君，只改由

---

[1]　李玄伯：《中国古代社会新研》，上海开明书店1949年版，第15—17页。
[2]　蔡元培：《中国古代社会新研》"序"，上海开明书店1949年版，第iv页。

较青年的人执政。舜禹益之荐似即因此。"① 类似的思路其实在郑振铎的《汤祷篇》中已现端倪，不过，将这种习俗与儒家宣扬的上古"圣王"传说联系起来，仍然体现出作者眼光的独到之处。上述之外，李玄伯还从图腾理论出发，结合古文字学、音韵学等专门知识，对古代的姓氏与"昭穆"制度提出新见，多能发人所未发。

---

① 李玄伯：《中国古代社会新研》，上海开明书店 1949 年版，第 234 页。

第 四 章

"三重证据法"的最初倡导

一 "三重证据法"释义

20 世纪 80 年代以来，饶宗颐、杨向奎、叶舒宪等学者分别提出"三重证据法""古史研究三重证"等命题。在 1982 年 5 月香港夏文化探讨会上的致词中，饶宗颐谈道："我认为探索夏文化，必须将田野考古文献记载，和甲骨文的研究，三个方面结合起来。即用'三重证据法'（比王国维的'二重证据法'多了一重甲骨文）进行研究，互相抉发和证明。"① 不过，令人疑惑的是，王国维"二重证据法"本来即指传世文献与出土甲金文而言，其《殷卜辞中所见先公先王考》正是利用甲骨卜辞证史的范例，饶宗颐这里却谓"比王国维的'二重证据法'多了一重甲骨文"。笔者最初以为此处系口误，但作者在"补记"中又重申："我所以强调甲骨应列为'一重'证据，由于它是殷代的直接而最可靠的记录，虽然它亦是地下资料，但和其他器物只是实物而无文字，没有历史记录是不能同样看待的，它和纸上文献是有同等的史料价值，而且是更为直接的记载，而非间接的论述，所以应该给以一个适当的地位。"② 以王国维声誉之卓著与饶宗颐学问之渊博，这里似不应出现常识性失误，其中

---

① 饶宗颐：《谈三重证据法——十干与立主》，见《饶宗颐二十世纪学术文集》第 1 册，（台北）新文丰出版股份有限公司 2003 年版，第 16 页。

② 饶宗颐：《谈三重证据法——十干与立主》"补记"，第 16—17 页。按：饶宗颐在"补记"中引述了杨向奎《宗周社会与礼乐文明》一书"序言"中关于"古史研究三重证"的表述，杨向奎"序言"作于 1987 年，则饶宗颐"补记"当在 1987 年之后。

的缘故委实令人费解。与王国维"二重证据法"相比较，饶宗颐"三重证据法"真正多出来的是"田野考古"，而非甲骨文。需要肯定的是，饶宗颐在此处将甲骨文与其他考古器物相区别，仍有其积极意义。前者作为中国迄今最早的文字资料，具有直接言说的功能；后者作为实物或图像，首先是一种有待破译的旁证。饶宗颐后来又增加"民族学资料"和"异邦古史资料"两种"间接证据"而成"古史五重证"。不过，饶氏对后两种"间接资料"态度有所保留："我个人认为民族学的材料只可帮助说明问题，从比较推理取得一种相关应得的理解，但不是直接记录的正面证据，仅可以作为'辅佐资料'，而不是直接史料。民族学的材料，和我所采用的异邦之同时、同例的古史材料，同样地作为帮助说明则可，欲作为正式证据，恐尚有讨论之余地。"①

饶宗颐之后，杨向奎在《宗周社会与礼乐文明》一书"序言"中，也提出"古史研究三重证"的命题：

> 这部书涉及的问题不少，而有关的古史材料却不多，越往上溯，材料越少、越难，越难运用。文献不足则取决于考古材料，再不足则取决于民族学方面的研究。过去，研究中国古代史讲双重证据，即文献与考古相结合。鉴于中国各民族间社会发展之不平衡，民族学的材料，更可以补文献、考古之不足，所以古史研究中的三重证代替了过去的双重证。②

杨向奎"古史研究三重证"的内涵十分清晰，即指文献、考古与民族学材料而言。需要指出的是，在中国现代学术史上，民族学与人类学往往是同义语，其研究对象既包括中国境内作为汉民族"他者"的各少数民族，也包括世界各地的土著部落。不过，杨向奎这里所谓的"民族学资料"，显然仅指中国境内少数民族而言。另外，考古材料类型也十分

---

① 饶宗颐：《谈三重证据法——十干与立主》"补记"，见《饶宗颐二十世纪学术文集》第1册，（台北）新文丰出版股份有限公司 2003 年版，第 17 页。

② 杨向奎：《宗周社会与礼乐文明》"序言"，人民出版社 1992 年版，第 1 页。

繁复，作者在此并未细作区分，也未如饶宗颐一样对出土甲金文赋予更高的价值。

以上两位学者继孙作云之后，又从正面提出"三重证据法"并对之进行界说。不过，这些界说均存在定义欠清晰或视野欠开阔的不足。此外，无论"三重证据法"还是"古史研究三重证"，其范围也局限于史学领域，因而影响毕竟有限。真正对"三重证据法"进行系统阐释并产生重大影响的是叶舒宪先生。

1994 年，叶舒宪相继发表《人类学"三重证据法"与考据学的更新》《国学方法论的现代变革》《"三重证据法"与人类学——读萧兵〈楚辞的文化破译〉》等一系列论文，试图对"三重证据法"进行理论升华。《人类学"三重证据法"与考据学的更新》原本是作者《诗经的文化阐释——中国诗歌的发生研究》① 一书"自序"，文章并未对"三重证据法"直接作出界定。在《国学方法的现代变革》一文中，作者首次对"三重证据法"作出了明确的界说：

> 如果说以文字训诂为主的传统治学方式是"一重证据法"，利用甲金文等地下材料所进行的印证性研究是"二重证据法"，那么借助于文化人类学成果而对文字、实物，乃至民俗、神话材料所进行的演绎和阐释则可称之为"三重证据法"。②

这里对于"三重证据法"的定义，显然和饶宗颐、杨向奎有所区别。其所谓"第三重证据"，即指跨文化的人类学材料。其实，上述定义系叶舒宪先生对其"三重证据法"实践的理论总结，早在 1988 年出版的《探索非理性的世界——原型批评的理论与实践》一书中，他已经开始对这种方法进行初步尝试。该著系当时有着广泛影响的"走向未来"丛书中的一种，受 20 世纪 80 年代"理论热"的促动，作者原本计划将西方主要批评流派逐一介绍到国内，列入计划的第一种便是"神话—原型"批

---

① 此书于 1994 年由湖北人民出版社初版，2006 年由陕西人民出版社再版。

② 叶舒宪：《国学方法论的现代变革》，《文史哲》1994 年第 3 期。

评。该书前半部分是对"神话—原型"理论的系统介绍，后半部分则是将原型理论运用于中国文学、文化批评的具体实践。书中对世界各地的民族学资料广取博收，以与中国地上、地下的文献资料相互阐发，体现出鲜明的"三重证据法"批评特征。后来出版的《中国神话哲学》《英雄与太阳》《庄子的文化解析》《老子的文化阐释》，以及与萧兵共同主持的"中国文化的人类学破译丛书"①，也是综合采用"三重证据法"的典型案例。

值得注意的是，从 2004 年出版《千面女神》一书起，叶舒宪开始探索采用"比较图像学"或"图像人类学"方法。2006 年发表的《第四重证据：比较图像学的视觉说服力》（《文学评论》2006 年第 5 期）一文，首次提出"四重证据法"的命题。后来又发表《国学考据学的证据法研究及展望——从一重证据法到四重证据法》（《证据科学》2009 年第 4 期），对自王国维以来所形成的国学研究传统作出了回顾与总结。所谓"第四重证据"，是指出土、传世的实物及其图像，其主要理论依据，"一方面是呼应人类学的'物质文化'研究潮流；另一方面也是顺应着新史学走出单一的文本资料限制，在权力叙事的霸权话语之外，重构人类文化史和俗民生活史的方法潮流"②。这里所透露出的信息是，"第四重证据"不仅仅是对第一、二、三重证据的延伸与拓展，它还具有强烈的后现代反思意味。在人类文明史上，文字书写一直是人们崇拜的对象。世界各大"文明古国"自不必说，即便是在游牧文化中，牧民们也要把写有文字的纸张郑重存放在类似"纸冢"的地方——他们相信一旦有了文字，纸张就变得神圣了。③ 中国从新石器时代晚期直到夏商周三代，汉字一直是统治阶级神权、政权、军权的载体，因此，中国历史上很早就产生了文字崇拜的观念。这种崇拜文字，文字为神权、政权、军权服务，

---

①　该丛书由湖北人民出版社出版，具体书目包括：《楚辞的文化破译》（萧兵著）、《诗经的文化阐释》（叶舒宪著）、《史记的文化发凡》（王子今著）、《说文解字的文化说解》（臧克和著）、《山海经的文化寻踪》（叶舒宪、萧兵、郑在书合著）。

②　叶舒宪：《国学考据学的证据法研究及展望》，《证据科学》2009 年第 4 期。另见叶舒宪《文学人类学教程》，中国社会科学出版社 2010 年版，第 368 页。

③　参见朝戈金《口头·无形·非物质遗产漫议》，《读书》2003 年第 10 期。

从而为统治阶层所独占的现象，早在文明初期的陶器刻画符号上已现端倪，后在夏商周时期的甲骨卜辞、青铜铭文中盛行，直到秦汉以后的成熟文明时期仍在延续，从而构成了中国古文明的主要特色之一。[①] 不过，世界各地的早期文字无一例外为少数社会精英所垄断，因而文字在加速人类文明进程的同时，也会造成一种新的"霸权"，从而产生种种遮蔽。以中国四川境内三星堆遗址为例，其发达程度令世人瞠目。可是遍查"二十四史"，对这一文明竟无一字记载。如果不是20世纪70年代的偶然发现，三千年前的这一灿烂文明将永远被后人所遗忘。"第四重证据"的意义，正是在对文字与书写"祛魅"的同时，借助于古代遗存下来的实物和图像，对被遮蔽的另一半历史进行还原。至此，叶舒宪先生完成了"四重证据""立体释古"的人类学方法论体系建构：

一重证据：传世文献。

二重证据：传世文献中所无的新出土文字材料。由王国维时代的甲骨文金文扩大到后来相继发现的玉石盟书和竹简帛书等文字材料。

三重证据：人类学材料。包括民间口传叙事、仪式、礼俗、民俗学、民族学等提供的跨文化材料。

四重证据：考古出土和传世的实物及图像。[②]

二 王国维与"二重证据法"

在"三重证据法"正式提出之前，首先在学界产生重大影响的是"二重证据法"。1925年秋，王国维受清华学校之邀，开始担任国学研究院导师。所授"普通演讲"课中，有一门为"古史新证"，讲义系据旧作《殷卜辞中所见先公先王考》《三代地理小记》《邶鄘卫考》等改编而成。1927年，王国维辞世后，讲义稿保存于其弟子赵万里处，从首篇《古史新证》至末篇《西吴徐氏印谱序》，总共29篇。此年《国学月报》2卷

---

① 参见江林昌《考古发现与文史新证》，中华书局2011年版，第271页。

② 对于"四重证据法"的系统阐述，参见叶舒宪《文学人类学教程》，中国社会科学出版社2010年版，第380—398页。

8、9、10 号合刊"王静安先生专号"上，讲义稿首次刊载。3 年后，讲义稿又在《燕大月刊》7 卷 1、2 期合刊再次刊登。1935 年 1 月，北京来薰阁书店从赵万里处借得书稿，首次将之影印行世。① 因而，所谓"古史新证"，既是王国维上述讲义的总称，又是讲义稿中第一篇论文的名称。

首篇论文《古史新证》共分五章，各章标题分别为："总论""禹""殷之先公先王""商诸臣""商之诸侯及都邑"。依照季镇淮先生的叙述，这些文章"以经史小学为基础，研究殷墟甲骨文字的新发现，以阐明新史学的创立及其研究古史的方法"，因而是一部"划时代的著作"。② "总论"部分，王国维首先指出研究古史的困难之处："研究中国古史，为最纠纷之问题。上古之事，传说与史实混而不分。史实之中，固不免有所缘饰，与传说无异；而传说之中，亦往往有史实为之素地：二者不易区别，此世界各国之所同也。"③ 在对孔、孟、司马迁等对待古史的审慎态度略作褒扬后，王国维接着又对古史研究中的"信古"与"疑古"两种取向提出批评：

> 然好事之徒，世多有之。故《尚书》于今、古文外，在汉有张霸之百两篇，在魏、晋有伪孔安国之书。百两虽斥于汉，而伪孔书则六朝以降行用迄于今日。又汲冢所出《竹书纪年》，自夏以来，皆有年数，亦《谍记》之流亚。皇甫谧作《帝王世纪》，亦为五帝、三王尽加年数。后人乃复取以补《太史公书》。此信古之过也。至于近世，乃知孔安国本《尚书》之伪，《纪年》之不可信。而疑古之过，乃并尧、舜、禹之人物而亦疑之。其于怀疑之态度及批评之精神，不无可取。然惜于古史材料，未尝为充分之处理也。④

---

① 参见《图书季刊》1925 年第 2 卷第 1 期，"新书介绍"栏关于王国维《古史新证》的介绍。

② 季镇淮：《古史新证——王国维最后的讲义》"跋"，清华大学出版社 1994 年版，第 333 页。

③ 王国维：《古史新证》，《国学月刊》1927 年第 2 卷第 8—10 期。

④ 同上。

以上文字中，尤其值得注意的是对"疑古"的批评。就在王国维去世的前一年，《古史辨》第1册由北平朴社出版印行，而作为"古史辨"宣言的顾颉刚《与钱玄同先生论古史书》，早在1923年已发表于《努力周报》增刊《读书杂志》。这封信中，顾颉刚谈论最多的便是"禹"的问题。按照其"层累地造成的历史观"，包括尧舜禹等在内的古史人物实际上并不存在，而是后人将神话"历史化"的产物。王国维《古史新证》的第二章，恰恰专就"禹"的问题立论，其观点则与顾颉刚正好相左。①据此可以断定，王国维《古史新证》，很大程度上正是针对顾颉刚的"疑古"而发。作为对"古史辨"派的"反拨"，王国维利用地下新出土材料，开辟出一条"证古"的新路。他所采用的方法，便是著名的"二重证据法"：

> 吾辈生于今日，幸于纸上之材料外，更得地下之新材料。由此种材料，我辈固得据以补正纸上之材料，亦得证明古书之某部分全为实录，即百家不雅驯之言亦不无表示一面之事实。此二重证据法，惟在今日始得为之。虽古书之未得证明者，不能加以否定，而其已得证明者，不能不加以肯定，可断言也。②

这里所谓"地下材料"，即指甲骨文字与金文而言。对于"二重证据法"的具体运用，最典型地体现在王国维1917年写成的《殷卜辞中所见先公先王考》及其《续考》。关于两篇文章的写作缘由，王国维在开头作了交代：1914年冬，罗振玉撰写《殷虚书契考释》，首次在卜辞中发现王亥之名。王国维嗣后读《山海经》和《竹书纪年》，得知王亥为殷之先公；此外他还发现，《世本·作篇》之"胲"、《帝系篇》之"核"、《楚辞·天问》之"该"、《吕氏春秋》之"王冰"、《史记·殷本纪》及

---

① 作为对王国维的回应，顾颉刚将《古史新证》第一、二章收入《古史辨》第一册。在"附跋"中，顾颉刚不无挑衅地说："我前在《与钱玄同先生论古史书》中说：'那时（春秋）并没有黄帝尧舜，那时最古的人王只有禹。'我很快乐，我这个假设又从王静安先生的著作里得到了两个有力的证据！"

② 王国维：《古史新证》，《国学月刊》第2卷第8—10期。

《三代世表》之"振"、《汉书·古今人表》之"垓",实际上与王亥为同一人。王国维将这一发现告诉罗振玉和日本学者内藤虎次郎,罗振玉又在甲骨文中找到几处与"王亥"有关的条目,收入《殷虚书契后编》。内藤则在王国维研究的基础上另加考证,撰成《王亥》一篇发表于《艺文杂志》。内藤在文章中指出,此后若能从卜辞中发现自契以降诸先公之名,对于古史研究将有巨大裨益。正是有感于内藤之言,王国维继续在卜辞中穷搜旁绍,终于发现王恒、上甲、报丁、报丙、报乙等殷先公之名。通过与传世文献的比较参证,王国维最终证明,《史记》所述商一代世系,"虽不免小有舛驳,而大致不误"。由此出发,他还进一步推论"《史记》所据之《世本》全是实录"。此外,诸如《山海经》《楚辞·天问》等"谬悠缘饰之书",王国维也证实"其所言古事亦有一部分之确实性"。①

对于王国维的上述研究,后来的学者给予很高评价。赵万里说:"卜辞之学,至此文出,几如漆室忽见明灯,始有脉络或途径可寻,四海景从,无有违言。三千年来迄今未见之奇迹,一旦于卜辞得之,不仅为先生一生学问最大之成功,亦近世学术史上东西学者公认之一盛事也。"②杨宽更是赞叹道:"自王国维创二重论证之说,以地下之史料参证纸上之史料,学者无不据之以为金科玉律,诚哉其金科玉律也。"③ 不过今天看来,王国维对于"二重证据法"的倡导与成功实践,不仅仅在于为中国现代学术增添了一种新的研究方法,更重要的,还在于打破了知识界对于书面材料的崇拜。与王国维同时代的另一位国学大师章太炎,终其一生都对甲骨文持怀疑态度——二者恰好形成鲜明对照。④ 在《国故论衡·理惑论》中,章太炎说:

---

① 王国维:《古史新证》,《国学月刊》第 2 卷第 8—10 期。

② 赵万里:《静安先生遗著选》"跋",见吴泽主编《王国维学术研究论集》(一),华东师范大学出版社 1983 年版,第 311 页。

③ 杨宽:《中国上古史导论》"自序",见《古史辨》第 7 册,海南出版社 2005 年版,第 40 页。

④ 关于章太炎对待甲骨文的态度,参见周文玖、李玉莉《章太炎的甲骨文态度及其学术史意蕴》,载《史学史研究》2012 年第 3 期。

近有掊得龟甲者，文如鸟虫，又与彝器小异。其人盖欺世豫贾之徒，国土可鬻，何有文字，而一二贤儒，信以为质，斯亦通人之蔽。按《周礼》有衅龟之典，未闻铭勒，其余见于《龟策列传》者，乃有白稚之灌，酒脯之礼，梁卵之祓，黄绢之里，而刻画书契无传焉。假令灼龟以卜，理兆错迎，衅裂自见，然非所论于二千年之旧藏也。夫骸骨入土，未有千年不坏，积岁少久，故当化为灰尘。龟甲蜃蛢，其质同耳。古者随侯之珠，照乘之宝，琋玟之削，余蚔之贝，今无有见世者矣。足明壑质白盛，其化非远，龟甲何灵，而能长久若是哉！鼎彝铜器，传者非一，犹疑其伪，况于速朽之质，易薶之器，作伪有须臾之便，传者非贞信之人，而群相信以为法物，不其误欤。①

说龟甲系"速朽之质""易薶之器"，因而难于保存，应当说有一定道理。不过，因为《周礼》《史记·龟策列传》等经史典籍中未见记载，便断然否定甲骨文的真实性，这难免流露出其保守的一面。了解到章太炎的这桩典故，"二重证据法"的意义便会更加明朗。就在王国维辞世的次年，傅斯年等开始筹建中央研究院历史语言研究所。其主要目的之一，便是在书面文献之外寻找新的史料。正是在王国维"二重证据法"的启发之下，后来的学者相继提出"三重证据"乃至"四重证据"等文学人类学方法。联系晚清以来中国学术的变迁，我们可以看出从"二重证据法"到文学人类学之间的思想线索。日本学者岛田虔次在论及中国清代学术思想的变迁时说：

清朝的学术总的来说是考证学。所谓考证学的内容很多，但其中心是儒教经典，也即对经书作实证性研究。此时经的尊严性，儒教的唯一至上性，或者是孔子的尊严性，为不可动摇的前提。在此之上，考证学首先为实事求是，无证不信的学术。其中最重要的是

① 引自《国故论衡疏证》，章太炎撰，庞俊、郭诚永疏证，中华书局 2008 年版，第232—235 页。

方法之学，要求广求证据。考证经典的证据，当然应该求之于经典自身，也即要以经证经，进而是和经在时间上最接近的文献，求之于所谓诸子百家之书，便是必然的趋势了。于是诸子受到关注，随后诸子本身也会得到独自的研究，也就是说，诸子不仅是经典训诂的引证来源，自己本身也被当作具有独自内容的思想书物，得到了再认识。由此诸子学便从汉代以后 2000 年来被忽视的状态中挣扎出来得到了复兴。①

　　沿着上述学术变迁的历史惯性，我们可以对王国维"二重证据法"的思想史意义作出评价。无论早期的"经学"或晚近的"诸子学"，均体现出书面文献中心主义的取向。王国维"二重证据法"的价值，则在一定程度上突破了对于书面文献的崇拜。而嗣后兴起的文学人类学研究，援引民间文化乃至异文化资料作为比较参证的对象，进一步打破了学术研究中"夷"与"夏""大传统"与"小传统"之间的二元对立。

三　"三重证据法"的倡导

　　王国维对于"二重证据法"的成功实践，为当时学界在"信古""疑古"之外开启了"释古"的一途，引起了强烈共鸣。不过，地下材料毕竟所得有限，能够将出土文献与传世文献相互印证更属不易。于是，许多学者试图在考古学之外寻找新的材料。一方面受中国学术传统中"礼失而求诸野"思想的影响，另一方面受西方文化人类学的启示，这些学者开始摆脱文字记载的局限，而将目光投向周边少数民族乃至域外异族文化。于是，继甲骨文和金文之后，以文化人类学（民族学）、民俗学资料作为古史研究的参证，成为 20 世纪前期学术的又一显著趋势。

　　1923 年 1 月 9 日，梁启超在东南大学的讲演中指出："我以为研究国学有两条应走的大路：一、文献的学问。应该用客观的科学方法去研究。

---

① ［日］岛田虔次：《中国思想史研究》，邓红译，上海古籍出版社 2009 年版，第 395 页。

二、德性的学问。应该用内省的和躬行的方法去研究。"① "文献的学问"里面，除史学外，与之相类的还有"文字学""社会状态学""古典考释学""艺术鉴评学"。梁启超对"社会状态学"的界说如下：

> 我国幅员广漠，种族复杂。数千年前之初民的社会组织，与现代号称最进步的组织，同时并存。试到各省区的穷乡僻壤，更进一步入到苗子番子居住的地方，再拿二十四史里头《蛮夷传》所记的风俗来参证，我们可以看见现代社会学者许多想像的事项，或者证实，或者要加修正。总而言之，几千年间一部竖的进化史，在一块横的地平上可以同时看出，除了我们中国以外恐怕没有第二个国了。我们若从这方面精密研究，真是最有趣味的事。②

不难看出，这里所谓"社会状态学"，其实与文化人类学同义。熟悉20世纪前期中国人类学史的大概都知道，当时人类学约可分为南、北两派，二者的研究对象也相应地集中于两个方面："北派"以燕京大学为中心，多受英国功能学派的影响，重点以汉族社区为调查研究对象；"南派"以中央研究院历史语言研究所为中心，多受人类学古典进化论和历史学派的影响，主要致力于西南少数民族历史与文化调查。③ 梁启超所秉持的，正是古典进化论人类学"以今证古"的方法，即用各少数民族的现时态文化与"二十四史"中的记载相互参证。在梁启超看来，这种方法不独适用于史学，对文学同样适用。在论及韵文之起源时，梁启超就以苗族的歌谣作为参证："歌谣既为韵文中最早产生者，则其起源自当甚古。质而言之，远在有史以前，半开化时代，一切文学美术作品没有，歌谣便已先有。试看现在苗子，连文字都没有，却有不少的歌谣。我族

---

① 梁启超：《治国学的两条大路》，见许啸天编辑《国故学讨论集》上，群学社1927年版，第2页。

② 同上书，第5页。

③ 参见黄淑娉《中国人类学源流探溯》，载《黄淑娉人类学民族学文集》，民族出版社2003年版，第222—226页。

亦何独不然?"①

　　在当时,梁启超的上述思想并非唯一。从美国哥伦比亚大学学成归国、深受西方实证思潮影响的胡适,对学术研究中比较参证的方法十分谙熟。在写于 1923 年 1 月的《〈国学季刊〉发刊宣言》中,胡适提出"现在和将来研究国学的方针",其中第三条为"博采参考比较的资料":"向来的学者误认'国学'的'国'字是国界的表示,所以不承认'比较的研究'的功用。最浅陋的是用'附会'来代替'比较':他们说基督教是墨教的绪余,墨家的'巨子'即是'矩子',而'矩子'即是十字架!……附会是我们应该排斥的,但比较的研究是我们应该提倡的。有许多现象,孤立的说来说去,总说不通,总说不明白;一有了比较,竟不须解释,自然明白了。"② 1928 年 9 月,胡适又写成《治学的方法与材料》一文。仅从标题看,这篇文章似乎对学术研究中"方法"与"材料"的重要性平分秋色。其实,胡适更加看重的是新材料的发现与运用:

　　　　纸上的学问也不是单靠纸上的材料去研究的。单有精密的方法是不够用的。材料可以限死方法,材料也可以帮助方法。300 年的古韵学抵不得一个外国学者运用活方言的实验。几千年的古史传说禁不起三两个学者的批评指摘。然而河南发现了一地的龟甲兽骨,便可以把古代殷商民族的历史建立在实物的基础之上。一个瑞典学者安特森(J. G. Anderson)发见了几处新石器,便可以把中国史前文化拉长几千年,一个法国教士桑德华(Père Licent)发见了一些旧石器,便又可以把中国史前文化拉长几千年。北京地质调查所的学者在北京附近的周口店发见了一个齿,经了一个解剖学专家步达生(Davidson Black)的考定,认为远古的原人,这又可以把中国的史前文化拉长几万年。向来学者所认为纸上的学问,如今都要跳在故纸

─────────────

① 梁启超:《中国之美文及其历史》,见《饮冰室合集》第 10 卷,中华书局 1989 年版,第 3 页。

② 胡适:《〈国学季刊〉发刊宣言》,见《胡适全集》第 2 卷,安徽教育出版社 2003 年版,第 15 页。

堆外去研究了。①

这里所说的"三百年的古韵学"和"外国学者运用活方言的实验",均有具体所指。前者指顾炎武等学者专在古书中研究音韵的方法:"顾炎武找了一百六十二条证据来证明'服'字古音'逼',到底还不值得一个广东乡下人的一笑,因为顾炎武始终不知道'逼'字怎样读法。"② 后者则指德国著名语言学家威廉·格林和雅科·格林的语言学研究:"在音韵学的方面,一个格林姆(Grimm)便抵得许多钱大昕、孔广森的成绩。他们研究音韵的转变,文字的材料之外,还要实地考察各国各地的方言,和人身发音的器官。由实地的考察,归纳成种种通则,故能成为有系统的科学。"③ 对于 20 世纪的中国人来说,提起《格林童话》可谓家喻户晓,但若问起格林兄弟的具体职业身份,多数人未必回答得上。生活于19 世纪的雅各布·格林(Jacob Grimm)和威廉·格林(Wilhelm Grimm),不仅是著名的民俗学者,他们亲自搜集整理而成的《儿童与家庭故事集》(即《格林童话》)《德国传说集》等,成为民间文学早期采录的典范;除此之外,他们还是著名的语言学家,曾供职于哥廷根大学。与对民间文学的实地采录一样,在语言学研究中,他们也走出书宅,亲自到民间调查方言,总结出印欧语音的演变规则。胡适上述所言尽管不无夸张,但他对于文献资料、考古资料和实地调查资料的同等重视,在复古思想依然阴魂不散的 20 世纪早期中国学界,无疑是一种洞见。需要指出的是,实地调查也是人类学的看家本领。对这种获取资料方法的重视,很自然地会通向对人类学"第三重证据"的发现。

在 1922 年 4 月 26 日的日记中,胡适记录了他在平民大学所作《诗经三百篇》的讲演结论:"(1)须用歌谣(中国的,东西洋的)做比较的材料,可得许多暗示。""(2)须用社会学与人类学的知识来帮助解释。"

---

① 胡适:《治学的方法与材料》,见《胡适全集》第 3 卷,安徽教育出版社 2003 年版,第142—143 页。

② 同上书,第 141 页。

③ 同上书,第 142 页。

"（3）总之，用文学的眼光来读《诗》。"① 胡适本人对《诗经》的研究，正是采用人类学资料作为参证。以《关雎》而言，自汉儒以来，这首诗被认为是"咏后妃之德"，凭空涂上了许多政治说教的脂粉。当时另有学者认为这是一首"新婚诗"。胡适则认为上述观点不确："《关雎》完全是一首求爱诗，他求之不得，便寤寐思服，辗转反侧，这是描写他的相思苦情。"其立论的依据，则纯粹是人类学的资料："他用了种种勾引女子的手段，友以琴瑟，乐以钟鼓，这完全是初民时代的社会风俗，并没有什么希奇。意大利、西班牙有几个地方，至今男子在女子的窗下弹琴唱歌，取欢于女子。至今中国的苗民还保存这种风俗。"② 《诗经》中另一首《野有死麕》，胡适也认为是"男子勾引女子"的爱情诗，立论的依据同样来自人类学。前述日记中，第二条结论"须用社会学与人类学的知识来帮助解释"，胡适便引这首诗为例来说明："这明是古代男子对女子求婚的一个方法。美洲土人尚有此俗，男子欲求婚于女子，必须射杀一个野兽，把死兽置在他心爱的女子的门口。在中国古时，必也有同类的风俗。古婚礼'纳彩用雁，纳吉用雁，纳征用俪皮（两鹿皮），请期用雁'（《士婚礼》），都是猎品。春秋时尚有二男争一女，各逞武力于女子之前，使女子自决之法。用此俗来讲此篇，便没有困难了。"③ 这种观点也见于《谈谈〈诗经〉》一文："初民社会的女子多欢喜男子有力能打野兽，故第一章：'野有死麕，白茅包之'，写出男子打死野麕，包以献女子的情形。'有女怀春，吉士诱之'，便写出他的用意了。此种求婚献野兽的风俗，至今有许多地方的蛮族还保存着。"④ 在 1925 年 5 月 25 日致顾颉刚的信中，胡适重申："《野有死麕》一诗最有社会学上的意味。初民社会中，男子求婚于女子，往往猎取野兽，献与女子。女子若取其所献，即是允许的表示。此俗至今犹存于亚洲美洲的一部分民族之中。"⑤

---

① 见《胡适全集》第 29 卷，安徽教育出版社 2003 年版，第 602—603 页。

② 胡适：《谈谈〈诗经〉》，见《胡适全集》第 4 卷，安徽教育出版社 2003 年版，第 611 页。

③ 见《胡适全集》（第 29 卷），安徽教育出版社 2003 年版，第 602—603 页。

④ 胡适：《谈谈〈诗经〉》，见《胡适全集》第 4 卷，安徽教育出版社 2003 年版，第 611 页。

⑤ 颉刚、适之、平伯：《野有死麕之讨论》，《语丝》1925 年第 31 期。

其实，这里所说的"民俗学""社会学"，均可归入人类学"第三重证据"的范畴之内。正是有了上述研究心得，胡适才特别强调，要懂得《诗经》，"必须多备一些参考比较的资料：你必须多研究民俗学，社会学，文学，史学。你的比较材料越多，你就会觉得《诗经》越有趣味了"①。对于民歌研究者来说，兼读民俗学的书，"可得不少的暗示"②。胡适推荐的书目中，便有威斯特马克（Westermarck）《道德观念与实践的发展》（*Development of Moral Ideals and Practice*）和霍布豪斯（Hobhouse）的《道德的进化》（*Morals in Evolution*）——二书同是古典人类学中的重要著作。

以歌谣等民俗材料与古史、《诗经》作比较而屡有创获的还有顾颉刚。在《古史辨自序》中，顾颉刚将自己两年来的古史研究概括为三个方面：其一是考古学方面，其二是辩证伪古史方面，其三便是民俗学方面。③ 众所周知，顾颉刚是中国现代民俗学运动的中坚，他所亲自采录的《吴歌甲集》曾受胡适的重视。不过，顾颉刚采集歌谣的初衷并不在于民俗学研究，甚至很难说他对歌谣本身有多大兴趣。在《古史辨自序》中，顾颉刚说道："歌谣方面，因《歌谣周刊》的撰稿的要求，研究《诗经》的比较的需要，以及搜集孟姜女故事的连带关系，曾发表了多少篇文字。……老实说，我对于歌谣的本身并没有多大的兴趣，我的研究歌谣是有所为而为的；我想借此窥见民歌和儿歌的真相，知道历史上所谓童谣的性质究竟是怎样的，《诗经》上所载的诗篇是否有一部分确为民间流行的徒歌。"④ "我的搜集歌谣的动机是由于养病的消遣，其后作了些研究是为了读《诗经》的比较；至于我搜集苏州歌谣而编刊出来，乃是正要供给歌谣专家以研究的材料，并不是公布我的研究歌谣的结果。"⑤ 由此可知，顾氏的歌谣采集，主要目的之一是作为《诗经》研究的比较材料。

---

① 胡适：《谈谈〈诗经〉》，见《胡适全集》第4卷，安徽教育出版社2003年版，第612页。

② 引自1925年5月25日胡适致顾颉刚的信。见颉刚、适之、平伯《野有死麕之讨论》，《语丝》1925年第31期。

③ 参见顾颉刚《自序》，见《古史辨》第1册，海南出版社2005年版，第31—37页。

④ 同上书，第42页。

⑤ 同上书，第43页。

具备了从歌谣而来的经验，顾颉刚才有了揭穿《诗经》真相的底气："到了这个时候再读《诗经》的本文，我也敢用了数年来在歌谣中得到的见解作比较的研究了。"在列举《邶风·谷风》与《小雅·谷风》《小雅·白驹》和《周颂·有客》为例进行说明后，顾颉刚最后补述道："但这些东西若没有歌谣和乐曲作比较时，便很不易看出它们的实际来，很容易给善作曲解的儒者瞒过了。"① 《诗经》之外，顾颉刚著名的"层累地造成的历史"说，也是得益于戏剧和歌谣的启示："以前我爱听戏，又曾搜集过歌谣，又曾从戏剧和歌谣中得到研究古史的方法。"②

与歌谣类似，在顾颉刚看来，虽然古代的许多仪式行为早已不再，但其"变相"仍遗存于当下的民间。想了解历史上这些仪式活动的面目，可以从今天民间的迎神赛会中得到某种暗示："社会（祀社神之集会）的旧仪，现在差不多已经停止；但实际上，乡村祭神的结会，迎神送祟的赛会，朝顶进香的香会，都是社会的变相。我见到了这一层，所以很想领略现在的社会的风味，希望在里边得到一些古代的社祀的暗示。"③ 这里的观点，和英国人类学家爱德华·泰勒的"文化遗留"说显然有着某种暗合，尽管没有证据表明顾颉刚此论曾受英国古典进化论人类学的影响。实际上，在中国现代民俗学史上被大书特书的《孟姜女故事研究》，不过是顾颉刚以民俗学材料印证古史时的意外所得："但我原来单想用了民俗学的材料去印证古史，并不希望即向这一方面着手研究。事有出于意料之外的。"④

正是由于有了上述研究体验，顾颉刚才敢于对前人墨守文献资料的研究方法直言不讳地进行批评："从前人对于学问，眼光太短，道路太窄，只以为信守高文典册便是惟一的学问方法。现在知道学问的基础是要建筑于事实上的了，治学的方法是不要信守而要研究的了，骤然把眼光放开，只觉得新材料的繁多乱目，向来不成为问题的一时都起了问题

---

① 参见顾颉刚《自序》，见《古史辨》第 1 册，海南出版社 2005 年版，第 27 页。

② 顾颉刚：《自序》，见《古史辨》第 1 册，海南出版社 2005 年版，第 37 页。

③ 同上书，第 40—41 页。

④ 同上书，第 37 页。

了。"① 顾颉刚自己所总结出的治学方法，则是"先就史书、府县志和家谱中寻取记载的材料，再作各地的旅行，搜集风俗民情的实际的材料"②。另外，顾颉刚也认识到了学术研究中打通书本内外与古今中西的重要性："直到近数年，胸中有了无数问题，并且有了研究问题的工作，方始知道学问是没有界限的，实物和书籍，新学和故书，外国著作和中国撰述，在研究上是不能不打通的。"③

在中国现代学界，傅斯年对于考古学、人类学资料的重视尤其值得关注。尽管在傅斯年本人的研究中，综合采用"三重证据法"的例子并不多见，但由于其横跨政、学两界的特殊地位，对这一方法的推动作用自非他人所能及。在写于1928年的《历史语言研究所工作之旨趣》一文中，傅斯年谈到获取新材料的途径时，一方面强调到安阳、邯郸、洛阳乃至敦煌、中亚等地搜集遗物，另一方面也极力强调人类学材料的采录："至于人类学的材料，则汉族以外还有几个小民族，汉族以内，有几个不同的式和部居，这些最可宝贵的材料怕要渐渐以开化和交通的缘故而消灭，我们想赶紧着手采集。我们又希望数年以后能在广州发达南洋学：南洋之富于地质生物的材料，是早已著明的了。南洋之富于人类学材料，现在已渐渐为人公认。"④ 在历史语言研究所计划于两年之内设立的各组中，属于"历史范围"的，除"文籍考订""史料征集""考古""比较艺术"外，还设有"人类及民物"组。⑤ 历史语言研究所成立后，傅斯年又派杨成志等人到广西瑶山调查，其目的自然不是出于民族学、人类学的学科需要，而是为史学研究提供新材料，即书面文献和考古遗存之外的"第三重证据"。

谈到人类学"第三重证据"与文学艺术研究，不能不提及钟敬文。钟氏虽然以"民俗学家"名世，不过，将其视为中国文学人类学的早期

---

① 顾颉刚：《自序》，见《古史辨》第1册，海南出版社2005年版，第47页。

② 同上书，第50页。

③ 同上书，第51页。

④ 傅斯年：《历史语言研究所工作之旨趣》，《国立中央研究院历史语言研究所集刊》1928年第1本第1分。

⑤ 同上。

践行者也未尝不可。早在学术生涯的起始阶段，钟敬文就受到了人类学理论的影响。与周作人、茅盾一样，他这时的人类学知识主要来自于安德鲁·兰和哈特兰德等的神话学："我年青时在踏上民俗学园地不久，所接触到的这门学科的理论，就是英国的人类学派，如安德留·朗的神话学，哈特兰德的民间故事学等。不仅一般的接触而已，所受影响也是比较深的。从 20 年代后期到 30 年代中期，我陆续写作了好些关于民间文学及民俗事象的随笔、论文。在那里，往往或明或暗地呈现着人类学派理论的影响。"① 东渡日本留学时，钟敬文的导师——早稻田大学西村真次教授，研究的主要领域即为人类学和神话学，其所著《人类学泛论》，在钟氏出国之前已由张我军翻译成中文出版。② 据钟敬文自述：在日本时，"曾经狼吞虎咽地读了一些书。这两年里，对于搞民俗学所需的知识结构，我得到些补充，像社会学、人类学、民族学、语言学、原始社会史等等一些知识，都有所涉猎。"③ 留日期间，钟敬文还为《艺风》月刊编辑"人类学、考古学、民族学、民俗学专号"。直至晚年，钟敬文在回顾早期的学术历程时还说："我的稍有学术价值的民俗学论文，大都是在杭州和东京居住时期（1931—1937）执笔的。这时期，阅读专业等的理论书（中文的和外文的）较多，心力也更专注。更重要的是从事民俗学事业的意志更坚定了。写作的文章，数量不一定比前期多，但内容和形式都有进步。……这些论文，现在看来还略有保存意义的，我觉得有如下各篇：《天鹅处女型故事》《关于植物起源的神话、传说》《盘瓠神话的考察》《老獭稚传说的发生地》《民谣机能试论》《金华斗牛的风俗》《中国民间传承中的鼠》等。"④ 熟悉钟氏学术研究的人大概都知道，这里列举的几篇文章，多半是用人类学理论写成的。不难推断，即使已过了半个多世纪，钟敬文对当年用人类学理论写成的文章仍有所偏爱。

---

　　① 钟敬文：《从事民俗学研究的反思与体会》，《北京师范大学学报》1998 年第 6 期。

　　② 钟敬文、金穗：《东京留学生活杂记》（访问记），见《雪泥鸿爪——钟敬文自述》，山西人民出版社 1997 年版，第 42 页。

　　③ 同上书，第 47 页。

　　④ 钟敬文：《我的民俗学探究历程——〈民俗学说苑·自序〉》，见《雪泥鸿爪——钟敬文自述》，山西人民出版社 1997 年版，第 257 页。这段话又见《钟敬文文集》民俗学卷，"自序"，安徽教育出版社 1999 年版，第 11 页。

尽管钟敬文将自己对于人类学的兴趣圈定在 20 世纪二三十年代，但是明眼的学者还是看得出，人类学贯穿于其学术研究的始终。杨利慧谈道："据笔者看来，人类学派对于钟敬文的影响是深远的，并不只限于 30 年代中期以前。直到他 90 年代所写的《洪水后兄妹再殖人类神话》中，我们依然可以清晰地看到这派学说生存的痕迹。"① 陶阳也说："当我一一读过钟先生的论文之后，我就感到他所采用的人类学派的研究方法贯彻始终。他的文章大都采用了古代典籍、民俗志、考古资料、语言学以及少数民族的古今资料，因此他的论著具有高度的科学性。"② 陶阳这里所举出的几种资料，概括起来，正是文献、考古与人类学"三重证据"。这种方法，钟敬文自己并非没有意识到。写于 20 世纪 40 年代的《被闲却的民间艺术》一文中，钟敬文就谈到艺术史研究的史料问题："现代我研究前代艺术史实底资料，主要的约有四种。第一，是考古学的（Archaeological）资料，即地下和地上的古代遗物、遗迹。第二，是文献学的（Philological）资料，即文书的记录等。第三，是民族学的或人类学的（Ethnological or Anthropological）资料，即文化晚熟的人种底艺术。最后，是谣俗学的（Folkloric）资料，即文明国底下层民众底艺术，而这也就是我们所说的'民间艺术'。"③ 其实，这已经是对于文学人类学"三重证据法"的完整表述——后两种资料，完全可以归结为广义的人类学资料之内，尽管钟氏从自己"民间文艺"的专业本位出发将两者分别列举。至于对民间艺术作为艺术史研究资料理由的说明，则完全是从古典人类学立场出发：

　　民间艺术，怎样可以做研究"历史艺术"的重要资料呢？因为，民众底生活，无论是物质方面，或是精神方面，大多是比较地"传统的"。远古时代，甚至前史时代底某种制度、工艺以及信仰、习俗

---

① 杨利慧：《钟敬文民间文艺学思想研究》，见白庚胜、向云驹主编《民间文化大风歌——钟敬文百年华诞纪念文集》，宁夏人民出版社 2005 年版，第 269 页。

② 陶阳：《钟敬文神话学管窥》，见白庚胜、向云驹主编《民间文化大风歌——钟敬文百年华诞纪念文集》，宁夏人民出版社 2005 年版，第 111 页。

③ 钟敬文：《被闲却的民间艺术》，《民俗》1943 年第 2 卷第 3、4 期合刊。

等，在文明国底上层社会中，早经消失了痕影的，往往可以在村落民底生活上找到它，正如在晚熟的种族中可以发现它一样，中国今日的民众艺术中，一面有着随时代产生了的新鲜的东西，一面也有着承接着过去时代的传统的东西。而在分量上，后者似乎是更超过于前者的。例如像灶君龙神底绘画，石马铁牛底雕塑，采茶播秧底杂剧，螺女虎婆底传说，以至于治病的咒谣，赶鬼的音乐等，这些在内容上、形式上，往往是前史时代或古史时代底遗留物，即使因岁月和人事底磨洗，中间不免有些面影上稍为朦胧，但是，这不会是致命的伤害，因为敏慧而勤劳的研究家，不难用科学的各种考察方法，从朦胧中透过去，而窥见那远古历史底真实。所以，在研究人类艺术文化史以至于一般的文化史的学者们，民间艺术，无疑是一宗重要的资料——比起文书或古器物来，至少是一宗更丰富的资料。①

正是有了上述学者的早期鼓吹与倡导，20 世纪 40 年代，孙作云正式提出"三层证明法"并对之作了初步阐述，成为嗣后文学人类学"三重证据法"的先声。关于这一问题，笔者将在下编部分作详细论述。需要指出的是，可能因为时逢国难的缘故，孙作云这一在当时尚属"全新"的提法反响甚微，以至于在很长一段时期内被学界所遗忘。②

---

① 钟敬文：《被闲却的民间艺术》，《民俗》1943 年第 2 卷第 3、4 期合刊。
② 抗战中，孙作云栖身于日本人控制下的北平，与当时西南学界的交流甚少，这可能是导致这一提法反响甚微的原因之一。

下　编

分　论

第 一 章

周作人:中国文学人类学研究的起点

在中国现代学术史上,周作人是最早关注儿童文学的知识分子之一。从日本留学归来后不久,周作人便致力于儿童文学的倡导。他不仅亲自搜集歌谣,还在《绍兴县教育会月刊》发表征求当地儿歌、童话的启示。除此之外,周作人陆续写成《童话研究》《童话略论》等文章,采用人类学理论对载录于古籍中的童话故事进行阐释。如果我们不拘泥于"文学人类学"这一学科名称的正式提出,而是将它视为一种跨学科的学术实践,那么,周作人上述文章无疑具有开中国文学人类学研究之先河的意义。在此之前,尽管刘师培、王国维、夏曾佑等人的论著中也曾运用文化人类学知识,但往往只是寥寥数语顺便论及。真正能够称得上"专论"的,就笔者目前所见,周作人写于1912年的《童话研究》应当是第一篇。

一 从希腊神话到文化人类学

考察周作人的一生,他与希腊可谓有不解之缘——不仅"希腊"二字频频出现于其笔端,而且一生致力于希腊神话的翻译与介绍。如果要在周作人的生命中找出两个情有独钟的国家,日本之外恐怕非希腊莫属。在《日本浪人与顺天时报》一文中,周作人写道:"老实说,日本是我所爱的国土之一,正如那古希腊也是其一。我对于日本,如对于希腊一样,没有什么研究,但我喜欢它的所有的东西。"①

---

① 周作人:《日本浪人与顺天时报》,《语丝》1925 年第 51 期。

　　学界一般认为，周作人研究希腊文化的原因，是因为希腊与中国有着相同的历史境遇，即共同的辉煌与衰落。这种观点确实有一定理由——周作人早期文章中，便经常将中国与希腊作比。在《论保存古迹》一文中，周作人说："中国立国之古，毗于希腊，文化先进，为东亚长，则与印度伯仲。"① 在《略谈中西文学》一文中，周作人又说："希腊的古典文化，对于中国的学术上重要的原因，由于希腊文化是西洋文化之祖，无论是科学和文学。并且希腊文化之探讨，比印度、阿剌伯容易了解，因为它和中国的儒家思想相同很多。"② 不过，在笔者看来，上述所言还有更重要的原因，即对于古希腊文化的崇尚。周作人在自己所翻译的英国劳斯《在希腊诸岛》一文后面附有一段话，其中便将希腊文明与中国文明相比较，而对前者的仰慕之情溢于言表：

　　　　希腊是古代诸文明的总汇，又是现代诸文明的来源，无论科学哲学文学美术，推究上去无一不与他有重大的关系。中国的文明差不多是孤立的，也没有这样长远的发展。但民族的古老，历史上历受外族的压迫，宗教的多神崇拜，都很相像，可是两方面的成绩却大有异。就文学而论，中国历来只讲文术而少文艺，只有一部《离骚》，那丰富的想像，热烈的情调，可以同希腊古典著作相比，其余便无可称道。中国的神话，除了《九歌》以外，一向不曾受过艺术化，所以流传在现代民间，也不能发出一朵艺术的小花。③

　　这里对中国文学的评价当然有失公允，不过，如果联想到"五四"时期的反传统思潮，我们可能会对作者生出几分同情与理解。在当时，比周作人更为偏激者不乏其人，胡适便一再说过："中国这二千年只有些

---

　　① 周作人：《论保存古迹》，原载《天觉报》1912 年 12 月 12 日第 42 号。引自钟叔河编订：《周作人散文全集》第 1 卷，广西师范大学出版社 2009 年版，第 251 页。
　　② 周作人：《略谈中西文学》，原载《人间世》1936 年第 1 期。引自钟叔河编订：《周作人散文全集》第 7 卷，广西师范大学出版社 2009 年版，第 183 页。
　　③ 见周作人译《在希腊诸岛》一文末尾附言，载《小说月报》1921 年第 12 卷第 10 号。

死文学，只有些没有价值的死文学。"① 在《生活之艺术》一文中，周作人更是将希腊文明视为建设"中国新文明"的远景目标："中国现在所切要的是一种新的自由与新的节制，去建造中国的新文明，也就是复兴千年前的旧文明，也就是与西方文化的基础之希腊文明相合一了。这些话或者说的太大太高了，但据我想舍此中国别无得救之道。"②

值得注意的，还有周作人 1924 年 12 月 8 日致"清逊帝"溥仪的一封公开信。这封信中，周作人为溥仪设计了一条往后的人生道路："希望你补习一点功课，考入高中，毕业大学后再往外国留学。但我还有特别的意见，想对你说的，便是关于学问的种类的问题。据我的愚见，你最好是往欧洲去研究希腊文学。"之所以作如此设计，则是出于对当时国内学界情状的省察："中国人近来大讲东方文化、西方文化，然而专门研究某一种文化的人终于没有，所以都说的不得要领。所谓西方文化究竟以那一国为标准，东方文化究竟是中国还是印度为主呢？现代的情状固然重要，但更重要的似乎在推究一点上去，找寻他的来源。我想中国的，印度的，以及欧洲之根源的希腊的文化，都应该有专人研究，综合他们的结果，再行比较，才有议论的可能，一切转手的引证全是不可凭信。"③在周作人看来，研究东方文化或者另有适当的人选，至于希腊文化，却非溥仪莫属，原因在于"文明本来是人生的必要的奢华，不是'自手至口'的人们所能造作的，我们必定要有碗能盛酒肉，才想到在碗上刻画几笔花，倘或终日在垃圾堆上拣煤粒，哪有功夫去做这些事，希腊的又似乎是最贵族的文明，在现在的中国更不容易理解"④。更有趣的是，周作人甚至为溥仪规划好了将来的去处："我想你最好往英国或德国去留学，随后当然须往雅典一走，到了学成回国的时候，我们希望能够介绍你到北京大学来担任（或者还是创设）希腊文学的讲座。"⑤ 今天的人读

---

① 胡适：《建设的文学革命论》，原载《新青年》1918 年第 4 卷第 4 号，引自《胡适全集》第 1 卷，安徽教育出版社 2003 年版，第 54 页。类似的表述也见于《国语文学史》和《白话文学史》。

② 周作人：《生活之艺术》，《语丝》1924 年第 1 期。

③ 周作人：《致溥仪君书》，《语丝》1924 年第 4 期。

④ 同上。

⑤ 同上。

到这封信，或者会感叹作者用心之良苦，或者会窃笑作者想法之天真。笔者在此要突出的，则是周作人对于希腊文明的景仰。因为溥仪出身贵族，又做过皇帝，所以最适于研究世界上"最贵族的文明"——其对希腊文明评价之高几至无以复加。当然，周作人所崇尚的，仅仅是作为西方文明源头的古希腊。对于今日之希腊，他也不忘与"今日之中国"作比较，其中交织着的却是"物是人非"的惋惜与厌弃："今之希腊已非复贝列克来思时之故物，文化湮没，蛮性复现，民种杂乱。异族为主，与中国颇相像，希腊的基督正教束缚人心或者比儒教也差不多同样地厉害。"① 了解到周作人对于古希腊的态度，我们便不难理解他何以对作为西方文学源头的希腊神话产生如此浓厚的兴趣。

　　周作人与希腊神话的相遇开始于留日期间。初到东京时，他便接触到该来（Gayley）《英文学中之古典神话》、安德鲁·兰《神话仪式与宗教》、简·哈里森（Jane Harrison）《古代艺术与仪式》等有关希腊神话的著作，此外还有阿波罗多洛斯、福克斯（W. S. Fox）、洛兹（H. J. Rose）等人所著的希腊神话原典。这些学者中，对周作人影响最大的，无疑是英国神话学家安德鲁·兰。周作人早年不仅曾将安德鲁·兰与他人合编的《红星佚史》译成中文②，而且在论及神话时对其学说屡有称道："英有兰格 Lang 者，始以人类学法治比较神话学，于是世说童话乃得真解。"③"古代异域之书，多以神话为之基本，其意隐晦，不能即憭，则率以神怪二字了之，以为文人好作荒唐之言，本无可稽也。……自英人阑士以人类学法解释神话，乃始瞭然，其法以当世蛮荒之礼俗，印证上古之情状，而知凡是荒唐之言，皆本根于事实。能得此意，则读神怪之书，

---

　　① 周作人：《希腊的维持风化》，见钟叔河编订《周作人散文全集》第 5 卷，广西师范大学出版社 2009 年版，第 162 页。

　　② 《红星佚史》系安德鲁·兰与罗达哈葛德根据《荷马史诗》改编而成，周作人于 1907 年将其译成汉语。周氏在"序言"中说："罗达哈葛德、安度阑二氏掇三千五百年前黄金海伦事著为佚史，字之曰《世界之欲》。……著者之一人阑氏即以神话之学有名英国近世者也。"参见周作人《〈红星佚史〉序》，收入钟叔河编订《周作人散文全集》第 1 卷，广西师范大学出版社 2009 年版，第 47—49 页。

　　③ 周作人：《童话略论》，《教育部编纂处月刊》1913 年第 1 卷第 8 期。

自当别有会心，而不以其稚气与妄言为可嫌矣。"① "对于故事歌谣我本来也有点儿喜欢，不过最初的兴趣是在民俗学的一方面，因为那时我所读的三字经是两本安特路阑所著的《神话仪式与宗教》，不免受了他的许多影响。"② 直至 20 世纪 40 年代中期，周作人在写作《我的杂学》时还回忆道："安特路朗是个多方面的学者文人，他的著作很多，我只有其中的文学史及评论类，古典翻译介绍类，童话儿歌研究类，最重要的是神话类，但是如垂钓漫录以及诗集，却终于未曾收罗。这里边，于我影响最多的是神话学类中之《习俗与神话》、《神话仪式与宗教》这两部书，因为我由此知道神话的正当解释，传说与童话的研究，也于是有了门路了。"③

在当时西方神话学诸流派中，影响很大的还有麦克斯·缪勒的"语言疾病说"。麦克斯·缪勒本身是语言学家，根据他的解释，神话原本是早期人类对于自然界的一种直观描述，后来由于语言的抽象化以及一词多义、一义多词等语言变化，才导致后人对于从前的描述无法理会，于是将其视作荒诞不经的神话。不过，周作人对此发出质疑："假如亚里安族神话起源是由于亚里安族的言语之病，那么这是很奇怪的。为什么在非亚里安族言语通行的地方，也会有相像的神话存在呢？"④ 这一质疑确实命中了"语言疾病说"的要害。麦克斯·缪勒的上述解释以"原始雅利安语"的存在为前提，可是后来的研究发现，类似的神话不仅出现于雅利安语族之中，在非雅利安语族乃至相隔很远的不同文化之间也有类似的神话存在。对此，爱德华·泰勒、安德鲁·兰均曾提出过批评，语言学派神话学从此一蹶不振，人类学派神话学则代之而兴。后者视神话为"原始人的科学"，以"人类心智一致说"来解释世界不同地区神话的

---

① 周作人：《一簣轩杂录》，《甹社丛刊》1916 年第 3 期。

② 周作人：《〈朝鲜童话集〉序》，见钟叔河编订《周作人散文全集》第 5 卷，广西师范大学出版社 2009 年版，第 782 页。

③ 周作人：《我的杂学·神话学与安特路朗》，见《知堂回想录》，（香港）三育图书有限公司 1980 年版，第 684 页。以上所说"兰格""阑士""安特路阑""安特路朗""安度阑"，现通译作"安德鲁·兰"。

④ 周作人：《我的杂学·神话学与安特路朗》，见《知堂回想录》，（香港）三育图书有限公司 1980 年版，第 684 页。

跨文化类同现象。对于安德鲁·兰的神话学方法，周作人曾作过概括："如在一国见有显是荒唐怪异的故事，要去找到别一国，在那里也有类似的事。但在那里是现行的习俗，不特并不荒唐怪异，却正与那人民的礼仪思想相合。对于古希腊神话也是用同样的方法，取别民族类似的故事来做比较，以现在尚有存留的信仰推测古时已经遗忘的意思，大旨可以明了，盖古希腊人与今时某种土人其心理状态有类似之处，即由此可得到类似的神话传说之意义也。"① 这里所说的，其实正是古典进化论人类学"以今证古"的典型方法。前文已述及，在爱德华·泰勒、詹姆斯·弗雷泽等人看来，世界不同民族的文化处于同一线性历程中的不同阶段，位于进化最前端的是欧美等西方现代文明，最末端的则是美洲、澳洲、非洲等地的土著部落。进化论人类学的另一位代表人物摩尔根，更是将泰勒有关人类发展的蒙昧时代、野蛮时代、文明时代几个阶段加以细化，并以相应的生产方式作为每一阶段的主要标志。经由上述诸人的排列组合，原本在世界范围内呈共时性分布的不同族群和文化，最终呈现为历时性的时间序列。在这一序列中，西方文明代表土著族群的将来，而土著文化则代表西方文明的往昔。要了解西方文明的早期形态，自然不能像科幻电影中讲述的那样让时空倒流，最可行的办法，就是到土著部落中做实地考察。人类学家在田野中所看到的，既是今天的"他者"，又是往昔的"自我"。

周作人对文化人类学产生兴趣，正是由于受安德鲁·兰的启发："我因了安特路朗的人类学派的解说，不但懂得了神话及其同类的故事，而且也知道了文化人类学，这又称为社会人类学；虽然本身是一种专门的学问，可是这方面的一点知识于读书人很是有益，我觉得也是颇有趣味的东西。"② 据周作人回忆，早在光绪丙午年间（1906），他已在上海买到一部爱德华·泰勒所著《人类学》的中译本。该书由中国广学会译出，中译本更名为《进化论》。不过，对周作人最有影响的，还是《金枝》的

---

① 周作人：《我的杂学·神话学与安特路朗》，《知堂回想录》，（香港）三育图书有限公司1980年版，第684—685页。

② 周作人：《我的杂学·文化人类学》，《知堂回想录》，（香港）三育图书有限公司1980年版，第686页。

作者詹姆斯·弗雷泽，周作人自己便收藏有《金枝》的一卷本（节本）。
《金枝》之外，周作人对弗雷泽的其他著作也颇为熟悉。1924 年 12 月 11
日，周作人就《狗抓地毯》一文与乾华的通信中谈道:"《狗抓地毯》中
所说社会干涉恋爱事件由于蛮性的遗留，即对于性的危险力的迷信，并
不在摩耳的书中，荋来则博士著《普徐该的工作》（Psyche's Task，1913
年第 2 版）第二章讲迷信与婚姻的关系处说得颇详。八年前日记中曾有
一节说明书名的意义，今摘录于下:……"日记后面，周作人还对此书
大加赞赏:"荋来则博士的本意，在说明法律道德尚未发达的社会中，迷
信具有维持秩序的力量，引证该博，更多足以启发我们的地方，是一部
兼有实益与趣味的书。价六先令，英国麦欧伦公司出版，并及。"① 这段
话如果出现在今天的报刊上，难免会引发为此书作广告的猜疑。不过，
我们在此看到的则是周作人对弗雷泽著作的熟稔。

　　从周作人的相关论述来看，他对弗雷泽的推崇，并不完全出于人类
学本身，而是有着更为现实的原因。周作人曾直言:"我对于人类学稍有
一点兴味，这原因并不是为学，大抵只是为了人。"② 作为"五四"前后
走上学坛的知识分子，周作人在"学术"与"思想"之间无疑更加看重
后者。这种态度在周氏对于"古史辨"派的评价中表现得甚为明显。在
为江绍原《发须爪》一书所作的"序言"中，周作人声称:"有人对于
古史表示怀疑，给予中国学术界以好些刺激，绍原的书当有更大的影响:
因为我觉得绍原的研究于阐明好些中国礼教之迷信的起源，有益于学术
以外，还能给予青年一种重大的暗示，养成明白的头脑，以反抗现代的
复古的反动，有更为实际的功用。"③ 这里所谓"有人对于古史表示怀
疑"，应当指顾颉刚等的"疑古辨伪"活动。周氏写作此序的 1926 年 11
月，恰值《古史辨》第 1 册发表不久。就当时及后来的影响而言，江绍
原自然远在顾颉刚之下，但周氏的评判却恰恰相反。其中的原因，不仅
由于二人有师承关系，更深的一层，当是对"学术"与"思想"价值的

①　见周作人致乾华的信，载《语丝》1924 年第 5 期，第 8 版。
②　周作人:《我的杂学·生物学》，《知堂回想录》，（香港）三育图书有限公司 1980 年版，
第 688 页。
③　周作人:《发须爪》"序言"，《语丝》1926 年第 105 期。

不同判断。在周作人看来，顾颉刚的"古史辨伪"活动，其影响主要在
学术层面。作为以启蒙为己任的现代知识分子，周作人更加看重的却是
对于国民思想的改造，而江绍原的《发须爪》，正是破除国人传统迷信的
一剂良药。其实，若就思想影响而论，顾颉刚的"古史辨伪"活动，何
尝不也是一场思想革命！不过，由于"古史辨"派的"思想革命"披上
了"学术"的面纱，周作人当时未必能完全识破，他所急于着手的则是
更为"直接"的思想启蒙，因而对其价值便不免有所贬抑。正是由于对
"思想"与"学术"的这种取舍，周作人才会对文化人类学作出上述
"选择性"的接受。

　　受"西方中心论"的支配，早期文化人类学以所谓"野蛮人"为研
究对象，周作人不能不受此影响，在《拾阄》一文中，他便说道："我所
想知道一点的都是关于野蛮人的事。"① 不过，在周作人看来，"这野蛮两
个字，并非骂人的话，不过是文化程序上的一个区别词，毫不含着恶意。
譬如说人年纪大小，某甲还幼稚，某乙已少壮，正是同一用法"②，因而
他又将"野蛮"分为三种：一是"古野蛮"，二是"小野蛮"，三是"文
明的野蛮"。第一、三种意义上的"野蛮"，大体与文化人类学对该词的
界定相当，即史前人类的蛮荒状态及其在现代文明中的遗留；第二种
"小野蛮"则指"儿童"，其理由主要基于当时在国内风行一时的进化论
观念："照进化论讲来，人类的个体发生，原来和系统发生的程序相同。
胚胎时代经过生物进化的历程，儿童时代又经过文明发达的历程，所以
幼稚这一段落，正是人生之蛮荒时期。我们对于儿童学的有些兴趣这问
题，差不多可以说是从人类学连续下来的。"③ 作为"五四"时期的一位
启蒙思想家（而非专业人类学家），周作人思考的重心，自然是后两种
"野蛮"。

　　先来说"文明的野蛮"。在笔者看来，弗雷泽（甚至整个人类学）之
于周作人的意义，首先在于为其提供了一种解剖中国社会痼疾的工具：

---

① 岂明（周作人）：《拾阄》，《语丝》1927年第124期。
② 周作人：《论中国旧戏之应废》，《新青年》1918年第5卷第5号。
③ 周作人：《我的杂学·儿童文学》，见《知堂回想录》，（香港）三育图书有限公司1980
年版，第690—691页。

"社会人类学是专研究礼教习俗这一类的学问，据他（弗雷泽）说研究有两方面，其一是野蛮人的风俗思想，其二是文明国的民俗，盖现代文明国的民俗大都即是古代蛮风之遗留，也即是现今野蛮风俗的变相，因为大多数的文明衣冠的人物，在心里还依旧是个野蛮，因此这比神话学用处更大，它所讲的包括神话在内，却更是广大，有些我们平常不可解的神圣或猥亵的事项，经那么一说明，神秘的面幕倏尔落下，我们懂得了的时候不禁微笑，这是同情的理解，可是威严的压迫也就解消了。"① 《金枝》向来被视为人类学中研究仪式行为（Ritual practice）的经典之作，弗雷泽将"Ritual practice"转译为"礼教习俗"，这不禁让人联想到中国的传统积习。在写于 1927 年 4 月的《王与术士》一文中，周作人记录下他读弗雷泽《古代王位史讲义》时的心得：

> 在"此刻现在"这个黑色的北京，还有这样余裕与余暇，拿五六块钱买一本荪来则（J. G. Frazer）的《古代王位史讲义》来读，真可以说有点近于奢侈了。但是这一笔支出倘若于钱袋上的影响不算很轻，几天的灯下的翻阅却也得了不少的悦乐。……他告诉我们法术（Magic）的大要，术士怎样变成酋长，帝王何以是神圣不可侵犯：简单的一句话，帝王就是术士变的。这一点社会人类学上的事实给予我们不少的启示，特别是对于咱们还在迷信奉天承运皇帝之中华民国的国民。君是什么东西？我们现在比黄宗羲知道的更明确了。他本来是一个妖言惑众的道士，说能呼风唤雨，起死回生，老百姓信赖他，又有点怕他，渐渐地由国师而正位为国君，他的符牌令旗之类就变了神器和传国之宝。②

正是由于上述原因，人类学术语不仅出现在周作人论故事、童话等的"学术随笔"中，在"社会杂感"式的小品文中也频繁使用。同当时

---

① 周作人：《我的杂学·文化人类学》，见《知堂回想录》，（香港）三育图书有限公司 1980 年版，第 686—687 页。

② 岂明（周作人）：《王与术士》，《语丝》1927 年第 126 期。

许多率先从"铁屋"中走出的知识分子一样，周作人感同身受的，并不是现代人所应具备的理性与文明；相反，他在周围世界中所发现的往往是历史的轮回："我觉得中国现在最切要的是宽容思想之养成。此刻现在决不是文明世界，实在还是二百年前黑暗时代，所不同者以前说不得甲而现今则说不得乙，以前是皇帝而现今则群众为主，其武断专制却无所异。"① 借助于从弗雷泽处得到的理论工具，周作人意识到，存在于现代社会中的种种悖谬，原来是从远古时代遗传下来的"蛮性的遗留"："在人间也有许多野蛮（或者还是禽兽）时代的习性留存着，本是已经无用或反而有害的东西了，唯有时仍要发动，于是成为罪恶，以及别的种种荒谬迷信的恶习。"② 即以社会上对于"事不干己的恋爱事件"的"猛烈憎恨"为例，在周作人看来，"也正是蛮性的遗留之一证"。对此，他举人类学知识加以解释：

> 野蛮人觉得植物的生育的手续与人类的相同，所以相信用了性行为的仪式可以促进稻麦果实的繁衍。这种实例很多，在爪哇还是如此，欧洲现在当然找不到同样的习惯了，但遗迹也还存在，如德国某地秋收的时候，割稻的男妇要同在地上打几个滚，即其一例。两性关系既有这样伟大的感应力，可以催迫动植的长养，一面也就能够妨害或阻止自然的进行，所以有些部落那时又特别厉行禁欲，以为否则将使诸果不实，百草不长。社会反对别人的恋爱事件，即是这种思想的重现。③

此外，如"现代的禁止文艺科学美术等大作"，"教育会诸人之取缔'豁敞脱露'"，在周作人眼中，无一不是"老牌的野蛮思想"④。更为重要的是，周作人清醒地意识到，这种"蛮性"作为一种无法抗拒的社会性"遗传"，在每个人身上都有复发的可能："这种老祖宗的遗产，我们

① 岂明（周作人）：《黑背心》，《语丝》1925 年第 31 期。
② 开明（周作人）：《狗抓地毯》，《语丝》1924 年第 3 期。
③ 同上。
④ 见周作人 1924 年 12 月 7 日与江绍原书，载《语丝》1924 年第 5 期。

各人分有一份，很不容易出脱，但是借了科学的力量，知道一点实在情形，使理知可以随时自加警戒，当然有点好处。"① 所谓"科学的力量"，即指古典进化论人类学。自从以马林诺夫斯基为代表的功能学派兴起之后，古典进化论人类学因其书斋式的玄想而受到"非科学"的责难。不过，对于20世纪初深受达尔文进化论习染的中国现代学人来说，弗雷泽等人的这套理论无疑是各种学说中最具"科学性"的一种，因而可以作为一种诊治社会、同时也是自我诊治的思想资源。英国另一位人类学家威斯特马克（Westermarck）的两卷本著作《道德观念起源发达史》对周作人产生很深影响，也是基于同样的理由："莆来则在《金枝》第二分序言中曾说明各民族的道德法律均常在变动，其道德观念与行为亦遂不同。威思忒玛克的书便是阐明这道德观念的流动的专著，供我们确实明了的知道了道德的真相，虽然因此不免打碎了些五色玻璃似的假道学的摆设，但是为了与生生而有的道德的本义则如一块水晶，总是明澈的看得清楚了。"②

　　再来说"小野蛮"。在周作人早年所思考的诸多社会问题之中，一个重要方面即是儿童问题。对这一问题的重视，显然与"儿童的发现"这一启蒙主题息息相关。"五四"前后，随着西方现代思想在国内的传播，儿童成为知识界讨论的中心话题之一，周作人此时也写下了大量关于儿童、教育的文字。与当时多数启蒙思想家有所不同的是，周作人把文化人类学作为解决儿童问题的主要途径之一。前文已述及，依照进化论的观点，在个体生命的发展历程中，儿童阶段与人类发展历程中的"原人"阶段相对应，因而在周作人看来，"儿童学（Paidologie）上的许多事项，可以借了人类学（Anthropologie）上的事项来作说明"③。不仅如此，周作人还颇为重视文化人类学在儿童教育中的价值："文化人类学的知识在教育上的价值是不怕会估计得太多的，倘若有人问儿童应具的基本常识是

① 开明（周作人）：《狗抓地毯》，《语丝》1924年第3期。
② 周作人：《我的杂学·文化人类学》，见《知堂回想录》，（香港）三育图书有限公司1980年版，第687—688页。
③ 周作人：《儿童的文学》，《新青年》1920年第8卷第4号。

些什么，除了生理以外我就要举出这个来。"① 对周作人的这种估计，今天的人可能会发出质疑，因为文化人类学作为一门专业性很强的学科，无论在欧美还是国内，一般要等到大学阶段才能正式开设。不过，从周作人后面的话来看，这里所说的"文化人类学"主要指"全人类历史"而言——这也正是古典进化论人类学的主要研究对象："若以学生父兄的资格容许讲一句话，则我希望小孩在高小修了的时候在国文数学等以外须得有关于人身及人类历史的相当的常识。"② 希望儿童具备"人身及人类历史"（文化人类学）的"相当的常识"，这种建议即使算不上有多高明，起码也是无可厚非的。

谈到儿童教育，不能不论及童话。周作人早年曾发表过一系列讨论童话问题的文章，不过，他所采取的立场并非文艺或审美，而是文化人类学。在《童话略论》一文末尾，周作人总结道："今总括之，则治教育童话，一当证诸民俗学，否则不成为童话；二当证诸儿童学，否则不合于教育。且欲治教育童话者，不可不自纯粹童话入手，此所以于起源及解释，不可不三致意，以求其初步不误者也。"③ 对这段话略作分析，可以看出其中所隐含的一组逻辑推衍：儿童教育有赖于童话，而"纯粹童话"的辨识与获取，又有赖于民俗学（实即文化人类学）知识。之所以特别强调民俗学（文化人类学），是因为在周作人看来，作为儿童精神世界反映的童话，其源头也应当上溯到"原始社会"："原来童话（Marchen）纯是原始社会的产物。宗教的神话，变为历史的传说，又转为艺术的童话：这是传说变迁的大略。所以要是'作'真的童话，须得原始社会的人民，才能胜任。但这原始云云，并不限定时代，单是论知识程度，拜物思想的乡人和小儿，也就具这样资格。"④ 而童话之研究，则"当以民俗学为据，探讨其本原，更益以儿童学，以定其应用之范围，乃为得之"⑤。至此，我们不难明白周作人从事童话研究的"心路历程"：从文

---

① 周作人：《〈两条腿〉序》，《语丝》1925 年第 17 期。
② 同上。
③ 周作人：《童话略论》，《教育部编纂处月刊》1913 年第 1 卷第 8 期。
④ 周作人：《〈随感录〉（二四）》，《新青年》1918 年第 5 卷第 3 号。
⑤ 周作人：《童话略论》，《教育部编纂处月刊》1913 年第 1 卷第 8 期。

化人类学出发去发现（或拟作）"纯粹童话"，又以"纯粹童话"作为儿童教育的有效手段。令周作人始料不及的是，他所开启的这种研究取向，却为中国现代学术增添了一种新的范式——也许，这又是学术史上"无心插柳"的一个范例。

二　童话故事的人类学阐释

在中国学术传统中，以志怪、传奇为特征的小说、故事历来受到正统知识分子的贬抑。虽然自东晋干宝《搜神记》以来，历代知识界对民间故事的采录不乏其人，但将其作为一种严肃的学术"志业"而作专门研究者却屈指可数。从这个意义上说，周作人于民国初年围绕童话故事而进行的一系列研究，无论从思想史还是从学术史的角度衡量，都具有"破天荒"的重要意义。

1913 年 8 月，周作人在《教育部编纂处月刊》第 1 卷第 7 期发表《童话研究》。这篇文章用文言写成，其中既有对古典进化论人类学理论的介绍，又有以几则民间故事为例而作的个案研究。就笔者目前所见，这是中国现代学术史上第一篇采用人类学理论对文学做系统阐释的专论，因而有理由将其视作中国文学人类学的发轫之作。

《童话研究》第一节首先对"童话"作了溯源："童话（Marchen）之源，盖出于世说（Saga），惟世说载事，信如固有，时地人物，咸具定名，童话则漠然无所指尺，此其大别也。生民之初，未有文史，而人知渐启，鉴于自然之神化，人事之频繁，辄复综所征受，作为神话世说，寄其印感，迨教化迭嬗，信守亦移，传说转昧，流为童话。"[①] 这段文字也完整地再现于《丹麦诗人安兑尔传》一文中，其主要内容其实包含两个层面：第一，"童话"（Marchen）与"世说"（Saga）的区别。"世说"（Saga，音译作"萨迦"）原指古代挪威或冰岛讲述冒险经历和英雄业绩的长篇故事，后来泛指传说或冒险故事，其所叙人或事往往以特定的历史人物或事件为原型，因而人们往往信以为真；"童话"（Marchen）则纯

---

① 周作人：《童话研究》，《教育部编纂处月刊》1913 年第 1 卷第 7 期。

粹出于虚构。第二，"世说"向"童话"的衍变。随着人类从蒙昧、野蛮走向文明，原始先民将大自然"神化"并进而创造出神话和"世说"；由于时间的推移，早期的神话和世说茫然无稽，最终又衍变为"童话"。在《童话略论》一文中，周作人对童话的起源及其与神话、世说的区别有更为清晰的论述：

> 上古之时，宗教初萌，民皆拜物，其教以为天下万物，各有生气，故天神地祇，物魅人鬼，皆有动作，不异生人，本其时之信仰，演为故事，而神话兴焉。其次亦述神人之事，为众所信，但尊而不威，敬而不畏者，则为世说。童话者与此同物，但意主传奇，其时代人地，皆无定名，以供娱乐为主，是其区别。盖约言之，神话者原人之宗教，世说者其历史，而童话则其文学也。①

显然，周作人认为今日民间流传的童话故事，其源头极为古老，可以一直追溯至人类文明的早期。在与赵景深关于"童话"的讨论中，周作人便强调："我的意见是，童话的最简明界说是'原始社会的文学'。"② 当然，周作人并未混淆民间口传"童话"与文人创作童话之间的区别，因而他又将童话区分为"天然童话"与"人为童话"："天然童话，亦称民族童话，其对则有人为童话，亦言艺术童话也。天然童话者，自然而成，具种人之特色；人为童话则由文人著作，具其个人之特色，适于年长之儿童，故各国多有之。"③ 在《一篑轩杂录》中，周作人又称上述两种童话为"自然童话"与"文学童话"："西方童话，亦散在民间，近始辑存之，如德格林兄弟所编书，最闻于世，此皆自然童话也。路易十四时，法人始有仿之为小品者，假其旧式，以抒新思，人称曰文学童话，如陶耳诺夫人所著，今犹通行。"④ 随着人类社会的发展，神话、世说和童话的本义逐渐晦暗。虽然西方学界对此的解说新见迭出，但周

---

① 周作人：《童话略论》，《教育部编纂处月刊》1913 年第 1 卷第 8 期。
② 赵景深、周作人：《童话的讨论》（通信），《晨报副镌》1922 年 1 月 25 日。
③ 周作人：《童话略论》，《教育部编纂处月刊》1913 年第 1 卷第 8 期。
④ 周作人：《一篑轩杂录》，《叒社丛刊》1917 年第 4 期。

作人以为大多未得要领；最为可取的，则是英国学者安德鲁·兰的方法："及英人兰俱（Lang）出，以人类学法，为之比量。古说荒唐，今昧其意，然绝域野人，独能领会，征其礼俗，诡异相类，取以印证，一一弥合，乃知神话真诠，原本风习，今所谓无稽之言，其在当时，乃实文明之信使也。"① 在《童话略论》中，周作人对其方法再作申述："英有兰格 Lang 者，始以人类学方法，治比较神话学，于是世说童话，乃得真解。其意以为今人读童话，不能解其意，然考其源流来自上古，又旁征蛮地，则土人传说，亦有类似，可知童话本意，今人虽不能知而古人知之；文明人虽不能知，而野蛮人知之。今考野人宗教礼俗，率与其所有世说童话中事迹，两相吻合，故知童话解释，不难于人类学中求而得之，盖举凡神话世说，以至童话，皆不外于用以表现元人之思想与其习俗者也。"② 这里所说的，正是人类学派"以今证古"、"以他文化证我文化"的典型方法。按照这种方法，现代文明社会中诸如神话、礼俗等"蛮性的遗留"，其意义可以从同时代的"野蛮"民族中求得真诠，因为在文化进化的轴线上，今天的"野蛮人"相当于文明民族的"往昔"。

提起民间故事类型，许多人会不约而同地想起由芬兰学者安蒂·阿尔奈（Antti Aarne）与美国学者斯蒂思·汤姆森（Stith Thompson）在 19 世纪共同创立的"AT 分类法"。不过，这一分类索引主要基于印欧民间故事，中国民间故事则鲜有涉及。对中国民间故事类型的早期研究，影响较著的主要有钟敬文与德国学者艾伯华。后者于 20 世纪 30 年代后期曾出版《中国民间故事类型研究》一书，前者则总结出中国一些著名的民间故事类型。值得一提的是，在钟敬文与艾伯华之前，周作人已在《童话研究》一文中归纳出 7 种常见的故事（神话）类型③，并用人类学派的理论对每一种类型分别作出解释④：

①　周作人：《童话研究》，《教育部编纂处月刊》1913 年第 1 卷第 7 期。

②　周作人：《童话略论》，《教育部编纂处月刊》1913 年第 1 卷第 8 期。

③　周作人并未对"神话"与"故事"作严格区分，他所归纳出的几种神话类型，实即民间故事类型。

④　周作人：《童话研究》，《教育部编纂处月刊》1913 年第 1 卷第 7 期。

故事类型	周作人的解释	人类学理论
变形式	原人之教，多为精灵信仰（Animism），意谓人禽木石，皆秉生气，形躯虽异，而精魂无间，能自出入，附形而止，由是推衍，生神话之变形式。	万物有灵观
物婚式	人兽一视，而物力尤暴，怨可为敌，恩可为亲，因生兽友及物婚式。	图腾制
盗女式	崇兽为祖，立图腾之制，其法不食同宗之兽，同徽为妃，法为不敬，男子必外婚，以劫捝为礼，因生盗女式。	图腾与外婚制
回生式	形神分立，故躯体虽殒，招魂可活，因生回生式。	灵魂不灭观
禁名式	以联念作用，虚实相接，斯有感应魔术，能以分及全，诅爪发，呼名氏，而贼其身，因生禁名式。	交感巫术
季子式	传家以幼，位在灶下，因生季子式。	幼子继承制
食人式	异族相食，因生食人式，用人祭鬼，亦多有之。	食人俗与人牲制

　　上述 7 种类型之外，还有一类故事，周作人对此虽未命名，但从情节基干来看，应当属于"难题婚姻型"："凡童话言男子求婚，往往先历诸难，而后得之，末复罗列群女，状貌如一，使自辨别。今世亦故有此习，匈加利乡曲婚夕，新妇偕二女伴匿帷后，令男子中之，法国罗梭之地亦然，马来埃及苏鲁诸国，皆有此俗。"这则故事所述的习俗令人费解，其本义为何？今人往往望文生义，或以为系女家有意为难新婿。周作人却从文化人类学出发，揭示出该故事类型的原始信仰根基并以今俗参证："其本意非相难，但故为迷乱，俾不得卒辨。盖古人初旨，男女姘合，谊至神秘，故作此诸仪式，以禳不吉。如今欧俗，新妇成礼，多从女伴，正其遗风，越中亦犹有伴姑之名。"[①] 这种解释是否完全确当，或许尚有商讨的余地，不过，周作人能够透过故事的"表层叙事"而洞见其深层的信仰内核，应当比纯粹的故事类型归纳或作望文生义的解释高出一筹。

　　《童话研究》第二、三两节，周作人以儿时听说的几则越地童话为例

---

　　① 周作人：《童话研究》，《教育部编纂处月刊》1913 年第 1 卷第 7 期。引文中"以禳不吉"一句，原文作"以禳不若"，今据钟叔河先生编订《周作人散文全集》更正。

进行个案研究。第一则为《蛇郎》。在丁乃通所编《中国民间故事类型索引》中，"蛇郎型"故事编号为433D。周作人认为，这则故事与欧洲童话中的"美人与兽"型一样同属"物婚"类，其产生的原因，主要是远古时代人们的"人兽互渗"与图腾观念："蛮荒之民，人兽等视，长蛇封豕，特人之甲而毛者，本非异物，故昏媾可通，况图腾之谊，方在民心，则于物婚之事，纵不谓能见之当日，若曰古昔有之，斯乃深信不疑者也。"周作人又根据"兽偶"的不同，勾勒出这类传说的"进化"过程："盖其初为物，次为物魁，又次为人，变化之迹，大较如此也。"① 第一阶段中，基于图腾崇拜，人们均相信"兽偶"确为异类，其代表有北美土人的"妇人与蛇为匹"传说、极地居民的"女嫁蝘蜓"传说以及中国境内的盘瓠传说。随着理性的觉醒，人们渐对"物婚式"童话的信仰产生动摇，于是对其加以"修饰"，因而出现童话的两种变异，即"异物变形为人"与"本为人类而为魔术所制"，分别为传说"进化"的第二、第三阶段。西方"美人与兽"传说，便是第三阶段的代表。

　　周作人也注意到上述故事中的一些细节，在对之作跨文化比较的同时，也用人类学理论加以解释。比如，《蛇郎》讲述樵人入山前"问女所欲，幼者乞得鲜花一枝"。恰在樵人折花时，"乃遇蛇郎，言当以一女见妻，否则相噬"。这类情节，一般读者可能会视为偶然，不过，周作人却从中看到早期人类"禁忌"（Tabu）与"万物有灵"观念的遗留："此式童话中，多具折华一节，盖亦属于禁制（Tabu），又以草木万物，皆有精灵，妄肆摧折，会遭其怒，故野人获兽，必祝其鬼，或诿咎于弓矢，伐木则折枝插地，代其居宅，俾游魂有依，不为厉也，于此仿佛可见遗意。"② 又如，童话中长姊溺杀季女后"自以身代"，蛇郎竟然未能识别，这显然与现代人的理性常识相抵牾。周作人却援引原始先民与现代乡民的礼俗对之作出"合理化"解释："原民婚礼，夫妇幽会，不及明而别，至生子乃始相见，欧土乡曲，亦有新婚之夕，不相觌面者，中国新妇之绛巾，亦其遗意。童话中如希腊之《爱与心》（Cupido et Psyche），亦言

---

① 周作人：《童话研究》，《教育部编纂处月刊》1913 年第 1 卷第 7 期。
② 同上。

女不守约，中夜燃火窥夫，遂即离散，所谓破禁式者，即由此意。由是推引，故合婚既久，而中道代易，弗及觉察，正为常事。"至于"蛇郎以姊大足而面多瘢痕为怪，姊诡言由于操作及枕麻袋故而"，则已经显示出"世说"向"童话"衍变的痕迹："盖世说之初，以宗教族类之关系，务主保守，故少变易，迨为童话，威严已去，且文化转变，本谊渐晦，则率加以润色，肆意增削缘附，以为诠释，此童话分子之所以杂糅也。"①

　　第二则为《老虎外婆》，在丁乃通《中国民间故事类型索引》中，编号为333C，讲述某女宁家途中止宿，一老虎假扮其外婆欲借机杀食，女最终用计谋战胜老虎。周作人将该故事归入"食人式"，认为其源头本于"异族相食"与"感应巫术"等古俗，又引日本和越地的"今俗"作为参证："异族相食，本于蛮荒习俗，人所共知，其原由于食俭，或雪愤报仇。又因感应魔术，以为食其肉者并有其德，故取啖之，冀分死者之勇气，今日本俗谓妊娠者食兔肉令子唇缺（《博物志》亦云），越俗亦谓食羊蹄者令足健，食羊睛可以愈目疾，犹有此意也。"② 周作人还进一步揭示了"老虎外婆"的"女巫"原型："上古之时，用人以祭，而巫觋承其事，逮后淫祀虽废，传说终存，遂以食人之恶德属于巫师（食人之国，祭后巫医酋长分胙，各得佳肉），故今之妖媪，实古昔地母之女巫，欧洲中世犹信是说，谓老妪窃食小儿，捕得辄焚杀之，与童话所言，可相印证。"③ 因为这种蛮俗过于骇人听闻，随着文明的进步，后人便不断加以附会文饰，于是远古时代主持"人祭"的女巫最终演变为童话故事中亦人亦兽的"老虎外婆"。周作人的上述观点，不能不令我们想起加拿大文艺理论家诺思诺普·弗莱的原型理论。在弗莱看来，后世所有文学作品（自然也包括童话故事），其"原型"均可上溯至远古时代的神话。对于民国初年的周作人来说，弗莱《批评的解剖》一书不可能读到——这部集原型理论之大成的著作初版于1957年。不过，二人之间也并非无任何交集，其共同的思想资源，恐怕要数詹姆斯·弗雷泽与简·哈利森的仪

---

① 周作人：《童话研究》，《教育部编纂处月刊》1913年第1卷第7期。

② 同上。

③ 同上。

式理论。

由上述诸例可见，周作人在对童话故事的研究中，一方面引人类学理论与知识"探讨民俗，阐章史事"，另一方面又举世界各地的传说、习俗作为参证。这种"阐释"与"实证"并重的跨文化比较方法，正是文学人类学研究的典型范式。

三　文学艺术的"宗教—仪式"起源

早期的文化人类学，均以"原始""简单"的"无文字"社会为研究对象。按照进化论的观点，这些所谓"原始社会"正是欧美现代文明的"过去"，因而，"以当世蛮荒之礼俗，印证上古之情状"的比较研究法，成为当时人类学者的不二法门。对于这种方法，周作人也极为谙熟。在《儿歌之研究》中，周作人说："谜语者，古所谓隐，'断竹续竹'之谣，殆为最古。今之蛮荒民族犹多好之，即在欧亚上国，乡民妇孺亦尚有谜语流传，其内容仿佛相似。菲列宾土人'钓钩谜'曰，'悬死肉，求生肉'，与'断竹续竹，飞土逐肉'之隐弹丸同一思路。又犬谜曰：'坐时身高立时低'，乃与绍兴之谜同也。"[①] 在周作人看来，汉语典籍中所载的"断竹续竹"等古谣谚，虽然与欧亚各国乡民及菲律宾土人口头传承的类似歌谣形成的时空背景不尽相同，但在性质上则是相通的。由于现代文明与分布于世界偏僻角落的原住民文化之间这种"历时—共时"浑融关系，现代文明中的许多成分，其初期形态均可从这些"原始文化"中追根溯源。基于这种知识背景，早期人类学者热衷于宗教、法律、婚姻、艺术等的起源研究。周作人显然继承了这一思路，作为文学研究者，他早年的文章中多次论及文学的起源问题。在《读〈童谣大观〉》一文中，周作人说："现在研究童谣的人，大约可以分作三派，从三个不同的方面着眼。其一是民俗学的，认定歌谣是民族心理的表现，含蓄着许多古代制度仪式的遗迹，我们可以从这里边得到考证的资料。其二是教育的，既然知道歌吟是儿童的一种天然的需要，便顺应这个要求供给他们

---

① 周作人：《儿歌之研究》，《绍兴县教育会月刊》1914 年第 4 期。

整理的适用的材料，能够收到更好的效果。其三是文艺的，'晓得俗歌里有许多可以供我们取法的风格与方法'，把那些特别有文学意味的'风诗'选录出来，'供大家的赏玩，供诗人的吟咏取材'。"① 这里虽然说的是童谣，不过就当时国内文学研究的情形来看，大概也不外乎上述三派。从周作人来看，作为中国现代民俗学的主要开创者之一，他早年的文字中除从"教育的""文艺的"层面对文学艺术进行阐发外，也从民俗学层面对文艺起源进行探究。

早在民国初年写成的《童话研究》一文中，周作人已经指出："依人类学法研究童话，其用在探讨民俗，阐章史事，而传说本谊亦得发明，若更以文史家言治童话者，当于文章原起，亦得会益。"② 此时的周作人，已经认识到应当从童话（民间故事）、歌谣探寻文学的源头："盖童话者（兼世说），原人之文学。茫昧初觉，与自然接，忽有感婴，是非畏懔，即为赞叹，本是印象，发为言词，无间雅乱，或当祭典，用以宣诵先德，或会闲暇，因以道说异闻，以及妇孺相娱，乐师所唱，虽庄愉不同，而为心声所寄，乃无有异。外景所临，中怀自应，力求表现，有不能自已者，此固人类之同然，而艺文真谛，亦即在是，故探文章之源者，当于童话民歌求解说也。"③ 这里已约略指出文学发生的大体过程（如下图所示），只是尚未作进一步细述。

$$
\text{与自然接——忽有感婴——发为言词}
\begin{cases}
\text{祭典——宣诵先德——世说} \\
\text{闲暇}\begin{cases}\text{道说异闻——童话} \\ \text{乐师所唱——民歌}\end{cases}
\end{cases}
$$

嗣后，在《小说与社会》一文中，周作人专就小说的起源问题作了探讨："世界小说，皆起源于诗歌。上古之时，文字未兴，故艺文草创，诗先于文，以其节句调整，取便记诵。其最古者为史诗，综其国之神话

① 周作人：《读〈童谣大观〉》，原载《歌谣》1923年第10号；引自钟叔河编订《周作人散文全集》（第3卷），广西师范大学出版社2009年版，第95页。

② 周作人：《童话研究》，《教育部编纂处月刊》1913年第1卷第7期。

③ 同上。

世说，古英雄事迹，编为歌吟，随歌人之踪，流行遍于国中，此实小说之祖也。及后几经变迁，乃有散文小说。"[1] 这里讨论的对象虽然是"世界小说"，但从实际内容不难看出，上述规律其实是对西方小说传统的总结。因而，当论及中国小说时，周作人便有些束手无策："中国小说，其源流乃无可考。《诗经》中《国风》，正犹他国之民歌，而不闻有史诗。即神人传说，亦复希有，则小说之萌芽且尽矣。"[2] 其实，中国小说自有其源头，周作人以西方小说的源头"史诗"来考量中国小说的起源，无异于缘木求鱼。这里所折射出的，当是"五四"时期中国学界对西方知识的普泛化。不过，此后对文学起源的考察中，周作人的立论渐趋稳健。在1917年所写的《论中国之小说》一文中，周作人便勾勒出一条"神话—传说—民谈（童话）"的文学发展线索："小说起源最早为神话，原是宗教性质，含有宇宙人生诸大问题。及言英雄事迹，贤俊逸闻，则为传说故事，转为历史性质。神话与传说虽性质有异，然人民以为事实，视作典要，则相同也。"随着时代的变迁，"传说亦一变面目而为志怪，蛮荒社会所谓民谈，儿童社会所谓童话也。同一情事，在古时属之英雄，以人为重，本为传说；及至今日，归之某甲，以事为重，则为童话。在甲地，在宗教制度，相应奉为神话；在乙地，情状不同，不明其本旨，则但以为怪谈，互相传述，用为娱乐，不尽以为事实矣"[3]。

当然，上述溯源仍有不彻底之处：童话等晚近叙事固然可以上溯至神话，可神话又从何而来？后者或许可以视作人类文学的萌芽形态，但其起源仍然未知。对于这一问题，周作人在后来的文章中又作了进一步探究：

　　　　上古时代生活很简单，人的感情思想也就大体一致，不出保存

---

[1]　启明（周作人）:《小说与社会》，《绍兴县教育会月刊》1914年第5期。引文中"取便记诵"一句，原作"取整记诵"，现据钟叔河先生编订《周作人散文全集》第1卷，更正。

[2]　周作人:《小说与社会》，《绍兴县教育会月刊》1914年第5期。引文中"神人传说"当为"神话传说"之误。

[3]　周作人:《论中国之小说》，引自钟叔河编订《周作人散文全集》第1卷，广西师范大学出版社2009年版，第512页。

生活这一个范围；那时个人又消纳在族类的里面，没有独立表现的机会：所以原始的文学都是表现一团体的感情的作品。譬如戏曲的起源是由于一种祭赛，仿佛中国从前的迎春。这时候大家的感情，都会集在期望春天的再生这一点上：这期望的原因，就在对于生活资料缺乏的忧虑。这忧虑与期待的"情"实在迫切了，自然而然地发为言动，在仪式上是一种希求的具体的表现，也是实质的祈祷，在文学上便是歌与舞的最初的意义了。后来的人将歌舞当作娱乐的游戏的东西，不知道它原来是人类的关系生命问题的一种宗教的表示。①

这里虽然并未专论文学的起源问题，戏曲的起源仅是作为旁证而论及，不过从上下文来看，文学中其他门类如颂歌（Hymn）、史诗（Epic）等，其起源亦与戏曲（Drama）大致相同。显然，周作人此时已经意识到宗教仪式之于文学起源的意义。在发表于1921年的《圣书与中国文学》一文中，周作人便直接谈到艺术（包括文学）与宗教仪式之间的关系：

> 我们知道艺术起源大半从宗教的仪式出来，如希腊的诗、赋、戏曲都可以证明这个变化，就是雕刻绘画上也可以看出许多踪迹。一切艺术都是表现各人或一团体的感情的东西；《诗序》里说："情动于中而形于言；言之不足，故咏歌之；咏歌之不足，故嗟叹之，嗟叹之不足，故不知手之舞之，足之蹈之。"这所说虽然止于歌舞，引申起来，也可以作雕刻绘画的起源的说明。原始社会的人，唱歌，跳舞，雕刻绘画，都为什么呢？他们因为情动于中，不能自已，所以用了种种形式将他表现出来，仿佛也是一种生理上的满足。最初的时候，表现感情并不就此完事；他是怀着一种期望，想因了言动将他传达于超自然的或物，能够得到满足：这不但是歌舞的目的如此，便是别的艺术也是一样，与祠墓祭祀相关的美术可以不必说了，即如野蛮人刀柄上的大鹿与杖头上的女人象征，也是一种符咒作用

---

① 周作人：《新文学的要求》，《晨报》1920 年第 377 号。

的,他的希求的具体的表现。后来这种祈祷的意义逐渐淡薄,作者一样的表现感情,但是并不期望有什么感应,这便变了艺术,与仪式分离了。又凡举行仪式的时候,全部落全宗派的人都加在里面,专心赞助,没有赏鉴的余暇;后来有旁观的人用了赏鉴的态度来看他,并不夹在仪式中间去发表同一的期望,只是看看接受仪式的印象,分享举行仪式者的感情;于是仪式也便转为艺术了。①

与前面几段引文不同的是,周作人这里不再单就小说、童话或戏曲立论,而是对整个文学艺术的起源问题作出了解答:文学艺术起源于宗教仪式。

关于文艺的起源,自古希腊以来,一直是思想界争论不休的话题。至20世纪初,受弗雷泽影响,在英国形成一个影响很大的学派——剑桥学派,代表人物有简·哈里森(Jane Harrison)、亚瑟·伯纳德·库克(A. B. Cook)、康福德(F. M. Cornford)以及牛津大学的吉尔伯特·墨雷(G. Murray)等,他们的共同特点是从宗教仪式的角度探讨文学(尤其是戏剧)的起源问题。哈里森深受尼采"酒神精神"说和弗雷泽《金枝》一书的影响,尤其注重对古希腊艺术和神话的宗教与民俗渊源的探究。她认为所有神话都源于对民俗仪式的叙述和解释,所有原始仪式,都包括两个层面,即作为表演的行事层面和作为叙事的话语层面,动作先于语言,叙事源于仪式,叙事是用以叙述和说明仪式表演的,而关于宗教祭祀仪式的叙事,就是所谓神话。另一方面,原始仪式的行事层面,在祛除了巫术的魔力和宗教的庄严之后,就演变为戏剧,古希腊悲剧就是从旨在促进农作物增殖的春天庆典仪式演变而来的。通过将神话和戏剧追溯到其原始仪式源头,哈里森对神话、艺术和宗教的起源作出了极具新意的解释。②

周作人关于文学艺术的宗教仪式起源,显然是受简·哈里森的影响。

---

① 周作人:《圣书与中国文学》,《小说月报》1921年第12卷第1号。

② 刘宗迪:《译序》,见[英]简·哈里森:《古代艺术与仪式》,刘宗迪译,生活·读书·新知三联书店2008年版,第2页。

在写于 1944 年的《我的杂学》中，周作人回忆当初读哈里森论希腊神话的著作，钦佩之情溢于言表："我从哈理孙女士的著书，得悉希腊神话的意义，实为大幸，只恨未能尽力介绍。"① 在对埃及、印度神话与希腊神话进行比较时，周作人还引述哈里森的话作为参证："古代埃及与印度也有特殊的神话，其神道多是牛首鸟头，或者是三头六臂，形状可怕，事迹更多怪异，始终没有脱出宗教的区域，与艺术有一层的间隔。希腊的神话起源本亦相同，而逐渐转变，因为如哈理孙女士所说，希腊民族不是受祭司支配而是受诗人的支配的，结果便由他们把那些粗材都修造成为美的影像了！"② 周作人另外还提到，当时出版的"六便士丛书"中，有简·哈里森的《希腊罗马神话》一册，大概系根据其《希腊神话论》改写而成。③ 尤其值得注意的是周作人 1934 年所写的《希腊神话一》一文，其中不仅对哈里森的生平与作品作了详细介绍，还对其专著《希腊罗马的神话》（*Myths of Greece and Rome*，1927）与自传《学子生活之回忆》（*Reminiscences of a Student's Life*，1925）作了大段摘录。文章也提到哈里森论文学、艺术起源的《古代艺术与仪式》一书："我最初读到哈里孙的书是在民国二年，英国的家庭大学丛书中出了一本《古代艺术与仪式》（*Ancient Art and Ritual*，1913），觉得他借了希腊戏曲说明艺术从仪式转变过来的情形非常有意思，虽然末尾大讲些文学理论，仿佛有点儿鹘突，《希腊的原始文化》的著者罗士（R. T. Rose）对于她著作表示不满也是为此。但是这也正因为大胆的缘故，能够在沉闷的希腊神话及宗教学界上放进若干新鲜的空气，引起一般读者的兴趣，这是我们非专门家所不得不感谢她的地方了。"④

时至今日，古典进化论人类学的许多观点已多被否定。不过，这一学派的理论遗产中，以剑桥学派为代表的文学艺术起源学说，依然有着

---

① 周作人：《我的杂学·希腊神话》，见《知堂回想录》，（香港）三育图书有限公司 1980 年版，第 683 页。

② 同上书，第 682 页。

③ 周作人：《我的杂学·文化人类学》，见《知堂回想录》，（香港）三育图书有限公司 1980 年版，第 688 页。

④ 周作人：《希腊神话一》，《青年界》1934 年第 5 卷第 3 期。

旺盛的生命力。在各类"文学概论"性质的著作中，每当谈到文学起源问题时，剑桥学派的观点总会被论及。此外，从"宗教—仪式"的视角考察文学的起源，在今天也不乏其人。作为深受简·哈里森影响的中国学者，周作人在20世纪初便从"宗教—仪式"的角度对中国文学的起源问题作了探讨，其对于中国现代文艺理论的发展功不可没。

第 二 章

茅盾：人类学与中国上古神话重建

一　茅盾与人类学派神话学

作为国内第一个新文学社团"文学研究会"的主要发起人之一，茅盾很早就对欧洲文学表现出强烈的兴趣。也正是在这种兴趣的促发之下，茅盾很早便走上了神话研究的道路。据茅盾晚年自述，20多岁时，因为要从头研究欧洲文学的发展，他着手研究希腊的两大史诗；又因为两大史诗实即希腊神话之艺术化，因而又开始研究希腊神话。茅盾当时推断，既然地处南欧的希腊有如此丰富的神话，那么地处北欧的斯堪的纳维亚各民族也必定有自己的神话。于是，茅盾利用在商务印书馆工作的便利，搜罗可能买到的英文书籍，果然找到介绍北欧神话的资料。接着又查《大英百科全书》中的"神话"条，知道世界各地"半开化民族"也有自己的神话，只不过与希腊、北欧神话的面貌、风格相去甚远而已。根据上述发现，茅盾进一步推断，有着五千年文明的中华民族不可能没有神话，于是又在汉语古籍中寻找神话，进而转向了中国神话的研究。[①]

同当时许多神话研究者一样，茅盾也深受西方人类学派神话学的影响。在《神话的意义与类别》一文中，茅盾将神话定义为："一种流行于上古民间的故事，所叙述者，是超乎人类能力以上的神们的行事，虽然荒唐无稽，但是古代人民互相传述，却信以为真。"[②] 当然，茅盾也认识

---

① 参见茅盾《神话研究·序》，百花文艺出版社1981年版，第1页。

② 茅盾：《神话的意义与类别》，原载《文学周报》1928年第6卷第22期，署名玄珠，引自《茅盾全集》第28卷，人民文学出版社1993年版，第106页。

到了神话的复杂性,因而又说:"这个定义,说简不简,说详不详,当然不能算是很好的定义。但是目下我们只能如此定下。"为了更精确地说明神话的含义,茅盾将神话与传说(Legend)、寓言作了比较:"神话所叙述者,是神或半神的超人所行之事;传说所叙述者,则为一民族的古代英雄(往往即为此一民族的祖先或最古的帝王)所行的事。原始人对于自然现象如风雷昼瞑之类,又惊异,又畏惧,以为冥冥之中必有人(神)为之主宰,于是就造作一段故事(神话)以为解释;所以其性质颇像宗教记载。"①

茅盾也注意到了神话的内部差异,因而将神话区分为"解释的神话"与"唯美的神话",前者出于原始人面对各种自然现象时求解释的心理,实际上相当于原始先民的科学;后者则"起源于人人皆有的求娱乐的心理,为挽救实际生活的单调枯燥而作的"②,比如《伊利亚特》与《奥德赛》。另一方面,茅盾又将神话区分为"合理的(Reasonable)"与"不合理的(Unreasonable)"两种。对于后一种分类,茅盾并未作出直接界定,而是通过举例来说明:

> 譬如希腊神话里说宙斯高踞奥伦碧山巅的神府中,有极大的权力,是众神之王,世间万事,都瞒不了他;掌万物生杀之权,作恶者要受到他的惩罚,为善者会受到他的福佑:这便是合理的。但是希腊神话里又说宙斯变化为雄羊以诱奸卡莱斯(稼穑女神);又说他变化为鹅去诱惑夜之女神腊土娜,因而生了两个孩子;又说他也爱人类的女儿,他曾变化为白水牛抢了腓尼基王阿其拿的女儿欧罗巴来,逼为外妇;他又化为金雨和幽居铜塔中的亚古斯王的女儿达娜私通;他是众神之王,威权无上,但是极怕老婆,以至不能保护他的情人卡刹斯托、伊哇等:这些便都是不合理的神话了。③

---

① 茅盾:《神话的意义与类别》,原载《文学周报》1928年第6卷第22期,署名玄珠,引自《茅盾全集》第28卷,人民文学出版社1993年版,第106页。

② 同上书,第109页。

③ 茅盾:《神话的意义与类别》,引自《茅盾全集》第28卷,人民文学出版社1993年版,第111页。

以今天的眼光来看，这里所谓"合理"并非等同于"合乎理性"，理解成"合乎逻辑"似乎更为恰切——宙斯知晓世间万事并掌握万物生杀之权，这虽然不符合后世人的"理性"，却是合乎逻辑的；相反，宙斯的诱奸、私通与惧内，则有点"不合逻辑"。茅盾对神话的分类如下图所示：

在当时，茅盾所接触到的西方神话学不止人类学派一家，不过，与周作人一样，最令他膺服的也是安德鲁·兰的学说。论及神话中的"不合理原素"时，茅盾说道："自古以来，有许多神话研究者曾经从各方面探讨这个谜，不幸尚无十分完善的答复，直至近年始有安德烈·兰（Andrew Lang）的比较的圆满的解释。诸君要想知道安德烈·兰的解释，请看本刊第三一九期拙著《人类学派神话起源的解释》罢。"①作者在此毛遂自荐的这篇文章原载于《文学周报》，系对人类学派神话学，尤其是安德鲁·兰的神话学理论的集中介绍。与周作人、黄石等不同的是，茅盾在这篇文章中还追溯了安德鲁·兰神话学理论的来源——从攸栖比呵斯（Eusebius）关于异教的辩论直到爱德华·泰勒的《原始文化》，中间有斯本塞（L. Spencer，今通译作"斯宾塞"）、封特涅尔（Fontenelle）、特布洛斯（De Brosses）、曼哈尔特（Mannhardt）、罗培克（Lobeck）等人承前启后。自然，文章详细介绍的，是作为安德鲁·兰神话学理论直接来源的《原始文化》。不过，与泰勒相比，茅盾对安德鲁·兰更为推崇："泰勒的发明，当然是极有价值的；但是论到集大

① 茅盾：《神话的意义与类别》，引自《茅盾全集》第 28 卷，人民文学出版社 1993 年版，第 113 页。

成，且从而发扬光大，确立人类学派的神话学的，却不能不推安德烈·兰了。"① 茅盾将安德鲁·兰的观点概括为三个方面：第一，"以今证古"的方法："原始人去我们且逾万年，他们的生活状况和思想已非我们所能目睹，又无可靠的文字记载，然则我们在万年之后，论述万年以前的事，必如何而可不陷于悬揣臆说的弊病呢？换言之，即如何而可使我们的论断合于科学方法。对于此点，兰的方法是'取今以证古'。这就是研究现代野蛮民族的思想和生活，看他们和古代神话里所传述的，是否有几分相吻合。果然研究的结果，证明凡古代神话中一切怪异的记述为吾人所怀疑惊诧者，在现代野蛮民族中方且以为理之固然，日行之而不疑。"② 第二，从对现代"野蛮民族"的研究，推知原始人心理的六个特点："一为相信万物皆有生命、思想、情绪与人类一般，此即所谓泛灵论（Animism）；二为魔术的迷信，以为人可变兽，兽亦可变为人，而风雨雷电晦冥亦可用魔术以招致；三为相信人死后魂离躯壳，仍有知觉，且存在于别一世界，衣食作息，与生前无异；四为相信鬼可附于有生的或无生的物类，灵魂亦常能脱离躯壳而变为鸟兽以行其事；五为相信人类本可不死，所以死者乃是受了仇人的暗算（此惟少数原始民族则然）；六为好奇心非常强烈，见了自然现象以及生死睡梦等事都觉得奇怪，渴要求其解释。"③ 关于原始人心理的上述六个特点，茅盾后来在《自然界的神话》一文中再次述及。第三，"遗形说"："最初的原始形式的神话，尚必十分简陋；后经古代诗人引用，加以修改藻饰，方乃谲丽多趣。但那些正足代表原始人民之思想与生活之荒诞不合理的部分，古代诗人虽憎厌之，而因是前人所遗，亦不敢削去，仅略加粉饰而已。这便是文明民族如希腊、北欧、中国的神话里尚存有不合理部分的原因。据此理论，则神话的不合理质素大都是'遗形'（survival）。"④ 当然，对安德鲁·兰理论的局限性，茅盾并非没有察觉。比

---

① 茅盾：《人类学派神话起源的解释》，原载《文学周报》1928 年第 6 卷第 19 期，署名玄珠，引自《茅盾全集》第 28 卷，人民文学出版社 1993 年版，第 102 页。

② 同上书，第 102—103 页。

③ 同上书，第 103—104 页。

④ 同上书，第 104 页。

如，按照人类学派神话学的观点，所有神话都是早期人类出于好奇心而对周围自然界所作的一种错误的解释，茅盾却认为："神话中也有一部分未必准是原始人生活与思想的反映；例如希腊神话的远征忒洛族的故事，今已证明确有几分历史性（至少，希腊民族与忒洛族的战争是事实），而此外关于民族英雄的冒险故事，大概也是有所本的。"① 这里显然是对历史学派神话解释的某种认同，不过，就当时已然流行的各种神话学理论而言，在茅盾看来，更为可取的仍然是人类学派的解释："不过就大体而言，我们不能不说神话之起源是在原始人的蒙昧思想与野蛮生活之混合的表现。以此说为解释神话的钥匙，几乎无往而不合。这便是人类学派优于其他各派的原因。"②

此外，茅盾还根据安德鲁·兰《神话、仪式与宗教》一书第五章，写成了《自然界的神话》一文。

二　人类学与中国上古神话重建

在中国现代学术史上，茅盾不仅是较早向国内介绍人类学派神话学的学者，而且是全力搜集中国上古神话的第一人。后一种成绩，早在 20世纪 30 年代已有人论及："古代神话为后来小说的滥觞，无论中国外国都是如此。中国向无研究神话的专著，前人亦仅指杂记琐事而无当于大道的书为古代小说，因此神话多被掩埋。及鲁迅著《中国小说史略》，开卷即叙神话，而玄珠著《中国神话研究》，专替古代神话作发掘，于是被掩埋的神话渐被发现出来。"③

由于中、西方文化之间的隔膜，19 世纪后期，西方许多学者断言中国没有神话。20 世纪初，随着西方的"神话"概念传入中国，许多人终于在中国上古典籍中找到了类似的"神话"。不过，与希腊、北欧神话相比，中国神话明显零散、不成体系，这自然引起部分学者的好奇与焦虑。

---

① 茅盾：《人类学派神话起源的解释》，原载《文学周报》1928 年第 6 卷第 19 期，署名玄珠，引自《茅盾全集》第 28 卷，人民文学出版社 1993 年版，第 105 页。

② 同上。

③ 郭箴一：《中国小说史》，商务印书馆 1939 年版，第 40 页。

首先是日本学者盐谷温，在其出版于 1919 年的《中国文学概论》中，认为"在太古草昧之世，无论何种人民，莫不有神话传说。但汉族人民自昔力农励业，不好空想，故古来甚少雄大之神话，与幽玄之小说。加以汉民族思想代表者之孔子，平生不语怪力乱神。故儒家之徒常不取神话之事。唯于道家与杂家中，留存此等传说而已"①。这段话因鲁迅在《中国小说史略》中的征引而广为人知，之后也多有学者采用其说。② 鲁迅自己对此观点则有所保留："然详案之，其故殆尤在神鬼之不别。天神地祇人鬼，古者虽若有辨，而人鬼亦得为神祇。人神淆杂，则原始信仰无由蜕尽；原始信仰存则类于传说之言日出而不已，而旧有者于是僵死，新出者亦更无光焰也。"③ 盐谷温之后，周作人又将中国神话与古希腊神话作比较，而对中国神话则有所贬抑："中国的神话，除了《九歌》以外，一向不曾受过艺术化，所以流传在现代民间，也不能发出一朵艺术的小花。"④ 冯沅君则说："我以为中国神话在古代也还发达（参看《山海经》诸书便知），并且也有些还美丽而神秘的。不过中国文人向来不以'雅驯'视之，不肯移植来点缀他们的园地。这些美丽的花木，遂无人注意，甚且悄悄地枯萎零落了。并且中国文人偶尔运用神话，也只是用以影射当前的事物，以炫其学问之渊博；很少能于此美丽的躯壳上，付以新生命。这是很使我们抱憾的。"⑤ 这里的措辞（"也还发达""也有些还美丽而神秘的"）显然经过一番斟酌，它所折射出的，则是作者对中国神话作评判时的犹疑。胡适在《白话文学史》第六章曾谈到中国古代"故事诗"（史诗）缺乏的原因，其中也涉及中国神话问题。在他看来，"古代的中国民族是一种朴实而不富于想象力的民族。他们生在温带与寒带之间，天然的供给远没有南方民族的丰厚，他们需要时时对天然奋斗，不能像

---

① ［日］盐谷温:《中国文学概论》，陈彬龢译，朴社印行 1926 年版，第 89—90 页。

② 郭希汾曾完整地引述过这段话。另外，对盐谷温所述前一原因，苏雪林也曾多次引述。参见郭希汾编辑《中国小说史略》，上海新文化书社 1934 年版，第 1—2 页；苏雪林《诗经杂俎》，（台湾）商务印书馆 1995 年版，第 65 页。

③ 鲁迅:《中国小说史略》，见《鲁迅全集》第 9 卷，人民文学出版社 2005 年版，第 24 页。

④ 见周作人译《在希腊诸岛》一文末尾附记，《小说月报》1921 年第 12 卷第 10 号。

⑤ 冯沅君:《〈镜花缘〉与中国神话》，《语丝》1925 年第 54 期。

热带民族那样懒洋洋地睡在棕榈树下白日见鬼，白昼做梦。所以《三百篇》里竟没有神话的痕迹。所有的一点点神话如《生民》、《玄鸟》的'感生'故事，其中的人物不过是祖宗与上帝而已"①。这里所持的显然是一种地理决定论。对其观点，茅盾在《中国神话研究 ABC》一书中提出了中肯的批评。茅盾认为，地形与气候对神话确实有一定的影响，如北欧的神话和南欧希腊的神话色彩大异，但不能将其绝对化："地形和气候只能影响到神话的色彩，却不能掩没一民族在神话时代的创造冲动。"比如，北欧民族生活在寒带，也要"时时对天然奋斗"，但这些民族却可以创造出丰富的神话；南部非洲一些文化程度极低的野蛮民族，生活在热带，不必和天然苦斗，然而他们也只有"绝简陋的神话"②。1930 年，钟敬文在《楚辞中的神话和传说》一书中认为："世界上，无论任何民族或国家，她的古昔都曾有过一个神话与传说盛行的黄金时代（有许多未开化的野蛮人，他们此刻正在度着这种美丽的黄金时代呢），我们中华民族也不在例外。我们老远老远的祖宗，在原始时期创造出来丰美诡奇的神话传说，现在自然不很容易在谁的口里得到完整的叙述了（零片的朦胧的，有的也许还保留在村媪野老的心底口角，在适当的机会中，我们偶尔可以听到）。但在离开原始时代不很远的前人所写的著作里，总可以找到一些有兴味的材料。"③ 不过到了 1937 年，钟敬文的看法又有所变化："有些学者，说中国是神话很缺少的国度，和这相反，她于传说，却是异常地富有。中国是否为世界上最贫弱于神话之国，这还是一个有待商量的问题，但她于传说方面底富有，却是不容争辩的事实。"④ 这里一再坚持的是中国古代传说的丰富，至于神话是否"贫弱"，作者却避而不谈。态度的起伏，反映出的是与冯沅君类似的心态，即对中国古代神话"是否丰富"这一问题的不自信。

---

① 胡适：《白话文学史》，见《胡适全集》第 11 卷，安徽教育出版社 2003 年版，第 276 页。

② 玄珠（茅盾）：《中国神话研究 ABC》，世界书局 1929 年版，第 11 页。

③ 钟敬文编著：《楚辞中的神话和传说》，国立中山大学语言历史研究所 1930 年版，第 3—4 页。

④ 钟敬文：《中国古代民俗中的鼠》，《民俗》1937 年第 1 卷第 2 期。

与以上学者不同，茅盾不仅要证明"中国民族确曾产生过伟大美丽的神话"[①]，而且要从各种典籍中梳理出一条中国神话的体系来。1924 年完成的《中国神话研究》与 1928 年在日本东京完成的《中国神话研究ABC》，便是这种努力的体现。后者"只是要根据了安得烈·兰（Andrew Lang）所谓人类学的方法与遗形说的理论，把杂乱的中国神话材料估量一下，分析一下"[②]，从方法来说，明显是对前者的延续，因而此处重点讨论的是前一篇文章。

在《中国神话研究》一文中，茅盾首先引述安德鲁·兰和麦根西（D. A. Mackenzie）的观点，说明世界各个民族在原始阶段具有大致相同的思想与信仰，所以其神话也大体相同，比如天地开辟神话、日月神话以及变形神话等。不过，由于各民族生活环境的差异，其生活经验也因之各不相同，这便导致各民族神话在趋同中又表现出自身特色。另一方面，茅盾又强调，现今所见各"文明民族"的神话已非其原始形态，而是经过后世文学家的修改，尽管其原始形态依旧有所保留："神话既是原始信仰的产物，流行于原始民族社会间，则当一民族文明渐启，原始信仰失坠以后，此种表现原始信仰的故事当然亦要渐渐衰歇，尚幸有古代文人时时引用，所以还能间接地传到现代。"[③]此外，当一个民族与某种后起的或外来的宗教相遇时，其神话也会发生变化，比如基督教传播到斯堪的纳维亚半岛时北欧神话所发生的变化。

以上所述似乎与文章的研究对象——中国神话——无直接关系，实际上，茅盾是通过对世界各民族神话总体特征的归纳，为即将讨论的中国神话设定原则和标准。仔细分析起来，这些原则中隐含着三组二项对立：

[①]　原载《文学周报》1928 年第 6 卷第 15、16 期合刊，署名玄珠，引自《茅盾全集》第 28 卷，人民文学出版社 1993 年版，第 95 页。

[②]　茅盾：《神话研究》，百花文艺出版社 1981 年版，第 223 页。

[③]　茅盾：《中国神话研究》，《小说月报》1925 年第 16 卷第 1 号，第 2 页。

原始神话——文人加工过的神话

本土神话——外来神话

原始宗教神话——后起宗教神话

将以上二项对立中的右边各项剔除，剩余左边各项所反映的便是一个民族的原初神话形态。茅盾所要做的，正是要重构纯正的"中国神话"（实际为"汉民族神话"）。不过，由于中国神话向来未有专书辑录，散见于古书者又十分零散，兼之古代中国与域外文化的交流十分频繁，因而重构"中国神话"谈何容易！针对这一难题，茅盾借鉴安德鲁·兰等的理论，首先区分"所有的神话故事何者为我们民族的原始信仰与生活状况的反映，何者为后代方士迎合当时求神仙的君主的意志而造的谰言"；然后根据"生活经验不同则神话各异"的原则，将外来神话从中国神话中剔除；最后寻求未经佛教思想变更的中国神话。经过上述剔抉，便可看到中国神话的大致面目，用茅盾的话说："我们如果照上面说的三层手续来研究中国神话，把那些冒牌的中国神话都开除了，则所余下来的，可以视作表现中华民族的原始信仰与生活状况的神话。"[①] 这些神话大约有六类：天地开辟神话、日月风雨及其他自然现象神话、万物来源神话、记述神或民族英雄的武功的神话、幽冥世界的神话、人物变形的神话。当然，这六类神话的多寡也有差异，比如"幽冥世界的神话"，在古书中很少见，后代书籍中的却已经过道教化或佛教化；又如"万物来源神话"数量也极少，茅盾举出的只有蚕的神话——即便如此，这一神话是否可靠还值得怀疑。

其实，上述只是茅盾重建中国神话的第一步，因为将二项对立中属于右边各项的神话材料剔除之后，剩下的顶多是错综复杂甚至相互抵牾的汉民族神话"碎片"。如何将这些"碎片"组织成一个井然有序的"神话体系"，则是茅盾下一步的目标。茅盾的办法，依然是参照人类学派的理论，先归纳出其他民族神话的主要特点与情节结构，然后以之为参照来重构中国神话。当然，这中间有一个理论预设——世界各民族神

---

① 茅盾:《中国神话研究》,《小说月报》1925 年第 16 卷第 1 号。

话大体相同——这也是人类学派的主要观点之一。

茅盾首先注意到，中国古代记载神仙的专书如《列仙传》《神仙传》等，虽然也载有诸神世系，但以人类学派的观点来考察，这些书中所讲述的多是方士的"谰言"，而非中华民族的神话，理由是：第一，世界各民族神话均为对某种自然现象的解释，而上述书中载录的却是炼丹修道、长生不老之类的故事；第二，原始人以自己所居住的地方为世界全体，而《十洲记》等书中所描绘的却是别处的洞天福地，因而与原始人的宇宙观不合。既然上述诸书无法采信，要建构中国的"神话体系"，只有从古史入手："我们觉得谈到中国神话时最令人不高兴的是：现今所存中国神话的材料不能算少，只可惜是东鳞西爪，没有一些系统。但是我以为我们可以假定一个系统。这个假定的系统立脚在什么地方呢？我以为就可立脚在中国古史上。"[①] 与顾颉刚一样，茅盾也断言："中国的太古史——或说得妥当一点——我们相传的关于太古的史事，至少有大半就是中国的神话。"[②] 证之以世界历史，"神话历史化"的现象也屡见不鲜，比如古希腊学者武赫默洛司（Euhemerus）、冰岛史学家斯奴罗·斯土莱松等，就曾将希腊神话、北欧神话附会为真实发生过的历史事件。茅盾由此得出结论："从这些例子看来，古代的历史家把神话当作历史的影写，竟是屡见而不一见的；从而我们若设想我们古代的历史家把神话当作历史且加以修改（因为历史总是人群文明渐进后的产物，那时风俗习惯及人类的思想方式已大不同于发生神话的时代，所以历史家虽认神话为最古的史事，但又觉其不合理者太多，便常加以修改），亦似乎并不是不合理的。"[③] 既然如此，后世学者反过来从前人的历史著作中钩稽神话，当是一条可行的途径。以盘古神话为例，在《三五历记》《述异记》和《五运历年纪》等历史性质的古籍中，分别保存着这一神话的三个片断。借助于比较神话学知识，茅盾发现这几个故事中的主要叙事单元，如"天地混沌如鸡子""身体化为宇宙万物"等，在芬兰、印度、希腊乃至

---

① 茅盾：《中国神话研究》，《小说月报》1925 年第 16 卷第 1 号。
② 同上。
③ 同上。

北美伊罗瓜族的天地开辟神话中均曾出现，因而可以确认有关盘古的这几条"史料"实为中国天地开辟神话的"断片"。茅盾又以上述民族的开辟神话作为"模板"，将《三五历记》《述异记》等书的记载"连串"起来，所得结果便是汉民族的天地开辟神话。

由上述结论出发，茅盾又联想到《列子》和《淮南子》等书中所载的女娲补天故事，认为这是中国创世神话的后半段，因为参照世界其他民族的神话，只有将盘古开天辟地与女娲补天两组情节合并起来，才是完整的中国创世神话。不过这又引出一个问题：在盘古开天辟地和女娲补天之间，缺少"天崩地陷"的中间环节。本来在《列子·汤问》中，也载有共工怒触不周山而致"天柱折，地纬绝"的片断，但从时间来看，这段神话是在女娲补天之后。为明了起见，现将《列子》与《淮南子》中的两段神话资料引述如下，并标示出其中的情节单元：

情节单元 A：往古之时，四极废，九州裂，天不兼覆，地不周载，火烂炎而不灭，水浩洋而不息，猛兽食颛民，鸷鸟攫老弱。（《淮南子》）

情节单元 B：于是女娲炼五色石以补苍天，断鳌足以立四极，杀黑龙以济冀州，积芦灰以止淫水。（《淮南子》）

情节单元 C：昔者女娲氏炼五色石以补其阙，断鳌之足，以立四极。（《列子·汤问》）

情节单元 D：其后共工氏与颛顼争为帝，怒而触不周之山，折天柱，绝地维，故天倾西北，日月星辰就焉，地不满东南，故百川水潦归焉。（《列子·汤问》）

上述四组情节单元中，B 与 C 可以视作一项。如果借用茅盾的方法，将这四组材料与盘古神话"连串"起来，便得到下面一组情节组合：（a）盘古开天辟地——（b）四极废，九州裂——（c）女娲补天——（d）共工怒触不周之山。以上组合中，（a）（b）（c）均为完整的叙事，唯有（b）项混沌不清，既没有施动者，也不知灾难发生的原因。对于这一难题，茅盾再次借助于其他民族的神话来作推断："据我想来，中国本来应有一段神话讲天何以破裂，但现在竟失传了。各民族的神话里都讲到天地开辟以后，人类既生以后，复经毁灭，后乃由神收拾残局，更造人类（例如希腊的洪水神话）；这些洪水神话，有人解释是原始人所身受的最后一次因冰川融解而发的大水的经验的记录。这个经验，据说是温热带地段居民所共有的；今证之以凡居温热带地段的民族几乎全有这段神话，觉得这个假定似乎可以成立。准此可知中国民族的神话里本来也有洪水的故事，后来不知什么缘故，竟至失传，却只剩了破坏后建设——即女娲氏炼石补天——的故事了。"① 如果说异民族神话属于"外证"的话，那么，《淮南子》中"水浩洋而不息"几句记载，便是中国式洪水神话的"内证"。再根据女娲"断鳌足以立四极"的叙述，可推知洪水的始作俑者为鳌。如此一来，盘古开天辟地与女娲补天之间的空缺环节终于可以得到合理的解释："我们不妨想象我们的祖先曾把他们那时传下来的地面最后一次洪水的故事，解释作因为有鳌作怪，发大水，以至四极废，九州裂，然后女娲氏斩鳌，断其足以为天柱，把天撑住，又补了有破痕的天，乃创造第二次的世界。"不过，茅盾对上述推论显然有些不够自信："这个想像，似乎也还近理，就可惜于书无征。"②

笔者将茅盾重建中国上古神话的思路概括为：原始先民心智共通说——世界神话普同说——归纳其他民族的神话模式——复原中国上古神话。打个比方，这种"神话复原"的方法类似博物馆中的拼图游戏：我们面对的是一堆色彩斑斓的史前陶片，需要参考某种模板将其复合。所不同的是，博物馆中的模板是已知的，而我们面对的神话模板则永远是一种假说。说到底，所谓"中国原始神话"，不过是一种大胆的理论假设。因而同一个对象，不同的研究者可能会得出相反的结论。茅盾采用人类学派的观点，认为"嫦娥奔月"并非纯正的民间神话，而是经过后人的虚饰，钟敬文则援引人类学资料对此进行反驳：

（《淮南子》）其文云："羿请不死之药于西王母，姮娥窃之以奔

---

① 茅盾：《中国神话研究》，《小说月报》1925 年第 16 卷第 1 号，第 12 页。

② 同上。

月。"高诱注云："姮娥，羿妻。羿请不死之药于西王母，未及服之，姮娥盗食之，得仙，奔入月中为月精。"沈雁冰极否认此条为真的民间神话。他最重要的理由是，"原始人民对于日月的观念有一个特点，就是即以日月神为日月之本体，并非于日月之外，另有日月之本体。现在《淮南子》说姮娥奔入月中为月精，便是明明把月亮当做一个可居住的地方，这已是后来的观念，已和原始人民的思想不相符合了。"这话不见得很可靠。关于原始人和野蛮人，他们以为日月的神是地上的人所变者的神话，其例实不少。如墨西哥人、南非的布西曼族人对于太阳的传说，及恩康忒湾土人、美洲的墨斯喀族人、喜马拉雅的卡西亚族人对于月亮的传说之类，不一而足。但话虽如此说，这个姮娥奔月的故事，也非绝无可疑之点，如请药偷药这类话，便很带有后来方士派的意味。也许本来确有这样一个谓女人奔月为月神的传说，而关于服药的话，是《淮南子》之徒所增加或修改的。①

在笔者看来，茅盾对于中国上古神话的"重建"，与其说是解决了一个学术难题，不如说是缓解了当时知识界的普遍焦虑。在当时知识分子看来，希腊、北欧、埃及、印度等民族均有自己的神话体系，唯独中国却例外，这难免让他们产生一种"世界弃子"的心理挫败感。而茅盾从浩如烟海的汉语典籍中钩稽出中国的神话体系，无疑是对上述心理挫折的一种补偿。在对盘古神话进行"成功"复原后，茅盾便说过一番耐人寻味的话："这便是中国神话的第一页，若照兰氏的各民族开辟神话的方式（他的方式是说最低等的民族相信天地及万物是一个虫、一只兔子或别的动物一手包办，很快的造成；高等民族便说创造天地与万物的，是神或超人的巨人，且谓万物乃以次渐渐造成的）看来，中国的开辟神话与希腊、北欧相似，不愧为后来有伟大文化的民族的神话；虽然还嫌少了些曲折，但我们可以假定这是因为后人不会保存而致散佚，原样或

---

① 钟敬文编著：《楚辞中的神话和传说》，国立中山大学语言历史研究所1930年版，第17—18页。

者要曲折美丽得多呢！譬如历来相传女娲氏炼石补天之说，理应是中国的开辟神话的后半段，不知后来怎样割裂了的，从此也可以想见中国的开辟神话其内容丰富美丽，不亚于希腊神话。"① 令茅盾始料不及的是，多年以后，许多学者认为盘古神话系从印度传播而来。其实，如果作一番考察，会发现中国神话研究中这种混杂着民族情绪的焦虑感贯穿了整个 20 世纪。1928 年，黄诏年在《民间神话》一文中便说道："中国的神话，也如其他的事情一样，国内很少人注意，倒被国外的人工作起来。……的确的，中国的神话如果全国的材料汇起来，下一番整理的功夫编本代表集，其成绩定会惊人，以我个人看来，中国的神话的丰富伟大，决不会逊色于古希腊很多，在世界文艺史上，中国的神话，也是一朵永不凋谢的白莲。"② 尽管黄诏年对茅盾神话研究中过于"注重于书本"而略有微词，但其有关中国神话的判断，又与茅盾的口吻何其相似！半个多世纪后，我们从一些学者的论述中依然可以感受到这种焦虑："美国神话学家杰克·波德说：'特别应该强调的是（如果把盘古神话除外）中国可能是主要的古代文明社会中唯一没有真正的创世神话的国家。'杰克·波德先生没有调查研究，这样武断，完全是跟欧洲的一些学者鹦鹉学舌。我们有理由有根据地讲：现在应当颠倒过来：中国是唯一拥有最丰富最'真正'的创世神话的国家。"③ 说中国是"古代文明社会中唯一没有真正的创世神话的国家"，当然失之偏颇；但又断言"中国是唯一拥有最丰富最'真正'的创世神话的国家"，则是从一种极端走到了另一极端，二者均不可取。

今天看来，茅盾等学者的最大缺失，是受其"文学家"这一职业身份所限，而将神话单纯视为"文学"的一种亚型。因中国古代文化的特殊性，要在文献中找出类似希腊、罗马神话一样的叙事类型，自然会捉襟见肘。其实，只要我们走出文学本位神话观的误区，便会在中国文化的各个角落发现神话的踪迹，正如叶舒宪先生所说："中国古人不用讲

---

① 茅盾：《中国神话研究》，《小说月报》1925 年第 16 卷第 1 号。

② 黄诏年：《民间神话》，《民俗周刊》1928 年第 11、12 期合刊。

③ 陶阳：《钟敬文神话学管窥》，见白庚胜、向云驹主编《民间文化大风歌——钟敬文百年华诞纪念文集》，宁夏人民出版社 2005 年版，第 100 页。

'神话'这个词，因为他原来就生活在神话所支配的观念和行为之中！"①
如此一来，诸如"神话"一词缘何未见诸中国古典文献之类的问题，也
可以迎刃而解。

---

① 叶舒宪：《神话作为中国文化的原型编码》，《中国社会科学报》2010 年 8 月 12 日，第
12 版。

第 三 章

郑振铎：文学人类学与"古史新辨"

一 从"疑古"到"释古"

提起 20 世纪前期的中国史学，许多人可能对冯友兰"信古""疑古"与"释古"的划分耳熟能详。其实，这种划分的始作俑者并非冯友兰，在其之前，学界已有类似划分。比如 1930 年，时为南京中央大学史学系学生的张荫在《古史甄微质疑》一文中指出："年来研究中国古史之风，一时颇盛，而要而言之，大抵不外：（一）旧史学派，（二）新史学派，（三）疑古派。"这里所谓"旧史学派"，实即"信古"一派，因其"一遵往古代代相承之说，亦步亦趋，不稍更易"；而"新史学派"，指以王国维为代表的"释古"一派，他们"依地下掘得之新史料，以补旧史之偏而救其弊"；"疑古派"自然是以顾颉刚为代表、以《古史辨》为中心的一批史学同仁。① 1935 年，冯友兰在《中国近年研究史学之新趋势》一文中，首次对"信古""疑古"与"释古"三派作出明确界说：

中国近年研究历史之趋势，依其研究之观点，可分为三个派别：（一）信古，（二）疑古，（三）释古。"信古"一派以为凡古书上所说皆真，对之并无怀疑。"疑古"一派，推翻信古一派对于古书之信念，以为古书所载，多非可信。"信古"一派，现仍有之，如提倡读经诸人是。疑古工作，现亦方兴未艾。"释古"一派，不如信古一派

---

① 张荫：《古史甄微质疑》，《史学襟志》1930 年第 2 卷第 3 期。

之尽信古书，亦非如疑古一派之全然推翻古代传说。以为古代传说，虽不可尽信，然吾人颇可因之以窥见古代社会一部分之真相。[①]

数日后，冯友兰在北平辅仁大学的演讲中对上述观点再次作了申述。所不同的是，他将此前"信古""疑古"与"释古"三派概括为前后相续的三个阶段："（一）信古——学者具有此种态度较早，是最缺乏批判精神的，所以后来研究史学的对于这种态度渐渐发生转变"；"（二）疑古——关于疑古，是发生于信古以后，是研究史的另外一种态度，此种自较盲目的信古态度进步些，可是立于研究的立场上说，仍是属于消极方面的，而于研究的效率方面，亦不能得到满意的进展"；"（三）释古——释古是研究史学的第三种态度，是与信古、疑古两者迥不相同的，同时也是研究史学的态度进步到第三个阶段"。[②] 这种概括并不完全符合事实：王国维"释古"力作《殷卜辞中所见先公先王考》及其《续篇》早在 1917 年发表，而作为"古史辨"派宣言的顾颉刚《与钱玄同先生论古史书》则迟至 1923 年才问世。不过，这并未影响这一概括的风行。自冯友兰关于 20 世纪前期中国史学的"三派"或"三阶段"说提出之后，很快在学界引起共鸣，后来的学者如杨宽、柳存仁等，多在其基础上作进一步引申。值得一提的是，当时三派之中，影响最大的无疑是以顾颉刚为首的"疑古"一派："近三十余年（大约自 1917 年蔡元培任北京大学校长时起至 1949 年全国解放时止）疑古学派几乎笼罩了全中国的历史界，可是它的大本营却在《古史辨》及其周围。"[③] 其流风所及，以至《古史辨》第七册于抗战中期出版时，学界竟有千呼万唤、众目以待之势："渴望已久之《古史辨》第七册由童书业君继续编纂现已完成，行将在上海开明书店出版，想士林必以先睹为快，故本刊特介绍其目录于左。"[④]

以顾颉刚为首的"古史辨"派，揭起"疑古辨伪"的大旗，推倒了

---

① 冯友兰：《中国近年研究史学之新趋势》，原载《世界日报》1935 年 5 月 14 日，引自《三松堂全集》第 14 卷，河南人民出版社 2000 年版，第 255 页。

② 冯友兰讲演、维民记：《近年史学界对于中国古史之看法》，《骨鲠》1935 年第 62 期。

③ 徐旭生：《中国古史的传说时代》，广西师范大学出版社 2003 年版，第 26 页。

④ 见《责善半月刊》1940 年第 1 卷第 8 期"学术消息"栏。

二千年来唯经是尊、盲目崇古的治学风尚，其贡献无论从学术史还是从思想史的层面来衡量均不可低估。[①] 不过，"古史辨"派也并非无可指摘，在致力于推倒"伪古史"的同时，他们回避了"古史重建"这一更为重要的问题。此外，"古史辨"派因疑古而否定全部上古史的真实性，甚至断言"东周以上无信史"，这种极端疑古的态度自然会招致许多人的反对。早在《古史辨》第1册出版后不久，陆懋德即为之撰文，在肯定其积极意义的同时，也指出顾颉刚诸人未能借助新材料而达成最终结论："北京大学顾君颉刚著有《古史辨》，其第一册现已在北京朴社出版。此书实为近年吾国史学界极有关系之著；因其影响于青年心理者甚大，且足以使吾国史学发生革命之举动也。……然吾披阅顾君之书一过，甚服其读书之细心，及其疑古之勇气，然亦惜其惟知作故纸堆中之推求，而未能举出考古学上之证据，故辩论数十万言而未得结果也。"[②] 相形之下，前文提到的中央大学学生张鉴，对"疑古"一派的批评分外尖刻："其疑古一派，则稍窥皮毛，率尔立异，师心自用，如饮狂药，一切旧史，目为土饭；以现代之理论，决遂古之事实；深文周纳，惟意所欲，裂冕毁裳，靡所不至；如以尧舜为神非人，以伯禹共虫等视，其著例也。"[③] 这种近乎谩骂的批评当然不可取，不过得承认，它也体现了当时一些学者对于"古史辨"派的态度。

在中国现代学术史上，郑振铎虽然主要以文史学家名世，不过他对史学界的情形也十分关注。在《汤祷篇》一文开篇，郑振铎便说："古史的研究，于今为极盛；有完全捧着古书，无条件的屈服于往昔的记载之下的；也有凭着理智的辩解力，使用着考据的最有效的方法，对于古代的不近人情或不合理的史实，加以驳诘，加以辨正。顾颉刚先生的《古史辨》便是属于后者的最有力的一部书。" 如果借用冯友兰的表述，

---

① 苏雪林晚年曾回忆道："他（刘永济）保卫中国文化之心太强烈，终日对我骂胡适之、顾颉刚是出卖中国文化的'汉奸'、'卖国贼'，说日本人没有历史，却要伪造历史，中国明明有唐虞三代的历史，胡、顾等偏要将它斩断，毁灭，非出卖中国文化的汉奸卖国贼而何？"这段话从侧面反映出顾颉刚等人的"疑古辨伪"对当时保守派学者冲击之强烈。见苏雪林《浮生九四——雪林回忆录》，（台北）三民书局1993年版，第107—108页。

② 见《清华学报》1926年第3卷第2期"介绍与批评"。

③ 张鉴：《古史甄微质疑》，《史学襍志》1930年第2卷第3期。

这里所说的第一种研究，可称为"信古"；第二种研究，当属"疑古"。二者之中，郑振铎对后者表示肯定："顾先生重新引起了人们对王充、郑樵、崔述、康有为诸人的怀疑的求真的精神。康氏往往有所蔽，好以己意强解古书，割裂古书；顾先生的态度，却是异常的恳挚的；他的'为真理而求真理'的热忱，是为我们友人们所共佩的。"尽管如此，郑振铎在古史问题上仍然与顾颉刚有着根本的分歧，主要表现在：第一，顾颉刚认为"古书皆伪"，郑振铎则以为"古人或不至象我们所相信的那末样的惯于作伪，惯于凭空捏造多多少少的故事出来；他们假使有什么附会，也必定有一个可以使他生出这种附会来的根据。愈是今人以为大不近人情，大不合理，却愈有其至深且厚，至真且确的根据在着"；第二，顾颉刚"疑古辨伪"主要凭借的是古代流传至今的书面典籍，方法上遵循的是乾嘉考据学传统；郑振铎却认为"老在旧书堆里翻筋斗，是绝对跳不出如来佛的手掌心以外的。此亦一是非，彼亦一是非，旧书堆里的纠纷，老是不会减少的"。说到底，在郑振铎看来，顾颉刚等人所从事的"疑古辨伪"仅代表古史研究的一个阶段，因而他说："但我以为，顾先生的《古史辨》，乃是最后一部的表现中国式的怀疑精神与求真理的热忱的书，她是结束，不是开创，他把郑崔诸人的路线，给了一个总结束。但如果从今以后，要想走上另一条更近真理的路，那只有别去开辟门户。"所谓"别去开辟门户"，便是采用新的材料和新的眼光对古史进行解释——这里我们再次看到，在冯友兰之先，郑振铎实际上也对古史研究作出"信古""疑古"与"释古"的三阶段划分。前文已述及，早在1917年，王国维已发表"释古"力作《殷卜辞中所见先公先王考》及其续篇。不过，受过传统金石学训练的王国维，所采用的"新材料"主要是殷墟甲骨卜辞，所采用的"新方法"是"出土文献"与"传世文献"相互参证的"二重证据法"。而曾经留学欧洲、又对俗文学长期保持兴趣的郑振铎，所运用的"新材料"与"新方法"，主要是综合人类学、民俗学与考古学资料进行跨文化参证的"立体释古"方法："自从人类学、人种志和民俗学的研究开始以来，我们对于古代的神话和传说，已不仅视之为原始人里的'假语村言'了；自从萧莱曼在特洛伊城废址进行发掘以来，我们对于古代的神话和传说，也已不复仅仅把他们当作是诗人们的想象的创作了。"郑振铎所推崇的郭沫若《中国古代社会研究》①，便是当时运用摩尔根的人类学理论解释中国古史的典范。基于上述认识，郑振铎才有了"古史新辨"的设想:

> 我对于古史并不曾用过什么苦功;对于新的学问，也不曾下过一番好好的研究的功夫。但我却有一个愚见，我以为《古史辨》的时代是应该告一个结束了!为了使今人明了古代社会的真实的情形，似有另找一条路走的必要。如果有了《古史新辨》一类的东西，较《古史辨》似更有用。也许更可以证明《古史辨》所辨正的一部分的事实，是确切不移的真实可靠的。这似乎较之单以直觉的理智，或以古书考证，为更近于真理，且似也更有趣些。

《汤祷篇》的写作，正是郑振铎对于上述设想的实践。这篇论文最初发表时，副标题便是"《古史新辨》之一"。作者所采用的"较新的研究方法"，正是文学人类学的研究方法。

二　郑振铎与《金枝》

由于郑振铎"古史新辨"主要采用的是人类学跨文化比较方法，因而在讨论《汤祷篇》之前，有必要对郑振铎与文化人类学的关系作一梳理。与当时多数文史学者一样，郑振铎所受文化人类学的影响主要来自古典进化论学派。《汤祷篇》第四节的标题即为"蛮性的遗留"，作者对此虽未作任何说明，但对人类学稍有了解的人都知道，这一概念来自爱德华·泰勒的《原始文化》。在此前已出版的《文学大纲》中，郑振铎曾援引安德鲁·兰的话，从人类学角度追溯文学的发生:

---

① 《汤祷篇》1933年最初发表时写道:"像陶希圣先生和郭沫若先生对于古代社会的研究便是一个好例。"1957年收入《汤祷篇》一书时，"陶希圣"被删除，这句话被改为:"像郭沫若先生他们对于古代社会的研究便是一个好例。"

　　安特留·兰说:"在野蛮人看来,天空、太阳、海洋及风,不仅是人类,而且他们是野蛮人。"古代的人,具有这种观念在心里,于是他们所答复的宇宙的问题,便天然的取了故事或所谓神话的形式。当文学开始创造,人类开始著作之时,他们天然的要最先的把那些一代一代复述下来的熟知的故事,如关于生与死的神秘与人对于所住的世界的一般关系之类的,述写下来,这些神话便是文学的最初基石。……文学的开始大多数皆为神的行为的记述,而当宗教观念发达,人类建筑庙宇时,在世界的许多地方,庙宇又为书籍的最初的家。①

　　同一书中,在解释不同民族间神话传说等相同的原因时,郑振铎对"偶然说""同源说"表示不满,而对古典进化论人类学派的"心理共通说"给予很高评价:"我们研究民歌与民间传说,有一件事实觉得极重要而且极有趣味。东方所歌咏的事物与西方所歌咏的事物都有很相同的,而许多同样的故事,也同为世界一切人民所传述。这种神话的广播的原因,曾有许多理论来解释过它。……最令人满意的解释是说,同样神话之所以有普遍性,是因为它们是普遍的经验与情感的结果。安特留·兰说:'他们是初民心中的粗率产物,还没有印上种族与文化的歧异的特性的。'"②

　　不过,如果要在古典进化论人类学中选出一部对郑振铎影响最深的著作,恐怕非弗雷泽的《金枝》莫属。周予同在为《汤祷篇》一书所作的序言中写道:"什么时候,他读到佛累才(J. G. Frazer)的《金枝》(*The Golden Bough*),我不清楚,但他被这部书迷住了!他藏有原著本,又有节本。他曾经有这样的计划,为了扩大中国学术的部门,想着手翻译这部民俗学大著,设法接洽承印的书店;后来因为时间不够,书店也不易接受,又想改译节本,但都没有实现。"③ 查郑振铎早年日记,1928

---

① 郑振铎编著:《文学大纲》上,商务印书馆1927年版,第15—16页。
② 同上书,第17页。
③ 周予同:《汤祷篇·序》,见《郑振铎文集》第4卷,人民文学出版社1985年版,第466页。

年 2 月 4 日写道："今天购得 J. G. Frazer 的《*Golden Bough*》。"① 此时郑振铎正在欧洲游学，所购《金枝》为何种版本虽然未作交代，但起码可以肯定，早在这个时候，他已经藏有《金枝》一书。此外，郑振铎 1957 年 4 月 16 日致刘哲民的信中说："家晋兄的信已经收到了。《金枝》他愿续译下去，最好。惟英文本尚未找到，俟借到，即寄去。"② 5 月 12 日致刘哲民的信中又说："《金枝》的译文，我所已译的部分，归后，也即当寄上。"③ 5 月 20 日致刘哲民的信中再次说道："《金枝》节本的原书，找了几天，还没有找到。一找到，当即行寄上。我只译了五万多字。"④ 可见，郑振铎已将《金枝》译出一部分。刘哲民此时在出版部门工作，二人信中所谈，当是《金枝》一书的翻译及出版事宜。遗憾的是，此书尚未译完，郑振铎次年便不幸遇难。直至 30 年后的 1987 年，《金枝》中译本才首度在国内面世。

从《汤祷篇》一文来看，其所受《金枝》的影响也十分明显。文章不仅援引弗雷泽的"祭师王"理论对"汤祷"传说进行解释，第六部分更是以"金枝"为标题，对弗雷泽的这部大著作了介绍："英国的一位渊博的老学者 Sir James George Frazer 尝著了一部硕大深邃的《金枝》（*The Golden Bough*）专门来解释这个问题。单是说起'王的起源'（Origin of the King，《金枝》的第一部分）的一个题目，已有了两厚册。所以关于理论上的详细的探讨，只须参读那部书，（当然还有别的同类的书）已可很明了的了。（《金枝》有节本，只一册，Mecmillan and Co. 出版）本文不能也不必很详细地去译述它。"⑤

进一步比较会发现，《汤祷篇》不仅对《金枝》一书的理论多有借鉴，甚至在行文风格上也与《金枝》酷肖。熟悉《金枝》的人都知道，作为文学造诣极深的古典学者，弗雷泽在《金枝》一书开篇，便对内米

①　陈福康整理：《郑振铎日记全编》，山西古籍出版社 2006 年版，第 86 页。

②　郑振铎：《致刘哲民》，见《郑振铎全集》第 16 卷，花山文艺出版社 1998 年版，第 431 页。

③　同上书，第 435 页。

④　同上书，第 436 页。

⑤　郑振铎：《汤祷篇》，《东方杂志》1933 年第 30 卷第 1 号。

湖畔的如画美景与其间上演的惨剧作了尽情渲染。而在《汤祷篇》的第一部分，郑振铎同样用散文化的笔法，勾勒出一幅紧张不安的"人祭"场面。这里摘录文章起首一段如下：

> 一片的大平原；黄色的干土，晒在残酷的太阳光之下，裂开了无数的小口，在喘着气；远远的望过去，有极细的土尘，高高的飞扬在空中，仿佛是绵绵不断的春雨所织成的帘子。但春雨给人的是过度的润湿之感，这里却干燥得使人心焦意烦。小河沟都干枯得见了底，成了天然的人马及大车的行走的大道；桥梁剩了几块石条，光光的支撑在路面的高处，有若枯骸的曝露，非常的不顺眼，除了使人回忆到这桥下曾经有过碧澄澄的腻滑的水流，安闲舒适地从那里流过。[①]

假如将上述文字从原文中抽出，估计不少人会误以为这是某部文学作品中的段落。如果我们同意，所谓"文学人类学"不仅仅指以人类学理论与方法对文学文本进行解读，也意味着人类学与文学两种写作风格的有机融合，那么便得承认，《汤祷篇》与《金枝》一样，对人类学的文体变革也有一定的启示意义。

三　《汤祷篇》的学理分析

1933 年 1 月 1 日，郑振铎在上海《东方杂志》第 30 卷第 1 号发表《汤祷篇》。文章在正式讨论"汤祷"传说之前，还有一段用小号字体排版的序言，谈的正是上文反复引述过的对于古史的看法。今天出版的各种郑振铎文集，均将序言与正文用同一字号排版，序言的"总纲"性质反倒不大明显。1957 年，郑振铎将《汤祷篇》及此后相继发表的《玄鸟篇》（1937）、《黄鸟篇》（1946）、《释讳篇》（1938）、《伐檀篇》（1946）汇为一集，书名依然采用"汤祷篇"。如此一来，所谓"汤祷篇"，既是

---

① 　郑振铎：《汤祷篇》，《东方杂志》1933 年第 30 卷第 1 号。

郑振铎讨论商汤祈雨传说的一篇论文,也是讨论《诗经》、古史问题的一部著作名称。由于上述 5 篇论文中,《汤祷篇》写作时间最早、影响也最大,因而本节将重点围绕这篇文章展开论述。

在《荀子》《尸子》《吕氏春秋》《淮南子》和《说苑》等典籍中,均载有商汤祈雨的传说。这些传说大体可分为两种类型:一种是商汤派人去祈雨,如《说苑》所载:

> 汤之时,大旱七年,雒圻川竭,煎沙烂石,于是使人持三足鼎祝山川,教之祝曰:政不节邪?使人疾邪?苞苴行邪?谗夫昌邪?宫室崇邪?女谒盛邪?何不雨之极也?言未已,而天大雨。

另一种则是商汤"以身为牺牲","剪发断爪"而祷于桑林。这种类型在古代典籍中占多数,如《吕氏春秋》所载:

> 汤克夏而正天下。天大旱五年不收。汤乃以身祷于桑林曰:余一人有罪,无及万夫。万夫有罪,在余一人。无以一人之不敏,使上帝鬼神伤民之命。于是剪其发,磨其手,以身为牺牲,用祈福于上帝。民乃甚悦,雨乃大至!

这些记载至少会引发两方面疑问:第一,上述两种类型中,哪一种较少经过后世文人的改篡,因而更加接近传说的原初形态?第二,传说中所讲述的故事是否真的发生过?

对于第一个问题,郑振铎依据人类学派的观点,认为"在古代的社会里,也和今日的野蛮人的社会相同,常是要发生着许多不可理解的古怪事的。愈是野蛮粗鄙的似若不可信的,倒愈是近于真实"。上述两种类型中,第二种讲述商汤"以身为牺牲",显然与其作为王者的至尊地位有所不合,因而更加难以理解,却也因之更加"近于真实"。

对于第二个问题,过去的学者如宋代张南轩、明代李九我、清代崔述等早已作过探讨。他们立论虽有所不同,在否认这件事的真实性上却态度一致,因而纷纷加以驳诘。比如,崔述在《商考信录》中引述张南轩的话说：

> 史载成汤祷雨，乃有剪发断爪，身为牺牲之说。夫以汤之圣，
> 当极旱之时，反躬自责，祷于林野，此其为民吁天之诚，自能格天
> 致雨，何必如史所云。且人祷之占，理所不通。圣人岂信其说而毁
> 伤父母遗体哉！此野史谬谈，不可信者也！

崔述本人更是运用考据学方法对"汤祷"传说进行辩驳。不过在郑
振铎看来，这些学者的话"实在有点幼稚得可笑"，他们最根本的问题，
是"以最浅率的直觉的见解，去解释古代的历史"。进一步说，上述诸人
的观点之所以不可取，就在于他们缺乏有关上古史的知识，而"站在汉，
站在宋，乃至站在清，以他们当代的文化已高的社会的情况作标准去推
测古代的社会的情况"。此外，如果对中国学术史作一通观，会发现这种
以后世的理性对古史妄加怀疑的现象并非孤例。自东汉王充至清代崔述，
可以梳理出一条源远流长的"疑古"传统。其在当代的继承者，自然非
"古史辨"派莫属。这些学者的"疑古"精神诚然可贵，但因为不了解上
古文化的真相，所得结论难免会出现偏差。要走出这种误区，需要对人
类早期文化有所了解，这样才有可能避免"以个人的理性来修改、来辨
正古史"。郑振铎的主要意图，正是借助古典进化论人类学所提供的上古
文化图谱，对崔述等人的观点进行反驳，进而证明"汤祷"传说并非古
人的"伪造"。当然，郑振铎也意识到，他与崔述等人的根本分歧，并不
在于"汤祷"事件本身，而是古代是否真的曾经"以王为牺牲"。只要能
证明这一事实为真，"汤祷"传说自然有了历史的依据。不过，对远古时
代"以王为牺牲"这一事实的证明，需要分三个步骤进行：

第一，古代是否有过"人祷"行为？对于这一问题，郑振铎举中
外典籍中的相关记载作为参证。《史记·六国表》载"秦灵公八年，初
以君主妻河"；《史记·滑稽列传》也载有魏文侯时邺人为河伯娶妇的
事。此外，古希腊悲剧作家欧里庇得斯（Euripides）的名剧《伊菲吉妮
娅》（*Iphigenia*）中，也讲述希腊人将阿伽门农之女伊菲吉妮娅作为牺
牲献给阿尔忒弥斯（Artemis）之事。从这些记载可知，"祈雨而以

'人'为牺牲的事,乃是古代所必有的"。到了后世,才渐被发和爪乃
至牛和羊代替。对于"汤祷"传说而言,"虽然'旱'未必是'七
年',时代未必便是殷商的初期,活剧里主人公也许未必便真的是汤,
然而中国古代之曾有这幕活剧的出现,却是无可置疑的事。——也许不
止十次百次!"如果从西方"原型批评"的角度来审视,"人祷"应当
是一种"仪式原型",商汤祈雨传说不过是这一仪式原型的"置换变
形"。郑振铎的考察重点,正是这一原型本身,而非由该"原型"所衍
生出的种种不同形态。

第二,古代是否曾经以王为牺牲?相对而言,在中国古代典籍中,
对于以国王为牺牲的记载较为少见。针对这一难题,郑振铎援引英国人
类学家爱德华·泰勒的著名命题"蛮性的遗留"(Survivals),通过《诗
经》以降历代典籍中的蛛丝马迹来对上古历史进行"还原"。比如,《诗
经·大雅·云汉》讲述天下大旱,周宣王忧思不已,作者据此推断:"在
周的时代,为了一场旱灾的作祟,国王还是那末样的张皇失措,那末样
的焦思苦虑,那末样的求神祷天,那末样的引咎自责;可见在商初的社
会里,而发生了汤祷的那样的故事是并不足为怪的。"由此出发,郑振铎
进一步引申道:"不仅此也;从殷、周以来的三千余年间,类乎汤祷的故
事,在我们的历史上,不知发生了多少。天下有什么'风吹草动'的灾
异,帝王们便须自起而负其责;甚至天空上发现了什么变异,例如彗星
出现等等的事,国王们也便都要引为自咎的下诏罪己,请求改过。"显
然,后世帝王的"下诏罪己"与周宣王的"引咎自责"一样,不过是更
早时候"汤祷"一类故事的"蛮性的遗留"。正因为此,作者不厌其烦地
梳理了自西周直到明代的各种灾异现象以及帝王对此的反应,以作为商
汤"以身为牺牲"的参证:"他们这些后代的帝王,虽然威权渐渐地重
了,地位渐渐地崇高了,不至于再像汤那末地被迫的剪去发和爪,甚至
卧在柴堆上,以身为牺牲,以祈祷于天;但这个远古的古老的习惯,仍
然是保存在那里的。他们仍要担负了灾异或天变的责任;他们必须下诏
罪己,必须避殿减膳,以及其他种种的'花样'。"在郑振铎看来,既然
历史上每逢灾异帝王们仍要"下诏罪己",那么以此逆推,在上古时代,
商汤牺牲自身来祈雨便不足为怪。

第三，为何要以王为牺牲？解决了第二个问题，我们接着可能会问：为什么不选择某个地位低下者（比如奴隶或罪犯），而必须以国王自身作为牺牲？对于这一问题，郑振铎借助英国人类学家弗雷泽的"祭师王"理论来作答。在《金枝》中，弗雷泽用大量民族学资料表明，古代的王与祭师两种身份常常合而为一。比如在罗马及其他拉丁城市，总有一位被称为"祭王"或"祭仪之王"的祭师，他的妻子也被称为"祭仪之后"。在雅典共和国，第二位每年的主国事者，也被称为"王"，其妻则被称为"后"，二者的作用均属宗教性质。更值得注意的是，在"野蛮社会"里，身兼祭师职务的部落首领被认为具有神秘的魔力，或者干脆被视作能呼风唤雨、使谷物成熟的神灵。不过，这种集世俗与神圣权威于一身的职位看似显赫，其实却潜伏着危险。每逢灾祸发生，"野蛮人"在祈祷无效、极端失望之时，往往要迁怒于国王。中国民间祈雨时"打龙王"一类的民俗活动，正是这种现象的"遗留"。此外，根据古希腊传说，古代的 Achai 人在饥荒或瘟疫时，常要在 Laphystius 山的高处，把国王作为牺牲献给 Zeus，因为祖先告诉他们，只有国王才能担负民众的罪过。古希腊悲剧《俄狄浦斯王》一开幕，讲述忒拜城遭受瘟疫，城里的民众集合于王宫前面，祈求国王的救护。中国的"汤祷"传说，与上述古希腊神话传说一样，正是"祭师王"原理的体现："我们昔时的许多帝王们，他们实在不仅仅是行政的领袖，同时也还是宗教上的领袖；他们实在不仅仅是'君'，且也还是'师'；他们除了担负政治上的一切责任以外，还要担任一切宗教上的责任。汤祷的故事，便是表现出我们的原始社会里担负这两重大责任的'祭师王'，或'君师'所遇到的一个悲剧的最显然的例子。"行文至此，原本迷雾重重的"汤祷"传说终于峰回路转，拨云见日。

《汤祷篇》问世不久，曹松叶在《东方杂志》第 30 卷第 13 号发表《读〈汤祷篇〉》一文作出回应。对于郑振铎"古史新辨"的设想，作者在文中表示赞同："我对于郑先生主张研究古史，应别开门户，别走新路，完全同意。我的心里早有这种意思。今天读郑先生的文章，不禁起了共鸣的作用。我以为不但研究古史应别走新路，即研究中世史近世史，若专用理智去判断，足有不少的错误，不能知道当时的真面目。……但以民族学、民俗学、人类学的眼光去看,那又是另外一种样子了。"① 不过,曹松叶此文的重点,则是针对《汤祷篇》一文的具体论证,从五个方面提出质疑:第一,"汤祷"为主动抑或被动? 第二,商汤"献身"的动机何在? 第三,"吃耶稣""打龙"是否同于"汤祷"? 第四,祭师与王的出现孰先孰后? 第五,"活剧"的主人翁究竟是否为商汤? 正如作者所言,以上五个问题中,后面四个"乃枝节问题",第一个问题却"极关重要",因而作者用了多达一半的篇幅,"证之以故事的本身,证之以《汤誓》、《孟子》,证之以民族心理学及其它",以表明"汤祷"一事为"自动而非被动"。② 笔者以为,曹松叶在此文中确实道出了《汤祷篇》的一些不足。也许是身为作家的缘故,郑振铎在《汤祷篇》中时时表现出奔放的想象力,但在行文中也间或出现逻辑不严密之处。比如,文章一开篇,郑振铎浓墨重彩地渲染了商汤被迫作为牺牲的场面:

> 来了,来了,村长们从城里拥了那位汤出来了。还有祭师们随之而来。人们骚然的立刻包围上了,密匝匝的如蜜蜂的归巢似的。人人眼睛里都有些不平常的诡怪的凶光在闪露着。
>
> 看那位汤穿着素服,披散了发,容色是戚戚的,如罩上了一层乌云,眼光有些惶惑。
>
> ……
>
> 那位汤要喊叫,但没有一个人理会他。他已重重密密的被包围在铁桶似的人城之中。额际及鬓上的汗珠尽望下滴。他眼光惶然地似注在空洞的空气中,活象一只待屠的羊。
>
> 有人把一件羊皮袄,披在那位汤的背身上。他机械地服从着,被村长们领到祭桌之前,又机械地匍匐在地。有人取了剪刀来。剪去了他的发,剪去了他的手指甲。
>
> ……
>
> 祭师们、村长们又向燔火那边移动了。那位汤心上一冷。他知

---

① 曹松叶:《读〈汤祷篇〉》,《东方杂志》1933 年第 30 卷第 13 号。

② 同上。

道他们第二步要做什么。他彷徨地想跳下柴堆来逃走。但望了望，那末密密匝匝地紧围着的人们，个个眼睛都是那末诡怪的露着凶光，他又不禁倒抽了一口冷气，他知道逃脱是不可能的。他只是盼望着雨点立刻便落下来，好救他出于这个危局。

而在第三节末尾，郑振铎又说：

> 那位汤，他并不是格外地要求讨好于百姓们，而自告奋勇地说道："若以人祷，请自当！"他是君，他是该负起这个祈雨的严重的责任的！除了他，别人也不该去。他却不去不成！

不过话说回来，即便如曹松叶所言，"汤祷"乃主动而非被动，也不影响《汤祷篇》一文的结论。在郑振铎看来，"汤祷"是否为主动或被动，甚至"人祷"这幕"活剧"是否发生在殷商、主人公是否为商汤均不重要。说到底，作者只是力图表明："中国古代之曾有这幕活剧的出现，却是无可置疑的事。"——只有后一问题，才是郑振铎与崔述等历代"疑古家"的真正分歧所在。只要能证明"以王为牺牲"这一文化现象在中国上古时代曾经存在，则崔述等人据后世理性以怀疑古史的做法会不攻自破。郑振铎之后，李宗侗（李玄伯）在《中国古代社会新研》中，对于"汤祷"传说的解释与此如出一辙。[①]

收入《汤祷篇》一书的另外四篇论文，也是从人类学、社会学视角对《诗经》等典籍中的一些篇章进行解读。《玄鸟篇》主要围绕《商颂·玄鸟》及《史记·殷本纪》中的商人族源神话展开讨论，对其主旨，郑振铎在文中有清楚的交代：

> 吞燕卵而怀孕生子，成为一代的开国之祖，这传说，以今日的历史家直觉眼光看来，乃是一种胡说，一种无稽的神话，一种荒唐的不可靠的谵语。但事实并没有这种的简单，古代的传说并不全是

---

①   参见李宗侗《中国古代社会新研》，中华书局 2010 年版，第 152—153 页。

荒唐无稽的,并不全是无根据的谵语,并不全是后人的作伪的结果。我们要知道,人类的文化是逐渐进步的。有许多野蛮社会的信仰和传说,决不能以现代人的直觉的见解去纠正,去否定的。有许多野蛮的荒唐的传说,在当时是并不以为作伪的,他们确切的相信着那是不假的。[①]

与《汤祷篇》一样,作者上述所言显然也是针对历代"疑古家"而发。它意在提醒我们:在对上古神话传说作出解释时,必须规避理性时代所形成的后设判断,尽可能返回这些神话传说得以产生的特定文化语境之中。在具体论证过程中,郑振铎也征引世界许多地方的民族志资料,表明这类神话并非后人的有意"作伪",而是植根于人类原始信仰的基础之上。

《黄鸟篇》中,郑振铎从郑《笺》"刺其以阴礼教亲而不至"一句出发,联系中国农村盛行的"赘婿"制度,认为此诗"是一个受了虐待的苦作的赘婿所写的'哀吟'"[②]。文章还附带论及《小雅·鸿雁之什》,认为此诗同样是一首"赘婿之歌"。作者的上述结论或许有需要商榷之处,不过应该肯定的是,它为解读这些诗歌提供了一种崭新的视角。

《释讳篇》中,郑振铎对中国延续数千年的"避讳"制度作了宏观透视,揭示出这种看似荒谬的现象,同样有着深刻的信仰根源:"远古的人,对于自己的名字是视作很神秘的东西的。野蛮人相信他们自己的名字,和他们的生命有着不可分离的关系。他们相信,每个人的名字乃是他自己的重要的一部分;别人的名字和神的名字也是如此。他们取名以分别人、己。他更相信:知道了神、鬼或人的名字,便可以把这个名字的主人置在他的势力,便可以给这个名字的危害。因此,他常预防着他的名字为人所知。"[③] 说到底,所谓"避讳",不过是这种原始的巫术信仰在后世的"蛮性的遗留"。

---

① 郑振铎:《玄鸟篇》,《中华公论》1937 年创刊号。
② 郑振铎:《黄鸟篇》,《文艺复兴》1946 年第 3 期。
③ 郭源新(郑振铎):《释讳篇》,《民族公论》1938 年第 1 卷第 2 期。

《伐檀篇》一文，正如副题"《诗经》里所见的古代农民生活之一"所示，郑振铎一改汉儒的说教，指出这是一首"绝好的农民的讽刺诗"。经由《伐檀》一篇，郑振铎还将《诗经》中的《七月》《硕鼠》《大田》《甫田》等篇贯穿了起来，认为这些诗从不同侧面表现了当时农民的生活与思想。与前面几篇不同的是，郑振铎在这篇文章中并未采用跨文化比较或以民俗证典籍的方法，全篇以诗论诗。不过，作者的立意并非对《诗经》作出美学评价，而是借此来发掘"古代社会的生活状态"。很可能正是由于这种社会学的研究取向，郑振铎才将此文收入《汤祷篇》一书。

《汤祷篇》一书给人的总体印象是旁征博引，视野开阔。举凡世界各地的民族学与神话学资料，作者常常信手拈来，以与中国典籍中的有关记载相互参证。由于这些研究采取在当时颇为新颖的人类学、社会学视角，因而往往能突破历代经学家的陈腐说教，给人以耳目一新之感。今天看来，这些文章自然有许多不尽完善之处，不过，在疑古之风如日中天的当时，郑振铎却能从弗雷泽《金枝》一书获得启发，借人类学理论与方法探索"古史新辨"的道路，为中国现代学术树立了一个新的典范。

第 四 章

闻一多的文学人类学实践

在中国现代学术史上，有一批知识分子，他们不仅是蜚声文坛的作家、诗人，也是卓有建树的学者。闻一多便是其中之一。早在"五四"时期，闻一多已开始新诗创作，嗣后相继出版《死水》《红烛》两部诗集，成为"新月派"的代表诗人之一。约从 20 世纪 30 年代初开始，闻一多逐渐退出诗坛而转向学术研究，其论著涉及《周易》《诗经》《庄子》《楚辞》及唐诗等众多领域。这中间，尤其值得注意的是有关古典神话与风俗的研究，作者多借鉴新兴的文化人类学知识而创见迭出，在当时即获得很大反响。闻一多遇害后，清华大学校长梅贻琦聘请朱自清、雷海宗、潘光旦、吴晗、浦江清、许维遹、余冠英 7 人组成"整理闻一多先生遗著委员会"，上述研究以"神话与诗"为题收入《闻一多全集》甲集，由开明书店 1948 年出版。现在看来，编入《神话与诗》中的一些篇章，无疑是早期中国文学人类学研究史上的重要个案，其影响在今天依然有迹可寻。

一 从朴学到文学人类学

与 20 世纪前期许多学兼中西的文化巨擘一样，闻一多自幼便接受传统的经史教育，打下了坚实的国学基础。6 岁时，闻一多入私塾，开始读《三字经》《尔雅》《四书》等。① 7 岁时，又随父亲夜读《汉书》。据其

---

① 季镇淮：《闻一多先生年谱》，见《闻一多全集》第 12 卷，湖北人民出版社 1993 年版，第 465 页。

早年自传中回忆："先世业儒，大父尤嗜书，尝广鸠群籍，费不赀，筑室曰'绵葛轩'，延名师傅诸孙十余辈于内。时多尚幼，好弄，与诸兄竞诵，恒绌，夜归，从父阅《汉书》，数旁引日课中古事之相类者以为比。父大悦，自尔每夜必举书中名人言行以告之。"① 考入清华学校以后，闻一多虽然开始接受系统的西式教育，不过对于传统经史的学习并未松懈。每当暑假返家时，"恒闭户读书，忘寝馈。每闻宾客至，辄踧踖隅匿，顿足言曰：'胡又来扰人也！'所居室中，横胪群籍，榻几恒满。闲为古文辞，喜敷陈奇义，不屑屑于浅显"②。其间所读之书，多为自己所喜爱的中国传统典籍。闻家骃在《忆一多兄》中写道："在经子史集四类书籍中，父亲主张读经，一多兄则主张多读子史集，而他每年暑假回家，也正是利用这两个月的时间来大量阅读这些书籍的。他嫌一般的书桌不够使用，于是便把裁缝做衣服用的案板拿来当书桌，上面堆满了各类书籍以及稿纸和稿本，重叠沓杂，每隔几天，总得有人替他整理一番。……在他的影响之下，我也读起《史记》、《汉书》、《古文辞类纂》、《十八家诗钞》这一类书籍来了。"③ 清华课程分西学、国学两部分，西学课程与留学密切相关，学生多所重视，国学课程则备受冷落。针对这一局面，闻一多撰写《论振兴国学》一文，强调国学的重要性："吾国汉唐之际，文章彪炳，而郅治跻于咸五登三之盛。晋宋以还，文风不振，国势披靡。洎乎晚近，日趋而伪，亦日趋而微。维新之士，醉心狄鞮，幺么古学。学校之有国文一科，只如告朔之饩羊耳。致有心之士，三五晨星，欲作中流之柱，而亦以杯水车薪，多寡殊势，卒莫可如何焉。呜呼！痛孰甚哉！痛孰甚哉！"④ 将"国学"与"国运"相联系，在革故鼎新洪流汹涌澎湃的"五四"时期，难免给人某种遗老遗少的印象。不过，如果联想到当时西化之风的愈燃愈炽，便会对作者产生几分"同情之理解"。

---

① 闻一多：《闻多》，原载《辛酉镜》1917 年 6 月 15 日，转引自郭道晖、孙敦恒《关于闻一多少年时代的自传——〈闻多〉》，《社会科学战线》1979 年第 2 期。

② 同上。

③ 闻家骃：《忆一多兄》，《读书》1979 年第 4 期。

④ 闻一多：《论振兴国学》，原载《清华周刊》1916 年第 77 期，署名"多"，引自《闻一多全集》第 1 卷，湖北人民出版社 1993 年版，第 282 页。

也许正是出于对国学的这种热情，闻一多在留美归来执教武汉大学时，放弃诗歌写作而转向国学研究。关于闻一多的这次转变，梁实秋的观察甚为仔细：

> 一多到了武汉，开始专攻中国文学，这是他一生中的一大转变。《少陵先生年谱会笺》的第一部分发表在武大《文哲季刊》第一卷第一期（十九年四月出版）。在十七年八月出版的《新月》第六期里一多已发表了一篇《杜甫》的未完稿，可见他在临去南京之前已经开始了杜甫研究，到了武汉之后继续攻读杜诗，但是改变了计划，不再续写泛论杜甫的文章，而作起考证杜甫年谱的工作。这一改变，关系颇大。一多是在开始甩去文学家的那种自由欣赏自由创作的态度，而改取从事考证校订的那种谨严深入的学究精神。[①]

由上述来看，闻一多的这一转向，确有从"虚学"走向"朴学"的味道。事实上，闻一多此后一段时期的学术研究，走的正是乾嘉学者的路子。对于历代典籍的解读，他往往旁征博引，从文字、音韵的训诂考订入手，以此达到对于"义理"的认知。收入《闻一多全集》"诗经编""楚辞编""庄子编"中的多数篇章，莫不是这种研究理路的体现，其"诠释新解都是建立在严格的考据训诂基础上的，可谓言必有据"[②]。郭沫若在开明版《闻一多全集·序》中也说："闻先生治理古代文献的态度，他是承继了清代朴学大师们的考据方法，而益之以近代人的科学的致密。为了证成一种假说，他不惜耐烦地小心地翻遍群书。为了读破一种古籍，他不惜在多方面作苦心的彻底的准备。这正是朴学所强调的实事求是的精神，一多是把这种精神彻底地实践了。"[③] 在清代诸考据学大家中，闻一多对高邮王氏父子分外垂青。不仅自己的学术研究如此，对于学生的训练，也从文字训诂等基本功入手。曾在清华亲聆闻一多授课的王瑶回

---

① 梁实秋：《谈闻一多》，（台北）传记文学出版社1987年版，第79页。
② 王瑶：《念闻一多先生》，《中国现代文学研究丛刊》1987年第1期。
③ 郭沫若：《闻一多全集》"序"，开明书店1948年版，第3页。

忆道：

> 我当学生的时候，闻先生正全力研究古代文献，醉心于考据训诂之学，尤其钦佩王念孙父子的成就。他曾细致地比较过王氏父子、孙诒让和俞樾的造诣和造就，引导学生注意知识面的广博和治学的谨严。我上《诗经》课的时候，他讲需要编一部《诗经字典》，并要求班上的学生各在《诗经》中选一个字，然后把所有各篇中有这个字的句子都集中起来，按照句法结构把它分为几类，然后再从声和形的两方面来求义，并注意古代瘦辞的用法和含义。他强调开始最好只看正文，不看旧注；如无法着手，也可先看看马瑞辰的《毛诗传笺通释》和陈奂的《诗毛氏传疏》。这是他布置的必须完成的作业。可以看出，他是在训练学生运用训诂学的基本功。①

不过，如果就此得出结论，以为闻一多只是一位在"故纸堆中讨生活"的旧式学者，则又失之片面。在1943年11月25日致臧克家的信中，闻一多写道："你想不到我比任何人还恨那故纸堆，正因为恨它，更不能不弄个明白。你诬枉了我，当我是一个蠹鱼，不晓得我是杀蠹的芸香。虽然二者都藏在书里，他们的作用并不一样。"② 此番辩解显然是针对臧克家来信中的误解而发，其间的深意需要从思想史的层面去仔细发掘。笔者在此想讨论的，则是闻一多学术研究中"师法乾嘉"而又"超越乾嘉"的地方。

前引王瑶的回忆文章中，在论述完闻一多"醉心于考据训诂之学"，后面又写道："这些只是他治学的准备和途径，他与清代朴学家根本不同，他的视野要开阔得多。"③ 对于清代朴学家的学术贡献，学界已有相当充分的论述，笔者无意在此过多置喙。有必要指出的是，由于受时代的制约，乾嘉学者用以考证的材料多局限于历代流传下来的书面文献，

---

① 王瑶：《念闻一多先生》，《中国现代文学研究丛刊》1987年第1期。
② 闻一多：《给臧克家先生》，见《闻一多全集》庚集，开明书店1948年版，第54页。
③ 王瑶：《念闻一多先生》，《中国现代文学研究丛刊》1987年第1期。

对典籍之外的其他材料往往不屑一顾。这种偏狭的视野，必然影响其观察问题的深度与广度。胡适在《治学的方法与材料》一文中论及清代以来的学术研究时说："这三百年的成绩有声韵学、训诂学、校勘学、考证学、金石学、史学，其中最精彩的部分都可以称为'科学的'……然而从梅鷟的《古文尚书考异》到顾颉刚的《古史辨》，从陈第的《毛诗古音考》到章炳麟的《文始》，方法虽是科学的，材料却始终是文字的。科学的方法居然能使故纸堆里大放光明，然而故纸的材料终久限死了科学的方法，故这三百年的学术也只不过文字的学术，三百年的光明也只不过故纸堆的火焰而已！"① 这段话虽然不无偏激之处，不过，对于治学"材料"重要性的强调却也相当中肯。如果说，近代以前，学者对于典籍文献的固守尚可以"时代原因"予以解释的话，那么，在殷墟甲骨、汉晋简牍、敦煌遗书和大内秘档等悉被发现的 20 世纪上半叶，学术研究继续坚持家法古训，显然有闭目塞听之嫌。用陈寅恪在《陈垣敦煌劫余录序》中的话说，这类学者可谓之"未入流"。② 闻一多作为一位曾受西方文化洗礼、自身又充满叛逆精神的诗人型学者，自然是各式成规所无法约束的，其在踵武前贤的同时也会寻求新的超越。据寄思回忆，闻一多讲授《庄子》，有一次引用郭沫若的解释时说："有些拘谨的学者，很不以郭先生底见解为然，而且说他胆大与轻率。好，这些学者先生们一次都没有错，因为一句离开前人见解的话也不会说过，这种过分的'谨慎'如果是怕说错了影响自己已成的学者之名，那却未免私心太重，这样谨慎了一辈子，对于古代文化的整理上最后还是没有添加什么，而郭沫若，如果他说了十句，只有三句说对了，那七句错的可以刺激起大家的研究辩正，那说对了的三句，就为同时代和以后的人省了很多冤枉路。"③ 由这段言论，我们不难窥见闻一多学术个性之一斑。值得注意的是，郭沫

---

① 胡适：《治学的方法与材料》，原载《新月》1928 年第 1 卷第 9 号，又载《小说月报》1929 年第 20 卷第 1 期，引自《胡适全集》第 3 卷，安徽教育出版社 2003 年版，第 133 页。

② 陈寅恪在《陈垣敦煌劫余录序》中说："一时代之学术，必有其新材料与新问题。取用此材料，以研求问题，则为此时代学术之新潮流。治学之士，得预于此潮流者，谓之预流（借用佛教初果之名）。其未得预者，谓之未入流。此古今学术史之通义，非彼闭门造车之徒，所能同喻者也。"见陈寅恪《金明馆丛稿二编》，生活·读书·新知三联书店 2001 年版，第 266 页。

③ 寄思：《忆闻一多教授》，《文萃》1946 年第 1 卷第 40 期。

若的学术研究之所以能有所创获，与他对人类学资料和理论的借鉴有很大关联。其所著《甲骨文字研究》与《中国古代社会研究》，在有关中国文学人类学学术史的梳理中屡被道及。闻一多对郭沫若学术研究的欣赏，自然也包含着他对这种研究取向的认同。从中国现代学术的总体发展来看，在闻一多全力从事学术研究的 20 世纪三四十年代，继世纪之初中国历史文献的"四大发现"之后，考古学、人类学等学科也在国内有了长足发展。闻一多的友人中，吴泽霖、潘光旦便是人类学者。尤为重要的是，闻一多抗战时期所寄身的昆明，正是 20 世纪前期中国人类学研究的重镇，不仅此前的几次重要田野调查多在云南境内进行，此时更有来自全国的许多社会人类学家聚集于此。了解到上述情形，我们便不难领会闻一多后期学术研究中所发生的转变。在闻一多死难周年纪念大会上，朱自清说："他起初是用传统的办法研究《诗经》等等，后来改变了做学问的态度，处处以'造反'的精神研究中国文学。"① 何谓"'造反'的精神"？在为《闻一多全集》所写的"序言"中，朱自清对此有更为清晰的表述：

> 他在"故纸堆内讨生活"，第一步还得走正统的道路，就是语史
> 学的和历史学的道路，也就是还得从训诂和史料的考据下手。……
> 可是他"很想到河南游游，尤其想看洛阳——杜甫三十岁前后所住
> 的地方"。他说"不亲眼看看那些地方，我不知杜甫传如何写"。这
> 就不是一个寻常的考据家了！抗战以后他又从《诗经》、《楚辞》跨
> 到了《周易》和《庄子》；他要探求原始社会的生活，他研究神话，
> 如《高唐神女传说》和《伏羲考》等等，也为了探求"这民族，这
> 文化"的源头……他不但研究文化人类学，还研究佛罗依德的心理

---

① 本刊特约记者：《纪念闻一多在清华园》，《观察》1947 年第 2 卷第 23 期。其实，闻一多"以'造反'的精神研究中国文学"，在其学术生涯的早期已现端倪。发表于 1927 年 7 月的《诗经的性欲观》一文，立论便十分大胆。此文未收入开明版《闻一多全集》，很可能朱自清当时未见到此文。此文原载《时事新报·学灯》1927 年 7 月 9、11、12、14、16、19、21 日，今收入湖北人民出版社《闻一多全集》第 3 卷。

分析学来照明原始社会生活这个对象。①

由学术方法的角度着眼，闻一多学术研究中这种"'造反'的精神"，当是指对于文化人类学、弗洛伊德心理学等新兴知识的大胆采用。相比较之下，二者之中，前者的地位更为突出。收入《神话与诗》中的多数篇章，均可看出文化人类学的影响。令闻一多始料不及的是，他在后期学术生涯中的这一转变，也为中国文学人类学的发展写下了浓墨重彩的一笔。其综合运用传世文献、出土文献、人类学资料乃至地下考古资料的方法，成为中国文学人类学研究的典范。

二　伏羲女娲神话的文化寻根

收入闻一多《神话与诗》中的各篇文章，最为后人所称道、同时也最受争议的是《伏羲考》。这篇论文共分五个部分：一、引论；二、从人首蛇身像谈到龙与图腾；三、战争与洪水；四、汉苗的种族关系；五、伏羲与葫芦。其中第一、二部分曾以《从人首蛇身像谈到龙与图腾》为题发表于1942年12月的昆明《人文科学学报》，其余三部分原是各自独立的篇章，在闻一多生前均未发表，1948年朱自清编《闻一多全集》时，才以《伏羲考》为题将它们连缀成篇。② 可能正是由于上述原因，论文的后面几个部分在主题上并不连贯。五个部分中，经常被学界提及的是第一、二部分。对于《伏羲考》一文的讨论，笔者重点也将围绕这两个部分展开。

闻一多之前，中国现代学界对伏羲、女娲神话的研究已经有了一定的积累，其中最受瞩目的是芮逸夫《苗族的洪水故事与伏羲女娲的传说》与常任侠《沙坪坝出土之石棺画像研究》。前者通过苗族洪水故事与汉语典籍中所载伏羲女娲传说的母题比较，试图对这一传说的起源地作出推

① 朱自清：《闻一多全集》"序"，开明书店1948年版，第17—18页。
② 参见陈泳超《中国民间文学研究的现代轨辙》，北京大学出版社2005年版，第187页。

断。① 后者则通过历代神话图像及相关文献的比较分析，证明重庆沙坪坝所出土石棺画像中的人首蛇身像为伏羲女娲。闻一多的《伏羲考》一文，"材料既多数根据于二文，则在性质上亦可视为二文的继续"②。不过闻一多又说："作者于神话有癖好，而对于广义的语言学（philology）与历史兴味也浓，故本文若有立场，其立场显与二家不同。就这观点说，则本文又可视为对二文的一种补充。"③ 其实，这里所提到的几种学科之中，还应该增加文化人类学。在笔者看来，如果要在《伏羲考》一文中找出某种基本的理论支撑点，当非文化人类学莫属。

《伏羲考》一文的"引论"部分，主要是对芮、常二文的转述。闻一多认为，文化人类学及考古学之于伏羲、女娲神话的意义，首先在于它使这一神话的初始形貌得以复原。自战国以降，有关伏羲、女娲的传说在汉语典籍中不绝于书。根据这些零散的记载，二者的关系主要有"兄弟说""兄妹说""夫妇说"三种。第一种关系明显出于古代学者的有意歪曲，自然无根究的必要。后两种关系虽然能够代表这一传说的真相，却与文明社会的伦理观念相抵触，因而也备受争议。随着国内人类学界田野调查的开展，这一问题的解决终于出现转机。在西南边疆民族中，发现许多伏羲、女娲"以兄妹为夫妇"的族源传说。以此为参照，则汉语典籍中有关伏羲、女娲的种种文献"碎片"，可以还原成一则"兄妹配偶兼洪水遗民型的人类推源故事"。不过，闻一多并未就此罢休，他要在芮、常二文的基础上作进一步探究。在中国古代文献中，常有伏羲、女娲"人首蛇身"的记载，类似的神话图像也屡有发现。这种"超自然"的形体，究竟代表何种意义？其起源与流变又如何？对此问题，芮、常二人均未加以留意。闻一多在《伏羲考》的第二部分，正是要对上述问题作出回答。有证据表明，在西方人类学各种理论中，闻一多对图腾学说曾有过深入思考。在闻一多未刊手稿中，有一篇《图腾杂考拟目》，内有"图腾宴""阶级沓布（taboo）""性（乱伦）沓布""鲧鼍与珧""蚖

---

① 参见本书上编第三章第三节。
② 闻一多：《伏羲考》，见《闻一多全集》甲集，开明书店 1948 年版，第 12 页。
③ 同上。

蟥与璜”“鱼龙曼衍”“忌食鲡鱼”“鲸鲵”“同体化”“支团”等小目。①
另有一篇《两种图腾的遗留》，主要讨论中国文明早期的图腾问题，现收
入湖北人民出版社《闻一多全集》第3卷。闻一多对于伏羲、女娲“人
首蛇身”问题的解决，主要依据的便是图腾学说。

　　闻一多首先对古代文献中有关伏羲女娲“人首蛇身”的记载进行了
梳理。从时间来看，这些记载并未超出东汉。不过，其中《鲁灵光殿赋》
一篇，虽然是东汉的作品，赋中所描述的石刻壁画早在西汉初年即已存
在，由此可以推知这一传说的“渊源之古”。接着，闻一多又向更早的文
献中探寻这一传说的踪迹。果然，在《山海经·海内经》中有一段记载：
“南方……有人曰苗民。有神焉，人首蛇身，长如辕，左右有首，衣紫
衣，冠旃冠，名曰延维。人主得而飨之，伯天下。”根据郭璞注，这里的
“延维”即《庄子·达生》篇中所说的“委蛇”。如此一来，上述传说见
于文献的时间，便从东汉年间再次上推到了战国末年。根据图腾学说，
闻一多认为在“半人半兽型”的人首蛇身神之前，必有一个“全兽型”
的蛇神阶段。于是，他又在《国语·郑语》中发现了“褒之二君”的传
说，认为其中的“二龙之神”与此前的人首蛇身神代表的正是同一传说
的前后两个演变阶段。以此为基础，闻一多不但在文献中找到了大量有
关“交龙”“螣蛇”“两头蛇”“二龙”等的记载，而且在古器物的花纹
中间或提梁、耳环等立体附件上面也发现了类似图像。基于上述考察，
闻一多意识到，在后世文字记载和造型艺术中反复出现的二龙形象，必
然源于某种共同的神话背景。这些形象“在应用的实际意义上，诚然多
半已与原始的二龙神话失去连系，但其应用范围之普遍与夫时间之长久，
则适足以反应那神话在我们文化中所占势力之雄厚”②。更为重要的是，
“这神话不但是褒之二龙以及散见于古籍中的交龙、螣蛇、两头蛇等传说
的共同来源，同时它也是那人首蛇身的二皇——伏羲女娲，和他们的化
身——延维或委蛇的来源”③。这里的讨论，实际上已经触及前文字时代

①　见闻黎明、侯菊坤《闻一多年谱长编》，湖北人民出版社1994年版，第652页。
②　闻一多：《伏羲考》，见《闻一多全集》甲集，开明书店1948年版，第24—25页。
③　同上书，第25页。

的中国文化"大传统"①。就作者的具体阐述而言，这一传统指的便是"荒古时代的图腾主义（Totemism）"。至此，闻一多由对伏羲、女娲神话的历时性考察，转入对中国上古"龙图腾"的钩沉。

汉语典籍中，关于龙的传说十分驳杂。即以外形而论，除蛇外，尚有马、犬、鱼、鸟、鹿等不同形态。这些相互歧异的记述难免令人生疑：龙究竟为何物？闻一多给出的答案是："它是一种图腾（Totem），并且是只存在于图腾中而不存在于生物界中的一种虚拟的生物，因为它是由许多不同的图腾糅合成的一种综合体。"② 闻一多认为，古代部落在兼并的过程中，其图腾也会相应地融为一体。中国古代神话意象中，玄武（龟蛇）与龙均为这种部落兼并的产物。所不同者，前者为"混合式图腾"，几个图腾单位在合并之后，各单位的原有形态保持未变；后者为"化合式图腾"，许多图腾单位经过融化作用，形成了一个全新的图腾单位，其原有的各单位已不复个别存在。由于部落之间总是强的兼并弱的、大的兼并小的，因而无论"混合式图腾"或"化合式图腾"，其中必然以一种生物或无生物的形态为主干，而以其他若干生物或无生物的形态为附加部分。对于龙图腾而言，不论其局部像马、像狗、像鱼、像鸟或像鹿，其主干部分和基本形态仍然为蛇。这表明在当初图腾单位林立的时代，内中以蛇图腾为最强大，众图腾的合并与融化，便是蛇图腾兼并与同化许多弱小单位的结果。上述之外，闻一多还对金文"龙""龏"二字的形体进行了分析，以证明龙的基调为蛇。由此出发，闻一多进一步提出：

> 大概图腾未合并以前，所谓龙者只是一种大蛇。这种蛇的名字便叫作"龙"。后来有一个以这种大蛇为图腾的团族（Klan）兼并了、吸收了许多别的形形色色的图腾团族，大蛇这才接受了兽类的四脚，马的头、鬣、和尾，鹿的角，狗的爪，鱼的鳞和须……于是便成为我们现在所知道的龙了。③

① 参见叶舒宪《中国文化的大传统与小传统》，《光明日报》2012 年 8 月 30 日，第 15 版。
② 闻一多：《伏羲考》，见《闻一多全集》甲集，开明书店 1948 年版，第 26 页。
③ 同上。

经过一番努力，闻一多终于完成对于中国上古"龙图腾"的重建。有必要指出的是，在闻一多之前，西方学者笔下的"图腾"，均为自然界中实际存在的某种生物或无生物。闻一多则充分发挥其"诗性智慧"，提出"化合式图腾"这一新的命题，从而对千载以来争论不休的中国文化难题作出了较为圆满的解答。其影响所及，在今天各种民俗学性质的读物中，言及龙时往往有"马头、鹿角、狗爪、鱼鳞"之类的描述，尽管读物的作者可能并不知晓《伏羲考》这篇文章。

解开了"龙图腾"之谜，中国上古文化中与之相关的一些问题也可以附带解决。比如，中国古代有一种名为"禹步"的独脚跳舞，闻一多认为，这种跳舞与瑶族祭祀盘瓠时所举行的仪式一样，同属图腾舞蹈的性质，其目的是为了"提醒老祖宗的记忆"。又如，史载中国古代吴越等民族有"断发文身"的习俗，闻一多认为，这种习俗与阿玛巴人（Oma-bas）的做法一样，都是为了方便"老祖宗随时随地见面就认识"而在装饰上特意模仿本族的图腾形象。从性质上来说，它属于"图腾主义的原始宗教行为"。由氏族成员对于本氏族图腾的模仿出发，闻一多又回到了《伏羲考》一文的起点，即伏羲、女娲的"人首蛇身"问题。闻一多指出，初民图腾心理的演变经历了三个阶段，分别是"人的拟兽化""兽的拟人化"与"全人型"始祖的出现。在中国古代典籍和神话图像中所出现的"人首蛇身神"，代表的正是第一阶段向第二阶段的过渡：

> 当初人要据图腾的模样来改造自己，那是我们所谓"人的拟兽化"。但在那拟兽化的企图中，实际上他只能做到人首蛇身的半人半兽的地步。因为身上可以加文饰，尽量的使其像龙，头上的发剪短了，也多少有点帮助，面部却无法改变，这样结果不正是人首蛇身了吗？如今知识进步，根据"同类产生同类"的原则，与自身同型的始祖观念产生了，便按自己的模样来拟想始祖，自己的模样既是半人半兽，当然始祖也是半人半兽了。①

---

① 闻一多：《伏羲考》，见《闻一多全集》甲集，开明书店 1948 年版，第 31 页。

　　至此，文章在千回百折后峰回路转，作者开头围绕伏羲、女娲"人首蛇身"而提出的几个问题终于得到了答案。

三　古典文学研究的文化视野

　　《伏羲考》外，收入《神话与诗》的其他几篇论文，如《姜嫄履大人迹考》《高唐神女传说之分析》《说鱼》等，也常常为研究者所道及。与《伏羲考》一样，闻一多在上述文章中，也从神话、民俗入手，对古典文学作品背后的文化意蕴进行发掘。

　　《姜嫄履大人迹考》写于 1940 年 1 月，原载昆明《中央日报·史学》1940 年第 72 期。文章由考证《大雅·生民》一诗入手，旁涉《论衡·吉验》《尔雅·释训》《史记·封禅书》等相关典籍。在此之前，已有学者从"感生神话"的角度对《生民》一诗作过解释。闻一多则更进一步，认为"履迹乃祭祀仪式之一部分，疑即一种象征的舞蹈"①。具体而言，舞蹈进行期间，代表天帝之神尸舞于前，姜嫄则尾随其后，踩着神尸的足迹而舞。待舞蹈达于高潮时，姜嫄与神尸"相携止息于幽闲之处"，因而有孕。这种论述，已与人类学中的仪式理论相当接近。② 以此为基础，闻一多又通过对古代"時"之沿革及其与"稷"之关系的考证，指出这种舞蹈象征耕种之事："履帝迹于畎亩中，盖即象征畯田之舞，帝（神尸）导于前，姜嫄从后，相与践踏于畎亩之中，以象耕田也。"③ 讨论完上述问题之后，闻一多接着强调："以上专就《生民》诗为说。诗所纪既为祭时所奏之象征舞，则其间情节，去其本事之真相已远，自不待言。"④可以想见，在闻一多看来，《生民》系周人祭祀始祖后稷时所举行的"象征舞蹈"，因而与"神尸"一样，此前所提到的姜嫄实际上只是舞蹈中的

---

① 闻一多：《姜嫄履大人迹考》，见《闻一多全集》甲集，开明书店 1948 年版，第 73 页。
② 陈泳超先生在论及闻一多对于《生民》的上述解释时便说："这样的解释包含了一个前提：在这个问题上，仪式是先于神话而存在的，神话只是仪式的文学性表现。"尽管他是从质疑的立场提出这一观点，却也肯定了闻一多此文与仪式理论的关联。参见陈泳超《中国民间文学研究的现代轨辙》，北京大学出版社 2005 年版，第 185 页。
③ 闻一多：《姜嫄履大人迹考》，见《闻一多全集》甲集，开明书店 1948 年版，第 76 页。
④ 同上。

角色而已。① 既然如此，则诗中所述与后稷诞生的实际情形当有一定距离。根据闻一多的推断，此事的实情，大概是姜嫄在耕时与人野合而有身孕。后人讳言野合，便说"履人之迹"；更为了神异其事，又说"履帝迹"。从文化阐释的立场来看，闻一多基于人类早期的宗教仪式行为而提出的这一观点，为我们理解《大雅·生民》提供了一种新的可能。

《高唐神女传说之分析》原载《清华学报》1935 年第 10 卷第 4 期。论文的中心问题，是宋玉《高唐赋》中所述"巫山神女"的身份之谜。闻一多的论证过程颇为曲折。文章并未直接就《高唐赋》立论，而是"从一个较迂远的距离"出发，先从《诗经·曹风》中的《候人》一诗谈起。通过对诗中"鱼""饥"二字象征含义的揭示并将此诗与《鄘风·蝃蝀》及《吕氏春秋·音初》篇所载《候人歌》作比较，闻一多一反《诗序》的政治说教，认为"《候人》的曹女是在青春的成熟期中，为一种迫切的要求所驱使，不能自禁，因而犯着伦教的严限，派人去迎候了她所不当迎候的人"②。阐明了《候人》的性质，闻一多才将此诗与《高唐赋》作比较，结果发现二者有许多相通之处。闻一多对此的解释是：与《高唐赋》中"朝云"为帝之季女一样，《候人》中的"朝隮"与季女也是一而二、二而一的关系。由此出发，闻一多通过对"隮"字的训释，认为《候人》中的"南山朝隮"与《高唐赋》中的"巫山朝云"为同一神话人物。由于"隮"又训作"虹"，因而他又联系汉唐时代的灾异论、民间俗语及志怪小说中有关虹的种种表述，构拟出一个自《诗经》时代直至唐代的神话传统：

　　由《蝃蝀》、《候人》二诗而《高唐赋》，而汉人的灾异论，而刘

---

① 陈泳超先生曾就闻一多此文的逻辑问题提出质疑，认为文中所复原的祭祀舞蹈仪式，或者指姜嫄亲自参与的祭祀仪式，或者指周人祭祀姜嫄的仪式。本文的观点既不同于此，因而对其质疑略有保留。当然，笔者也认可陈泳超先生的另一观点，即闻一多此文"前后行文上颇多费解"，论证中充斥着"太多疑似之处"。笔者以为，这一特点的形成，可能与闻一多的诗人身份有一定关联。参见陈泳超《中国民间文学研究的现代轨辙》，北京大学出版社 2005 年版，第 185—186 页。

② 闻一多：《高唐神女传说之分析》，见《闻一多全集》甲集，开明书店 1948 年版，第 85 页。

熙、郭璞、刘敬叔等所记的方俗语，而《穷怪录》中的故事，这显然是一脉相承的。虽然有的是较完整的故事，有的是些片段（虽零星而尚可补缀的片段），有的又只是投映在学说或俗语中的一些荡动的影子——虽然神话存在的证件有不同的方式，可是揣想起来，神话仍当是很久远的存在过，亘千有余年的而未曾间断的存在过。①

接下来，闻一多又对"高唐""高阳"进行比较，认为高唐与夏的始祖女娲、殷的始祖简狄、周的始祖姜嫄一样，也是楚民族的先妣。在社会由母系制过渡到父系制后，楚人的先妣"化为一位丈夫"。与此相应，"高唐"产生了分化：在始祖的资格下，变成了男性，而在神的资格下，却依然为女性。为示区别，前者名字改为"高阳"，后者则保持未变，"于是一男一女，一先祖一神禖，一高阳一高唐，各行其是，永远不得回头了"②。论述至此，有关高唐神女的身份问题似乎已获解决。不过，闻一多仍不罢休，又将高唐神女与涂山氏、简狄作进一步比较，最后提出上述神话人物均是从同一位先妣分化出来的结论。不难看出，与《伏羲考》相似，闻一多在此文中借助大量文献的梳理与比较，所要揭示的是文字记载之前作为后世神话共同源头的"元神话"。就此而言，有学者由闻一多的上述研究而联想到20世纪五六十年代西方的原型批评，不能说毫无道理。③

《说鱼》1945年5月写于昆明，原载《边疆人文》1945年第2卷第3、4期。关于此文的写作缘由，闻一多在注释中曾有说明："作者十年前在一篇题名《高唐神女传说之分析》的文章里（《清华学报》第十卷第四期），曾经讨论过这个问题。十年来相关的材料搜集得更多（尤其在近代民歌方面），对于问题的看法似乎更深入，所牵涉的方面也更广泛，所

---

① 闻一多：《高唐神女传说之分析》，见《闻一多全集》甲集，开明书店1948年版，第95—96页。

② 同上书，第99页。

③ 田兆元先生在讨论《伏羲考》《高唐神女传说之分析》等时曾说："或许，这有点像西方神话学中的原型学说，可是，闻一多先生发表这些成果时，原型学说还没有出笼。"参见田兆元《〈伏羲考〉导读——中国神话意象的系统联想与论证》，载闻一多《伏羲考》，上海古籍出版社2006年版，第13页。

以现在觉得有把它作为专题，单独提出，重新讨论一次的必要。"① 前文已述及，在《高唐神女传说之分析》第一部分，闻一多通过对《诗经·国风》中"鱼"的象征含义的分析，来阐明《曹风·候人》一诗的性质，《说鱼》便是对这一部分的补充与拓展。此外，根据闻一多在文章末尾的交代，文中所引用的近代民歌，除他本人亲自采辑的一小部分外，大部分出自陈志良《广西特种民族歌谣集》、陈国钧《贵州苗夷歌谣》、《民俗》杂志和北京大学研究所《国学门》月刊。上述资料中，前二书的作者均为人类学者，《民俗》杂志在 20 世纪 30 年代后期经杨成志接手主编后，也有向人类学靠拢的显著趋势②。此文的写作，显然有着人类学的背景。文章开篇便说："我们这里是把'鱼'当作一个典型的隐语的例子来研究的。"作者首先对"隐语"作了详细解释。接下来的几节中，主要对历代作品中的"鱼"以及与之相关的"打鱼""钓鱼""烹鱼""吃鱼""吃鱼的鸟兽"等隐语进行了仔细考察。这些作品的时间从先秦直至当代，地域从黄河流域直到珠江流域，民族至少包括汉、苗、瑶、壮，种类有筮辞、故事、民间的歌曲和文人的诗词，由此可见这种隐语的流传之广。文章最后对"鱼"作为配偶象征的原因进行了探讨。闻一多联系我国古代礼俗和现代浙东婚俗，认为这种象征源于鱼的"繁殖功能"。在原始人类的观念中，种族的繁衍是头等重要的事，而鱼又是繁殖力最强的一种生物。由于上述原因，"在古代，把一个人比作鱼，在某一意义上，差不多就等于恭维他是最好的人，而在青年男女间，若称其对方为鱼，那就等于说：'你是我最理想的配偶！'"③ 值得注意的是，闻一多还发现，以鱼为象征的观念，在古埃及、西亚、希腊乃至现今的许多"野蛮民族"中普遍存在。这种跨文化比较的宏观视野，显然得益于文化人类学的影响。

---

① 见闻一多《说鱼》尾注①，《闻一多全集》甲集，开明书店 1948 年版，第 136 页。

② 关于《民俗》杂志的人类学转向，参见施爱东《倡立一门新学科——中国现代民俗学的鼓吹、经营与中落》第十章"学科范式的人类学转型"，中国社会科学出版社 2011 年版，第 304—331 页。

③ 闻一多：《说鱼》，见《闻一多全集》甲集，开明书店 1948 年版，第 135 页。

四　方法与启示

　　1982 年，加拿大文艺理论家诺思洛普·弗莱继其里程碑式的大著《批评的解剖》之后，出版了另一部重要著作《伟大的代码：圣经与文学》（*The Great Code：The Bible and Literature*）。关于这本书的写作缘由，作者在"导论"中有过一番交代：

　　　　早在我还是一个助教的时候，就开始对《圣经》产生了兴趣。那时我正讲授密尔顿，同时写一些关于布莱克的文章。即使以英国文学的标准来衡量，这两位诗人的创作也是同《圣经》特别密切相关的。我很快就意识到，学习英国文学的学生如果不了解《圣经》，就会对所学的作品在许多地方无法理解，其结果是勤于思索的学生就会不断地对作品的内在含义甚至意思产生误解。①

　　弗莱这里虽然仅谈及英国文学，其理论建构的指涉对象，实际上却涵盖了整个西方文学。正如此书的标题所示，在弗莱看来，作为西方文化原典的《圣经》，对于西方文学具有一种潜在的"编码"功能。不论这些文学作品在主题、情节、体裁等方面存在多大的差异，在其结构的深层，均可以发现《圣经》的影子。因此，对于一位西方文学的接受者而言，如果不了解《圣经》的"编码"法则，便无法真正读懂这些文学作品。时隔 30 年后，我们来读弗莱的这部著作，在为作者深邃的洞见感到钦佩的同时，也会产生新的疑问：如果说，西方文学的"编码"来自《圣经》，那么，《圣经》的"编码"又来自何处？对于当代学界来说，这一问题的回答并不困难。今天的神话学和考古学研究已经表明，远在《圣经》成书之前，西方曾经有过一个持续数千年的前文字传统，其核心部

---

　　① ［加］诺思洛普·弗莱：《伟大的代码：圣经与文学》，郝振益等译，北京大学出版社 1998 年版，第 1 页。

分便是女神的信仰与崇拜。① 随着父权制与文字书写时代的到来，这一传统最终被掩盖在历史的层层沙尘之下。

与西方文化类似，中国文化在距今三千多年以前，也曾有过历时久远的前文字传统。尽管这一传统随着文字书写的兴起而渐被后人所遗忘，但其基因却作为一种文化"原型"，以"编码"的形式植入中国文化命脉的深层。正是有感于这一传统的历时之久与影响之巨，国内学者叶舒宪才一反美国人类学家罗伯特·雷德斐尔德对于大、小传统的界定，将先于和外于文字书写的文化传统称为"大传统"，而将文字书写以来的传统称为"小传统"。也许，今天的人们由于在文字符号构成的世界中浸淫太久，因而对大、小传统的这种划分不以为然。不过，如果我们有机会到四川境内三星堆、金沙等文化遗址作考察，便会对文字书写以外的传统产生更为真切的体认。这些遗址在历代汉语典籍中均不见记载，但其造型特异、美轮美奂的大量出土器物，却无声地诉说着一个不同于中原文明的古文化传统的存在。接下来的问题是，源于前文字时代文化"大传统"的这种原型"编码"，如何在后起的文化中得以实现？针对这一问题，叶舒宪先生最近以"猫头鹰"与"蛙"两种神话意象为例，提出"N级编码体系"理论：

　　　　从大传统到小传统，可以按照时代的先后顺序，排列出 N 级的符号编码程序。无文字时代的文物和图像，充当着文化意义的原型编码作用，可称为一级编码；其次是汉字的形成，那是二级编码或次级编码。国人按照猫头鹰的叫声，用"鸮"这个汉字指代猫头鹰；又用"蛙"和"娃"字分别指代青蛙和婴儿，因为二者发出的声音十分相似！三级编码指早先用汉字书写下来的古代经典。从《越绝书》记载越王勾践"见怒蛙而式之"的典故，到清代作家蒲松龄《聊斋志异·青蛙神》："江汉之间，俗事蛙神最虔。祠中蛙不知几百千万，有大如笼者。或犯神怒，家中辄有异兆。"今日的作家写作，

---

① 关于前《圣经》时代的女神崇拜传统，参见［美］理安·艾斯勒《圣杯与剑》，程志民译，社会科学文献出版社 2009 年版，第 36—39 页。

处在这一历史编码程序的顶端，称之为 N 级编码。①

　　笔者以为，上述理论的意义，首先在于突破了结构主义的静态分析，而将中国文化大、小传统之间的动态关系加以直观呈现。此外，与弗莱等学者对于"神话原型"的单一强调不同，这一理论在突出以神话为主要载体的中国文化"大传统"的同时，也兼顾其在"小传统"中不同层级的置换形态。收入闻一多《神话与诗》中的上述文章，正是从中国文化的"大传统"着眼，对文字产生以后各类文学作品中的远古文化根脉进行追溯。即以《伏羲考》一文而论，闻一多只所以能够从历代典籍、图像中所见的伏羲、女娲神话出发，构拟出失落已久的"龙图腾"传统，正源于他对"N 级编码体系"中前三级编码的破译。

　　对中国文化而言，"龙"作为一种前文字时代的神话意象，在数千年的发展中已积淀为一种文化"原型"，其"编码"形态在历代实物、图像、文字、典籍中均有反映。在现存有关"龙图腾"的各种符号中，年代最为古老的并非文字记载，而是出土实物。20 世纪 70 年代初，内蒙古赤峰市博物馆工作人员曾征集到一件 C 形玉龙。据考古专家鉴定，这件玉器属于距今五千年前的红山文化。由于它在迄今所发现的同类器物中时间最早，因而被学界誉为"中华第一龙"。今天，C 形龙作为一种文化符号，已被用作华夏银行的标志。从文化编码的角度来看，C 形龙应当属于"龙图腾"的一级编码。遗憾的是，在闻一多的时代，这件玉器尚沉睡于地下而不为人所知。不过，此前已经发现的众多画像石、帛画等神话图像，同样属于一级编码的范畴。闻一多正是借助于这些神话图像，确认了伏羲、女娲的"人首蛇身"特征及他们之间的夫妇关系，从而为进一步的"解码"奠定了基础。实物与图像之外，"龙图腾"的文化编码在汉字中也有体现。比如，金文中已有"龙""龏"二字。根据闻一多的考证，这两个字的偏旁皆从"巳"，而"巳"即蛇，由此可以推知原始的"龙"为"蛇"的一种。这里实际上是对"龙图腾"二级编码的破译。历代典籍中，关于伏羲、女娲的记载更是不胜枚举。闻一多在此充分发

---

① 叶舒宪：《哈利·波特的猫头鹰与莫言的蛙》，《能源评论》2013 年第 2 期。

挥其朴学功底，将东汉以后文献中所载的伏羲、女娲，与《庄子·达生》篇中的"委蛇"、《国语·郑语》中的"二龙之神"联系了起来。由此出发，闻一多进一步将古器物中的种种"二龙"图像（也即龙图腾的一级编码）纳入自己的考察视野。至此，隐藏于上述实物、图像、文字及文献后面的中国文化大传统已然触手可及。

总体而言，闻一多《神话与诗》的突出特点，是系统运用传世文献、出土实物和图像以及人类学资料和理论。这种研究取向，显然是对王国维"二重证据法"的进一步拓展。闻一多之后，孙作云在 20 世纪 40 年代便将上述方法概括为"三层证明法"。[①] 20 世纪 90 年代，叶舒宪在上述方法的基础之上，又提出"四重证据法"的理论命题。经过他的努力，"四重证据法"已成为中国文学人类学的基本方法之一。从文化编码的角度来看，后世文献中所载的伏羲、女娲，作为上古"龙图腾"的三级编码形态，除间或保留其"蛇躯"特征外，已和编码前的原初形态有很大距离。要对这一形象进行"破译"，其难度可想而知！作为一位处于新旧历史转折之际的现代学者，闻一多最大的优势在于既受过中国传统学术的训练，又善于汲取人类学、考古学等新兴学科所提供的知识。正因为此，他能突破前人的局限而提出新见。经由多学科知识的综合与比较，闻一多终于使得伏羲、女娲神话背后的中国文化"大传统"得以呈现。在跨学科研究日益受重视的今天，重提许多年前闻一多的上述旧文，对我们当下的学术实践应当有一定的启示意义。

---

① 　参见孙作云《中国傀儡戏考》，见《孙作云文集》第 4 卷，河南大学出版社 2003 年版。

第 五 章

孙作云与图腾神话研究

　　闻一多从文化人类学、民俗学视角研究古代诗赋、传说的方法，对后来的学者产生了很大影响，其直接传人便是孙作云。闻一多在致孙作云的信中说："在学生中没有比你更能了解我的，做学问如此，其他一切莫不皆然。"① 孙作云在若干年后也说："闻先生是我追随多年的老师，论作学问的方法，论文章的情趣，我是懂得他的。"② 师生二人的惺惺相惜之情溢于言表。作为闻一多在清华大学的学生，孙作云确曾得到闻一多的真传，其第一篇论文《〈九歌〉山鬼考》便是在闻一多的悉心指导下完成。在这篇文章的"附白"中，孙作云写道："本文立意乃受闻一多先生《高唐神女传说之分析》之启发。属草时，又屡就正于先生。先生为之组织材料，时赐新意，又蒙以所著关于《诗经》《楚辞》之手稿数种借用。脱稿后，先生于文字上复多所润色。倘此文有一得之长，皆先生之赐也。"③ 文章写成后，闻一多不仅多次表示赞誉，还推荐给其他学生看。④ 数年后，孙作云在《傀儡考》一文中又说："我在清华读书时，受闻一多

---

　　① 闻一多：《致孙作云》（1938 年 12 月 1 日），见《闻一多全集》第 12 卷，湖北人民出版社 1993 年版，第 357 页。

　　② 孙作云：《说龙凤——读闻一多先生〈龙凤〉篇》，见《孙作云文集》第 3 卷，河南大学出版社 2003 年版，第 642 页。

　　③ 孙作云：《〈九歌〉山鬼考》，《清华学报》1936 年第 11 卷第 4 期。

　　④ 王瑶曾回忆："如果他（闻一多）发现了某一学生的作业报告有新意并且论证谨严的话，他也是不吝赞许的，甚至有点'逢人说项'的味道。记得在北京时他对孙作云的《九歌·山鬼》的文章，在昆明时对于朱德熙的关于甲骨文的报告和汪曾祺的关于唐诗的报告，就都多次加以称誉，推荐给我们看。"见王瑶《念闻一多先生》，《中国现代文学研究丛刊》1987 年第 1 期。

先生的教诲，所以这几年所做的文章，几乎全是因循闻先生的治学方法，间也有受了问题的牵引，而把范围放大，或加以补苴。所以我今天写这篇文章，思及恩师的德惠，真是感激不已。若是这部书对于学术稍有贡献的话，那全是出于闻先生的赏赐啊！"① 考虑到师生二人在研究风格上的一脉相承，孙作云上述所言应当不是一种谦辞，而是其内心感受的真切表达。

与闻一多一样，孙作云的研究对象也涉及《诗经》《楚辞》及中国古代神话传说与民俗文化等领域。在方法上，除传统的文字考订与音韵训诂外，他也从文化人类学、民俗学视角对上述对象进行解读。所不同者，孙作云将人类学中的图腾理论进一步普泛化，试图对中国上古图腾社会进行重构。此外，孙作云在王国维"二重证据法"的基础上，首次正式提出"三层证明法"。这一方法既是对前人已有研究的总结，也是孙作云本人自觉的学术追求，在中国文学人类学的发展史上意义深远。

一　中国上古图腾社会的重构

论及 20 世纪前期的古史及神话研究，"古史辨"派是一个绕不开的话题。顾颉刚及其同仁高擎"疑古"大旗，在中国现代学术史上引发了一场轰轰烈烈的革命。当然，因为观点的激进，"古史辨"派在当时也备受争议。从孙作云来看，他对"古史辨"运动也十分关注，对顾颉刚的一些观点也能审慎地接受。在完成于 1940 年的《蚩尤考》一文中，孙作云写道："自民国十二年二月顾颉刚先生发表《与钱玄同先生论古史书》后，继撰《讨论古史答刘（掞藜）、胡（堇人）二先生》，始对禹之为人与否问题发生怀疑。自此遂发生空前未有的疑古运动，为中国史学史上一件大事。顾先生据《说文》训禹为虫，因疑其人为乌有，以禹为'蜥蜴之类'……事过二十年，顾先生之言，亦几经修改，吾人无须再事申

---

① 孙作云：《中国傀儡戏考》，见《孙作云文集》第 4 卷，河南大学出版社 2003 年版，第 477 页。

辩。然以禹为虫之说，则卓确不可易。"① 不过总体而言，孙作云与文学人类学的几位先行者如郑振铎、闻一多一样，走的也是"释古"的一途。在《盘瓠考》中，孙作云对于古史有如下表白："我的态度，是'疑'了之后再'释'，'释'了之后再'信'。我不是徒然地疑古，也不是盲目地信古，我的方法是二者之合。再用具体的话来说，就是我以为古史的事实，大致可信，古书并非尽伪。我们要在神话之中求'人话'，疑史之中找'信史'。"② 在《飞廉考》中，孙作云又说："我们知道神话和历史有着非常密切的关系，有些神话简直是历史的变相。'我们要在神话之中求人话，疑史之中求信史'，正是我近几年来研究神话的目标。"③ 这几句话明显也是针对"古史辨"派而发。

　　问题是如何"释古"？是继续像乾嘉学者一样采取传统的训诂考据方法？或者像王国维一样利用地下出土文字来参证传世文献？自然，生活在现代中国且有过严格国学训练的孙作云，对上述两种方法并不陌生。在他的文章中，举凡音韵、文字、训诂等传统"小学"功夫与现代考古学知识均清晰可辨。孙作云本人也曾说过："我对于古史是一无所知，而且仅接触过几个问题，但我对于古史研究的方法或看法，都大致有了一定。这方法就是从社会制度的研究，来判断古史的真伪，用考古学上的实物来证明制度的有无，用文字学音韵学的方法来考证一个名词的得名之故，用民间的俗说、迷信以补文献的不足。我所用的方法不是限于一隅的，是综合的。"④ 不过，在上述之外，值得一提的还有文化人类学的视角与方法。相对而言，后一种方法更能显出孙作云的学术个性。众所周知，文化人类学自19世纪后期创立至20世纪前半叶，先后在西方涌现出众多理论流派。与闻一多等学者一样，孙作云所接受的也是古典进化论学说，诸如爱德华·泰勒的"文化遗留"说（Survivals）、弗雷泽的巫

---

　　① 孙作云：《蚩尤考》，原载《中和月刊》1941年第2卷第4、5期，引自《孙作云文集》第3卷，河南大学出版社2003年版，第199页。
　　② 孙作云：《盘瓠考》，见《孙作云文集》第3卷，河南大学出版社2003年版，第421页。
　　③ 孙作云：《飞廉考》，原载《国立华北编译馆馆刊》1943年第2卷第3、4期，引自《孙作云文集》第3卷，河南大学出版社2003年版，第463页。
　　④ 孙作云：《盘瓠考》，见《孙作云文集》第3卷，河南大学出版社2003年版，第421页。

术理论、摩尔根的古代社会研究等，均对他产生过影响。其中最重要的，则是图腾理论。从 1939 年发表《释姬——周先祖以熊为图腾》算起，图腾研究几乎贯穿了孙作云的大半生。早在 20 世纪 40 年代，由于孙作云对图腾学说的痴迷，许多友人戏称其为"孙图腾"。① 不过，在西方各种图腾理论中，最受孙作云青睐的又是弗雷泽的学说："图腾主义的发生，说者固人各一词，但我相信傅瑞则的'怀孕说'（conceptional theory），因为它和中国的图腾信仰和神话传说完全相合。"② 实际上，这种学说成为孙作云解剖中国古史传说的一把钥匙。但凡古史传说中的种种疑难，他都试图用这种理论进行解释。由此出发，他还对中国上古图腾社会进行了重构。

定稿于 20 世纪 40 年代的《中国古代图腾研究》，系孙作云"作图腾主义（Totemism）研究的第一篇论文"③。作为其图腾研究中"最根本、最重要的一环"，这篇长文无疑具有总纲的性质。孙作云后来所写的一系列关于图腾的论文，如《盘瓠考》《飞廉考》《说丹朱》《说羽人》等，均是对此文的进一步引申与发挥。在这篇文章中，孙作云认为，距今约五千年前的黄河流域，有许多以鸟、兽、虫、鱼等动物为图腾的社会。这些社会可以分为三大支系：首先，在黄河中游，有似乎是从南方迁徙而来，以两栖动物及水中动物为图腾的诸部族。这些部族之中，可以确知的有蛇（龙）、龟（鳖）、鳅等氏族。在历史上，最早出现的是蚩尤族，他是蛇部族的大酋长，又是两栖动物诸部族的"联盟首长"，其地位相当于后代的王。这一部族在当时文化最高，是中国文化的开启者。其次，在沿海区域，即自辽东半岛经山东半岛直到淮河流域，有似乎是从东北

---

① 参见孙心一《殚精竭虑，求索楚风——孙作云先生传略》，见《孙作云文集》第 1 卷，河南大学出版社 2003 年版，第 6 页。

② 孙作云：《中国古代图腾研究》，见《孙作云文集》第 3 卷，河南大学出版社 2003 年版，第 34 页。类似的表述也出现在《说羽人》一文中，见《孙作云文集》第 3 卷，第 604 页。

③ 孙作云：《中国古代图腾研究》，见《孙作云文集》第 3 卷，河南大学出版社 2003 年版，第 3 页。据作者自述，这篇论文初稿写成于 1940 年春，1941 年春在《中和月刊》第 2 卷第 4、5 期连载。此后，作者又对此文进行了修改。从论文"提要"部分"现在时逾七八载"一句判断，此文最后改定时间约在 1948 年左右。不过与初稿相比，改定稿"在意见上没有更大的发展"。

迁来，以鸟、日、月等自然现象为图腾的诸部族。历史上所流传的舜（孔雀）、瞽叟（鸥鹗）、丹朱（鹤）、皋陶（鸠）、伯益（燕）、后羿（乌）等，均是这一系统的部落酋长。此外，在西北高原地带，有以野兽为图腾的诸部族，如曾与蚩尤作战的黄帝，便是以熊为图腾。他在伐蚩尤时所带领的几个"近亲社团"，如罴、貔、貅、貙、虎，皆以野兽为图腾。又在西北诸"狗国"中，有用狗的皮毛来区分的诸"狗族"，如以花狗为图腾的"槃瓠族"，以红毛狗为图腾的"赤狄"，以白毛狗为图腾的"白狄"。属于这一支系的还有以虎为图腾的西王母，以羊为图腾的周先妣姜嫄部族等。大体说来，这几个部族中，中原多以两栖类动物为图腾，西方多以野兽为图腾，东方多以鸟类与自然现象为图腾。因为战争与觅食的关系，在图腾社会的中晚期，分属中、东、西部的诸种族还形成了一个大的混合：东方的会跑到西方去，如秦、赵之先祖便是；北方的会跑到南方来，如西北狗国的槃瓠族跑到南方，成为湖南的武陵蛮及两广黔滇等地的瑶人。上述图腾社会的三大支系，后来分别演变为夏、商、周三代的祖先：夏是中原蛇氏族之后，即蚩尤后人；商是东方鸟氏族之后；周是西北熊氏族之后。因而，所谓"三代"，不单是一种朝代的划分，也是对于民族系统的划分。①

　　由上述思路出发，孙作云对古籍中所载的黄帝蚩尤之战、尧舜禅让、鲧禹治水及夏代开国等古史传说，作出了极富想象力的阐释。在孙作云看来，黄帝与蚩尤的战争，实际上是古代图腾部落之间的战争。蚩尤以蛇为图腾，其近亲氏族为泥鳅，在神话上的名字叫"应龙"。这次战争中，应龙本来属于两栖类动物图腾社团，理应帮助蚩尤。但由于蚩尤贪得无厌，导致了氏族内部的分裂，所以应龙做了黄帝的内应，于是背上了"贰负之臣"的恶名。按照图腾社会的惯例，与蚩尤（蛇社团）通婚的氏族为鳖，其子鲧继承了母系方面的图腾。鲧再娶蛇氏族的女子修己（修己即长蛇），生子为禹。禹又继承了修己的图腾，因而又名句龙（句龙亦即蛇）。禹娶涂山氏之女女娲（属鳖氏族）后，社会适由母系制转入

<hr>

① 孙作云：《中国古代图腾研究》，见《孙作云文集》第 3 卷，河南大学出版社 2003 年版，第 4—5 页。

父系制，所以禹未能像尧那样把王位传给鸟族的益，而是传于其子启。启名为夒，而夒亦即夏，所以夏直以其图腾（夒龙＝句龙＝蛇）之号为国号。换句话说，蚩尤的后裔即夏，夏人即蚩尤之后。①

另一方面，与蚩尤作战的黄帝，以熊为图腾。战争开始时，黄帝节节败退，于是联合罴、貔、貅、貙、虎等近亲氏族，又联合东方的鸟氏族大酋长舜（风后力牧）和日氏族女酋长女娲（魃），又得到蚩尤的近亲氏族应龙的内应，于是蚩尤战败被杀。黄帝（尧）在战胜蚩尤以后，成为各部落联盟的大酋长。不久他按照选贤的方式（其实也是根据母系氏族继承法的旧规），把王位传给了女婿舜（颛顼，帝喾）。在让位给舜之前，黄帝惩罚这些亡国的奴隶，让他们去治水，用孙作云原话说："在这治水神话的背后竟隐藏着这样一幕亡国悲剧。"鲧（共工氏）治水九载无功，又想和舜（颛顼）争夺王位，所以舜便以治水无功之名诛鲧。鲧之子禹饱尝亡国的痛楚，于是联合族人将舜驱逐，自己登上了王位。由此可知，"鲧禹治水是两栖动物图腾社团败亡以后被罚的苦役"。②

值得一提的是，孙作云还参证文献资料与画像石等考古资料，将黄帝、蚩尤之间的"图腾战争"与戏剧的起源联系在一起。孙作云认为，蚩尤被杀以后，为防止其鬼魂作祟，作为胜利者的黄帝氏族每年都要在战胜纪念日举行仪式舞蹈，重新表演一番打蚩尤的故事。由于这种驱鬼舞蹈有着图腾信仰的背景，因而在仪式举行期间，各氏族代表皆穿戴各自的图腾服饰。大酋长黄帝属于熊氏族，他便披蒙熊皮，装扮成熊的样子。其余参加讨伐蚩尤战争的诸氏族，如罴、貔、貅、貙、虎等，也各自穿戴图腾服饰装扮成野兽的样子。由于这种图腾舞蹈的主要内容是黄帝伐蚩尤的经过，其中有具体的人物角色，有完整的故事情节，又有化妆与表演，因而可以说是原始的戏剧，也即后代戏剧的起源。③

---

① 孙作云：《中国古代图腾研究》，见《孙作云文集》第3卷，河南大学出版社2003年版，第5—6页。

② 同上书，第6页。

③ 孙作云：《中国傩戏史》，见《孙作云文集》第4卷，河南大学出版社2003年版，第367—368页。据《文集》编者附注，孙作云于1943年著《大傩考》（未刊），1965年改写成此文。

　　毋庸讳言，孙作云从图腾理论出发，对中国古史传说、戏剧起源等问题所作的阐释，明显具有很大的想象成分。后来的研究者如刘锡诚、朱仙林等，都曾指出孙作云对于图腾理论的"泛化"。① 其实，孙作云本人对此并非没有察觉。在《说羽人》一文中，孙作云便说过："我们对一切上古的问题都是试探的性质，即使说错了又有什么关系呢?"② 笔者以为，这句话应当不仅是针对此文中的具体问题（即"秋千戏"的起源）而发，也是孙作云对自己古史传说研究的一种辩护。诚然，古史传说杳渺难稽，后人的研究不啻是一种"猜谜"。不过，如何在展开"大胆想象"的同时，又能将之约束在"合理"的范围之内，这不仅是对中国文学人类学研究的考验，也是中国现代学术长期面临的一道难题。

二　图腾理论与神话图像研究

　　在中国现代学术史上，孙作云是较早对神话图像进行研究的学者之一。在此之前，尽管闻一多、何联奎、常任侠等人的研究中已涉及神话图像③，但从文化人类学视角对神话图像进行专门研究，孙作云应当是第一人。20 世纪 40 年代，孙作云相继发表《饕餮考——中国铜器花纹中图腾遗痕之研究》《说鸱尾——中国建筑装饰上图腾遗痕之研究》《说羽人——羽人图、羽人神话及其飞仙思想之图腾主义的考察》，对出土器物与建筑装饰中的神话图像进行解读。实际上，孙作云这些研究是其中国古代图腾制度研究的一个组成部分："我这几年所作的关于中国古代图腾制度的研究，主要的是从图腾制度的遗痕（Survival）诸方面下

---

　　① 参见刘锡诚《20 世纪中国民间文学学术史》，河南大学出版社 2006 年版，第 513 页；朱仙林《孙作云图腾神话研究解析》，《民族艺术》2011 年第 2 期。

　　② 孙作云：《说羽人》，原载《国立沈阳博物院筹备委员会汇刊》1947 年第 1 期，引自《孙作云文集》第 3 卷，河南大学出版社 2003 年版，第 629 页。

　　③ 比如，闻一多《从人首蛇身像说到龙与图腾》（载《人文科学学报》第 2 期）一文，采用画像石等神话资料作为旁证。何联奎《畲民的图腾崇拜》（载《民族学研究集刊》第 1 期）一文，附有"畲民神话中的图像（画传）"。常任侠则著有《沙坪坝出土之石棺画像研究》（原载《时事新报·学灯》1939 年第 41、42 期，又载《说文月刊》1940 年第 1 卷第 10、11 期合刊）、《饕餮终葵神荼郁垒石敢当考》（载《说文月刊》1940 年第 2 卷第 9 期）。

手。……我所作的遗痕的研究，大概可以分为三方面：一是书本上的，二是实物上的，三是风俗上的。书本上的遗痕又可以分为三种：即语言文字、历史记载、神话传说。实物上的遗痕也有三种：即实物形态、图案花纹、装饰美术。风俗上的遗痕也可以分为三种：即民间信仰、风俗制度、民间艺术游戏。"① 上述有关神话图像的研究，显然属于其中第二方面。

《饕餮考——中国铜器花纹中图腾遗痕之研究》是孙作云研究神话图像的第一篇论文。此文写成于 1942 年 5 月，1944 年在《中和月刊》第 5 卷第 1、2、3 期连载。在中国，关于饕餮的传说由来已久，对之最早的记载出自《左传·文公十八年》："缙云氏有不才子，贪于饮食，冒于货贿。侵欲崇侈，不可盈厌；聚敛积实，不知纪极。不分孤寡，不恤穷匮。天下之民以比三凶，谓之饕餮。"《吕氏春秋·先识》则说："周鼎著饕餮，有首无身，食人未咽，害及其身，以言报更也。"其实，20 世纪的考古发掘表明，饕餮纹在距今五千年前的良渚文化玉器上已经出现。由于这种纹饰屡屡见诸各种古代器物，因而自金石学兴起之后，历代对之作著录或研究者不乏其人。与这些学者主要凭借文献资料作考证不同，处在西学东渐大潮中的孙作云，试图从神话学、民俗学等现代学科入手对之进行解读："此种美术花纹，在昔皆视为考古学所研究之课题，著录考证，代有其人，然于此种花纹造作之由来，殊少得当之解释。愚年来颇治神话学与民俗学，窃思若能由神话学探索此种花纹之神话的意义，由民俗学解释此种花纹之原始的性质，当为极饶兴趣之事。"其具体方法，则是"由古书上之记载，合之古器上之材料，参以初民社会之风俗，推衍比勘，以求一解。"② 应当承认，包括饕餮纹在内的各种古代器物纹饰，在铸造的当时很难说是一种纯粹的装饰图案，其中极有可能蕴含着古人种种复杂的精神寄托。如果单纯从艺术或审美的角度对之作研究，无异于缘木求鱼。孙作云能够从神话学、民俗学角度对此尝试作解释，确实是

① 孙作云：《说鸱尾——中国建筑装饰上图腾遗痕之研究》，原载《留日同学会季刊》1945 年第 6 期。引自《孙作云文集》第 3 卷，河南大学出版社 2003 年版，第 516 页。

② 孙作云：《饕餮考——中国铜器花纹中图腾遗痕之研究》，见《孙作云文集》第 3 卷，河南大学出版社 2003 年版，第 299 页。

一种洞见。

从解释的理论资源来看，孙作云主要依据的也是传入国内不久的图腾学说。在这篇文章开篇，孙作云便援引前人的话说："世界古今未开化民族多于器物上雕镂动物花纹，论者谓为各族图腾崇拜（Totem Cult）之表现，盖藉此以达到个体与图腾之间一化（Assimilation of Totem）。"①言下之意，先秦古器上的纹饰与"未开化民族"器物上的花纹一样，也是图腾崇拜的表现。不过，问题到此远没有结束：即便如其所言，图腾信仰在古代中国普遍存在，先秦古器上的饕餮等纹饰，又是何种图腾信仰的产物？对于这一问题的解决，又回到了孙作云早年有关中国古代图腾社会的宏大假说："中国古代器物花纹以蛇纹为最早，此种花纹应用最广，至今弗替。愚意此种蛇纹即中国蛇族——即以蛇为图腾的氏族之族徽。余于 1940 年撰《蚩尤考》，论蚩尤之族以蛇为图腾，又论鲧禹为蚩尤之后，则此种蛇纹当为蚩尤或夏人图腾之遗留。"②在各种蛇纹中，孙作云又判定饕餮纹出现最早。接下来，他从"缙云氏之不才子"的得名缘由、饕餮与蚩尤"性俱贪"、饕餮蚩尤"俱象蛇"、饕餮纹旁多附以刀纹与蚩尤"造五兵"传说的比较、饕餮与蚩尤"俱为畏图"、《左传》所载禹"铸鼎象物"之传说等六个方面，得出饕餮即蚩尤的结论："铜器花纹中之饕餮纹本为蚩尤之图像，其初为夏民族之图腾而兼部落酋长之像，其后降为一般的美术花纹。"③至此，借助于民俗学与神话学知识，饕餮纹的原始含义最终得以呈现。在此基础上，孙作云还对饕餮纹与其他龙蛇花纹的关系作了考察，以探明饕餮纹在后世的演进规律。大体而言，其演进主要遵循两条路线：一条是由简趋繁之"精进式"，比如铜器上的夔纹、蟠龙纹、虬纹等；一种是由繁趋简之"堕落式"，比如铜器上的"牺首"纹、玉饰中的"饕餮头"形乃至"石敢当"、兽面瓦等。通过以上两种向度的历时性考察，孙作云进一步提出对于中国文化特质的认识：

---

① 孙作云：《饕餮考——中国铜器花纹中图腾遗痕之研究》，见《孙作云文集》第 3 卷，河南大学出版社 2003 年版，第 299 页。

② 同上书，第 299—300 页。

③ 同上书，第 318 页。

吾人由以上两种演变形式之所表现，知中国古代花纹以饕餮纹最多最广，此种"多"与"广"有非言词所能形容者。吾人由于此种现象可以推知数事：（1）中国古代之图案花纹源于古代图腾崇拜之习，易言之，中国艺术始于图腾艺术。（2）图案花纹中似以"蛇纹"为最早，故中国图腾社会亦以蛇图腾为最早。（3）蛇图腾即夏，故中国文化始于有夏。（4）中国文化为华夏民族独自之发明，而无关于外力，可知中国文化自有其"独立性"。（5）此种图腾文化至今犹遗存于诸多器物中，亘数千年而不灭，则可知中国文化自有其悠久、优美、神圣之传统。（6）古代花纹之种类虽不多，但我先民将此种原始图腾花纹，发挥尽致，充分表现了其伟大之艺术天才。（7）由图腾雕刻演变而为器物花纹，由图腾跳舞演变而为民间游戏，由图腾徽号演变而为人名、国名、地名、物名，其间又息息相关，以构成一种整个的图腾文化，为后来中国文化之基础。且此种原始文化又能自然地消融于吾人日常生活中，以构成中国文化之特色。[1]

在今天看来，孙作云的上述论证也有许多不尽如人意之处。比如，在"何谓缙云氏之不才子"一节中，他首先从"缙""云"二字的字音、字义分析入手，证明"缙云氏"得名于黄帝灭蚩尤之事，"缙云氏"即黄帝。接着又以十分肯定的语气断言："缙云氏之不才子饕餮必为蚩尤无疑"，根据是"不才子"在这里意指"乱臣贼子"。这种训释显然有很大的随意性。此外，孙作云认为远古时代中国东部沿海地区诸部族以鸟、日、月等自然现象为图腾，只有黄河中游地区的各个部族以两栖动物及水中动物为图腾。不过前文已提及，今天的考古发掘表明，饕餮纹在距今五千年前的良渚文化玉器上已经出现。依照孙作云的观点，饕餮便是蚩尤，蚩尤部族又以蛇为图腾，这是否意味着当时东部沿海地区也存在蛇图腾信仰？如果答案是肯定的，则与其有关中国古代图腾社会的假说相冲突；如果答案为否定，又何以解释饕餮纹（也即蚩尤纹、蛇纹）出

---

① 孙作云：《饕餮考——中国铜器花纹中图腾遗痕之研究》，见《孙作云文集》第 3 卷，河南大学出版社 2003 年版，第 334—335 页。

现在以鸟、日、月为图腾的部族器物上？对于这一问题，孙作云恐怕难以作出圆满的回答。在笔者看来，与孙作云其他几篇神话学论文一样，此文的写作很可能也是"别有幽怀"。孙作云一再将中国文化的源头上溯至蚩尤①，而蚩尤又被视作"中国第一位战神"。如果我们联想到此文发表时适逢日本侵华战争期间，作者当时正身处沦陷后的北平，则对这篇文章的命意会有更为全面的体察。在上面一段引文的最后，孙作云其实还说道："吾人拥有如此悠久神圣之文化传统，诚可谓得天独厚，虽运值塞屯，终必有否极泰来之一日，言念及此，能不奋然兴起者乎？"行文至此，作者寄托于"纸背"的心情已近乎昭然若揭了。

《说鸱尾——中国建筑装饰上图腾遗痕之研究》发表于《留日同学会季刊》1945 年第 6 期。这篇文章中，孙作云对中国古代建筑装饰上经常出现的鸱尾造型作了考察。按照通常的看法，鸱尾的原型为凤鸟，孙作云却认为，"鸱尾"实际上是对"蚩尾"的讹误：由于音误，古人错将"蚩"写作"鸱"，后来的人便以之为鸟，因此才有鸟首或鸟羽造型。②根据他的追溯，中国古代文献中对于蚩尾的记载，最早出自东汉赵晔所著《吴越春秋》之四《阖闾内传》："吴在辰，其位龙也，故小城南门上反羽为两鲵鳙以象龙角。越在巳地，其位蛇也，故南大门上有木蛇，北向首，内示越属于吴也。"他由此得出结论："我们虽不能说越地是鸱尾的发源地，但至少可以说越地盛行蚩尾。所以越人勇之尚保存关于蚩尾的较原始的传说和意义。"③ 问题是，为什么会在越地盛行这种建筑装饰？孙作云依然从图腾信仰的角度对之作出解答，并举美洲印第安人的"图腾柱"作为参证："我们知道越人自称为大禹之后，夏后帝少康的庶子，封于会稽以奉禹祀。而我说夏禹是蚩尤之后，其民族以蛇为图腾，那么在屋顶上所建置的两龙角不是和他们所崇拜的图腾有关系吗？这种在屋

---

① 孙作云认为"中国文化始于有夏"，而蚩尤又是有夏的第一位"大酋长"。据此推断，则中国文化也是发端于蚩尤。

② 孙作云在文中又说："蚩尾因为限于屋角上的狭小地位，乃不得不将其身体缩短，仅剩了巨口和翘尾，故世人或名之曰'鸱吻'，或名之曰'鸱尾'，皆就其首尾部分的特征而言。"（《孙作云文集》第 3 卷，河南大学出版社 2003 年版，第 526 页）从这句话判断，则"蚩尾"变为"鸱尾"又是因为"形误"。

③ 孙作云：《说鸱尾》，见《孙作云文集》第 3 卷，河南大学出版社 2003 年版，第 524 页。

顶上特有的建筑装饰其先或立于门前，类似北美洲印第安人的'图腾柱'（Totem Pole），其后才移于屋上，以为装饰，兼取其水火相胜之意，以避火灾，这样便构成后代蚩尾的意义了。"① 通过图像学的比较分析，孙作云进一步认定蚩尾为饕餮纹与夔纹的演化形态。

《说羽人——羽人图、羽人神话及其飞仙思想之图腾主义的考察》是孙作云20世纪40年代写成的系列论文"鸟人三考"之一。② 论文于1943年秋开始动笔，至1947年7月完成，其间五易其稿，最后发表于《国立沈阳博物院筹备委员会汇刊》1947年第1期。这篇论文最大的特色，是对古器图像、神话传说及其文学表现进行系统的考察，用作者的话说："古器物上的鸟人图和神仙图（羽人图）除可与神话传说相印证之外，又可与许多文学作品的内容或思想相对照相发明。"③

在古代器物上，时常可以看到一种鸟首人身或人身鸟翼的形象，孙作云称之为"羽人图"。以现代科学理性的眼光来看，这种形象自然是荒诞不经，匪夷所思。不过孙作云认为，古人绘制这些图像并不是存心欺骗后人，相反，"他们老老实实地一丝不苟地画出他们心目中视为当然或无人不知其然的东西。他们本着他们的宗教迷信实际生活而如实地表现来着"④。今天的人对这些图象之所以无法理喻，就在于"我们的社会不与彼同，我们的宗教信仰不与彼同"⑤。因而，具备了文化人类学与神话学知识的孙作云，试图回到古人的精神世界，对这些形象背后的信仰底色进行还原。

孙作云首先依照时代次序对羽人图的"演变程序"作了仔细考察，接着又对古代神话传说中与"羽民国"或"鸟民国"有关的故事进行了梳理。在将羽人图与羽人传说进行比较之后，他发现二者之间存在着某种对应关系。比如，《山海经》之《海外南经》《大荒南经》《海内经》

---

①　孙作云：《说鸱尾》，见《孙作云文集》第3卷，河南大学出版社2003年版，第524页。

②　"鸟人三考"中其他两篇为：《说丹珠》，载《历史与考古》1946年第1号；《说皋陶》，约写于1945年，未发表。二文均收入《孙作云文集》第3卷，河南大学出版社2003年版。

③　孙作云：《说羽人》，见《孙作云文集》第3卷，河南大学出版社2003年版，第587页。

④　同上书，第561页。

⑤　同上。

中，均有对"羽民"的记载，其体貌特征可以概括为"长头""长颊""鸟喙""身生毛羽""有翼""鸟首"几个方面——这些特征与容庚所编《武英殿彝器图录》《宝蕴楼彝器图录》中战国时代"猎纹壶"上的羽人形象完全吻合。孙作云由此认为："我们可以武断地说《山海经》这一段记载就是这些图像的说明，至少原始的《山海图》画这段画，就是像猎壶上所铸的那个样子。我想原始的《山海图》和猎壶上的图像当系出于一本：即出于一个共同的宗教信仰和艺术传统。"① 在笔者看来，说《山海经》中的记载就是对猎壶中图像的说明，未免过于坐实。不过，认为《山海图》和猎壶上的形象出于一种共同的宗教信仰，当不会有太大争议。

此外，孙作云还对古器物上的羽人图在文学作品中的表现进行了考察。在他之前，胡厚宣、闻一多曾先后提出楚民族源于东方的观点。② 孙作云在此基础上作出推论：楚民族可能与源自东方的殷民族为一系，因而《楚辞》中所包含的神话思想属于东方系统，《楚辞》中的神话传说与《山海经》《淮南子》亦为一系；既然《山海经》里有羽民或鸟民的记载，《楚辞》中也应当有相应的记载。孙作云首先注意到《离骚》中的游仙部分，认为其中虽未直接写到羽人，但主人公的乘鹥飞升与羽人图像及神话同为图腾观念的体现："简单地说起来，就是因为鸟种族（Bird tribe）的人，为了与鸟图腾同一化，要学鸟的动作，又相信死了以后要变成鸟，基于这种原因，所以在后代才发生人要变成鸟（至少是一半变成鸟）或骑着鸟就可以飞升的观念。不用说图像上的鸟人图，神话中的半鸟半人的怪物，以及文学上这种飞升思想皆是这一种制度或信仰的三个不同的方面的表现。"③ 不过，孙作云更为重视的，则是《远游》中关于羽人的直接记载——"仍羽人于丹丘兮，留不死之旧乡。朝濯发于汤谷兮，夕晞余身兮九阳。"通过一番仔细考辨，孙作云得出"丹丘"位于成山（今山东半岛尖端）的结论。在古人心目中，这一地方也是日出之地。

---

① 孙作云：《说羽人》，见《孙作云文集》第 3 卷，河南大学出版社 2003 年版，第 584 页。

② 参见胡厚宣《楚民族源于东方考》，《史学论丛》1934 年第 1 期；闻一多：《高唐神女传说之分析》，《清华学报》第 1935 年第 10 卷第 4 期。

③ 孙作云：《说羽人》，见《孙作云文集》第 3 卷，河南大学出版社 2003 年版，第 589 页。

至此，孙作云又回到了前面已讨论过的猎壶上的鸟人图问题：为什么当时的人们要在鸟人旁边铸一个黑点？他认为，这正是由于"仍羽人"须在"丹丘"的缘故："丹丘为日所出之地，实即等于'日'，所以后人即使在铸器上，也像文字修辞上一样，对于这一点不许遗漏，而必需连类及之，这样就成了猎壶上'羽人'旁边的黑点（日—丹丘）了。所以，《远游》篇这一句——'仍羽人于丹丘'，不但直接触及《山海经》的'羽民'，而且间接触及了猎壶上的'羽人'。"① 不过，问题到此似乎仍没有结束：为什么"仍羽人"须要在"丹丘"？这里再次涉及中国古代的图腾信仰问题。孙作云注意到，澳洲土人的图腾崇拜有一个现象，就是在氏族图腾之外，往往把自然界的一切物象分属于氏族图腾之下予以崇拜，这些被崇拜的自然物象即人类学家所谓的"副图腾"。从中国来看，类似的现象也存在。比如，以鸟为图腾的东夷，同时又以日为副图腾，其最典型的表现，便是关于"三足乌"的传说。孙作云通过对相关文献的排比，认为这一传说的较早形态应该是《山海经》中"十日皆载于乌"的记载，后来才演化为"日中有三足乌"的传说，从而得出结论：

> 我们试想我们的古人为什么要把乌与日混为一谈呢？为什么不说骆驼或黄牛驮着太阳在天上慢慢走呢？我以为这大概就像澳洲土人的例子一样，就是把日头当作此族的副图腾，其主图腾为乌，其副图腾为日。到后来因为社会进化了，图腾崇拜停止了，人们遂将错就错地把记忆与传说之中的乌与日的关系混而为一，便说日头是乌鸦，或说日中有三足乌。如澳洲土人说日为袋鼠，月为鳄鱼一样。②

有了上述认识，再来审视猎壶上的羽人图，便会有新的发现：图中的鸟人长颈乌喙，长翼，显然是一只乌，其近旁的黑点则为日。据此可

---

① 孙作云：《说羽人》，见《孙作云文集》第 3 卷，河南大学出版社 2003 年版，第 596 页。
② 同上书，第 613 页。

知，猎壶上的羽人图与汉画像石及汉以后壁画墓中所绘的日中三足乌图，当属于同一系统。换句话说，猎壶上的羽人图是后世日中三足乌图像（传说）的原始形态。

应当承认，孙作云利用古器图像、神话传说及其文学表现互相参证的研究方法，确实突破了传统文献考据的局限，因而给文史研究带来了新的气象。约半个世纪后，国内学者提出文学人类学"四重证据法"，即综合运用传世与出土文献资料、民族志资料以及图像、实物资料进行比较研究。我们反观孙作云的上述研究（尤其是最后一篇文章），便会发现，"四重证据法"在其中已有初步的体现。

三　"三层证明法"的提出

继王国维"二重证据法"之后，随着国内民俗学运动的开展与西方文化人类学知识的引入，许多学者进一步意识到民俗学、文化人类学对于国学研究的重要性。在胡适、顾颉刚、闻一多等的相关研究中，时时可以看到对于民俗学、文化人类学方法与资料的采用。不过，将这些资料作为"第三重证据"正式提出则始于孙作云。

与许多现代学者一样，孙作云在学术研究中也有着十分自觉的方法意识。在《中国傀儡戏考》一文中，孙作云说道："一个人研究一种学问，虽然课题甚多，著作甚富，其实他处置问题的方法都是很简单的，抑或是一贯的。古来人用刺绣比喻人们治学的方法，就是所绣出的花样很多，然而他的'金针'却只有一支。我们研究学问，特别是研究人文科学，很有这种感觉。"① 这段话，很可能受胡适的影响。在《〈国学季刊〉发刊宣言》中，胡适便说过："古人说：'鸳鸯绣取从君看，不把金针度与人。'单把绣成的鸳鸯给人看，而不肯把金针教人，那是不大度的行为。然而天下的人不是人人都能学绣鸳鸯的；多数人只爱看鸳鸯，而

---

① 孙作云：《中国傀儡戏考》，见《孙作云文集》第4卷，河南大学出版社2003年版，第476—477页。

不想自己动手去学绣。"① 对于自己的研究方法，孙作云总结为五个方面，其中第四个方面为"三层证明法"：

> 自从王国维先生考证古史发表了两层证明法以后，学者们深信这种方法是研究古史的不二法门。什么叫做两层证明法呢？就是用书本上记载的材料和地下发掘的材料互相印证。他研究殷先公先王用甲骨卜辞上的材料来和《史记·殷本纪》互相发明；又用金文上的材料，来考证古代的制度，对于古史贡献殊伟。其实还有一种极重要的方法为王先生所忽略者就是现在风俗的印证，换句话说，就是在书本材料、地下材料之外，还要取证于现存的风俗。②

问题是，王国维所强调的"第二重证据"，即地下出土的甲骨文、金文资料，由于直接来源于商、周时代，因而可以作为古史研究的证据。可上述引文中所提到的"风俗"，在时间上既然属于"现存"，何以能够作为古史研究的证据？孙作云对此的解释是："我们中国读书人每每有一种见解，以为书本的记载比风俗早，甚至比人类还早，他们忘记了是先有风俗，后有记载；在有书册之先，人类要过几千年的愚昧生活，因循着因为生活而规定的风俗习惯。所以风俗习惯早于书册的记载，有比书册更悠久的传统，更真实的价值。"③ 这段话确实道出了长期以来被忽略的一个事实：与人类漫长的口头（民俗）传统相比，文字书写不过是短暂的一瞬。近年来，国内学者叶舒宪之所以提出"重审中国大小传统"的命题，很大程度上正是有感于后者对前者的遮蔽。④ 不过，这也仅能说明人类风俗历时的悠久，对于上面提出的问题，即"现存的风俗"何以能参

---

① 胡适：《〈国学季刊〉发刊宣言》，见《胡适全集》第 2 卷，安徽教育出版社 2003 年版，第 5 页。

② 孙作云：《中国傀儡戏考》，见《孙作云文集》第 4 卷，河南大学出版社 2003 年版，第 478—479 页。

③ 同上书，第 479 页。

④ 参见叶舒宪《中国文化的大传统与小传统》，《光明日报》2012 年 8 月 30 日，第 15 版。

证古史，孙作云并未作出清晰的回答。在笔者看来，倒是孙作云另外一篇文章中的一段话，可以作为上述解释的补充："现存民间的风俗，多有很古的渊源，并不是这些蚩蚩者氓随便的创作。我们要研究古代的历史或制度，绝不能忽视现存的民间风俗，我们应该钩稽现存的民俗，以补文献的不足。"① 这里的意思很明显：现存的风俗虽然属于当下，但它们是从远古时代传承而来，因而在一定程度上可以视作见证人类远古历史的"活化石"。当然，如果进一步追溯，孙作云的这一思想也是渊源有自，其出处便是英国人类学家爱德华·泰勒的"文化遗留"说。在孙作云的学术著作中，不仅频频出现"遗留"（Survival）一词②，许多观点更是建立于这一学说之上。比如，孙作云在论游戏与古史的关系时说："古代游戏皆具实用的性质，其后而变为娱乐的性质。因其实用，故与宗教、政治及人类一般的生活有关，我们从这里能直接或间接地考求历史的事实，拿它和历史互相印证，互相发明；甚至还能从游戏的行事与性质中考出历史上已经消灭的部分，以补历史的不足。"③ 这里关于游戏的看法，明显与泰勒的"文化遗留"说相契合。

　　需要说明的是，孙作云在不同文章中对"三层证明法"的表述并不一致。在《中国古代图腾研究》中，孙作云说："古史的研究，不但取材于书本，而且要取材于古物，所谓两层证明法实在是治史的不二法门。我的意思，应该在古物之外，再加一个古俗，用古代的风俗来帮助文献和考古之不足；这个方法可以叫做三层证明法。"④ 此处所说的"三层证明法"，除"书本""古物"外，又包括"古俗"。应当说，这种看法自有其道理。从历时性角度来看，"古俗"与"今俗"一样，也是更早时期文化的"遗留物"，因而可以作为重构更早时期文化的资料；从共时性角度看，"古俗"又可作为同时代社会文化的见证。不

---

① 孙作云：《泰山礼俗研究》，见《孙作云文集》第 3 卷，河南大学出版社 2003 年版，第735 页。

② 孙作云有时将 Survival 翻译为"遗痕"或"遗存物"。

③ 孙作云：《泰山礼俗研究》，见《孙作云文集》第 3 卷，河南大学出版社 2003 年版，第816 页。

④ 孙作云：《中国古代图腾研究》，见《孙作云文集》第 3 卷，河南大学出版社 2003 年版，第 37 页。

过，孙作云说"用古代的风俗来帮助文献和考古之不足"，似乎将"古俗"与"文献"视作相互对立的范畴。如此一来难免令人生疑："古俗"难道不也是借文献得以保存？笔者以为，就上述关于"三层证明法"的界说而言，"古俗"的主要意义并不在于"帮助文献之不足"，而是还原了文献得以产生的社会文化语境。借助这一语境，后人可以对文献中的事象达成更为全面的认识。比如，在《〈诗经〉恋歌发微》一文中，孙作云正是借助于上古时代高禖祭祀、祓禊等习俗，对《诗经》中的恋歌进行了研究。

此外，孙作云在"三层证明法"中虽未直接言及文化人类学资料，但他对这一领域显然也十分重视。实际上，孙作云所说的"民俗"或"风俗"，许多情况下是与文化人类学相互叠合的。比如，在他对自己研究方法的总结中，最后一项是"民俗学的解释"。① 不过从他的具体研究来看，所谓"民俗学的解释"，在很大程度上指的便是文化人类学中的图腾理论。再如，孙作云在《饕餮考》一文中说："愚年来颇治神话学与民俗学，窃思若能由神话学探索此种花纹之神话的意义，由民俗学解释此种花纹之原始的性质，当为极饶兴趣之事。今即以此为线索，由古书上之记载，合之古器上之材料，参以初民社会之风俗，推衍比勘，以求一解，此即本文所采用之方法与目的也。"② 这里所说的"初民社会之风俗"，主要指的也是来自原住民社会的民族志资料。在孙作云的研究中，经常可以看到援引文化人类学资料来参证的例子，如以美洲印第安人对于月食的解释来参证《楚辞·九歌》、以澳洲中部华拉孟加人（Waramunga）的蛇节"卧龙魁"（Wollunqua）来想象中国古代蛇氏族对于蛇的崇拜、以美洲印第安人的"图腾服饰"来参证中国古书中所载的"羽衣"等。③

---

① 参见孙作云《中国傀儡戏考》，见《孙作云文集》第 4 卷，河南大学出版社 2003 年版，第 479 页。

② 孙作云：《饕餮考》，见《孙作云文集》第 3 卷，河南大学出版社 2003 年版，第 299 页。

③ 以上诸例参见孙作云《〈九歌〉东君考》，《孙作云文集》第 1 卷，河南大学出版社 2003 年版，第 455 页；《中国古代图腾研究》，《孙作云文集》第 3 卷，河南大学出版社 2003 年版，第 74 页；《说羽人》，《孙作云文集》第 3 卷，河南大学出版社 2003 年版，第 607 页。

　　总体而言，孙作云的"三层证明法"固然存在欠周密之处，不过，他能在 20 世纪前期率先提出这一方法并广泛付诸实践，其在学术史上的意义自不待言。从孙作云的"三层证明法"，到饶宗颐的"三重证据法"和杨向奎的"古史研究三重证"，再到当代学人叶舒宪对文学人类学"三重证据法"的大力倡导，我们从中不难看出中国文学人类学从自发到自觉的演进轨迹。

结　　语

　　以上章节从宏观、微观两个层面，对 20 世纪前期学人的文学人类学实践进行了考察。总体来看，这一时期的研究主要集中于两个方面：一是为神话、传说等历来难登大雅之堂的"语怪"之谈提供新的解释视野。尤其需要强调的是，与传统训诂与考订方法不同，这种解释使得上述文本背后的文化景观得以呈现。今天的读者，可能对作者的具体结论持有不同意见，不过，体现于这些研究中的博洽与想象力，仍会给人带来耳目一新的惊喜。二是沿着史料扩充的路向，对中国传统考据学进行了革新。众所周知，"五四"前后，中国知识分子从西方引进了"科学"与"民主"。为了使之与中国本土传统更好地对接，胡适等从两个向度对中国传统文化进行了调适：一方面"重构"中国文学的"白话传统"，以突显其"平民性"质素；另一方面对中国传统考据学进行价值重估，以突出其"科学性"品格。不过，令当时知识分子感到焦虑的是，中国传统考据学固然有着"求实""征信"的科学基因，但这块学术领地早已经过乾嘉诸老的精耕细作，后来者难以继续有所作为。超越前人的办法，便是不断拓展考据学的范围（同时也是克服考据学弊端的过程），在已有的书面文献之外，寻找新的可资参证的资料。应当说，这种焦虑在晚清时期的学者身上已有体现。梁启超在《中国近三百年学术史》中便指出："（光绪初年，）普通经学史学的考证，多已被前人做尽，因此他们要走偏锋为局部的研究。其时最流行的有几种学问：一、金石学；二、元史及西北地理学；三、诸子学。"① 现代学者则继其后

---

　　① 梁启超：《中国近三百年学术史》，见《饮冰室合集》第 10 卷，中华书局 1989 年版，第28 页。

踵，又发现了文化人类学这一全新领域。由于这种学说跳出了民族文化的狭小空间，以一种世界性的眼光俯瞰古往今来各种人文类型，因而其所带来的革新效应自非前几种学问所能及。另外需要指出的是，文化人类学并不是对异文化资料的简单汇编，而是一套建立在民族志基础上的理论解释体系。因而，文化人类学之于中国传统考据学的意义，不只是提供了许多可资参证的资料，其更重要的价值，还在于为中国传统考据学增加了一重阐释的维度。

时隔半个多世纪之后，我们如何看待 20 世纪前期学者的文学人类学实践？笔者以为，胡适评价柳诒徵《中国文化史》的一段话，也同样适用于周作人、茅盾直到闻一多、孙作云等几代学者的努力：

> 柳先生的书可算是中国文化史的开山之作，读者评者都应该记得这一点。因为是开山之作，我们都佩服作者的勇气与毅力，感谢他为中国文化史立下了一个草创的规模，替一般读者搜集了一些很方便有用的材料。但又因为是开山之作，此书是不免有一些可指摘的地方的。①

诚然，后人的重审与反思可以起到纠偏补弊的功效，但以"创立典范""开一代风气"的标准来衡量，前代学者的首创之功更加值得我们尊重。柳诒徵的《中国文化史》如此，对于 20 世纪前期学人的文学人类学实践，也应作如是观。

1949 年后，由于意识形态的原因，文化人类学、民族学等学科在大陆被取消，文学人类学研究也趋于式微，而在台湾地区，这一传统则得以延续。原国立中央研究院历史语言研究所研究员凌纯声迁台后，先后发表《铜鼓图文与楚辞九歌》《国殇礼魂与馘首祭枭》②，从其研究理路，隐约可见 20 世纪三四十年代芮逸夫、闻一多等学者的身影。新时期以

---

① 见《清华学报》1933 年第 8 卷第 2 期"书籍评论"。
② 这两篇论文分别刊载于《国立中央研究院院刊》1954 年第 1 辑、《中央研究院民族学研究所集刊》1960 年第 9 期，后收入凌纯声：《中国边疆民族与环太平洋文化》，（台北）联经出版事业公司 1979 年版。

来，随着弗雷泽《金枝》《〈旧约〉中的民间传说》在中国大陆的传播，兼之加拿大文艺理论家诺斯洛普·弗莱的"神话—原型批评"在国内的译介，叶舒宪、萧兵、方克强等学者重新发掘出半个世纪前郑振铎、闻一多等人所奠定的学术传统。萧兵先生在回顾自己的学术历程时曾说道："决定我学术道路的是 50 年代中期获读闻一多的中国文学人类学经典《神话与诗》，郭沫若的《甲申三百年祭》，原来历史和神话里埋藏着的是这样诡谲奇妙的戏剧和诗！……我还在郑振铎《汤祷篇》的启示下，借阅了弗雷泽十二巨册的文化人类学名著《金枝》。"[①] 正是在上述学者的努力之下，"文学人类学"这一新的学科命名终于破土而出。自此之后，中国文学人类学开始向学科建设的方向迈进。

---

① 萧兵：《"人学"的复归：文学人类学实验报告》，《淮阴师专学报》1997 年第 1 期。

参考文献

一 著作

1. 文学研究类

陈泳超：《中国民间文学研究的现代轨辙》，北京大学出版社 2005 年版。

程金城主编：《文艺人类学的理论与实践》，民族出版社 2007 年版。

方克强：《文学人类学批评》，上海社会科学院出版社 1992 年版。

胡怀琛：《中国小说研究》，商务印书馆 1929 年版。

胡怀琛编：《中国文学辨正》，商务印书馆 1933 年版。

黄石：《神话研究》，开明书店 1927 年版。

林惠祥：《神话论》，商务印书馆 1933 年版。

刘锡诚：《20 世纪中国民间文学学术史》，河南大学出版社 2006 年版。

鲁迅：《中国小说史略》，收入《鲁迅全集》第 9 卷，人民文学出版社 2005 年版。

马昌仪编：《中国神话学文论选萃》，中国广播电视出版社 1994 年版。

彭兆荣：《人类学仪式的理论与实践》，民族出版社 2007 年版。

潜明兹：《中国神话学》，上海人民出版社 2008 年版。

王文仁：《启蒙与迷魅——近现代视野下的中国文学进化史观》，（台北）博扬文化事业有限公司 2011 年版。

谢六逸：《神话学 ABC》，世界书局 1925 年版。

徐新建：《民歌与国学——民国早期歌谣运动的回顾与思考》，巴蜀书社 2006 年版。

叶舒宪：《金枝玉叶——比较神话学的中国视角》，复旦大学出版社 2012

年版。

叶舒宪：《文学与人类学——知识全球化时代的文学研究》，社会科学文献出版社 2003 年版。

叶舒宪：《文学人类学教程》，中国社会科学出版社 2010 年版。

叶舒宪：《文学人类学探索》，广西师范大学出版社 1998 年版。

叶舒宪：《原型与跨文化阐释》，暨南大学出版社 2002 年版。

叶舒宪选编：《神话—原型批评》，陕西师范大学出版社 2011 年版。

郑振铎编：《中国文学研究》，商务印书馆 1927 年版。

钟敬文：《民间文艺谈薮》，湖南人民出版社 1981 年版。

周作人：《欧洲文学史》，商务印书馆 1922 年版。

［美］简·艾伦·哈里森：《古代艺术与仪式》，刘宗迪译，生活·读书·新知三联书店 2008 年版。

［加］诺思罗普·弗莱：《批评的解剖》，陈慧等译，百花文艺出版社 2006 年版。

［加］诺思洛普·弗莱：《伟大的代码：圣经与文学》，郝振益等译，北京大学出版社 1998 年版。

［德］沃尔夫冈·伊瑟尔：《虚构与想象：文学人类学疆界》，陈定家、汪正龙等译，吉林人民出版社 2003 年版。

  2. 人类学、民俗学类

岑家梧：《图腾艺术史》，学林出版社 1986 年版。

陈映璜：《人类学》，商务印书馆 1919 年版。

戴裔煊：《西方民族学史》，社会科学文献出版社 2001 年版。

胡鸿保主编：《中国人类学史》，中国人民大学出版社 2006 年版。

黄淑娉：《文化人类学理论方法研究》，广东高等教育出版社 2004 年版。

黄应贵：《反景入深林——人类学的观照、理论与实践》，商务印书馆 2010 年版。

江绍原：《发须爪——关于它们的迷信》，中华书局 2007 年版。

江绍原：《民俗与迷信》，陈泳超整理，北京出版社 2003 年版。

李则纲：《始祖的诞生与图腾》，商务印书馆 1935 年版。

凌纯声：《中国边疆民族与环太平洋文化》，（台湾）联经出版事业公司

1979 年版。

林惠祥：《文化人类学》，商务印书馆 1934 年版。

林耀华：《金翼：中国家族制度的社会学研究》，生活·读书·新知三联
书店 2008 年版。

施爱东：《倡立一门新学科：中国现代民俗学的鼓吹、经营与中落》，中
国社会科学出版社 2011 年版。

王建民：《中国民族学史》，云南教育出版社 1997 年版。

王铭铭：《人类学讲义稿》，世界图书出版公司 2011 年版。

王铭铭：《西学"中国化"的历史困境》，广西师范大学出版社 2005
年版。

王铭铭主编：《民族、文明与新世界：20 世纪前期的中国叙述》，世界图
书出版公司 2010 年版。

叶舒宪、彭兆荣、纳日碧力格：《人类学关键词》，广西师范大学出版社
2004 年版。

赵世瑜：《眼光向下的革命——中国现代民俗学思想史论（1918—
1937）》，北京师范大学出版社 1999 年版。

庄孔韶：《人类学通论》，山西教育出版社 2004 年版。

［美］顾定国：《中国人类学逸史——从马林诺夫斯基到莫斯科到毛泽
东》，胡鸿保等译，社会科学文献出版社 2000 年版。

［美］洪长泰：《到民间去：1918—1937 年的中国知识分子与民间文学运
动》，董晓萍译，上海文艺出版社 1993 年版。

［美］摩尔根：《古代社会》，杨东莼等译，商务印书馆 2009 年版。

［英］爱德华·泰勒：《原始文化》，连树声译，广西师范大学出版社
2005 年版。

［英］弗雷泽：《金枝》，徐育新等译，新世界出版社 2006 年版。

［英］弗雷泽：《〈旧约〉中的民间传说》，叶舒宪、户晓辉译，陕西师范
大学出版社 2012 年版。

［英］马林诺夫斯基：《巫术科学宗教与神话》，李安宅译，中国民间文艺
出版社 1986 年版。

［英］马林诺夫斯基：《两性社会学》，李安宅译，上海文化出版社 1986

年版。

［英］甄克思：《社会通诠》，严复译，商务印书馆 1981 年版。

　　3. 史学、考古学类

常金仓：《二十世纪古史研究反思录》，中国社会科学出版社 2005 年版。

顾颉刚等：《古史辨》，海南出版社 2005 年版。

江林昌：《考古发现与文史新证》，中华书局 2011 年版。

李玄伯：《中国古代社会新研》，开明书店 1949 年版。

罗志田：《裂变中的传承——20 世纪前期的中国文化与学术》，中华书局
　　2009 年版。

桑兵：《晚清民国的学人与学术》，中华书局 2008 年版。

沈颂金：《考古学与 20 世纪中国学术》，学苑出版社 2003 年版。

王汎森：《中国近代思想与学术的系谱》，吉林出版集团 2011 年版。

卫聚贤：《古史研究》，新月书店 1928 年版。

卫聚贤：《古史研究》（第二集），上海商务印书馆 1934 年版。

卫聚贤：《古史研究》（第三集），上海商务印书馆 1936 年版。

许冠三：《新史学九十年》，岳麓书社 2003 年版。

徐旭生：《中国古史的传说时代》，文物出版社 1985 年版。

杨向奎：《宗周社会与礼乐文明》，人民出版社 1992 年版。

中国社会科学院考古研究所：《殷墟的发现与研究》，科学出版社 1994
　　年版。

［德］施耐德：《真理与历史——傅斯年、陈寅恪的史学思想与民族认
　　同》，关山、李貌华译，社会科学文献出版社 2008 年版。

［日］浮田和民：《史学通论》，罗大维译，上海进化译社 1903 年版。

　　4. 全集、文集

《岑家梧民族研究文集》，民族出版社 1992 年版。

《郭沫若全集》（历史编），人民出版社 1984 年版。

《费孝通全集》，内蒙古人民出版社 2009 年版。

《胡适全集》，安徽教育出版社 2003 年版。

《黄淑娉人类学民族学文集》，民族出版社 2003 年版。

《江绍原民俗学论集》，上海文艺出版社 1998 年版。

《罗振玉学术论著集》，上海古籍出版社 2010 年版。

《饶宗颐 20 世纪学术文集》，中国人民大学出版社 2009 年版。

《孙作云文集》，河南大学出版社 2003 年版。

《王国维全集》，浙江教育出版社 2010 年版。

《闻一多全集》，湖北人民出版社 1993 年版。

《夏曾佑集》，上海古籍出版社 2011 年版。

《饮冰室合集》，中华书局 1989 年版。

《郑振铎全集》，花山文艺出版社 1998 年版。

《钟敬文文集》，安徽教育出版社 2002 年版。

《周作人散文全集》，广西师范大学出版社 2009 年版。

5. 其他

陈平原：《触摸历史与进入五四》，北京大学出版社 2010 年版。

江小蕙编：《江绍原藏近代名人手札》，中华书局 2006 年版。

景海峰：《中国哲学的现代诠释》，人民出版社 2004 年版。

梁实秋：《谈闻一多》，（台北）传记文学出版社 1987 年版。

马衡：《凡将斋金石丛稿》，中华书局 1977 年版。

马衡：《中国金石学概论》，时代文艺出版社 2009 年版。

王宇信：《甲骨学通论》，中国社会科学出版社 1993 年版。

闻黎明、侯菊坤：《闻一多年谱长编》，湖北人民出版社 1994 年版。

吴泽主编：《王国维学术研究论集》，华东师范大学出版社 1983 年版。

钟敬文：《雪泥鸿爪——钟敬文自述》，山西人民出版社 1997 年版。

周作人：《知堂回想录》，（香港）三育图书有限公司 1980 年版。

朱剑心：《金石学》，文物出版社 1981 年版。

中国社会科学杂志社编：《社会科学与公共政策》，社会科学文献出版社
　　2000 年版。

［日］岛田虔次：《中国思想史研究》，邓红译，上海古籍出版社 2009
　　年版。

［美］包尔丹：《宗教的七种理论》，陶飞亚、刘义、钮圣妮译，上海古籍
　　出版社 2005 年版。

［美］本杰明·史华慈：《思想的跨度与张力——中国思想史论集》，王中

江编，中州古籍出版社 2009 年版。

［美］华勒斯坦等：《开放社会科学：重建社会科学报告书》，刘锋译，生活·读书·新知三联书店 1997 年版。

［德］黑格尔：《哲学史讲演录》，贺麟、王太庆译，商务印书馆 1983 年版。

Leeming, David Adams. *Mythology. the Voyage of the Hero*. New York：Harper & Row，1981.

Lincoln, Bruce. Preface from *Theorizing Myth. Narrative*, *Ideology*, *and Scholarship*. Chicago：The University of Chicago Press，1999.

二 民国刊物（括号中为主办机构）

《晨报副镌》（《晨报》社）

《东方杂志》（商务印书馆）

《国风》（国风社）

《国立中山大学语言历史学研究所周刊》（中山大学）

《国立中央研究院历史语言研究所集刊》（中央研究院）

《国学月刊》（国学月刊社）

《江苏》（江苏留日同乡会）

《教育部编纂处月刊》（教育部编纂处）

《教育杂志》（商务印书馆）

《科学》（中国科学社）

《民俗周刊》（中山大学民俗学会）

《民族学研究集刊》（中山文化教育馆研究部民族问题研究室）

《清华学报》（清华大学）

《清华周刊》（清华大学）

《人类学集刊》（中央研究院历史语言研究所）

《史学集刊》（北平研究院）

《史学年报》（燕京大学历史学会）

《史学襍志》（南京中国史学会）

《说文月刊》（说文社）

《斯文》（金陵大学文学院）

《文史汇刊》（中山大学研究院文科研究所）

《文学旬刊》（文学研究会）

《文学周报》（文学研究会）

《文哲学报》（南京高师文学研究会、哲学研究会）

《厦大周刊》（厦门大学）

《学原》（学原社）

《燕京学报》（燕京大学）

《禹贡》（禹贡学会）

《语丝》（语丝社）

《责善关月刊》（齐鲁大学国学研究所）

《浙江潮》（浙江留日同乡会）

《中国留日同学会季刊》（中国留日同学会）

《中和月刊》（中和月刊社）

《中国文化研究彙刊》（齐鲁大学国学研究所、华西大学中国文化研究所、
　金陵大学中国文化研究所）

三　论文

蔡玫姿：《域外文化的想像与诠释——苏雪林学术研究方法探源》，《成大
　中文学报》2007 年第 18 期。

陈永龄、王晓义：《二十世纪前期的中国民族学》，《民族学研究》1981
　年第 1 辑。

崔文印：《宋代的金石学》，《史学史研究》1993 年第 2 期。

方克强：《新时期文学人类学批评述评》，《上海文论》1992 年第 1 期。

傅道彬：《文学人类学：一门学科，还是一种方法?》，《文艺研究》1997
　年第 1 期。

刘毓庆：《朴学·人类学·文学》，《文艺研究》1997 年第 1 期。

刘宗迪：《图腾、族群和神话——涂尔干图腾理论述评》，《民族文学研
　究》2006 年第 4 期。

卢国龙：《"礼失求诸野" 义疏》，《世界宗教研究》2008 年第 2 期。

苗润田：《中国有哲学吗？——西方学者的"中国哲学"观研究》，《中国思想史研究通讯》2004 年第 1 辑。

施爱东：《龙与图腾的耦合：学术救亡的知识生产》，《民族艺术》2011 年第 4 期。

王峰：《"文学"的重构与文学史的重释——兼论 20 世纪早期"中国文学史"书写的意义》，《华东师范大学学报》2008 年第 2 期。

王瑶：《念闻一多先生》，《中国现代文学研究丛刊》1987 年第 1 期。

萧兵：《"人学"的复归：文学人类学实验报告》，《淮阴师专学报》1997 年第 1 期。

萧兵：《世界村的新来客——"走向人类、回归文学"的文学人类学》，《江苏社会科学》2000 年第 2 期。

徐新建：《文学人类学：中西交流中的兼容与发展》，《思想战线》2001 年第 4 期。

徐新建：《文学人类学的中国历程》，《西南民族大学学报》2012 年第 12 期。

杨义：《重绘中国文学地图与中国文学的民族学、地理学问题》，《文学评论》2005 年第 3 期。

叶舒宪：《国学方法论的现代变革》，《文史哲》1994 年第 3 期。

叶舒宪：《文学人类学研究的方法与实践》，《中文自学指导》1996 年第 3、4、5 期。

叶舒宪：《本土文化自觉与"文学"、"文学史"观反思——西方知识范式对中国本土的创新与误导》，《文学评论》2008 年第 6 期。

叶舒宪：《文学人类学的中国化过程与四重证据法——学术史的回顾及展望》，《社会科学战线》2010 年第 6 期。

叶舒宪：《中国文化的大传统与小传统》，《光明日报》2012 年 8 月 30 日第 15 版。

张寿祺：《19 世纪末 20 世纪初"人类学"传入中国考》，《社会科学战线》1992 年第 3 期。

钟敬文：《从事民俗学研究的反思与体会》，《北京师范大学学报》1998 年第 6 期。

代云红:《中国文学人类学基本问题研究》,华东师范大学博士学位论文,
　　2010 年。

王大桥:《中国语境中文学研究的人类学视野及其限度》,华东师范大学
　　博士学位论文,2008 年。

索　引

后　记

　　四年前，当博士论文终于完稿时，我在"后记"开篇写道："忙碌了一年多，论文终于勉强画上了句号。此刻感受最深的，倒不是任务完成之后的轻松，而是许多难以言说的失落与遗憾。"事实上，随着时间的推移，昔日的失落感非但未减弱，反而随着阅读的增加愈益深刻。只是考虑到，这篇论文致力于中国文学人类学早期历程的考察，虽然在资料、论述上尚有许多疏漏之处，可毕竟能为学界同仁提供一些学术史的参考，因此才不揣固陋贸然出版。欣喜的是，论文经匿名评审入选中国社会科学博士论文文库，也算是对自己的一种激励。在我看来，博士论文也是研究者特定时期学术足迹的记录，因而此次出版时仅对文中的讹误作了订正，此外对参考文献作了调整，正文部分基本保持原貌。

　　多年来，我一直被民国时期的学术气象所吸引，来到社科院研究生院之后，便有意识地朝这方面靠近。后来又得到导师叶舒宪先生的鼓励，最终决定以20世纪前期学人的文学人类学实践作为毕业论文选题。不过真正走进这一领域之后，才意识到问题不像最初想象得那么简单。论文涉及大量晚清与民国时期刊物，这些刊物中很大部分未经整理，今天已难窥其全貌。更令我犯难的是，"文学人类学"这一概念在20世纪前期尚未提出，许多学者仅是作为一种跨学科方法在使用，这便导致材料的零散与芜杂。按照今天学术史的一般要求，要从前人的成果中梳理出一条清晰的线索出来，是一件颇为棘手的事。幸亏叶老师的指导，许多困难逐一被克服，论文总算得以仓促成稿。

　　感谢导师叶舒宪教授。早在2005年夏，自己尚在兰州大学读研时，已有幸领略了叶老师的讲学风采，当时便有投考在先生门下的意愿。兰大毕业后，我远赴闽南执教。由于种种波折，直至 2009 年夏，才怀着忐忑的心情给叶老师发了邮件，表达了想考入他门下的愿望。叶老师的回复虽然惜字如金（后来才知道，这是他的一贯风格），依然给了我莫大的动力。经过一段时间的认真准备，终于如愿成为叶门弟子。叶老师日常事务十分繁忙，对学生的帮助却不遗余力。论文从选题、开题到写作，均得到了他的悉心指导。博士毕业后，我从闽南师范大学调入西安外国语大学，叶老师亦在西外担任特聘教授一职，因而与他交流的机会并未减少。每次来西外讲学，叶老师总是对我耳提面命、鞭策激励。惭愧的是，自己毕业后惰性日增，距离先生的期望愈来愈远。

感谢华东师范大学方克强教授、四川大学徐新建教授、兰州大学程金城教授。论文在选题、写作过程中，我曾通过电子邮件就相关问题求教于各位先生，得到了热情指导。

感谢中国民间文艺家协会刘锡诚研究员、北京大学陈泳超教授、中国社会科学院吕微教授、施爱东教授、安德明教授。几位先生均是我十分敬重的学者。进入研究生院读博以来，我有幸能向他们求教。陈泳超先生更是慷慨允诺我旁听他在北大开设的 20 世纪中国民间文学学术史课。由于他们的启发与点拨，我在论文写作中避免了许多弯路。

论文中的部分章节，经修改先后在《民族文学研究》《兰州大学学报》《浙江师范大学学报》《西北民族大学学报》等刊物发表，借此机会，谨向上述刊物聊表谢忱。

需要感谢的还有责任编辑张潜博士，由于她的仔细与耐心，论文在出版时减少了许多可能出现的错误。此外，师妹祖晓伟博士、西安外国语大学李琴教授在摘要、目录的英译方面给予很大帮助，在此也一并致谢。

最后需要提及的是，西北大学李浩教授作为我的博士后合作导师，不仅允诺我在博士后阶段继续就文学人类学学术史问题作进一步研究，而且在中国博士后科学基金申报过程中，给予我十分中肯的指导和建议。本书的出版，即受中国博士后科学基金资助，在此谨向李浩先生及中国博士后科学基金会致以诚挚的谢意！

苏永前

2017 年 9 月于西安